夏长阳 作品

魔咒苹果粥

上海文艺出版社

目　录

一、终于作案

夏长阳从滨海回到锦水县那一天起，就始终想不起宁静过去的容貌，整天沉浸在宁静变成女孩的过程里。葡萄红的头发，乌黑的柳叶眉，弯翘的睫毛，高高的鼻梁，樱桃似的小嘴，苗条的身材，让夏长阳想过一遍又一遍。在滨海因构思长篇小说《美丽无罪》成为嫌疑犯的阴影笼罩下，那段寻找男孩宁静的传奇经历，仿佛一场大地震，自己则如同是从废墟的瓦砾中爬回了锦水县。卷曲的头发丝里夹满了瓦渣土粒，一张黑乎乎的脸，令自己老婆看了半天也认不出是夏长阳，是她会写侦破小说的老公。当他发现自己老婆由一个土得掉渣的乡下妇女一下变得那么洋气那么霸气时，夏长阳的心震颤了许久，半天说不出话来。老婆口口声声说要离婚，去追寻能让她幸福的男人。由此他憎恨宁静，若不是去寻找宁静，就不会产生这样的变故。

夏长阳老婆离家出走好久了，邻居说她几个月前爱上了一个男人，这些天里去了那个男人家。夏长阳去滨海的一年时间里，是那个男人改变了她，改变得让夏长阳不认识了。他回锦水县文化馆那天，老婆就不在家。从屋里落满的灰尘看出，这屋至少好几个月不住人了。屋里的门角牵满了蜘蛛，楼板屙满了鼠屎，灶屋挂满了堂霉，锅里长满了红锈，柜里散发出了臭味。一切不是夏长阳所想象的那样：老婆没有文化，又没有工作，是一位善持家务的老婆，任凭时局变化，她永远不会变心，永远守贞不渝，永远是一位贤惠善良的老婆。但她已经变了，变得不可思议了。邻居说,夏作家你不能怪她,要怪那个男人,那个改变她和你家庭的男人。

老婆是第三天才回到文化馆的,她是听人说夏长阳回来了她才回来。那天匆匆来一趟又想急匆匆地走,走时对夏长阳说:我已是别人的老婆了,已向法院起诉离婚,尽管你缺席,法院已经判了。今天给你说一声,往后别再找我了。

夏长阳仿佛在听天方夜谭,难道离婚就那么容易?

老婆匆匆走了,夏长阳不让她走,上前去拉她,她绝情地说,你不要拉我,如果不让我走,我就报警。夏长阳觉得她不是原来那个老婆了。老婆的变化,对夏长阳来说,像是一个虚幻的梦,但又是现实。老婆确实变了,投入到另一个男人怀抱了。过了一会儿,夏长阳又觉得自己很幸运,失去了老婆,在《美丽无罪》的作品里又有了新故事,从现在起又开始了。

这个开始,令夏长阳做出了决定:杀死老婆。他立即又说这只是一时的冲动,一阵过后会冷静的。他摇了摇头,脸上显示出了坚强。邻居们劝他不要冲动,世上女人很多,为她付出生命不值。夏长阳说,我不是为她付出生命,是为《美丽无罪》这部伟大作品的诞生而付出。邻居们觉得与他对话,像与疯子对话一样,一个个地走开了。这时候,夏长阳才真正地感到了孤独,开始了绝望。一生为人做了许多好事,到头来老婆不生小孩,使香火失传,又没有写出轰动世界的巨著,活在这个世上有什么价值,有什么奔头。于是突然在他脑海里出现很多作家自杀的情景,他欲效仿,使锦水泛起一阵涟漪,冒出几朵浪花。今夜他立刻就去做,不,自杀之前先杀死老婆,再告诉还远在滨海的作家朋友佳佳。

佳佳从接通夏长阳电话那一刻起,心里莫名其妙地紧张起来。她听到了从电话里传来的哭泣声。佳佳反复追问他哭什么，夏长阳没有回答，哭泣声一阵高过一阵。佳佳急了，大声地问夏长阳：你遇到了什么，为什么如此脆弱？夏长阳依然在哭泣。停顿了许久，夏长阳才有勇气与佳佳说话，喂喂喂地喂着，问：佳佳，你还在听吗？佳佳将话筒往耳边靠紧，告诉夏长阳：长阳，我在听呀！你在听就好，我告诉你，我老婆嫌我穷，嫌我不浪漫，她与我离婚，跟一个浪漫男人走了，你说我还有男人尊严么？那个浪漫男人告诉她说我在书里写爱情写得非常浪漫，我说是虚构的，她不相信，骂我是婊子，在她面前立牌坊，阳奉阴违。我苦口婆心向她解释，她捂着耳朵就是不听，还大声地说，我虽然没有文化，认不得多少字，读不懂你的书，却有男人替我打抱不平，并且爱上了我，与我拍婚纱照，牵手逛街，唱歌跳舞，喝茶聊天……佳佳，你在听吗？佳佳一边听一边陷入了沉思，没有回答。他继续自言自语地倾诉：老婆，我以为你没有文化，不会浪漫，谁料你要浪漫！佳佳，你在听吗？我听你说世上没有一个好男人。在我眼里，世上也没有几个好女人！

佳佳听罢，大吃一惊，不由得放下了电话。男人不坏，女人不爱。按这句话推理，女人比男人更坏，女人骨子里都是坏的。佳佳的脑海里又立刻闪现出红苹果公司的那帮厉害女人，觉得夏长阳这句话有道理，是现实生活的写照。晚上，佳佳独自来到滨海情侣路，用手机再次拨通了夏长阳的电话；夏长阳接了，但没有说话，听到的不再是哭泣声，而是一阵酒杯碰撞声。佳佳要他说话，他吞吞吐吐地说：这世上没有一个……好……女……人！

长阳，你喝醉了？

我、我、我没有醉……

我是好女人么？

我、我、我看你也不是个好东西！

长阳，你、你不识好歹——！佳佳气急了，欲骂夏长阳一阵，可夏长阳沉默了，她放下了话筒。

佳佳回到家里，走至电脑前，拢了拢头发，准备打开电子邮箱，想简单地浏览一下他发来《美丽无罪》的结尾，但又害怕起来，害怕昨日重现，害怕结尾的残酷。我是坏女人么？女人说世上没有一个好男人，男人说世上没有几个好女人，难道天底下没有一个好人？

佳佳又拨通了夏长阳的电话，这回他没有多说话，打着饱嗝，说："佳佳，这回不是滨海虚构犯罪，而是真正的犯罪。我要杀死变心的老婆，杀死那个浪漫男人，当一个真正的罪犯。"

"长阳，世上女人很多。十步之内，必有芳草，为土得掉渣的老婆犯罪，不值得！"

"女人都是罂粟花，艳丽芬芳，好看而有毒。佳佳，告诉你，你也害了我！"

……

佳佳说了许多劝慰的话，夏长阳一句也没听进去，又是他先挂断了电话。当佳佳打开电子邮箱时突然停电，电脑一刹那黑了下来。她顺窗望去，在她所住的这半边城漆黑一团，只有远方的大海上有船在缓缓游动，闪着微弱的灯光。事情就这么凑巧，当自己害怕脆弱时，是电抹去了夏长阳凶恶的形象，把想象的空间留给自己。半个小时后，佳佳鼓足勇气，又一次拨通夏长阳的电话。电话通了，无人回答。此时罪与无罪，对佳佳并不重要，重要的是夏长阳的生死未卜。顿时，她的心像海上那几束微弱的灯光，跳得不够强烈。她担心夏长阳这几天产生的过激行为，害怕听到他杀人的消息。

第二天，佳佳接到夏长阳从锦水县打来的电话，说他已经作案，杀死了那对狗男女……

夏长阳的话未说完就哈哈大笑了一阵，然后挂断了电话。

佳佳想，夏长阳终于作案了。不是夏长阳去滨海寻找男孩宁静，滨海警方按照他对《美丽无罪》这部作品的构思作为侦破线索，将他当作犯罪嫌疑人关押半年之久，他不会成为杀人犯。这世道怎么这样？佳佳开始回忆与夏长阳创作《美丽无罪》的那段奇特经历和宁静去滨海变为女孩的故事。

这个就是苹果煮稀饭的故事。滨海城市不大，却有两个以红苹果命名的公司，一个官方的，一个民间的；一个叫红苹果文化传播公司，一个叫红苹果咖啡馆。两个公司的老总都是湘西人，为争红苹果这个名称，还打过一场官司，积怨颇深，真像煮苹果粥一样，煮得滨海不安宁，煮出了黑蜘蛛团伙大案，正如民间流传的顺口溜那样：

青苹果，红苹果，
冷水泡苹果，
泡成了苹果醋……

削苹果，榨苹果，
开水冲苹果，
冲成了苹果汁……

歪苹果，烂苹果，
稀饭煮苹果，
煮成了苹果粥……

二、争风吃醋

滨海金叶大酒店接待日本民间考察团请小姐陪睡事件发生的第三天，滨海警方就找到了红苹果咖啡馆老板陈秋冬，调查该馆两个苹果小姐参与陪睡的事，说这是一起有组织有预谋有损祖国尊严的重大事件，红苹果咖啡馆有着不可推卸的责任，命令他立刻查清谁通知苹果小姐去金叶大酒店以及那个失踪的苹果小姐下落。

红苹果咖啡馆的小姐长着苹果似的脸，大家都叫她们苹果小姐。

陈秋冬送走两个刑警，焦急不安地坐在办公室。他感到事态严重，脸上露着狰狞的表情，目光迷离。他立即要服务总台找来参与金叶大酒店事件的那个苹果小姐，他假装糊涂地问：谁通知你去金叶大酒店？苹果小姐明明知道是他通知的，但看他那副凶神恶煞相，就低头不说话。陈秋冬见苹果小姐不回答，便抬高了嗓音。苹果小姐还是不回答，也不正眼看他，突然间哭了，双腿软下地去。陈秋冬问：那两夜干了些什么？苹果小姐见陈秋冬不追问谁通知她去陪睡的事便抬起了头，回答说，他们没有嫖娼，只是将我们八姐妹关在一间房里，说要带我们去日本。陈秋冬问去日本干什么？小姐摇摇头说不知道。你的那个同事呢？苹果小姐抽抽鼻子，打着哭嗓说：警方解救我们时，中途被人在电梯间挟持走了，随后再也没见到她。陈秋冬听罢，恶狠狠地盯了苹果小姐一眼，说往后警方来调查，就说是这个失踪的小姐叫你去的，免得警方纠缠，知道么？苹果小姐点点头，轻轻地答应一声后，低头走出了陈秋冬的办公室。

陈秋冬，三十岁，一米七零的个子，长得结实，性格内向，不爱说话。乌黑的头发罩住前倾的额头，眼睛虽小却特别神秘，阴沉的眼神总让人害怕。这天下午，他一个人坐在办公室想着那件事，来了几个电话都不接，还将门紧紧地反锁着。忽然，他想到了小姨佳佳三年前离开红苹果文化传播公司后写的一部情绪幻想小说《美丽无罪》。他阅读过，觉得故事模糊，结构混乱，且个人情绪太重，都与美丽有关。滨海这起震惊中外的大事件，也是与美丽有关，掀起了一场中日风波，中国外交部义正词严地在与日方进行交涉，北京大学生自发地到日本驻中国使馆门前进行声讨，强烈要求日方还我中华民族尊严，并赔礼道歉。如果结合这次因美丽而发生的事件，根据警方侦破工作的步步深入重新构思，这部作品一定有卖点，出版后还可大捞一把，不知小姨有兴趣么？

陈秋冬觉得自己能想出这个鬼点子很得意，不禁奸笑了一声。这时，电话响了，他不接，取出一支烟点燃，连抽几口，电话还在叫。他不耐烦地抓起话筒，高声地问："谁？有话快说！"

"秋冬，你对我怎么这样说话！"来电话的正是他小姨佳佳，《美丽无罪》小说初稿的作者。

"嘻，我以为是警方哩！"

"警方惹了你？"

"没、没……姨，你有什么事？"

"秋冬，红苹果公司招来一个大美人，你想认识她么？她是我们湘西锦水县人，如果你想认识，我想办法介绍给你。你年龄不小了，找个本乡本土的姑娘结婚成家算啦！"

"什么名字？"

"宁静，比方虹、山西妹子和王秘书还漂亮！"

"她……我认识。"

“你怎么认识她?”

“半个月前。”

“在什么地方认识她?”

陈秋冬不想将认识宁静的过程告诉佳佳,许久不吱声。

佳佳见陈秋冬不回答,又问:“你想与她交朋友?对她印象如何?”

“她父亲是个土画家,在锦水县文化馆工作,两年前患喉癌去世。她在城郊一所学校教书,下海赚钱还债。但就算她漂亮,我也不想娶她。”

“为什么?”

“我有预感,不久她将不成人样。”

“为什么?”佳佳又问。

“美丽无罪,女人因美丽导致罪恶的很多,要美丽的老婆干什么!”

“爱美之心,人皆有之。你这是什么逻辑?”

“不信,你走着瞧吧!”陈秋冬忘记与佳佳商量重写《美丽无罪》这部小说的事,把话筒挂了,脑海里立刻闪现出宁静那张美丽的面孔:一米六几的高挑身材,五官端正,眉目清亮,嘴小唇粗,披肩长发,三围适中,腿长脚细,皮肤白嫩,说话有磁性,挺诱人。

宁静的形象在他脑海闪现后,他从抽屉里取出佳佳《美丽无罪》的旧打印稿。这部作品长达三十万字,在时光的侵染下,纸张开始发黄,文字开始褪色。作品开头女主人公的名字因破损残页而消失,倘若不翻开,陈秋冬已记不清这个女主人的名字,只依稀记得女主人长得美丽,个性却很古怪,周身皆被情绪包围,很难被人理解和认同。其实这个主人公就是他小姨佳佳。陈秋冬翻过了第一页,强迫自己继续读了下去。

就在陈秋冬重新阅读这部作品时,曾经在《美丽无罪》这部作品露脸的滨海主管文化出版的几位头儿接二连三地打电话到红苹果文化公司，询问美人宁静的事，想重演前些年《美丽无罪》中几个漂亮女人争风吃醋的荒唐闹剧。佳佳来到红苹果咖啡馆，将获得的这个消息告诉陈秋冬，陈秋冬顺水推舟地提出重写《美丽无罪》的想法，佳佳很兴奋，说要以宁静替代旧作《美丽无罪》中的主人公，并征求他的意见。陈秋冬点点头，说："这很好，让宁静在这个作品中成为悲剧人物！"

"对，这个女主人公一定是个悲剧人物。自古红颜命薄，美丽是福又是祸。"佳佳说罢，对陈秋冬的这个举动与做法深感不安，那双美丽的眸子久久地望着陈秋冬。她翻开了《美丽无罪》的原稿，一口气将出现主人公的名字的地方，都改成了宁静。

从此，宁静的悲惨故事开始了……

宁静到红苹果文化公司没几天，就发现了一个奇怪现象。当初不知道，后来别人告诉她是滨海官员因美丽惹下的祸。美丽原本无罪无祸，因金钱与权势的操纵成了罪恶。红苹果文化公司是个美人窟，招来的女孩一个比一个美丽，人见人爱，从外貌到声音，无法形容。反正像个迷宫，迷倒了滨海许多有钱有权有势的官员。

奇怪的现象就是美丽大方的公关部长方虹和山西妹子最近经常呕吐，泛酸水，卫生间的门每天哐当哐当地响个不停。面对这个异常行为，宁静关心地问她们是不是胃炎发作？一向忌妒心重的方虹见宁静才来，就被文化出版行业战线几位巨头看中，上下左右看宁静都不顺眼，便气愤地回答：是不是胃病关你什么事？宁静讨得个没趣，想她们这样子怎么相处下去？她回到自己电脑前，低头敲着键盘，不与她们说话。公司员工男男女女几十人，每天都张着耳朵听她们在卫生间大吼大吐几次，看她们披头散发地走出卫生间，见她们用眼角看人，大家都不说话，整个写字楼死一般地寂静。方虹的脸宛如天上游动的云块，一团白一团红一团青，薄薄的嘴唇，一时紧闭一时松开。那双没精打采的眼睛用力地投向宁静，想你别高兴得太早，不久你也像我们一样吐来吐去。一个女人在特区官员眼里是佐料是玩物，你能高傲什么，有多少价值？宁静低着头装着没看见，随后又偷偷地抬头看了方虹一眼，方虹将长长的头发往后一甩，骂道："看什么，我又不是怪物！"

由于方虹是公关部长，宁静不敢顶撞她，公司员工见宁静如此怕方虹，都把怒目投向方虹，看她凶什么。宁静感到委屈，轻声地啜泣着。墙上的石英钟在滴滴答答地响着，快到下班时间了，宁静还在想方虹为什么恨她？任她去想，都想不出方虹恨自己的理由，最后想到一条：公司老总林生给她一条金项链，方虹和山西妹子非常忌妒，从不同角度取笑过她。大概这是恨的原因。

下班了，男女员工一窝蜂地回到宿舍，洗手洗脸，拿着碗筷，叮叮当当地挤向食堂，而宁静一个人却还在办公室待着，想等林生回办公室，把那条金项链退给他，金项链宁静一直没有戴。有人私下议论，宁静到公司后，林生像换了一个人，不仅脸上有了笑容，并且还将烟酒戒了。

这时候，从公司门口花圃看完红蜘蛛网的林生老总推门进来，见宁静一个人坐在办公室，吃惊地问："宁静，你还不下班？"

宁静立刻起身，答道："林总，我想退还你那条金项链，要不方虹天天对我发火！"

"宁静，她不是对金项链发火，是对你住单间有意见。宁静，你怎么要求住单间？"

"我习惯住单间，与别人住，我睡不着觉。"

"公司有规定，主任一级可住单间，你还是员工，住单间，不仅方虹有意见，大家都指责我袒护你！"林生说完这话，宁静就把金项链递给他，说："林总，我没有戴金项链的命，你拿回去吧！"

林生半天不说话。宁静用手捋了捋头发，又说："林总，如果你不让住单间，我就走人！”

林生猛地抬头看宁静一眼，觉得宁静很漂亮，长得如花似玉，不卖弄，不矫作，浑然天成，仿佛一幅山水画。蓝色的连衣裙裹出曲线和成熟美，除了胸部有点扁平，仔细看还颇有女人味。在方虹眼里，宁静好像润滑剂注射到林生这台机器的各个零部件里，使他生活发生了变化，按时吃饭，按时睡觉，脸上有光亮，身上有劲火，走路办事雷厉风行，一改过去拖沓疲软的坏习惯，变得干练果断起来。由此，他对方虹冷淡了许多，方虹见他对宁静好，一个人常常叹气，见到林生也不打招呼，恶狠狠地哼一声。林生见方虹如此心态，常常回避三分。他知道三个女人一台戏的道理。怕方虹对宁静住单间有意见，为平和心态，要宁静搬出单间，宁静却宣称宁可走人。她虽外柔，内心却很刚烈，又是一个难以捉摸的女人。当宁静收拾东西，正将金项链丢到林生手上时，方虹推门进来，见林生与宁静单独谈话，冷冷地说：“哎呀呀，谈得真开心，连晚饭都不想吃！”

林生见方虹进来，慌张地问：“你来干什么？”

“哎呀呀，你俩约会就不让我进来。”方虹一边说一边将电灯拧开，说：“林总，约会不开灯，当我什么没看见。”

宁静提着一个纸袋，正准备走，林生一个箭步上去，拉着她：“你去哪里？”

宁静不作声，用力撑开，离开了办公室。

方虹又是一句冷话：“心上人走了，多心痛哟！”

林生气得脸色乌青，不想与方虹纠缠，抽身离开，她却一把抱住林生，柔柔地唱着：亲爱的，请不要走，今晚我请你去跳跳舞。林生不耐烦地说这年头还跳什么舞？方虹又说：亲爱的，请不要走，今晚我请你去蹦蹦迪。林生说一大把年纪蹦迪怕年轻人笑脱牙齿；方虹又说：亲爱的，请不要走，今晚我请你去喝喝茶。林生说到茶馆喝茶闹嚷嚷的，不如在家泡杯功夫茶喝个够;方虹说不喝茶去红苹果咖啡馆喝咖啡,林生说喝咖啡晚上睡不着觉,第二天别人见你精神不振说你夜里去嫖娼。方虹说什么地方也不去我们就在家里玩,看我天天呕吐知道是为什么吗?她一边说一边给林生递媚眼。林生说,今晚我心情不好,要玩你自己玩!方虹又瞟林生一眼,皱皱眉头,撒娇地靠近林生,仿佛女儿向父亲撒娇,双手攀住林生肩膀,问:"亲爱的,你怎么啦?"

"不怎么!"

方虹遭了冷落,血管里的血液猛烈地涌动,脑袋滚热,眼睛生火,大声骂道:"林生,你别以为老板是人,打工的不是人。告诉你,别惹我烦,惹我翻脸,你没好下场!"

林生见方虹口气如此之大,心里也点着了火,吼道:"惹你又敢把我怎样,难道你是老虎要吃人!"

"你要知道,我是女人,千万别得罪女人。告诉你,我肚里已经怀上你的小孩!"

"方虹,你别吓唬人,你怀上谁的小孩,你自己清楚!"

方虹见林生毫不畏惧,问:"你说我能怀上谁的小孩?"

林生气坏了,摸着口袋,想掏烟抽,可是没有烟,他忘了自己已经戒烟。他往沙发上一靠,说:"怀谁的小孩,你问我干啥!"

方虹说:"是你的小孩。不信,走着瞧吧!"方虹一边气愤地说,一边狠狠地盯着林生,砰的一声,摔门走了。

林生气了一阵后,冷静一想:她怎么可能怀上我的小孩,妈的,连她的臭味都未闻到,真出鬼!

林生正在极其努力地回忆着,门又被轻轻地推开,林生抬头一看是宁静。宁静说:"你刚才与方虹说的话我都听到了。我虽刚来,已知道她是怎样的一个人了,公司怎么有这样的女人?"

"你听清楚了?"林生迫不及待地问。

宁静点点头,说:“我告诉你一件事,梁从汉董事长打电话要我去陪客人跳舞,你说我去不去?”

“什么客人?”

宁静摇摇头,说:“不知道。”

林生眉头一皱,说:“我与你一起去。”

宁静竹筒倒豆子,直来直去地说梁董事长不要我告诉你。林生将眉毛竖了竖,如果不让她去,他又是文化出版局副局长兼出版集团董事长,红苹果文化公司是下属单位,公司前途在他手上。但大家都知道他是一个不地道的人,是一个能通天的人。所以不管怎样,先打个电话问问陪什么客人,再借口说宁静不舒服,能不能要方虹去。林生抓起电话,宁静一把压住按键,说:“林总,你不要打电话,你一打电话梁董就知道我告诉了你,你不同意我去。还是我自己打电话推掉,你说呢?”

“这也行,你打电话吧!”

宁静挂通电话说今晚肠胃不舒服,能不能要方虹去?

“什么方虹,我要你来!”

“梁董事长,我的胃在痛,真的。”

“是林生不让你来吧?”

“真的,我的胃在痛。”

“胃痛,我用车来接你去医院,你在办公室等我,不要走开,我马上就来!”说后,梁董事长挂断了电话。

市文化出版局距红苹果公司只有三百米远,一会儿就到。林生怕梁董事长看见,慌了手脚,问:“宁静,我去哪里?”

宁静稍稍一想,说:“你躲进洗手间去。”林生点点头,说:“等他的车到楼下,我就进去。”

一会儿,车到楼下,林生旋即钻进了洗手间。

咚咚咚的脚步声,如一把把利箭刺着林生的心。梁董事长推门进来，问："宁静，你一个人在办公室？"

宁静点了点头。随后，他的小车司机将一袋东西放到宁静面前，告诉她这是一瓶法国蕾妮牌香水和一盒英国高级化妆品。你先化好妆，等会给你玫瑰色的西班牙晚礼服和一双奥地利高跟皮鞋。宁静面对这高级东西不知所措，凝思良久，不敢进洗手间。这些东西她是第一次听到。对于化妆，虽看见很多女孩打口红，描眉毛，且都很简单。但由于自己原是男孩，从来没有化过妆，一时不知怎么办好。梁董事长看她迟迟不动，催道："你快去洗手间化妆，我们一起坐车去。"

宁静刚到滨海，刚由男人变女人，又没有多少女人知识。譬如说话、走路等，生怕在宴会上出洋相，搪塞地说："梁董事长，你要方虹去吧！"

"不要啰嗦，快去洗手间！"

宁静没有办法，拿着化妆盒，一时慌张忘了林生在洗手间，便去推门。门紧紧拴着，她一时记起退了回来，朝林生办公室走去，那里也有梳妆镜。

宁静只是画画眉，涂点口红，一会儿走出来，打上香水，在梁董事长面前好不自在，问："梁董事长，这样行吗？"

一连两遍，梁董事长都不满意。由于宁静把眉毛画浓了，只好洗了再画，一连三遍，梁董事长才算勉强满意。套上西班牙晚礼服，穿上奥地利高跟皮鞋，打上法国香水，头发往后一拢，俨然刚从天上飘下来的仙女。梁董事长说湘西山好水好出美人，你是从湘西大山里飞来的金凤凰。他满意地笑了，手一招，说："下楼去！"

司机没有上车，梁董事长自己操着方向盘，将小车开走了。

奔驰轿车在灯光闪烁的街市沙沙地前行着，梁董事长不停地问话："你是湘西什么地方人，爸爸妈妈干什么？你家有兄妹？刚来想不想家？"

宁静没有心思回答梁董事长无聊的问话，面对街市辉煌的灯光，只好用最简单不过的“嗯”字答复。她的目光里仿佛出现一片金色的大海，在阳光照耀下，海面上有数只海鸥在飞翔。梁董事长见宁静不说话，急急地问：“宁静小姐，你怎么不说话？”

宁静回过神来，看一眼梁董事长，说：“对不起，刚才我在幻想着金色的海面。”

梁董事长笑了笑，说：“到时候，你自己要学会开车。现在你是董事长，我是司机。”

“没、没有。”宁静感觉梁董事长在批评她，抱歉地说：“对不起，对不起！”

宁静被带到银海大酒店门口，见到一高一矮一老一小的两位男士与梁董事长握手。他们之间讲着广东话，宁静听不懂。两位男士抽脚欲走，梁董事长一把拉住，打开了电梯，推着两位男士进了电梯。不知上去多少层楼，电梯又开了，梁董事长又推着两位男士进到一个包间。安顿好后，才听梁董事长叫那位身材高一点的长者为市委林副书记，矮一点的年轻人是分管文化出版的梁副市长。他是用普通话叫的，有意让宁静听见，提示宁静今晚要陪的客人身份不凡，是市政长官。梁董事长没有将宁静介绍给他们，只见他招呼两位长官吃法国蜗牛、日本料理，喝XO、鲜榨果汁。梁副市长说下不为例，你如此消费，我们消受不起。林书记说集团公司能维持到现在不容易，我们不能刮员工们的油水呀！梁董事长微微笑着，不停地向他们介绍吃的东西。宁静不会吃，都是看他们先吃自己再学着吃，生怕被贵客笑话说红苹果公司聘来一个女土包。她小心翼翼地吃着，小心翼翼地看着梁董事长神情。她觉得自己好像进入一个新的世界，简直不相信自己初来乍到就享受如此高的待遇，她有些惆怅。她见大家轻松，自己却越发腼腆和拘束。这时候，梁董事长将身边的两位客人介绍给她。林跃书记是林生的大哥，刚退休，任红苹果公司顾问。林生能从湘西过来，能当老总，能有今天辉煌的发展，全靠他大哥。当梁董事长将宁静介绍给这两位领导时，林跃早已睁大眼睛，问："宁静小姐，你是湘西人？"

宁静点点头，举起一杯柠檬果汁，甜甜地叫着："林书记，我敬你一杯！"

林跃怕酸，礼节性地小啜一口，问："你是湘西什么地方人？"

"锦水县锦水镇西街的。"

林跃吃惊地说："我们是老乡呀！"

"你是西街的？"

林跃点点头，说："不，我是县城这边冷水坪的。"

坐在一边的梁董事长看林跃几眼，插话邀请举杯："林书记，喝酒吧！"

林跃举杯，迟迟不喝，不停地问宁静："你父亲叫什么名字，干什么工作？"

"我父亲是个画家，母亲没有工作。"

"你为什么来滨海？"

"我大学刚毕业，分到一所中学教美术。父亲治病欠下很多债，靠我那微薄工资无法偿还，只好停薪留职出来赚钱。"

梁董事长见林跃遇上故乡人，话没完没了，而今晚要谈的《中南五省旅游手册》那本书的策划事宜，林跃还一直未提。唯恐他忘记，只得十分着急地说："林书记，梁副市长敬你酒哩！"

"对，老领导，我敬你一杯酒。祝你身体健康，晚年幸福！"梁副市长高高兴兴地举起杯。

"你看那本书怎么出为好？是不是请五个省分管旅游的副省长共同作序，由滨海出版社出版。"梁董事长一言插到底，直接地问。

林跃未与梁副市长商量，就快人快语地说："小梁，由你市政府向中南五省发出协商函,序言由文化出版集团代笔,然后由电子邮箱传给他们审读,签上大名,传真回来。他们是我的战友,没有问题。”

梁副市长当过林书记的秘书,他的升迁全靠林跃,这回林书记的副手位子还空着,听说林跃又在为他努力,所以对于林书记下达的任务,他只有点头,不敢拒绝。后来不再谈这事,林跃一个劲儿地向宁静介绍:多喝鲜果汁,营养好,又能美容,含有多种维生素。湘西地理条件差,生活贫困,但是湘西出来好多名人和将军,凤凰就有中国第一任总理熊希龄,将军李振军,大文豪沈从文,大画家黄永玉;桑植有贺龙,永顺有廖汉生,麻阳有滕代远。湘西美丽,人杰地灵,湘西的人都有一股冲劲和毅力,不怕苦不怕死,我也是从湘西出来的……

宁静听到这里,连忙插言:“冷水坪有个人在滨海当大官,想不到就是你!”

“不行啰,日落西山啰,今后干革命得靠你们啰!”林跃说着说着,显得有些惆怅和无奈,流露着一种失落的神情。最后对梁董事长说:“小梁,她是我老乡,你不知道吧?”

梁董事长接过话茬,说:“正因为她是你老乡,我才请她来陪,往后你要帮忙支持她呀!”

“没问题,包在我身上。”他刚说完,对梁副市长说:“小梁,你亲自起草报告,这个礼拜发出去。”

梁副市长点着头,说:“首长交代的任务,能不完成吗?”

“好好好,就冲你这句话,我们干一杯!”

梁董事长觉得林书记今晚的话有点过多,要宁静出来是陪梁副市长,他却抓住宁静唠唠叨叨不放。接着林书记又提议去梦幻厅。梁董事长赶忙用金卡结账,乘着电梯,来到21层梦幻厅。穿着紫红色旗袍的服务小姐深深鞠躬,用极其柔和的声音问候:“先生,小姐,你们好!”一会儿,他们被带进一个灯光深蓝的地方坐下,宁静感到有些新奇。在她眼里，这里的灯光有把人变成妖魔一样的可怕魔力，特别是人体的白色部分变成深蓝色，特别刺眼。等到她的瞳孔开始适应深蓝的紫外线灯光时，一阵节奏强烈的现代舞曲开始播放，梁董事长推推她，要她主动邀请梁副市长跳一曲。宁静听到这音乐浑身就产生扭动身子的节奏感，但她总是怯颤。她在读大学时，曾经与女同学乱乱地跳过几回，但都不规范，今晚请梁副市长跳，怕出洋相，俯耳跟梁董事长说："梁董事长，我不会跳。跳得不好，梁副市长会生气。"

林跃见宁静刚从湘西来，未见过这种场面，十分理解地说："不用怕，梁副市长很随便，他也不会跳。"

宁静站起身，行礼似地与梁副市长一起踏上舞池。据说这种节奏舞蹈是非洲黑人发明的，有益于人类健康。这个舞蹈引进中国后，一时风靡全国。宁静与梁副市长面对面地跳着，时而微笑，时而张开双臂狂旋着，像鬼像虎像豹在茂密的森林中疯跑，根本看不到什么优美的舞姿，也没有快乐的享受。宁静一边跳着，一边往空中张望，她发现这梦幻厅豪华别致，像意大利中世纪的宫殿一样富丽堂皇，衣冠楚楚的男士，风姿绰约的女士都像法国作家司汤达笔下的人物那样疯狂着，整个大厅在五颜六色的灯光变化下充满梦幻色彩。她觉得这是个彩色的海洋，所有的人都在沐浴都在变换着自己的色彩。这里没有湘西天上月亮的宁静，没有湘西篝火晚会那么原始朴实，那么富有感情。她是在宁静的山村宁静的夜晚生下的，其实他是个女孩，但由于没有成形性别，接生婆一口咬定是男孩。因此她父亲不按姓氏字辈取名，且取上了一个女人的名字：宁静。在后来多年不发育的情况下，母亲多次询问接生员，接生员一口咬定是发育不好，再等几年。在她上学后，母亲再也看不到她是否发育好，一直被蒙在鼓里，一直认定他是一条汉子。今晚他用一个女人的形象第一次在这个彩色的海洋里遨游，亲身感受到男孩宁静不复存在。在这舞池跳动的男女，好像都是精心装饰过的，所有男人和女人，礼服各不相同，特别是女人，仿佛是时装大荟萃，有的衣服透亮得能看清胸部的一切，有些女人的头发都是美发师的杰作，有爆炸式的，有狮子式的，有螺旋式的，还有彩色的，应有尽有，这在湘西是看不到的。故乡人把我当男孩，滨海人把我当女孩，还是个漂亮的女孩。我本就是个女孩，可为什么父母从小把我当作男孩？

一连跳过好多支舞，梁副市长有点累，坐在沙发上，一个劲儿地喝柠檬果汁。

浪漫舞会开始，梁董事长和宁静又走入了舞池。

这时候，在一旁有一对男女久久地凝视着梁董事长和美丽的宁静，那就是方虹与市委一位部长。梁董事长没有察觉，林跃书记与梁副市长也没有察觉。

开始梁董事长与宁静慢慢跳着，有一阵子所有的灯光全部熄灭，他俩消失在漆黑的空间里。在漆黑空间里舞曲委婉舒展，让所有的舞者沉浸在浪漫的音乐中。宁静看到这场面，心里慌得很。梁董事长把她抱得很紧，轻声地问："宁静，你怎么没有乳房？"宁静没有回答，巴不得这浪漫舞曲很快完毕，一个堂堂正正的董事长问话如此粗俗，她还是第一次听到。宁静正在思索时，梁董事长的手机传来信息。他松开手，走到有光的地方，打开一看，原来是方虹发来的：

> 我在迷茫的道路上，追逐那个美丽的梦，千百次的付出总没有结果；我在迷茫的人海中，找回那颗最真的心，一次次失败总伴随着失落，好想有一个真实的安慰……

梁董事长想，难道方虹知道我与宁静在一起？不可能。他走到偏僻处，给方虹打电话，电话通了，方虹却把电话挂了，一连几次她都没有接。看来方虹在生气，明天得好好安慰她。

梁董事长回到座位上时，这舞曲正好结束了。宁静没见林跃和梁副市长，问："梁副市长和林书记呢？"

"他们有事先走一步。林跃书记要你明天去他那里，有话与你说，他很喜欢湘西人。"

时至半夜，梦幻夜总会总算结束。梁董事长将宁静送回宿舍，转身开车回出版局。宁静刚上楼，方虹正被市委那位部长的小车司机搀扶着进来，见宁静一身时尚高贵的打扮，瞅了半天才张口说话："啊呀，大家来看，宁静才来几天，就穿如此高级的晚礼服，真不敢想象！"

方虹尖叫着，如一条疯狗叫醒了每一个女员工，大家都披衣起来观赏，跟随方虹的公关部山西妹子，不屑一顾地看一眼，说："这有什么好看的，扁扁的胸脯，还不如肌肉发达的男人！"

宁静微笑着对几个女员工，说："你们还没睡觉？"

方虹看了看大家，转身问宁静："宁小姐，谁送你这套晚礼服的？"

宁静没有心眼，直来直去，答道："是梁董事长借给我的，明天还给他。"

"今晚他在银海大酒店梦幻夜总会潇洒。我知道他的脾气，凡是去银海赴宴陪他的女人都穿这套晚礼服，这套晚礼服我经常穿，也是他要我穿的，如今他要我穿我还不想穿哩，特脏！"方虹在办公室取上一件东西，又要那个司机扶她下楼送自己回出租屋去。方虹原在这里住，她因林生给宁静安排单间不服气，前些天在外面租下一套三室两厅的住房，谁也不知在哪里。有人说她不会花钱租屋，一定是市里那个部长出钱给租的。

大家都知道方虹与市委那位部长关系密切，市委大院传得沸沸扬扬，可方虹脸皮很厚，好像没事一样，还大摇大摆地在大街上走着。心想这年代哪个男人没有情妇，哪个妇人不攀高官，做个情人算什么，总比那些卖淫三陪小姐要好。这是自己的生活方式，让他们去说吧！

方虹离去，宁静感到疲劳，拖着步子，回到房间。这时，胃中的柠檬果汁、法国的葡萄酒、泰国的芒果和日本的料理在翻江倒海，心里很难受。她明白方虹刚才的一举一动一言，是对自己的嫉妒，并当众讥诮。但她是公关部长，自己初来还是忍让为好。她坐在沙发上左看右看，周遭充斥着由孤寂而生的宁静，今夜充塞的胃肠和喧嚣的生活突然又变得空虚起来。赶快洗澡睡觉，不知明天又有什么应酬。这样快节奏的工作快节奏的舞曲，使自己头昏眼花。但宁静毕竟年轻，身体健康，工作再累舞曲节奏再快也不会累垮。她来到卫生间洗澡，将梦幻厅留在自己身上的气味全部洗去。她站在镜子前，看自己体形是美丽的青春的，像生命盛开的花朵，相信只有自己才是世界上最纯洁最可爱的。读大学的时候，自己是个男孩，好几个女同学夸赞自己长得一副好脸蛋，不断地向他求爱，但自己内心深处强烈地感受到自己也是女生。一旦发育成熟变成女人，女同学会遭到巨大的伤害。在自己来滨海前，母亲语重心长地说你爸爸去世得早，你赶快找个女朋友结婚。我很想找个女孩结婚，可总觉得自己是个女孩。要是男孩，生殖器怎么长不起来；是女孩，那道缝总是浅浅的，像有一扇门紧紧关着。有时无聊烦躁，用手欲打开那扇门，始终打不开。正在自己极度矛盾苦闷时，去年冬天，生理开始变化，很喜欢与男孩子接触。胸脯上两个扁平的奶子像产妇吃甜酒胀得痛，并且一天比一天大。母亲说我上下很瘦，胸脯倒是肥了，肥得像女人。我不好向母亲解释，只有低头走开，回避母亲。乳房长得鸡蛋大时，我决定悄悄离开这个家和锦水小城，不让大家看见高耸的两团。自己本身就是女人，怎么不敢面对现实？宁静一边洗着一边想着。她擦干躯体，在镜前欣赏着自己的胴体，觉得至少能与维纳斯媲美。她从来没有发现自己变成女人如此美丽，因为以前没有在大镜前看过自己。

宁静想着想着，倒床上睡着了。

宁静在尖叫声中醒来，她做了一个噩梦，好多好多只红蜘蛛和黑蜘蛛在围着她牵丝丝，越牵越密，牵得她的眼睛睁不开。她想逃跑，但又看不见光，双手摸着往前跑，跑着跑着，不幸掉下一个黑洞，洞里有魔鬼，在一阵嘿嘿的声音里听到有人问，你是一个女人，长得这么漂亮，为什么装成男孩欺骗女人？她急得想睁开眼睛，任怎么用力，都没法睁开，惊吓得尖叫起来。醒来一看，才知原来是个梦。晨曦透过红色窗帘照射到床上，整个房间又充满着玫瑰色的辉煌。此时此刻，宁静感到大腿有点发酸，突然双腿之间淌下一摊血，好多好多。她知道是女人的月经。她既惊喜又恐惧，庆贺自己是一个真正的女人了，发育健全了，有了自己的月经。这是第一次，还会有第二次，还会有很多很多次。它是怎么来的？一定是因为昨晚跳迪斯高太猛掀开了那扇关闭多年的门。这时候，电话铃声响了，宁静匆匆爬起来接电话，看看四周，所有宿舍房间门紧紧关着，她们都已去上班。宁静一看时间，已是八时十五分，她惊讶得又一次尖叫起来，抖抖瑟瑟地接电话。电话是林生打来的，告诉她不要上班，起床后去他大哥那里，说大哥今早又来电话催。宁静一阵惊喜，知道是林生为她解围，要不今天会扣罚工资一百元。这是公司规定，凡是公司员工都打卡上下班，到月底将卡交财务科，迟到早退都扣罚工资的。她在放话筒前，说："林经理，谢谢你啦！"

"谢什么，我知道你很困。"

宁静放下电话，忙去洗手间洗刷。一边洗刷一边换裤子，高兴地将那条淌满红潮的内裤看了一遍又一遍。这是真的，不是梦。她感觉自己双腿间好像轻松了许多，心中爆发出无比的快意，如长了翅膀欲飞翔起来。

嘟——嘟——嘟——，电话铃又响了。

宁静拿起话筒一听，是林跃书记打来的。他说昨晚我和梁副市长有事先走一步，不知你玩得开心么？今天你先来我家，然后去红苹果咖啡馆喝咖啡，我有事找你。

宁静没有去过红苹果咖啡馆，前几天红苹果咖啡馆有人打来电话，说老家夏长阳叔叔来找她，住在咖啡馆。他如果看见我是女人，会骂我是怪物，幸好说同名同姓的很多，本公司的宁静是个小姐，你要找的男宁静，这里没有。看来不能去红苹果咖啡馆，遇上夏长阳叔叔准露馅。

宁静在电话里拒绝去红苹果咖啡馆，改为先去林跃家，后去银海大酒店咖啡馆。林跃答应派小车来公司接。林跃住的是小洋楼，在海湾边上。楼下是有名的情侣南路，海边是个游泳场，两排棕榈树长得极其茂盛，树叶在晨风中摇曳，发着很好听的声音，犹如一种尚未发现的音乐。一进林跃洋楼大门，仿佛走进休闲旅游山庄，给人一种清新与赏心悦目的感觉。绿茵茵的草地里养有很多兰花，有的已经开放，有的却含苞未开。一把太阳伞下的石桌上盛好了茶水，香气扑来，混含着兰花香。喝上几口茶，宁静被林跃引进屋去。在客厅里最先映入眼帘的是，挂在墙壁上的毛主席像章布袋，宁静数数有二百多枚。堂屋中央置放有毛主席塑像，两边挂有两副对联：大海航行靠舵手，万物生长靠太阳。横批：紧跟毛主席。书架上装着马恩列斯毛精装平装选集，旁边摆有几本邓小平文集和陈云文集。此时他手上拿着的是《毛主席语录四百条》，问："宁静，你读过这本书吗?"宁静摇摇头，答道："不仅没读过，还没见过哩!""嘻，读这书有用呀，只有这书才能武装头脑，不变修不变色，才能提高国民素质。"由于才是第二次见面，宁静不敢多嘴多舌，他问这问那，她只好点头回答。这是三层楼的小洋房，二楼是卧室，一张简易的木床铺着海滩卵石，硬硬的。宁静问怎么不用席梦思？嘿，睡这床腰杆硬，意志坚强，干革命有毅力。顿时，宁静觉得林跃是个怪人，嘴巴不停地微笑着。在林跃家坐了一会，驱车来到银海大酒店咖啡馆。宁静刚坐下，小姐端来两杯刚煮沸的咖啡。林跃看宁静一阵后，问："宁静，你今年多大？"

"二十二岁。"

"找朋友了么？"

宁静摇摇头，想喝一口咖啡，又烫，便问小姐有没有冰棍。小姐笑了笑，说："我们这里从来不卖冰棍。"林跃见他要吃冰棍，说："先吃一份冰淇淋。"

宁静从未吃过高级冰淇淋。读大学时，家里没钱，生活费全是学校助学金。只见过花花绿绿的冰淇淋，从没花钱买过，有时天热口渴，买一个冰棍吃吃就算不错。小姐送来冰淇淋，是粉红色的，她小心翼翼地用香木片戳着吃，没有先戳中间，是从边上周围慢慢戳。林跃看她吃冰淇淋，笑着说："这是毛主席的革命战略路线，从农村包围城市。"

宁静虽没见过大世面，但对林跃说的这句话听得一清二楚，知道他在笑她不会吃冰淇淋。宁静认为每个人吃东西都是很随意的，怎么吃，是无规矩的。她回答说："林书记，你真幽默！"

"对啦，宁静小姐，你知道锦水县城西街河边有个叫月月的菜农么？"

宁静摇摇头，答道："不认识！"

林跃好久不作声，低头喝咖啡。一道阳光从窗外射进来，宁静看见他眼圈有点红，脸皮在抽搐着，不敢正眼看。一阵过后，他撕开白糖小包，将糖粒轻轻地注入咖啡里去，端起喝一口，觉得有点甜，他摇摇头，说："宁静，人生犹如一杯咖啡，有时太甜有时太苦，这都是人为的，你说是吗？当然你还年轻，经历不多，是很难体会到的！"

宁静看林跃苦着脸，她干脆什么都不往咖啡里掺和，就喝小姐冲的，管它是甜是苦，能喝下去就好。她喝下一口，觉得很苦，这与甜甜的冰淇淋比起来，是杯苦涩的酒，难以下喉入肚。林跃见宁静苦着脸，说：

“这苦没有旧社会苦。不忘阶级苦,牢记血泪仇。文革时候,我们部队经常吃忆苦餐,吃野百合与蒿菜,还有长在石壁上的洋姜,比这咖啡还苦还涩,吃进肚去,有好几天屙不出屎,你吃过吗?”

宁静又是摇头,不说话。

林跃见宁静很快吃完冰淇淋,问:“林生安排你做什么?”

“在公关部做公关小姐。”

“不行,你得当公关部长。对啦,你是共产党员?”

“我读大学时入的党,有两年党龄啦!”

“是党员好,是党员好!”林跃一连说几遍,宁静不知其中奥妙,说:“共产党员有什么好,如今许多共产党干部没有党性原则,大肆腐败,公开搞特权,我都想退党……”

“是党员怎么退党?腐败的党员干部毕竟是少数,共产党还是伟大光荣正确的。有好几回我催林生招聘几个党员进公司,成立一个党支部,可他迟迟不做。这回我看你最合适,当个支部书记,明天我给林生提出来,享受副经理待遇……”

宁静大吃一惊,说:“林伯,我刚来干不好,再说又没有转组织关系,你们就认定我是共产党员?林书记,我不行,我怕干不好!”

……

推来搡去,宁静死活不答应,最后林跃说:“知道我是你什么人么?”

宁静摇摇头,答道:“不知道。”

“到时你会知道的。”

“林书记,你没有女孩?”

“不但没有女孩,连孩子都没有一个。”

“那伯母呢?”

“很多年前她患绝症离我而去,留下我孤身一人。”

“你怎么不重新找一个?”

“嘿,我是什么人,邓颖超大姐不生小孩,毛主席劝周总理找个革命伴侣生个小孩,周总理说《婚姻法》是我们制订的,我们自已不能违背呀!林生说这是什么时代,劝我去找个。嘻,哪有好的革命伴侣,如今的女人没有几个身心健康,都想我的家产。其实我就根本没有钱,这栋洋房是我一生的积蓄……”

林跃说着说着,一种凄然的神情跃上脸颊,宁静不再说什么,只是不停地点头。

宁静与林跃又坐了一会儿,她终于将那杯苦苦的咖啡喝下肚去。眼看临近中午,林跃又请她吃自助餐。用完午餐,林跃送她回公司。

进到公司,大家都在吃中饭。叮叮当当,厨房里的锅子碗筷碰撞的响声不断。坐在餐厅的方虹与山西妹子,端着饭菜迟迟不动筷子,叹息道:“这菜不好吃,全是油,吃到嘴里就恶心。”

她俩起身准备去厨房骂大师傅,下那么多油,把人吃得像头猪。见宁静上午不上班从外面吃饭回来,斜睨几眼,冷言冷语地说:“宁静小姐,你是走红的电影明星呀!”

听话听音,看人看神。宁静觉得方虹这话准没好意,于是不理睬地从她身边走过去。

“宁静,得过林书记两回宴请,头就抬上天了,把我的话当耳边风?告诉你,我是你的头,我走过的独木桥比你走的路还多,有什么了不起!”方虹气得大吼起来。方虹这个女人妒心太大,在这个公司,任何一个女人不能超越她,更不能亲近林生和林跃两兄弟。宁静来公司前三天,有个叫赵林林的安徽巢湖员工就被她气走了。赵林林,长得高挑挑的,一副电影明星脸,是林生从别家公司挖过来的,许诺让她做总经理助理,享受副经理待遇。谁料来后,不但未被重用,反被方虹气得一走了之。赵林林的辞职,与市委一个部长有关。那个部长最先看上赵林林，请她喝茶跳舞，并承诺将她调到滨海来。赵林林想天上不会掉馅饼，一定是陷阱。她没有去，推荐方虹去，方虹得到好处和实惠，又怕那位部长看上赵林林，而将赵林林挤走。赵林林走那天，林生出差在外，可方虹没有去送。临走时，她与方虹告别，在方虹房门外叫两声方虹，方虹躺在床上纹丝不动，从鼻孔里挤出一个"嗯"字后，什么话也不说，也不起来开门握手送行，让人觉得她太恶毒。宁静到来后，方虹见林家兄弟对她如此赏识，她只得又使出恶毒的花招，强迫宁静走人，这叫"既生亮，何生瑜"，她的眼中容不得任何女人，只有她才是公司真正的女主人。

下午上班，方虹对宁静又重复中午那番话。说过之后，立刻打饱嗝，好像有一股胃风酸水往外涌，忙忙地连奔几趟卫生间。有女员工私下议论："方虹怀孕了！"宁静装作没听见，趴在桌上小憩。这时，林生从外面进来，方虹把没吃完的饭菜往纸篓里一倒，轻声说："林老板，今天上午有人不上班，你看该扣罚多少工资？"

"谁呀——？"

"不是你喜爱的人，谁敢这么大胆！"

"谁呀——"林生再一次追问。

方虹说："别装蒜，你自己清楚。"

坐在公关部电脑前的山西妹子眼神投向宁静，示意林生。林生看一眼宁静，问："宁静，你刚回来？"

宁静抬起头，低声应着。

"宁静，你是学美术的，会平面设计么？"

"当然会呀！"

"嘿，你早不说。我公司要出版一本现代服装画册，今天请人设计封面，要价忒高！"

"还能拿回来么？"

“已经签下协议，下回吧！”

宁静会艺术设计，方虹知道林生会更喜欢她。这两年来，林生煞费苦心地想招一名女美工，来的却都是男美工，令他伤透脑筋。他想不到这个宁静又漂亮又会美工，终于如愿以偿。他微笑着，而方虹却眼冒火焰，故意在办公室干呕。林生也不上前询问呕吐原因，冷淡地离开了办公室。

三、阴谋诡计

方虹请林生出去玩遭到拒绝后，心里颇不是滋味，暗暗地骂着林生是王八蛋。那个宁静会设什么计，有什么好看的，男不男，女不女，还让他着迷。下班后，山西妹子见方虹不悦，低头走出公司，挨拢来问："虹姐，今晚我到你出租屋里去玩，把王秘书也叫上。"

"叫她干什么？"方虹不解地问。

"她也呕吐，难道她与……"

"她是谁干的？"

山西妹子摇摇头，说："我不知道。"

"山西妹子，今天宁静又到林跃那里，不知搞什么鬼？"

"还不是林跃玩她呗。"

方虹咧嘴笑了，说王秘书与宁静到过金叶大酒店，不是警方接到报案，她俩差点被日本人奸污了。方虹刚说完，就接到一个电话，之后阴沉着脸，说："山西妹子，你叫王秘书去我宿舍，有要事处理！"山西妹子不知什么事，满口答应去叫王秘书。

方虹与山西妹子一边说话，一边走向巴士站。见王秘书在候车，山西妹子走上去，猛拍她一巴掌，吓得王秘书倒退几步，半天才回过神来。山西妹子见王秘书吓得魂不附体，笑得合不拢嘴，说："你不是胆大吗？大白天里拍拍你就吓得不成人样，要是晚上强盗钻进你被子，你还不是乖乖地让强盗给……"

好多天来，王秘书一为自己被人骗去金叶大酒店做陪睡小姐的事感到很恐惧，幸好最终没有陪睡，否则结果不堪设想；二为自己调不进公司，大学毕业的档案还放在滨海人才交流中心心急如焚；三为自己的呕吐怀孕提心吊胆。有人笑她是妊娠反应，怀上了小孩。她说不可能，因为想调进公司，与梁董事长就那么一次，还带避孕套哩，莫非那个避孕套是伪劣产品？她摇着头，不敢去想。她在巴士站等车，想去城郊诊所看看，是怀孕立即将胎打掉。山西妹子拍拍她的肩膀，问："王秘书，你呕吐得很厉害呀！"

王秘书辩解道："我不感冒不生病呕吐什么？"

"你能瞒住我？嘿嘿，我今天看你进卫生间好几回，泪水盈盈，不呕吐能流泪？你又不是没有呕吐的声音，大家听得清清楚楚。"

"你瞎说！"

方虹插话："王秘书，今晚去我宿舍玩，有好吃的。"

"什么好吃的？"

"澳门朋友给我带来几包葡萄牙牛肉干，我买几听啤酒，大家共度周末。"

巴士车到站，山西妹子一把拉住王秘书上了这趟往临海楼方向去的巴士。

她们三人坐在巴士里说说笑笑。王秘书说："山西妹子，你笑我呕吐，可你更明显，是谁在你身上播下孽种？"

山西妹子捶一下王秘书的背，眨眨眼睛，说："这是公共汽车，怎么将秘密推向公众？"

巴士在临海楼停下，又是山西妹子拉王秘书下的车。

那是一座小洋楼，是方虹见林生要宁静住单间赌气租的。每月租金两千元，据说是市委一位部长给租的，那位部长是谁，山西妹子和王秘书知道也不敢说出口。老远看去，窗台上挂满了花花绿绿的衣服，更显眼的是五颜六色的乳罩和女裤衩，这些东西东倒西歪地晾着，像联合国的旗帜。走到楼下一看，这座公寓白色的墙壁上写满了“狼来了”与“鬼子进庄了”的字样。看着这些字样，陌生人准会想到这座公寓的女宿舍一定有男人来骚扰过，甚至有男人过夜。方虹初住时没有这样的字样，是她住进后有人针对她而写的。怕什么，女人是为男人生的，是供男人逍遥的，夜夜有男人玩，这对社会稳定是贡献。男人没有女人玩，他们去偷去抢，哪有这么多公安去破案？让别人闲话碎语去，走自己的路。她的一举一动，都是用这句话来安慰自己，作为一种驱动力。她回到宿舍，仿佛回到自由的世界，如在自由市场任意挑选自己中意的东西。她褪去身上的衣服，又褪去厚厚的乳罩，留下一条半透明的真丝花短裤。王秘书透过方虹的三角短裤隐约看见她小腹上的灰色胎记。她伸开四肢，躺在床上，打开床头电扇，让旋转的风吹到自己身上。光光的乳房边，被紧邦邦的乳罩勒出一道深深的痕迹，松开后的胸部，有一种异常的舒服。她用手不时地按摩着那一圈痕迹，让血脉尽快恢复正常。王秘书看得仔细，觉得方虹有一种独特的风韵。钉子奶高耸着，坚挺得都不抖动。结过婚的女人，为何还这样硬？瞬间，山西妹子也脱去外衣，乳房虽然只有馒头大，但硬朗得像块石头。山西妹子见王秘书在看她，说：“你看什么，快脱衣服，我们一起进卫生间洗澡！”

王秘书不敢脱衣服。她暗暗地对照过，觉得自己没有她们有韵味，她们真开放，说确切一点，那是风骚。王秘书迟迟不脱，方虹对山西妹子眨眨眼，山西妹子走上去，一把抓住王秘书衣角，问：“你脱不脱？”

王秘书笑笑，死死抓住衣扣不放。山西妹子说：“你不脱，等会儿有人给你脱，到时别怪我们。”

“脱不脱？”山西妹子又催。

王秘书没有脱衣服，双眼直愣着方虹赤裸裸的身子，又看看山西妹子的胸脯，心里想她们回宿舍就是这么过日子？紧接着，山西妹子也脱得精光，拿来丰乳器，插上电源，在乳房上慢慢地按摩起来，不时发出哼哼的声音。方虹躺在床上微微笑着，又催："王秘书，你也脱掉衣服按摩吧！"她一边说一边摸着肚子，自言自语地说："怎么怀的孕？谁是孩子的父亲？"接着她问王秘书："你怀上谁的小孩，不是林生那条杂种的么？"

王秘书摇摇头，未作声。

山西妹子插嘴："不是林生还有谁？"

"王秘书，你说女人是男人的玩物吗？"方虹笑笑地问。

王秘书还是摇着头，说："我是伤风感冒肠胃不舒服，我怀什么孕，谁能看上我？"

山西妹子插话道："怀孕不是坏事，对我们受害者来说是杀手锏，我们去向林生要钱，向梁董事长要房子，向梁副市长要官！"

"怎么向他们要？"

"谁叫他们当官！"

方虹问："王秘书，你要什么？"

王秘书听罢，吃惊不小，不知要什么好，轻轻地说："只要将我调进滨海就不错了。"

方虹没有听见王秘书说什么，闭着眼睛沉浸于回忆之中——

梁副市长曾经追求过方虹。那还是梁副市长当建委副主任的时候，由于人又矮又瘦，貌不惊人，三十岁还没结婚。那时候，二十二岁的方虹从潮州来到滨海建委打工，为建委跑业务，月薪一千五百元。梁副主任分管这项工作，他见方虹长得漂亮，脑子灵泛，想她是一个好打工妹。一个堂堂的建委副主任找她为妻不是很难的事，虽不是门当户对，但改革开放，什么打工妹不打工妹，只要能工作，能生孩子，能体贴人就好。有一天下班，方虹被工程部经理通知留在办公室，说他开车接她去酒家吃饭。方虹坐在办公室，时而站起看看窗外，时而打开电视瞧瞧，过去半个小时，还不见工程部经理来。她打电话给工程部经理，电话关机，这是怪事。天黑了，街上的灯亮了，穿着时髦衣服的青年男女，成双成对地在大街上晃荡。今晚不是我有事，我潮州男朋友一定在楼下等候。见鬼啰，死经理！方虹正暗暗骂着，办公室门被人推开，走进来的不是工程部经理，而是建委年轻的梁副主任。

"方虹小姐，你还在加班？"梁副主任很关切地问。

方虹见梁副主任进来，心里特紧张。她望望这栋大楼其他办公室都关灯闭户了，只有工程部办公室还亮着灯，就吞吞吐吐地回答："我没有加班，我是……"

梁副主任打断她的话，说："你是在等我？"

"不，在等我们经理。"

"等他干什么？"

"他说请我去吃饭，怎么还不来？"

"七点多钟还不吃饭，饿坏了吧？"

"没、没、没有。"方虹十分慌张地答着。刚转过脸看窗外，电话铃声响了开来。方虹抓起话筒大声地问："老板，急死我了，你怎么还不来？"

"我什么时候成老板了，我是关山(方虹男朋友)，我今天没时间接你，你吃好饭自己回宿舍！"

"不，我还以为……"

"什么？"

"没、没事……"

方虹慌慌张张放下话筒，见梁副主任坐在面前，坐也不是站也不是，连给梁副主任倒茶的事都忘了，心里咚咚咚地跳着。这时，办公室的电话又响了开来，仔细一听是经理打来的。

"唉呀呀，我还有事，今晚来不了，你去买盒饭吃吧！"

“不来，怎么不早打电话？”

“事情没有谈完，哪有时间打电话？”

方虹认识梁副主任，吃过两回饭。他从没到工程部走过，今晚是什么风将他吹来？方虹笑嘻嘻地问：“梁主任，什么风把你吹来工程部？”

“是你这股春风！”

“我是春风？你一定是路过楼下，见工程部还亮着灯上来看看。”方虹一边说一边笑，露着两个大大的酒窝。接着，她又说：“梁主任，请坐，我给你倒杯水！”

梁副主任在沙发上坐下，眼也不眨地看着方虹。方虹紧张得忘记开空调，她的脑门上早已沁出颗颗汗来，有几根细细的头发还沾在汗水里。方虹虽在给梁副主任倒茶，不时也窥他几眼。一个只有一米六的敦实个子，头大脸宽，头发少而乱，年纪轻轻便出现光额头，两排牙齿的中间好像没有当门牙，远看是一条裂缝，细细的眼睛戴上眼镜，不仔细看，还觉得是个瞎子。挨他坐着，往往能闻到一股难受的怪气味。他说给林跃副书记当秘书时经常熬夜，那一叠叠材料与报告全是香烟熏出来的，这不是胃气，是烟味，抽烟的人大都有这种怪味，不足为奇。梁副主任站起身，摇摇手，说：“不要倒茶，我请你吃饭！”

方虹本不想与他出去，但经他反复请求，想到堂堂一个副主任请自己吃饭遭到拒绝，不是断掉一条生路？梁副主任站在门口等她，她在办公室收拾好东西，才勉强与他下楼来，钻进小车，看窗外夜色，心怦怦地跳着。小车晃过一站又一站，只见斑斓的灯光下，一对对青年男女在情侣路上依偎着，有的拿着红玫瑰，有的提着啤酒和小吃。梁副主任问：“方虹小姐，你喜欢这种浪漫生活么？”

方虹没有回答，只是笑出一点声音来。

小车在一个小商店门口停下，梁副主任对她一笑，说：“方虹小姐，你下车吧！”

其实方虹不想与他下车，怕遇上熟人，误认她与一个矮男子相爱。方虹琢磨工程部经理在骗她，一定是他布下的陷阱。少顷，梁副主任提来一大包东西，往车上一丢，说："方虹小姐，今晚玩个开心！"

车子又回到情侣路，在一块绿草地上停下。梁副主任先下车将那包东西往草地上一放，又回到小车身边，打开车门，要方虹下车。梁副主任是个领导，方虹不肯下车，他不好去拉，自己坐在草地上一边吃东西一边喝啤酒。他吃完一只鸡腿，喝完一听啤酒，方虹还没下车。他没趣地收拾好东西，开动车，说："我送你回家！"

路上，只听见一阵阵风从车窗外呼啸而去，不再听到任何说话声。

车内的空气凝固着。

梁副主任将车停在方虹宿舍楼下，一声不吭。此时，楼下立着一个男人，见方虹独自下车，连忙迎上去，问："方虹，你怎么才来？"

话刚问完，一包东西从车里甩出，丢进垃圾桶，传出啤酒与垃圾铁桶碰撞的声音。那个男青年问："那是谁的车？"

梁副主任往外一看，那男青年是方虹的未婚夫，名叫关山，一个打工仔。梁副主任端端眼镜，苦笑一声，开车走了。他开得很快，风驰电掣似的。方虹在背后远远地看着，她知道梁副主任生气发火，明天一定没有好颜色看。

方虹回到宿舍，未婚夫问："你吃过晚饭没？"

方虹一听火冒三丈："吃你咯脑壳！"

"你发火干什么？"

方虹想都是因为你，不是你，梁副主任向我求爱我还不答应？只因你与我是表哥表妹，双方父母定下的姻缘，我才拒绝梁副主任的爱。今晚梁副主任发火，飙车走了，我们休想再在建委干下去！未婚夫知道情况后，非常感动，不是她爱我这位表哥，她早跟着梁副主任眉来眼去了。方虹傻呆呆地坐着不动，有气无力地说："我们离开建委，自己去包工程,挣多挣少是自己的!"

未婚夫不及多想,点点头,说:"这是条路子,不能老给别人打工。"

未等梁副主任炒她鱿鱼,方虹便提前辞职了,不说任何理由,将辞职报告呈送给了工程部经理。工程部经理不敢接这份沉甸甸的报告,问:"谁要你辞职?"

"自己要辞职。"

"你辞职去哪里?"

"我辞职做什么与你没关系!"

"你知道梁主任爱你吗?"

"都是你做的好事,没有你骗我吃饭的那个晚上,我还不会辞职哩!"

工程部经理心里明白,为了讨好梁副主任,主动帮忙制造约见的机会,怎么竟谈砸了?倘若这事不做好,梁副主任会责怨自己没有用,连穿针引线的事都做不好,还管什么工程?

"方虹,你不能辞职。我有什么对不起你的地方,请多多包涵,我再去梁副主任面前美言几句,提你为工程部副经理。"

"在这里我什么都不想干!"方虹说后,将辞职报告往工程部经理手上一丢:"请你退还我与男朋友二人的押金。"

工程部经理见方虹气势汹汹地硬要走,再留也没用,说:"你自己辞职,押金没有退的。"

"不退我也走,有什么了不起!"

一气之下,方虹把钥匙甩在桌上,眼睛狠狠一瞪,风一样地冲出工程部,蹬蹬地奔下楼去。

半月过后,方虹在情侣路再次遇见梁副主任。梁副主任从小车出来,拉着一个姑娘,走到方虹面前,问:方虹小姐,你怎么辞职?你要知道建委很好,你那份工作很不错。如果你想回来,我们仍然欢迎你。对啦，这是我朋友小崔，哈尔滨人，北方交通大学船舶学院的高材生，在房产开发公司工作。你朋友怎么不陪你玩？方虹听完梁副主任这番话，很受感动，觉得他是一个堂堂正正的男人，他一点不记恨我，是一块当官的料。古话说：人不可貌相，海水不可斗量。男人长得丑有什么关系？

方虹点点头，伸出手与小崔握了握，笑了笑，挥手走了。

这天晚上，方虹没有睡着。后来，梁副主任当了建委主任，与小崔结婚，他还给方虹送来请柬，请她参加婚礼。结婚那天，他又说你自己包工程是好事，有什么困难尽管说，在我力所能及的范围内尽力为你解决，谁叫我们朋友一场哩！

方虹努力地回忆着梁副市长的优点。他给自己介绍过工程，还帮助解决过贷款问题，他不收一分酬金，连请喝茶都不去，还说帮这点忙算什么。他是一个大好人，是一个为民办事的官员。当过两年建委主任，如今又当上副市长，还分管文化出版，我真是遇上了贵人……

山西妹子给乳房按摩半个时辰，见王秘书还不脱衣服，走上前去，抓住王秘书不放，用力解着扣子，说："王小姐，脱掉衣服，我们一起去卫生间洗澡！"

经山西妹子推来搡去，王秘书将衣服脱了。方虹见王秘书皮肤嫩白，大吃一惊："嘻，雪白的身子！"

王秘书不好意思，用澡巾将身子围住，说："我没有你白。"

激情喷发的方虹，一弓身下床来，抱住王秘书："我要是男人，我让你玩个痛快！"

方虹越抱越紧，说："王秘书，你到底怀上谁的小孩？"

山西妹子插言道："假若是林生的，你还不敲他一笔还拖到什么时候。他是一条色狼，你不给他点厉害，他得寸进尺。说实话，我怀的也是他的，方虹姐为他曾打过两次胎，这回她又怀上了。如果你怀的也是他的，我们一起敲他。你敲一个官，我敲一栋房，方虹姐敲他一笔钱，看他还狂不狂！”

其实，王秘书心里最清楚，她们怀的小孩不是林生老板的，这是她们栽赃陷害人。

方虹笑笑，说：“刚来的宁静比我们都漂亮。林生喜新厌旧，你看他对宁静多好，送金项链，送昂贵名牌晚礼服，还请她单独去梦幻夜总会玩。不打垮林生，挤走宁静，我们没有好日子过。”

“方虹姐，林生没有请宁静去梦幻夜总会，晚礼服是梁董事长送的。”山西妹子说。

“梁从汉也不是个好东西！”

“林生老总没有那么坏吧！”王秘书为林生辩护。

“不坏，你肚里的小孩是谁的？”

“我没有怀小孩呀！”

方虹点点头，问：“好啦好啦，不说这事了。王秘书，听说《中南五省旅游手册》那本书交给了宁静，那她就发财了！”

王秘书不清楚，摇摇头，说：“不可能，她刚来业务不熟悉，能拿得下么？”

“嘻，有林家兄弟支持，有什么拿不下的。看来我们只有把他们两兄弟拉下马，这套旅游手册才能让我们承揽，等发了大财，才有我们三姐妹的出路。”

山西妹子说：“对，我们三个一齐告他，罗列几大罪状，看他还有希望当出版局副局长么？再说他大哥退休了，也起不了多大作用。”山西妹子一边说一边拉着王秘书下到浴盆，三人挤在浴盆里拍打着澡液产生的泡沫，她给你擦背，你摸摸她奶子，还互相传授着保养的经验。

她们三人洗好澡,穿上睡衣,徐徐地走向客厅。忽然,方虹的手机上收到短信,打开一看是市委那个部长发来的:

单身是领悟,分手是觉悟,离婚是醒悟,再婚是执迷不悟,没有情人是废物,情人多了是动物。

方虹关上手机笑了。一阵过后,方虹给那个部长回发一个短信:

遇见你心跳加快,不见你心情变坏,梦见你时间过得太快,拥有你是不是漫长等待?

王秘书见饭桌上摆有很多菜和啤酒,惊奇地问:"谁送来的饭菜?"

"别管谁送来的,你只管吃!"

她们三人刚刚坐下,正准备打开啤酒喝时,两个大汉蹿进屋来,一个靠着方虹,一个挨着山西妹子,色迷迷地问:"这个靓妹是新来的?"

"她是小妹,你们不要动她!"方虹狠狠地瞪他们一眼。靠着方虹的那个大汉,看方虹眼色,一把抱住方虹拼命地吻;靠着山西妹子的那个也不示弱,一手掀开山西妹子的睡衣,双手搂着奶子使劲地揉,揉得山西妹子叽叽哼哼的。王秘书以为是强盗,骂道:"你们滚出去,不滚出去,我马上报警了!"

但看着方虹和山西妹子那副被欲火烧得难忍难受的样子,王秘书丈二和尚摸不出头绪,自己也坐立不安起来。一会儿,她起身去卫生间换上衣服准备离开,谁料一只铁钳般的大手抓住了她。她斜眼看着那个大汉,问:"你抓我干什么?"

"你去哪里?"

“我回公司去!”

“不行,今晚在这里过夜,包你满意!”那汉子嬉笑着。

王秘书用力挣扎却无济于事,反被那汉子捏出一道印痕,说:“你再走,我捏断你的手!”

王秘书没被那汉子吼喝所吓倒,还在拼命地挣扎。那汉子放下山西妹子转过身来,抓住王秘书的睡衣往两边一掀,一副洁白的胴体暴露无遗。那汉子一时傻了眼,嘿嘿笑一阵后,说:“你真好看!”

方虹见王秘书还在反抗,恶狠狠地瞪两个男人一眼,说:“别逗,安心吃饭吧!”

两个大汉呼噜呼噜地埋头吃饭,方虹仿佛是他们的头,他们百依百顺地听方虹摆布。几分钟后,他俩互相眨眨眼,对方虹和山西妹子打一下招呼走了。

两个大汉走后,王秘书呆如木鸡,刚才的那一幕,像一阵霹雳炸昏了她的头。山西妹子却不在意,关掉日光灯,打开粉红灯,对着镜子在欣赏着自己粉红色的睡衣。在粉红灯光下,它像一朵绽开的桃花,胸前两扇衣门,如两片花瓣,在灿烂的阳光下一张一合;两个乳房如两颗花蕊,在春雨落下时,一定会流出淡淡的蜜汁。方虹见山西妹子玩着睡衣,也将睡衣带解开,随意地在客厅里走动,未带乳罩的双乳一颤一抖的,弹来弹去,令王秘书大开眼界。她暗暗地想,她俩在公司上班衣着端庄,一件白衬衣结上一条红色领带,一袭乌黑头发绾成一个髻子,看上去庄重大方干净利落,给人干练的感觉,谁料八小时之外竟如此的放荡。弯月般的眉毛下有一双深潭水汪的大眼睛,高高的鼻梁上卧着一条蚂蟥形状的根,衬出白净肤色。她俩的长相好像一个模具套印的,只是山西妹子没有方虹高,乳房没有方虹大,有时她俩都穿同样的衣服,连说话的腔调都很接近,走路姿势,由于朝朝暮暮在一起,谁的姿势好看就仿效谁,如今这姿势不知是谁先形成的,但是一个样。公司员工都说她俩像亲姐妹，每天形影不离。方虹拍拍山西妹子胸脯，问："这么多天按摩，长大多少？"山西妹子瞥一眼方虹，说："没有长大，但还是硬了许多。"方虹摇摇头，说："林生那个家伙常说女人的乳房是一道风景。他喜欢乳房大的女孩。要使他喜欢你，就得千方百计想办法把乳房整大！"

山西妹子又看一眼王秘书，笑笑地说："我与她一样，都没得到他的喜欢。那个宁静的乳房也不大，他怎么还是喜欢她？"

王秘书没有理睬，还在想着刚才那两个大汉的粗鲁与好色，莫非是黑社会团伙？

"她脸蛋比你俩长得好，又是老家湘西人，不喜欢她还喜欢谁？"

山西妹子像发现新大陆，猛拍方虹的胸脯，说："虹姐，你情人当了副市长，怎么不去找找他，让他压压林生。"

方虹得意地说："我找他，哼，他要找我的！"

"为什么找你？"

"他那个北方婆娘胖得像头猪，走路像在地上打滚，你说他嫌她么？再说他也知道我已经离婚……"

"虹姐，你有这层关系还怕林生？"

"我没说怕他呀！只要你们跟着我走，包你们有幸福日子。"方虹说话时看着王秘书，说："王秘书，林生对你好，我们与他作对，你会当叛徒吗？"

王秘书摇摇头，说："你们与他作对，关我什么事？我又不是一辈子在他手下打工。说实话，我早不想干了，只是因为没有找到好的工作。"

"你上什么班，跟着我干会有好处的。买洋楼，买小车，找一个好男人周游世界！"

"你怎么还不买洋楼和小车？"

“嘻,这栋楼房不是我的,难道是你的?”

“这是你买的房?”王秘书问。

方虹点点头,起身走向厨房,拿出三个高脚酒杯和一瓶法国葡萄酒,打开瓶盖,往三个酒杯里倒。王秘书不会喝酒,方虹硬要她喝,一杯二杯三杯下肚,顿觉眼冒金花,四肢瘫软,欲立身起来,又摇摆不定。走动几步,倒上床去。

山西妹子见王秘书不胜酒力,问方虹:“她醉了?”

方虹笑了笑,从口袋掏出一包白色的东西,说:“还是这东西见效!”

山西妹子不问是什么东西,心里明白是她往杯里放下的迷魂药。她看看方虹,又看看躺在床上的王秘书。王秘书的睡衣开着,不省人事。方虹给山西妹子眨眨眼,她俩换上衣服,背上包溜出门去。

这天晚上,方虹与山西妹子没有回来。

王秘书醒来后,发现自己一丝不挂,床单上还残留许多米汤般的东西,黏糊糊的。她立刻想到昨晚有人强奸了自己。她伸伸手臂,又发现左臂上用针刺有一条黑蜘蛛的图案。方虹与山西妹子哪去了呢?难道昨晚我们三姐妹都遭了殃?她往四周一看,只见方虹她们穿的睡衣安然地挂在衣架上,其他东西丝毫未动。她再仔细一看,床头柜的台灯下压着一张字条:

> 不管你是否是自愿加入黑蜘蛛的,公安已在擒拿手臂上刺有黑蜘蛛图案的人。方虹与山西妹子没有刺过黑蜘蛛,只要她们往公安局挂个电话,你就有几年牢狱之灾。看来你只有与我们合作,才有出路,否则你将会遭到黑蜘蛛暗杀。

这是男人的手迹,字的笔画粗而大。

这是陷阱,这是圈套,刚才这两个大汉一定是黑社会团伙成员!王秘书知道滨海公安正在侦查由金叶大酒店日本民间代表团请美女三陪引发的黑蜘蛛团伙大案,这是一个贩人贩毒团伙,金叶大酒店的日本鬼子三陪案件就是黑蜘蛛团伙所为。时间过去两个月,案情尚未侦破,刑侦大队感到头痛。这帮团伙头目是谁?

王秘书胆战心惊,穿上衣服,抱头下楼坐的士回到了红苹果公司。这天上班她坐立不安,见方虹与山西妹子神秘兮兮地看她,仿佛两个可怕的幽灵在眼前飘浮。方虹走上来低声地问:"你睡得好死,怕影响你,我们提前上班了!"

"你们昨晚在哪儿睡觉?"

方虹点点头,没有回答。王秘书对在她身上所发生的一切十分清楚,她不需再作详细的追问。方虹一定是个黑道人物,她斜眼看人,她不停地摇头,不停地去卫生间,不停地呕吐。从卫生间出来,用餐巾纸擦着眼泪,别人认为她是感冒流下的鼻涕,其实都不是。王秘书开始后悔昨晚不该去方虹宿舍,不该喝酒。假若不醉酒,谁也不会在她臂膀上刺下一条黑蜘蛛图案,让人怀疑是黑道人物。

王秘书悄悄地流泪,白天她不吃不喝,晚上回到宿舍又是哭。从这天起,她不敢再穿短袖衣服,不敢将臂膀露在外面,不敢与女员工去海里冲浪。"五四"青年节那天,林跃顾问提出全体青年员工去恩平温泉洗澡,要王秘书带队,王秘书死活不去,最后只好让方虹去,公司里只剩下王秘书和宁静。宁静不去的秘密,别人无法知道。王秘书不去的原因,方虹和山西妹子一清二楚。为这事王秘书得罪了林跃:这死丫头,以为我是顾问,不能安排她。她都不想想我是林生的大哥,再说不是叫大家去干坏事,泡温泉有什么不好?

那天林跃把她骂得个死去活来。此时的她泪流干了,心里却还在想着自己臂膀上那个黑蜘蛛图案。

王秘书沉默不语，像哑巴吃黄连，有一肚子的苦水无法倒出来。但是方虹每天都在威胁她："你检不检举林生，不检举林生，我打电话给公安局！"

王秘书苦苦求饶着："方虹姐，你要什么我给你什么，你千万别打电话给公安局。"

"那你听我安排，今晚去我宿舍！"

王秘书一一点头。

王秘书乖乖地又去她宿舍，又乖乖地让那两个大汉子蹂躏，成为他们的玩物。她知道那两个大汉很有钱，用钱玩女人是他们的爱好，他们给了钱，但王秘书未得，钱都进了方虹的腰包。

全体员工去恩平泡温泉那天，王秘书与宁静在家相互倾诉着苦情。她问宁静你怎么不去？宁静摇摇头说不想去，洗澡跑那么远，浪费时间。宁静问王秘书你怎么不去？王秘书摇摇头不吭声，只见泪水在眼里打滚。一阵过后，她说不想活了，一个女人活得很累。宁静问她为什么？她说有方虹在公司，我们没有安全，公司也不会安宁，我看这公司会垮在她手上，林生会遭殃。他遭什么殃？宁静惊诧地问。王秘书说宁静你与林生都是老乡，你提醒老乡要防范她，否则会身败名裂。宁静听出一点由头，方虹无非拿林生与她有过性爱关系作杀手锏告他，可湘西人不会那么卑鄙，都是直肠子，骨子里傲慢，但做事清清白白，方虹诬告不会得逞。

王秘书见宁静不屑一顾，叹气地说："当我没有说，宁静，你不要同林经理讲。"

宁静点点头走了，但她还不知道一双双黑手正朝她伸来，朝林生伸来。

四、女人花开

夏长阳在滨海一个星期了，根本没有见到宁静的影子。但他的脑海里却刻满了宁静一家人的形象，并把宁静幻想成苹果花开，变成一个真正美丽的女孩。在家时，他也说过宁静样子像女人，有女人味，他没料到宁静到滨海后竟然真变成了女人。因而他对宁静的幻想增添了许多细节，还引起对自己来滨海的头天晚上所发生的一切的一番回忆。

宁静的父亲开始只会画毛主席像写毛主席语录墙，后来学会了画鸡画鸭画鹅。本是山旮旯里人，因从小看牛放羊常用棍枝在有尘土的平地里画来画去，画多了，画什么像什么，他不知什么叫国画、油画、漫画、水彩画、版画、工笔画，更不知道什么派什么流，中国美术历史的发展，他更是知之甚少。他一直没有画过风景，前几年偶尔画画工笔画，作品在省市展出过，但都没有获过奖。锦水县没有画家，因此她父亲受到县里领导青睐，招干到了县文化馆当美术专干。不久，一个靠写小说的农民作者夏长阳，因发表几个侦探小说，也招干到了县文化馆，安排他们住在一栋有些年代的木板楼里，一个靠左，一个靠右，朝暮相处，还非常谈得来，成为友好的邻居。宁静读完大学，分配在城郊中学教美术。半年下来，有人说她不像男孩，说话斯文，声音清脆，动作轻巧，手指尖尖，腿部修长，身材苗条，走路喜欢扭着腰肢。母亲见她这副样子，叹息道："宁静，你这样子能娶到老婆？"宁静心里想，我是个女孩，你们怎么把我养成男孩？宁静不敢公开说，只是深深地埋在心底。

父亲去世后，母亲见儿子不中用，有什么事总要找对门的邻居侦探小说作家夏长阳商量。由于宁静性格孤僻，没有男朋友，也没有女朋友，一年到头除乡下本家亲戚进到她家外，城里几乎没有朋友来串门。说实话，她是个女孩，可她父母亲戚朋友和周围的人都把她当作男孩。母亲不在家，父亲有时上卫生间都不关门。夏天，男人当着她的面脱裤下河，有些男同学还使劲拉她去河里洗澡，扯出长长的鸡巴比谁的尿屙得远。同学见她不肯脱裤，一齐拢来扯她裤子，她常常为这事与同学打架。想着这些，宁静夜夜泪往肚里流。如果发育正常，真变成女人，不知要有多大的勇气去面对命运与自己开的这个玩笑。一天，县银行派人到家里催还贷款，母亲被银行人骂哭了。宁静晚上回到家里，见母亲满脸泪痕地坐在竹矮椅上发呆，问："妈，你怎么还不煮饭？"母亲好久才说："嫁给你父亲这个短命鬼，又生下你这个宝里宝气崽，前世造了孽呵！"

"妈，发生什么事？"妈不作声了，痴痴发着呆。一连几声喊妈妈都不答应，气坏了的宁静一蹦出了门，好晚好晚才回家。进门之后，看见到母亲吊在一根绳子上，双脚刚推倒竹矮椅。宁静吓坏了，大声喊来对门的作家夏长阳。在夏长阳的帮助下，宁静将母亲轻轻抱下来，在微弱的灯光下，发现母亲脖子上吊出一道绳索印子，来晚一点，母亲将随她父亲一道远去。宁静看看时间已是晚上十二时，肚子开始咕噜噜地叫了，她一时想起今晚还没有吃晚饭。她开始烧饭，打两个汤蛋，将一碗蛋汤一羹羹地喂进母亲嘴里，泛白的嘴唇渐渐红亮起来。宁静见母亲来了精神，问："妈，你为何自杀？"母亲眨眨眼睛，问："你知道我们家还欠银行多少钱吗？"

"我知道欠很多钱，你自杀就能还债？"母亲将白眼投向宁静，大声地说："你长大了也没有用，摸摸屁股闻闻手，哪像一个男子汉？"宁静想着母亲这句话，气火一齐上来，说："我去偷去抢去杀人才是男子汉？老师没有权没有钱，只能过平淡日子，没有发横财的机会！"母亲用手擦擦眼泪，说："只有把我逼死，你才能做男子汉！今天银行来人说我们不还贷款，给我们贷款的那个银行干部就会被开除。你向同学和朋友，借多少是多少，能保住人家饭碗才行！"宁静看看这间木屋，说把这间屋卖了。母亲转眼一看，说这屋能值几个钱？她看着这破旧的木板楼，楼顶楼板楼壁，斑斑驳驳，被烟火熏得乌漆抹黑，闻惯了霉味觉得没有霉味，但只要外人走进来，立马呛得透不过气，赶紧奔出门外大口呼吸新鲜空气。挨近宁静，常有人用手掌扇风，仿佛她沾有大粪一样臭。开始以为自己衣服脏，脱下来左看右看，并未看到什么，用鼻闻闻，才知是一股烟糊臊味，特别刺鼻。衣服怎么有这怪味？原来是母亲将衣服晾在屋里，煮饭时一阵阵烟气往上冲，落下几粒霉灰，熏得衣服慢慢变黄。宁静多次跟母亲说，衣服不能晾在屋里，母亲说没有地方晒，只能这样。没有经过太阳晒干的衣服有很多细菌没有杀死，穿在身上，慢慢感染皮肤，使皮肤变坏发痒。父亲就是这样长期遭到细菌的袭击，慢慢患上咽喉癌的。不是这样艰苦的环境，父亲不会死去。她望着父亲骨瘦如柴的遗像痛心地流下了眼泪。我到哪里去借？我没有多少朋友，有同学也不来往。妈妈，我是个女孩，你们为什么把我当作男孩？自己是女孩，为什么发育不全？小时候，你要我光着屁股去晒太阳，去泥巴里打滚，去溪里洗澡，不知为什么我就是害羞，不肯脱衣服，看都不看他们男孩子一眼，你还骂我是旱鸭子。那时候，我不与你争辩，回到自己房里，脱光身子，从上到下地看过，乳房比一般男孩大，但没有女人那么突出，下身有点勃，但没有嘴，如今凹陷下去，出现一道裂缝，也没有女人那么明显。从头发至形体，硬是一副女儿相貌。头发长得很快，刘海很齐，两耳下总是长着齐齐的绒毛。我是个女人，一定得还我女人身。有男人作变性手术成为女人，我是女人怎么不敢公开？妈妈，我去给你找钱还债，南下广东变成女人，那是开发开放的地方，别人不认识我，别人会把我当做女人。我的头发蓄得长，并不是歌星的打扮，而是从小养成的，任人说我像痞子流氓。我告诉你，我是个女孩，我要南下滨海……

就在宁静决心欲还女儿身时，春节几天由于连连吃甜酒，扰得她乳房痒痒作痛，仿佛坐月女人的奶，胀得难以忍受，颇想异性的手去抚摸，腿下的长河沙滩上，宛如蚂蚁在爬，痒慌慌的，巴不得用棍子去赶跑蚂蚁，让河水浸润沙滩，揉成沙泥，黏糊糊才过瘾。每夜折腾到凌晨才入睡，每天清早醒来，乳房都要长高一节，如两个馒头放在胸脯上。这怎么办？怎么见人？宁静感到害怕，天天呆在家里不出门，偷偷地用一条长手帕将长大的乳房紧紧捆着，再穿上一件宽松的衣服。这只是暂时的，天热怎么办？半月后的一天，她决定南下广东，认认真真做个女人。先天她偷偷地去商店买来两套女人衣服，还有女人内衣内裤和高跟皮鞋，别人见她提着女人衣服很诧异，他告诉人家是给女朋友买的。回到家里，她又偷偷地把衣服装进读大学时用的皮箱里。

宁静是一朵含苞迟迟不开的女人花，昨天夜里花苞突然地盛开了，并且十分好看。

天渐渐亮了，母亲还在睡梦里，宁静就悄悄地上路了，离开了这个家，离开了锦水县城。

女人打扮的宁静戴着一副太阳镜，画上浓浓的眉毛，涂上红红的唇膏，将一袭头发绾成一个髻子，朝火车站走去。赶搭早班火车的锦水县城人，有好几个认识她的，却都没有认出来，谁也想不到这个漂亮的女孩就是男孩宁静。在候车室里，有些男人不停地看她，相互间谈论着那是谁家的女孩，长得那么靓？但大家都摇头不认识。有人欲上来搭讪，宁静故意走开不理睬。上车时，侦探作家夏长阳去车站送朋友，见到这位不认识的女孩，顿生几分惊奇，也足足地凝望良久，但他也没有看出她是男孩宁静。

宁静的母亲将宁静留下的纸条递给对门作家夏长阳看。夏长阳知道宁静去滨海，可不知原因。很多人都说打工仔不如国家干部，何必去打工？对门那幢高楼的女孩并不在工厂上班，两姐妹都是“傍大款”，当人家的“二奶”，供人观赏调味的“金丝雀”，要不哪里找来那么多钱？宁静一个男孩去闯荡是好事，但不知他真去滨海还是没有去？宁静母亲急了，要夏长阳帮忙找回来。县文化局领导也同情这个家庭，出一千元路费，要他半月内将宁静找回来。如果钱不够再联系。不找回来，一旦出什么事，家里留下一个老寡妇，谁来养？又谁来还清银行那笔贷款？

夏长阳明天就要去滨海。今晚他睡得早，刚躺下床去，身上突发奇痒，双手左右开弓，前胸后背猛抓，越抓越痒。脱光衣服一看，一团团红肿起来，一团连着一团，没有一块好皮肤。妻子说一定是碰上蜘蛛拉的尿，蜘蛛尿有毒，染上它，十天半月消退不了。这红团团，遇热则痒，遇冷则静。妻子要他掀开被子，透点冷风止痒睡觉。早春二月，毕竟寒意袭人，好一阵才迷迷糊糊睡着，朦胧中见到一个白胡子老人，站在高高的天桥上，俯首向他挥手，没有说话，一副很俨然的样子，仿佛在指点迷津。只见老人从口袋掏出一张饭桌大的宣纸，纸上写有几个大字，龙飞凤舞地朝他抛来。这张纸飘得很远，像飘飞的云块沿着南方奔去。他跟着跟着，这张纸飘得无影无踪，任他四处寻找都没找到。他醒来仔细回想，觉得这梦奇怪，于是讲给妻子听。妻子说这是好梦，那张写有字的纸是天书，是老人给你指点方向，不久你会出远门，会到崭新的天地去。他不信周公解梦，但他一直后悔在梦中没有找到那张纸，没看清老人写有什么字，回想过后觉得是一个神话故事，如果往后要写小说，就从白胡子老人抛撒“天书”写起。想着想着，又迷迷糊糊睡去。这夜的梦真多，他先是梦见自己在读书，在听老师上课。下课休息时，在学校的厕所屋檐上发现有一个很大很大的蜘蛛网，网上有数只蜘蛛在蠕动。

他觉得奇怪,走拢去细看,突然看见一只蜘蛛抬着屁股在屙丝。不经意,他的眼睛辣了一下。瞬间,眼睛大放光辉,眼前所看到的一切,都像夏天的朝霞,十分耀眼,光闪闪的,仿佛大地的万物都镀着金粉,都是金银般地亮。那高大的房屋,直宽的公路,穿梭的汽车,行走的人群,一条条的江河,一座座的山川,全被眼中的金辉染遍。他还看见一座山上有一片苹果花,特别好看。一阵风吹来,芳香扑鼻。他想看个透彻,可任怎么眨揉眼睛,金辉中,苹果花十分耀眼,再也看不见那个硕大的蜘蛛网了。上课铃声响起,他急往教室奔去,任怎么用力都走不动,看不见去教室的那条小径。眼睛坏了,是什么弄瞎他的眼睛,有同学告诉他是蜘蛛的尿。对,是蜘蛛的尿。刚才他的眼睛刺激了一下,好像是露珠,从厕所屋檐上滴下来的,冷冰冰的。同学说今早没有露珠,是蜘蛛拉的尿。这是很难遇上的,却被你遇上……

一时间,他被急醒过来,妻子拍拍他的肩膀,问:“长阳,你做凶梦?”

“不,我的眼睛瞎了!”

妻子责怪他说梦话,急忙拉亮电灯,催促说:“长阳,你睁开眼睛看看。”

眼睛很轻松地睁开,看着妻子着急的样子,问:“你急什么?”

“我以为你眼睛真瞎了呢!”

他拍拍胸脯,说:“急死我了,急死我了!”

“你做什么梦,这么凶这么急,把我都吵醒了。”

接着,他回忆起梦境来。妻子将《周公解梦》翻开,要他自己细细查找对照。最后他找到了,说梦见读书,能获得爱情。

接着妻子说:“男人梦见蜘蛛,意味着会被人监视,时刻要小心提防。如果梦见蜘蛛织网,生意会好;梦见蜘蛛拉尿到你身上,你将会发财、幸福。”妻子说完,夏长阳身上又开始痒起来。妻子问:“你今天染上什么毒?”

“上午在办公室，下午到柴棚搬弄东西，未碰上有毒的虫蚁。”

“柴棚？”妻子一时记起，说：“柴棚有个小蜘蛛网，你看见没有？”

“没看见。”

“嘻。你一定是碰上它了，否则你身上怎会有红团团？”

妻子见他奇痒难受，爬起来，烧一壶热水，泡上一抓盐，搅匀淘溶，把他拉下床，说：

“赶快去清毒，用澡巾猛擦身子。”

痒得真是难受，用盐水洗红团团真过瘾，越擦越有味，猛擦一会，红团团已消蔫下去。这时候，妻子从柴棚回来，第一句话便说：“瞎人做瞎事，身上长红团团，活该！”

“怎么回事？”

“柴棚那个蜘蛛网被你撞破，身上不长红团才怪！”

他默不作声，只是点了点头，妻子说：“你这人染上毒蜘蛛，便做蜘蛛梦，往后会与蜘蛛有缘。不是蜘蛛网破，就是你亡，时时刻刻都得小心谨慎，不要再钻进蜘蛛网中去。”

蜘蛛网是陷阱，许多蚊子苍蝇蝴蝶，像飞蛾扑火一样乖乖地扑上去。在乡下的日子，他见到过这样的场景：没有农药的年代，乡下人种水稻，青绿绿的稻叶上爬满着飞蛾，乡下人便制作起盏盏油灯，放在田野里。墨水瓶盖上，凿一小孔，用棉花搓成灯芯。灯笼是长三角形，用薄玻璃安置，顶上空间，能透烟气。每丘田头尾各摆一盏，满畈灯火点点，仿佛一座矮矮的山城。先天夜里点燃，夜风吹得灯火摇摇曳曳，只见很多很多的飞蛾纷纷扑去。第二天清晨，跑到田埂上一看，灯盏四周尽是死去的飞蛾，有几十几百只滚落在田埂边。但蜘蛛网不是引诱飞蛾的灯火，那些蚊子苍蝇蝴蝶，有时是被风卷进去，有时是瞎飞瞎闯进去，并非心甘情愿地闯进去的。

谁又想去自焚？这是童话，但愿童话不是现实。但是人世间有许多陷阱，有的人就像那些虫类飞物阴差阳错地掉入陷阱，爬都爬不出来，直至死亡。

果不所料，夏长阳到滨海后真的与蜘蛛有缘，扑入了蜘蛛网，蹲了半年牢。

五、神秘黑洞

夏长阳来到滨海，先去找在滨海出版社工作的湘西作家佳佳。她原是湘西剧团的，又当编剧又唱戏，在省城开过两次会，见过两次面。她是一九九六年南下滨海的，听说因与丈夫分手才做出这个痛苦的选择。南下好些年，还是临时编辑。那天晚上，夏长阳在红辣椒酒家吃饭时，有幸结识佳佳她大姐的儿子——红苹果咖啡馆老板陈秋冬。因为是老乡，陈老板很热情，什么话都谈。佳佳说，我与他一起来的，他原在湘西一所中专任教，因爱上州长女儿，遭到州长老婆拒绝，嫌他是一个穷教书匠，没钱买房子；还嫌他是个野崽，有母无父。尤其是他那个疯母还住在西晃山上，门不当户不对，所以他只好悄悄地告别女友来到滨海。陈秋冬说佳佳很清高，放不下那副臭架子，什么工厂、企业、宾馆，她都瞧不上，硬要选文化单位，结果至今没有调来。我打工三年，便开办了这家红苹果咖啡馆。这屋子虽不大，上下三层楼，在滨海也值一百多万吧！夏长阳一边听一边喝酒，又看看佳佳的面部表情。佳佳是一个颇有才华的女子，怎会不如她外甥？陈秋冬打工才三年，怎么能挣那么多钱？佳佳见夏长阳不说话，问："你也来滨海捅金子？"

聊了好久，夏长阳没有说他来滨海寻人。佳佳问他干什么，他才想起是为邻居寻找小孩来的，并且还说文化局与宁静所在的单位给了盘缠钱，没有找到宁静，也得有蛛丝马迹。接着，夏长阳口若悬河地叙述宁静出走的故事。他在叙述时，陈秋冬听得很认真，有时凝神想着什么，回过神来便夸自己咖啡馆虽袖珍，但极为温馨，那里的东西都像苹果一样是圆的，颜色是红的，十多个服务小姐都长着一副苹果脸，水灵红嫩，秀色可餐。前来应聘的脸长鼻高下巴尖的小姐统统靠边站，哪怕长得再好看，我都不屑一顾，告诉她们没有本馆特色，赶快走人。长得脸圆的小姐，都被我看中，那些白里透红的小姐，运气更佳，就是有点胖，都一聘则中。开初佳姨不知我在卖什么药，后来才知道是我的创意。佳姨说这意境深远，苹果不但像足球篮球乒乓球冲出国门，走向世界，还像一个地球，这咖啡馆不仅是滨海的，还是世界的，野心不小。佳姨说我有才气，是搞文学创作的料，为什么不写写东西？我说很多作家都是清贫的，拥有的只是精神财富，没有物质享受，永远被人瞧不起，只是平平淡淡过日子算不得大作家。滨海那些阔老板，他妈的真牛，腰上绷着一个壮鼓鼓的钱包，钞票大把大把地花，只要滨海有什么高级享受他们都去，他们嫌中国落后，渴望多发明创造像外国人那样享受生活的最尖端的机器，最好是能让人返老还童，可惜只有桑拿按摩足浴推油，除这些之外，无非就是玩女人。作家每天呆在书房里，靠想象打发着春夏秋冬，脑海里浮着一只只虚幻缥缈的船，在生活的海面上漂荡着，似乎看见了许多，似乎什么也没看见，在孤独中来来往往。回到现实，用手捶捶疲倦的腰，用力揉揉敲键盘敲痛了的手，深深地呼吸一阵书房发霉的空气，再回到鼻孔里的又是自己释放出来的烟味，对照镜子看看，两排整齐的牙齿被烟膏涂得蜡黄，没精打采的眼睛四周被圈上一个黑圈，你们说当作家有何好处！佳姨，你有才气，又长得漂亮，为什么是爱情的失败者？为什么瞧不上滨海的老板？佳佳笑了笑，说滨海有些老板没有文化，有文化的寥寥无几，我所接触的多半是没有文化的，他们靠改革开放和胆子，一夜成了百万富翁，与他们交流十分困难，说出来的话很多都极其流氓，你要他狗嘴里吐出象牙，简直是老鼠想吃天鹅肉。我宁愿清贫，不能出卖自己的灵魂和人格。如果我嫁给一个没有文化的老板,有人会说我没有文化,说我不是嫁给一个男人,是嫁给那个男人的钱,钱是我丈夫,你说我能接受么?

陈秋冬说佳姨你很清高,像你这样的作家很少。有些企业老板想出名,借作家的笔写一本本书出版,不署作家名,只要企业出钱,一些作家也干。这说明今天作家没有多大价值,尤其是在特区,别说自己是作家,千万别戴这个桂冠。特区老板听是内地来的作家,他们都摇摇手避之不及。湖南有个小有名气的作家到滨海一家文化公司打工,公司安排他去采访企业一位老总,有人介绍他是作家,这位老总坐在办公室一连三天不接见,最后气得这位作家提上行李回了湖南。你们说作家还值钱么?西方国家都是将企业排名第一,文化第二,行政长官才是第三。中国却把行政长官排在第一,这是文化差异。姨,你懂吗?

夏长阳听完这番话,酒也不喝了,站起身往酒家门外走去。陈秋冬惊讶地问:"佳姨,他怎么了?"

"嘻,你这番话刺伤了他的心,因为他也是一位作家。"

"他是作家?"

"他是从农村出来的农民作家,写公安侦破文学和乡土文学。"

"全国那么多作家,他伤什么心?听说从内地来滨海捅金子的作家有二百多位,有的还不承认是作家。佳姨你认识的有几十位,与你玩得好的贝贝、文文、水水,都是三四流作家,夏长阳是几流?你认识的几十位作家都过得不好,大都因是作家,那些大集团公司不聘任,仅能靠稿费混日子。夏长阳是老乡,你告诉他不要说自己是作家,才能找到工作。"

陈老板刚说完,夏长阳回到桌边问:"你们说什么?"

"没说什么,闲聊呗!老夏,听说你也是作家?"陈老板问。

夏长阳摇摇头,回答道:"我不是作家。"

佳佳忍俊不禁,说:"你看是不是,你说那番话后,他不敢承认是作家，他出去回避。”

夏长阳笑了笑，说：“不是不是，我看这酒家不许抽烟，烟瘾发作，出去抽一支烟。再说我不能算作家，只是一个作者。”

“你有文凭么？”

“我不找工作要什么文凭？”

“你不找工作，来滨海只为寻找那个名叫宁静的出走男孩？”佳佳问。

夏长阳点点头，说：“不知他在什么地方？”

“滨海那么大，到哪里去找？是男孩还是女孩？如果是女孩，做了‘金丝雀’，你就是千里眼，也无法找到。”陈秋冬插嘴。

“他是男孩，名叫宁静，今年二十二岁，大学刚毕业，在锦水乡村中学教书。长得很秀气，蓄着长发，其气质宛如音乐家或画家，声音细细的，不细看还以为是女孩。你们也帮我找找，因为都是湘西人，都理解一下失去孩子的母亲的痛苦心情。他父亲是个画家，去年患癌逝世，家里有一个没有工作的母亲。”

“他来滨海多久？”

“两个多月。”

“嘻，幸好他是个男孩，如果是女孩，没有一点安全感。秋冬，你咖啡馆被杀死的那个苹果小姐案子破了没有？那个在金叶大酒店给日本鬼子陪睡失踪的湘西女孩有消息了吗？”

“佳姨，你又想捞素材赚稿费？”

佳佳没有回答，脸上顿时出现一片红晕。她抓起酒杯，一口气将一杯长城干红葡萄酒咽下肚去，说：“一个苹果小姐被情杀，一个苹果小姐前些天失踪，据说是黑蜘蛛团伙干的，至今没有下落，也许还活着，也许已经死亡。”陈秋冬不再吱声，他看看佳佳，又看看初来滨海的夏长阳，露出一副很得意的神情，奇怪地问：“佳姨，你猜我敢杀人么？”

佳佳回答道："杀鸡都不敢，还敢杀人！"

"嘻，树怕伤根，人怕伤心，惹火了，谁不敢！"

"谁惹你了？"

"狗日的，我得不到她，他也别想得到！"

"你骂谁？"

陈秋冬没有回答佳佳，也没有往下说。

陈秋冬说出敢杀人的话，佳佳没往心里去，听过就忘了。

吃好晚饭，晚霞已经隐退到灰色的云里去了，城市的上空流淌着银水。夏长阳与佳佳被陈秋冬带上他的小车，朝红苹果咖啡馆驶去。当小车驶上情侣路时，夏长阳大开眼界，不禁赞叹起来：多漂亮呀！从车窗往外看，不远处一座红楼跃入他眼帘，红砖红墙红檐红门红地毯，门上的"红苹果咖啡馆"几个烫金大字非常醒目，便问："那是你的咖啡馆？"

正在开车的陈秋冬，自豪地应了一声："嗯！"

车到门口停下来，夏长阳与佳佳一同款款走进咖啡馆。咖啡馆的一切都是红的，红圆桌红圆椅红圆盘红圆杯红茶壶红地板红圆包房，红得你眼前有股火焰在熊熊燃烧。夏长阳心里火燎燎的，脑门上冒出了匝匝汗水。虽然有清凉的海风吹拂，热气却一阵比一阵高。夏长阳很困，看天色已晚，佳佳要陈秋冬给他安排房间住下，并让夏长阳快去房间冲凉，告诉他苹果小姐在给他煮咖啡。夏长阳只听说过咖啡，没有喝过，是什么味道，他不知道。他想亲口尝尝，便急急地洗完澡，等着苹果小姐来送咖啡。半个小时过去，佳佳和陈秋冬不再来房间，夏长阳出去几趟，没见他们身影，也不见苹果小姐端着热气腾腾的咖啡进房间来。喝不到咖啡，自己只好倒一杯白开水。这只是初春，滨海就开始热了，湘西那边还穿棉衣哩。他摸摸口袋那一千多元钱，心里想起了宁静，想起了佳佳与陈秋冬在红辣椒酒家的那段对白：那是黑蜘蛛团伙干的！

滨海是一座优美的城市,怎么也有黑帮?

夏长阳想到这里,突然门被人推开,一位靓丽的苹果小姐端着一杯咖啡笑盈盈地走进房来,把咖啡递到他手上,问:“先生,你一个人寂寞么?”夏长阳觉得咖啡很烫,将咖啡放到桌上,听说还要加什么糖,可没见着。他不肯当着苹果小姐的面喝,先抽出一支烟点燃等小姐走后再喝。小姐又问你是湘西人?夏长阳点点头。小姐又说这苹果咖啡馆的小姐全是湘西人。夏长阳问你是湘西什么地方的?我是湘西锦水县的。夏长阳听小姐口音不像锦水人,小姐反说你不是锦水人。小姐嘻嘻地笑着,说自己到滨海两年多,学会了南腔北调,谁能听清口音?小姐见夏长阳兴致很好,又靠他挪了挪,柔美地说我们是老乡,陈老板要我来陪陪你。夏长阳见她靠近,又向左移了移,与小姐保持距离,问你陪我作什么?小姐将胸脯往前挺了挺,把长长的头发往后甩了甩,说:“先生,我又不是老虎,你往后挪什么?陪你聊聊天,喝喝咖啡,看看电视,听听音乐,还有陪你……”小姐说到这里,立刻打住,把脸搁置一边,许久不转过脸来。夏长阳见她别扭,想想也可能是自己太古板,反弄得人家不自在,气氛紧张,在老乡面前何不轻松自然一点?夏长阳抽烟不敢把烟盒拿出来,因为香烟差怕别人笑。也许那小姐心里也紧张,欲抽支烟镇镇神,就转过身来,问:“先生,能给我一支烟么?”

“你也抽烟?”

小姐点点头。夏长阳摸摸口袋,迟迟不掏出烟来。两元一包的香烟,在特区是没有的,拿出来真丢人。

“先生,你怎么如此小气!”小姐将手伸过来。

夏长阳急中生智,说:“小姐,我只剩一支,你要抽烟,我再去买一包。”说着,他起身往外走。小姐见他去买烟,制止道:“你别去,我叫人送来!”

小姐抓起房间电话,只拨三个数字,她就讲话了:“茉莉花,请给

308 号房送一包烟来。”

夏长阳听得清清楚楚，什么牌的烟她未讲，送什么牌子的香烟？

一会儿，一位圆圆脸蛋的小姐推门进来，送给夏长阳。夏长阳一看，是中华软装烟，问：“多少钱？”

“八十八元。”那位小姐脱口而出，夏长阳听罢，惊出一身冷汗，低声地问：“那么贵呀？”

“我们咖啡馆的价格比较低，五星级宾馆都是一百元。”

“还有便宜的么？”夏长阳鼓足勇气问。

那位小姐摇摇头，说：“我们咖啡馆没有便宜的。”

夏长阳迟迟不掏钱。坐在他身边的小姐，催促道：“先生，你快掏钱呀！”

夏长阳外衣口袋只有二十元钱，不够付。他点点头，说：“我给、我给。”他一边说一边往卫生间走。走进卫生间，解开长裤，从内裤小口袋掏出一百元钞票，放进外衣口袋，然后扣上裤，长长地透一口气，暗暗庆喜：“自己幸好还有钱，如果没有钱，那真丢丑！”

夏长阳将一百元钱递给那位小姐，那位小姐在电灯下照照，看是不是假钞，在手中扬扬，转身走了。夏长阳急忙之中，问：“你还没找钱。”

那位小姐笑了笑，一个飞吻送给他说：“没有找的，那十二元是小费，这是咖啡馆的规矩！”

那位小姐走后，陪他的苹果小姐打开中华烟，抽出一支，叼在嘴上，要夏长阳给点燃。夏长阳给她点上，欲从她手上取回香烟也抽一支，谁料苹果小姐却紧紧地抓在手上。苹果小姐抽上一口，轻轻地吐出一个烟圈，问：“先生，今晚要我陪么？”

“陪什么？”

“陪过夜呗！”

夏长阳忙着摇头摇手，说：“要玩不能玩老乡。”

“不玩，那你买单。”

“买什么单！”

“咖啡三十元，陪你一小时一百元，共计一百三十元。”苹果小姐扳着指头掐算着，说：“我们是计时的，像计程车一样，懂吧？”

“又不是我叫你来，我付什么钱！”

“你不答应，我来时你应该拒绝，可你没有呀！”

“你说是陈老板叫你来，应由陈老板负责。”

“陈老板只给你安排，掏票子是你自己的事，这是规矩，你懂吗？乡巴佬进城，还来红苹果咖啡馆。”

“你不要这样说话，我们是老乡。”

“谁与你是老乡？是老乡怎么，你只管玩不给钱，天底下哪有这样的好事！先生，给不给钱，不给钱，你别怪我！”

“你想把我怎样？”

“你给不给，不给，看我怎么收拾你！”苹果小姐高声说着，忽地推门进来两个大汉，问：“玫瑰小姐，什么事呀？”

这位苹果小姐把脸一变，哭诉道：“他欺负人，占便宜，还不给钱！”

一个大汉呼地一下蹿到夏长阳跟前，吼道：“你是活得不耐烦是吧！”

夏长阳辩释道：“谁欺负她，谁占她便宜！”

另一个大汉露着凶凶的目光，走上前来，扬起手掌，问：“给不给钱？”

夏长阳见这场面对他不利，遇上黑帮烂崽，算自己倒霉。好汉不吃眼前亏，软软地问：“多少钱？”

“一百三十元。”苹果小姐把手伸向夏长阳，夏长阳往口袋掏钱，空空的，忘记钱还在内裤里，说：“我给、我给，你们等一下！”他又是一边说一边往卫生间走，两个大汉怕他溜，跟着他进卫生间。夏长阳想关门,大汉不让关,眼鼓鼓地盯着他脱裤,见他从内裤取出一叠钱时,一个箭步上去,一把抓住那叠钱,拉着苹果小姐疯跑出去。等夏长阳穿好裤子,他们已逃之夭夭,他一边追一边大声喊:“抓强盗,他们抢走我的钱!”

夏长阳死死追着,但任他大吼大叫都无济于事,没有人上来帮忙。回到房间,夏长阳后悔着:“这怎么回去?”他一边说一边拴紧门,心还在咚咚地跳,骂道:“这是黑洞,这是圈套!”

这夜,夏长阳没有睡着。早上九时,肚子饿得咕咕地叫,还没见陈秋冬的影子,佳佳丢下我也不管了。中午时刻,陈秋冬来到夏长阳住房,关切地问:“昨晚睡得好么?”

夏长阳理直气壮地说:“昨晚我哪里睡得着,遇上一伙强盗,把我的钱全抢光了!”

“你说什么?我咖啡馆有强盗?”

“两男一女。”夏长阳说着说着,伤心地淌下了泪水。

“什么模样?”

“女的说是苹果小姐,两男牛高马大。”

“苹果小姐敢抢钱?不可能,一定是你弄错了。”陈秋冬走出住房,喊来一位领班,问:“昨晚谁在陪这位先生?”

领班小姐答道:“没有安排小姐陪呀!”

夏长阳说:“她自称是苹果小姐,是湘西锦水县人,身材很瘦,胸部扁平,脸倒长得好看,白里透红的。”

“咖啡馆没有锦水县的。广州有个锦水烂崽张志成,把羊城搅得天翻地覆,我还敢要锦水妹么?一旦张志成发现滨海咖啡馆,他不抢光你往哪里跑。说实话,我见锦水人就怕,张志成如幽灵一样,常在我身边转。你问过她的姓名?”

“两个大汉喊她为玫瑰小姐。”

“抢走多少钱?”

“一千二百多元。如今我身无分文,怎么回去?”

陈秋冬见夏长阳十分着急,安慰道:“别着急,吃住我负责,我小姨佳佳有部小说要修改,她要请人帮忙,你是小说家,你帮她修改。我们帮你去找宁静,没有找不到的!”

“什么小说?”

“题目叫《美丽无罪》,是一本畅销书,一百二十万字,定价一百二十元。眼下已找到几位作家联手,他们是贝贝、水水、文文,她负责执笔。出书后,每位作家3万元的稿费由我支付,你说行吗?”

“什么内容?”

“你答应她,她后天开会,让几位作家见见面。”

夏长阳是个爽快人,不去考虑前因后果,便爽快地点了点头答应了。

陈秋冬见夏长阳答应,很高兴地拉他去了餐饮大厅,招呼苹果小姐:“拿瓶锦水王子酒!”

夏长阳是个酒鬼,见到酒眼睛就亮了,在酒席上掏心掏肝地把自己与佳佳在笔会上搞笑的交往情节说了出来,让陈秋冬惊讶了半天。我姨会看上他么?不可能,不可能!

时间过去两天,还不见佳佳露脸开会。夏长阳闷得发慌。一天下午,佳佳来电话:“长阳兄,你找到了宁静么?对啦,前两天我到红苹果公司,有一个叫宁静的女孩,与你说的模样差不多。”

“嘻,同名同姓的很多,电影明星有个叫宁静,有个作家叫宁静,某杂志社有个编辑叫宁静,我要找的宁静是个男孩。”

“嘻,如今男女不分,我不认得,我给你电话号码,与她通通话,听听声音,证实是不是他。”

佳佳将电话号码告诉给夏长阳。夏长阳问:“佳佳,你不是要修改一部小说?”

“对对,我想请你帮忙。这是一个大工程,要几个人联手合作,时间紧,任务大,你愿意么?”

“愿意呐。什么时候开会?”

“明天我过来,同时将几个湘西的作家介绍给你,一起研究小说的结构。我还有事,明天见面再谈吧!”

佳佳放下了电话,夏长阳却想起了宁静。他拨通红苹果文化传播公司的电话,接电话的是一位柔声柔气的小姐:“宁静小姐不在,请问你是她什么人?”

夏长阳一听宁静是小姐,怕找错人,赶忙放下电话,觉得接电话的小姐嗓音很像前天夜里名叫玫瑰小姐的声音,难道还有同声同音的?

夏长阳坐也不是站也不是,想起前天夜里那一幕就心惊肉跳。要不是佳佳介绍认识陈秋冬解决了食宿,早已沦为乞丐了。妈的,若在家乡,不抓住这帮强盗,我不会偃旗息鼓的。佳佳一定熟悉红苹果公司,她带我去一趟,亲眼看看接电话的那位小姐到底是不是玫瑰小姐,还要看看那两位大汉在不在公司。如果在,我就去报案。夏长阳想给佳佳打电话,又不知道她的电话,只好等到明天开会再说。

这夜,夏长阳又没有睡着。心想为佳佳帮忙写小说,猴年马月才得稿费,不给你能把她怎样?躺在床上,翻来覆去。半夜时分,又有人敲门。夏长阳对深夜敲门深恶痛绝,骂道:“狗日的,半夜敲什么门?”

骂过后,不再有人敲门了。第二天醒来,夏长阳想开门出去呼吸清晨新鲜空气,突然发现门口底下有一张纸条,上面写着:“夏先生,这是我们与陈秋冬之间的事,你那一千二百元钱,我们会退给你的,请你不要卷入我们之间的斗争中来!”

夏长阳又惊又喜。他把纸条收好放进口袋,小心翼翼地往门外左右看了看,见没有人才进洗漱间刷牙洗脸。

这是一个大好天。一个红彤彤的艳阳，把滨海城照得晶亮。佳佳起得很早，先去情侣路晨跑，出一身汗后，再回宿舍抹洗。她忘记今天是她生日，只记得今天要开会，赶快收拾几天来准备修改创作《美丽无罪》的一些材料，细心地回忆昨天通知的创作人员有无遗漏。定格一阵，摇摇头，对自己没有疏忽感到满意，脸上露出微笑。喝上一杯牛奶，吃下一个面包，下楼朝大街走去。大街两边商店放着流行歌曲《真的好想你》，听起来心里很乐，大步流星地往红苹果咖啡馆走去。

夏长阳早早地坐在红苹果咖啡馆里等候，当他看清苹果小姐的面目，苹果花在他心中开放。这不是咖啡馆，这是苹果园。陈秋冬将苹果种在都市，都开着花儿，令夏长阳激动兴奋。

这天饱含着水气的海风，从椰子树荔枝树龙眼树棕榈树的枝枝叶叶中吹过，从大街大巷小街小巷中穿过，从熙熙攘攘的万千人群中挤过，飘入高楼大厦，飘入低矮平房，飘进千家万户。这天早晨，《美丽无罪》创作组的作家们身披万丈光芒来到红苹果咖啡馆。佳佳坐在红色的圆椅上，那双炯炯有神的大眼睛仿佛一台摄像机，镜头般地在他们身上勾勒着。

贝贝对生活十分乐观，一张娃娃脸幼稚得时时刻刻都可爱。哪怕是天上布满乌云，黑压压地压向大地，在他那双年轻的眼睛里，始终是晴空万里，一片灿烂霞光，有时如火，有时如焰。如果他认真地看一位小姐，那小姐会被一束耀眼的光芒强烈地刺射。有人说贝贝的眼睛有毒有穿透力，他那股光芒会穿透小姐的心。贝贝毫不掩饰，一边摇头一边说作家没有厉害的眼睛，谈何观察生活？他肩披一袭女人长发，身着一件圆领文化衫，胸前印着一个有太阳的“爱”字，闪烁着爱的智慧。他走进咖啡馆，手里提着一个创意全新的进口牛皮纸公文袋，沉甸甸的，大概全是稿件。他不认识夏长阳，高傲地根本没把他放到眼里。他那双充满热情而又刻毒的眼睛，却对每一个苹果小姐看得很认真，谁的眼睛细谁长着虎牙谁的嘴唇厚得性感，都看得一清二楚。他看小姐都是花一样地微笑着，好像爱她们每一个人。她们仿佛都是一首诗，一首击鼓响当当的爱情诗。细嚼慢咽地欣赏完苹果小姐后，才将目光投向夏长阳，但目光没有看苹果小姐那么专注，只是稍稍浏览一下。他很佩服佳佳敏锐的眼力和思想，在刚刚发生日本代表团集体嫖娼案件中找到卖点，揉进她《美丽无罪》的作品中是绝妙的。

贝贝在一张红圆椅上坐下，刚放下东西，苹果小姐含笑给他送来一杯咖啡。他一边加着糖块一边看苹果小姐，直到苹果小姐离开才收回犀利的目光。这时，他忘记咖啡的热度，抓起猛喝，烫得他吐都吐不出，连忙用手揉着他那厚得出奇的嘴唇。一阵过后，他才觉得嘴唇滚烫，一定烫破了皮，但心是甜的。正当贝贝一副狼狈的样子时，佳佳走了过来，穿着一件黑色高领衬衣，将自己苗条的身材紧裹出轮廓来。她脸上表情与贝贝不同，没有微笑，连对红苹果咖啡馆的苹果小姐也只是礼节性地看一眼，也许都是女性，也许从其他渠道知道红苹果女人的轻浮，在心灵的碰撞中，产生一种对特区女人的成见。许许多多在特区闯荡的女人，极少数是靠自己的修养和坚强在特区驻足下来，很多女人知道男人的特性：金钱与性欲。于是把自己的青春美貌献给男人，依靠有钱的老板，不择手段去捅金子。手上拿着容易挣来的钱，洋洋得意地招摇过市，还高喊自己凭本事吃饭。红苹果文化公司的林生，在她心目中，也不是一个真正的男人，只能在别人羽翼下过日子，就像那些吃青春饭的女孩子，没有凭实力去打拼，而是依靠他大哥林跃和方虹。如果不改变眼前的思路，调整好心态，走自己的路，依旧听方虹指挥，只会拉下一批大官小官。如今许许多多的大案特案不都是女人制造出来的吗？在市场经济的今天，女人是祸水和害人精。前两年她很喜欢林生，自她离开红苹果文化公司后，她非常恨林生，于是写出《美丽无罪》的长篇小说。如今修改这部作品，是对官员的一个警示：中国的官员不要刻意地当官,也不要随意地当官,要摸着良心当官,不要伤害女人,践踏美丽;中国的商人不要靠着官员做生意,也不要随意地去害官员,如今的官员也难当,稍不留神,进了商人的圈套,上了商人的当。她说通过写林生的过去和现在,写他身边的那帮女人,写他的网络关系,能折射出他个人的思想变化,又能反映出国人精神被时代压抑到被时代开放的一个畸形变化。佳佳对写他充满信心,在长达几年的接触中,他常常讲叙他过去的事情。有一年,她与林生一道去过锦水老家,在老乡眼里,佳佳仿佛是他的媳妇,个个喜笑颜开,都低声问他:"林生,这是新娶的堂客(老婆)?"林生摇摇头说不是。朴实的湘西人不再打破沙罐问到底,心里明白八九分就行。有人悄悄议论林生变化很大,这个女人一定是他情妇。他的老婆,乡亲们都认得,都知道他与老婆感情不好,常常吵架,林生常常说要赶老婆出家门,重新组织家庭。佳佳陪林生在锦水玩了几天。林生好些年没回故乡,本该与他的亲戚朋友同学团聚团聚,而没有一人前来搭理,也没有人前去车站送行。很多老乡都说他变了,连他中学时代初恋的同学冬英也不想见他,他知道冬英的丈夫患癌病逝,有个男孩在读大学,生活非常拮据,他很想上冬英家看看,给小孩接济一点读书费,最终却没有成行。在临回滨海的头天夜里,林生带着佳佳来到锦水河边,看那沿江两岸的杨柳树,还有洪水吞噬他大哥前妻的那个深潭。在二哥家小住几日,看二哥苍老的脸孔,林生埋怨二哥,在"文革"时候,他要二哥出去工作他不去,如今面朝黄土背朝天。回到广州,来到他家里,他老婆不知道佳佳与他回过老家锦水,只知道佳佳在公司与林生共事,是林生朋友。他老婆很热情接待佳佳,并说林生变了,变得很俗气了。

佳佳本能地摇摇头,心里默默地说:不去想他,想他就有火!

佳佳来到夏长阳桌边,对贝贝笑了笑,很深沉地看了夏长阳一眼,介绍说:"贝贝,这是锦水县作家夏长阳。他刚来滨海,大家多关照一下。”贝贝笑笑，没有伸手去握夏长阳的手，却将眼睛又投向苹果小姐。夏长阳把伸出的手收回来，尴尬地抽着自己的烟。原来夏长阳是个老烟鬼，不坐一会儿，烟灰缸里就被丢进七、八只烟屁股，有的还在冒烟。佳佳面对门口，让凉凉的海风朝她吹来，因此烟屁股不仅不灭，反而被吹燃，烟雾一缕缕往上升腾着。她呛下几口忙往右边坐去，谁料夏长阳又坐在她对面，他嘴上叼着一支熊熊燃烧的香烟，在他鼻吸气流的冲击下，烟雾又往佳佳冲去，她还是躲闪不了，只得忍受着。开始她用细细的眼睛看夏长阳两眼，夏长阳不知她看什么，微笑着回眸她两眼，这两眼与贝贝一样，十分锐利，如一颗钉子钉在她的胸脯上。佳佳是个离婚的女人，什么东西都见过，她的心一点不跳，她的脸一点不红。

佳佳将烟雾扇向一边，忍不住地说：“老夏，你少抽点烟好么？”

夏长阳恍然大悟地收回目光，点头不好意思地说着：“对对，我想戒烟就是戒不掉，如果有你管我会戒掉的。”

“谁说要你戒烟？”佳佳说。

夏长阳装着听不见，像贝贝一样，也把目光投向那群苹果小姐，看能不能找到那晚自称叫玫瑰小姐的小姐。

佳佳见他不理睬，问：“你在看什么？”

未等夏长阳回答，文文来到佳佳背后，抢着回答说：“在啃苹果。”

“这里哪有苹果啃？”佳佳不解地问。

文文没有回答佳佳的问话，他呆呆地看着那个最漂亮的苹果小姐在对一位西装革履英俊潇洒的年轻老板暗送秋波。那黑亮的大眼睛顾盼生姿，能与她相视几眼，乃是人生一件难忘的快事，可惜那小姐没有正眼看他。听老板说她是哈尔滨姑娘，名叫黄华华，唯一的一个外地姑娘，其他都是湘西人。这姑娘很多情，在红苹果咖啡馆里大家都叫她“北方爱情鸟”和“大众情人”，常常给客人带去愉悦。

夏长阳不抽烟了，回过头问佳佳：“都来齐了么？”

“没有来齐。”佳佳冷冷地答着。她年纪四十岁，样子只有三十多岁，颇有韵味。与老公不和，几年前离婚，过着单身女人生活。今天她精心地梳理打扮，还真好看。夏长阳与她参加过湖南作协的两次笔会。有一回晚上一起散步，走到一座小桥上，她突然蹲下身子不动，不知什么原因。一阵过后，夏长阳豁然开朗，问：“你是不是‘旧病’复发？”佳佳点点头，夏长阳要她蹲着不动，他去商店给她买卫生巾。售货小姐看夏长阳一眼，打趣地问：“你买这干啥？”他笑笑，答道：“你问这干嘛？”

买这东西的一般都是女人，哪有男人买，售货小姐干笑一阵。佳佳是他扶着来到一个公厕解决问题的，厚着脸皮的夏长阳硬要向她索取一个吻。无奈之下，佳佳在一个转弯暗处麻着胆子让他吻。她夸他很聪明，一个男人能理解女人，是一件讨女人喜欢的事，夏长阳能做到，不愧是个文笔细腻的公安侦破作家。

夏长阳永远忘不了那个美丽的吻。

在滨海见面，又一起修改《美丽无罪》这部长篇小说，算是有缘。夏长阳想到这里，微笑起来。可佳佳始终没有抬头，不敢看他，还是夏长阳先对她笑笑，说：“佳佳，几年不见面，你还是那么年轻漂亮！”

佳佳抬起头，看他一眼，说：“你也一样！”她说后，夏长阳将一双大眼睛直愣愣地往她扫去。佳佳的脸开始泛起红晕。夏长阳心里暗暗地说：妈的，她还有那份激情。对于有艺术细胞的男女，激情永远不会老。

“文文，水水怎么还不来？”佳佳见夏长阳老是看她，赶忙岔开话题问文文。

“怎么还不开会？”文文未听清楚，胡乱地问。紧接着，他的电话叫了，打开一看，是一个短信：

想你想你好想你，找个画家画上你，把你贴在杯子里，每天喝水亲着你……

文文看后，自言自语地骂道："神经病！"

佳佳听罢，问："文文，谁是神经病？"

"给我发短信的人！"

"谁给你发短信？"

文文没有回答，眼睛又往苹果小姐身上扫去。

"佳佳，我们先开吧！"贝贝催。

"文文，水水呢？"佳佳又一次问。

这回，文文不吭半声，眼光转回来盯着佳佳。佳佳见文文这副样子，只好低下头。谁料她低下头，文文盯得更紧了，眼光直往她白白的乳沟里睃，恨不得顺着乳沟摸下去。佳佳发现文文在偷看她的乳沟，连忙用手抓住了连衣裙口。

佳佳猛地站起来，走到文文身后，猛拍他肩膀，大声问："你在看什么？"

文文摇头说："没看什么，在观察生活！"

佳佳说："老夏，我们开会吧！"

"开会，开什么会？"夏长阳竟茫然地问，真是疯了。

大家惊奇地发出一阵笑声来，笑夏长阳神经有问题。

老夏醒悟过来时，水水从对面咖啡厅走过来，胸前吊着一部索尼牌长焦照相机。来到佳佳面前，玩笑道："佳姐，我今天偷拍了两张极其值得载入艺术史册的照片，这也许是我摄影艺术的最高水平。"

"什么时候拍的？"

"刚才。"

"你在什么地方？"

“在对面的咖啡厅。”

“你拍什么?”

“我拍文文这条饿鬼。”

“他饿什么?”

“你看到他刚才那副馋相么?”

“你也一样馋!”

……

创作成员全部到齐,被陈秋冬带到会议室。苹果小姐不时穿来穿去前去咖啡厅,弄得几双眼睛躁动不安,东张西望,半天研究竟讨论不出一个修改意见。这时候,老夏没有烟抽,可他的眼皮慢慢地耷拉起来,说着说着,没有了声音……

接着,他们便与苹果小姐聊开了。

“小姐,你芳龄多少,有没有朋友?”

“小姐,你想找朋友?”

“小姐,我今晚请你走一趟情侣路,愿意么?”

“小姐,跟我走,不会错。”

“小姐,这是特区,是浪漫的地方,趁自己还年轻貌美,好好地幸福幸福!”

佳佳听着听着,开始不想插嘴,见他们轮番调戏苹果小姐,火从心头起,吼道:“你们还是人么?小姐是从湘西来特区打工的,远离父母,你们如此调戏家乡人,简直不是湘西人!老夏,你怎么不说话?”

夏长阳睁开眼睛,只见苹果小姐脸红耳赤,却没注意听这帮馋猫叫什么,弄得同为女性的佳佳火冒三丈。他揉着眼睛,看大家一眼,发现好像有一种不和谐的氛围萦绕着咖啡馆会议室。

“发生什么事了吗?”老夏问。

“简直是无聊!”佳佳气愤地说。

几位男性作家见佳佳火气这样大,随之火气也上来了,问:“佳佳,你当婊子立牌坊,你的事情谁不清楚!”

“我有什么事情?”

“当第三者呗!”

“当谁的第三者?”

几位男性作家你看看他,他看看你,都不吭声。

“话说明白,不说明白,我与你们没完!”

“你敢怎样?你又不是老虎!”

佳佳忍无可忍,想要老夏帮忙说句话,连看几眼老夏,老夏闭着眼睛不张嘴。看着老夏那副玩世不恭的样子,吼道:“老夏,这部长篇你想改么?你还找宁静么?”

“修改作品与找宁静有什么关系?”夏长阳想不通。

佳佳看看夏长阳,觉得自己已经语无伦次,但夏长阳觉得佳佳才思敏捷,逻辑性很强,并发现了改写《美丽无罪》与找宁静有关。

几位作家还在嬉皮笑脸,一双双眼睛还往苹果小姐身上睃,仿佛她们身上有看不完的东西。佳佳见老夏不制止这帮色鬼卑鄙的行为,嚯地起身走出会议室。文文见状,随身紧追上去,劝道:“佳佳,你别走呀!”

佳佳不但走出会议室,还气冲冲地奔出了咖啡馆,在红地毯前招来一辆的士,钻进的士扬长而去。

文文回到会议室,说:“你们惹大祸了!”

贝贝说:“她的脾气真大。”

贝贝刚说完,手机上传来短信,他打开读了起来:

青苹果,红苹果,
冷水泡苹果,

泡出了苹果醋……

贝贝读完，文文说："她的醋意太大了，我们与苹果小姐开开心，她吃什么醋？"

水水说："让她吃醋去，我们不修改她的长篇，重新写。"

贝贝说："你们知道是谁资助吗？"

老夏说："我们知道这笔经费由她外甥陈秋冬出，没有前期创作经费能写成么？"

"谁当主笔？"贝贝问。

老夏说："这部长篇的初稿是佳佳写的，还是由她当主笔。她是女性作家，本部作品人物大多数是女人，只有她能懂女人心，感情又细腻，这部作品改成后会感人的。"

贝贝听完老夏的话，用鼻子哼一声，说："她当主笔？"

水水见夏长阳帮佳佳说话，心里不是滋味，与老夏初次见面，就对老夏产生埋怨情绪。

这时候，苹果小姐又来给大家加咖啡，贝贝和水水的目光随着苹果小姐的咖啡壶移动，但文文咖啡杯前，始终不见文文人影，老夏问："文文呢？"

"文文早走了。"

佳佳走了，文文不见了，今天的创作会议算是搁浅了。

老夏说等找到佳佳和文文再开，不过手里有一份红苹果文化公司的材料，我先看看。你们都先构思一下，等佳佳心情好了再开会讨论，我去找佳佳……老夏的话尚未说完，他就挪动了脚步，眼睛如贼一样，直往四下里瞅。不一会儿，他的身影也消失了，会议室留下来的只是烟味。

老夏并没有去找佳佳，而是坐的士去了红苹果文化公司，想认识林生这个老乡，看公司有没有叫宁静的男孩，还有抢劫他钱物的玫瑰小姐。如果找到玫瑰小姐，让她退还我的钱我就回家。林生经理室的门紧紧关着，问门口的王秘书，说林总在办公室，不过没有时间会见你。

老夏敲着林生的门，门还是没有开。

员工们在笑。突然，王秘书办公室的电话响开了，王秘书一接，是林生老总打给她的，她的脸刹那变得苍白，连忙朝老夏摇手，老夏不知什么事，又扬手准备敲时，王秘书一步跨上去，用力猛推一掌，老夏冷不防被推倒在地，半天爬不起来。当他再爬起时，王秘书用身体挡住紧关着的办公室门，双手摊开着，吼道："不准敲门！"

老夏被王秘书闹糊涂了，不再鲁莽行事，一双横着红丝的眼睛，直愣愣地望着王秘书。镇静下来后，他才低声地问："林总到底在不在办公室？"

"他不在，请你快走吧！"

"宁静在吗？"

"没有叫宁静的员工。"

"玫瑰小姐在吗？"

"没有叫玫瑰小姐的人。"

王秘书一边回答，一边用身体挡着门。突然，门嘎啦一声开了，王秘书不慎往门内倒去，穿着白高跟鞋的脚却还在门外。由于突然，林生也未提防，往后退了两步，王秘书的头砸在地板上，后脑砸出一个窟窿，鲜血流淌，长长的卷发一时染成红色。林生不知是怎么回事，连忙叫司机将王秘书送到医院去。老夏也急得往里一看，林生背后站着佳佳。他惊讶地说：原来是她与林总在办公室！

林生不认识老夏，看见老夏，没有与他打招呼。佳佳只是冷眼看看，没说一句话，与林生匆匆地从他身边走过去。老夏很吃惊，她和林生怎么不向我打招呼就钻进小车走了？

老夏很尴尬地又回到红苹果咖啡馆。这天晚上，他躺在会议室的沙发上想着从他们嘴里得到的有关红苹果公司的一些情况，脑海里慢慢地构思起来。

红苹果公司，隶属滨海文化出版集团，以编书出版、承揽报刊发行、制作DVD、拍摄电视剧、印制年画挂历、艺术交流、旅游开发、公文写作等文化项目为主。林生为总经理，方虹任发行部主任兼公关部长。全公司以总经理林生为核心，下设出版部、影视部、制作部、财务部、广告策划部、公关部和发行部。林生将公关部看得极为重要，在人员选择上，精挑细选，都是漂亮的女孩做公关部长。公司第一任公关部长是出版局一枝花，后因东窗事发而自杀；第二任公关部长是佳佳，第三任是方虹。方虹任公关部长以来，很多业务是她用身心换来的，为公司立下过汗马功劳。她一心一意地跟着林生干事。宁静到公司后，用她的眼光看，是一团清水被搅浑了。由于她傲慢，年纪偏大，眼角上下眯出了几道皱纹，没有昔日的青春光彩。于是林生见到宁静的第一眼，心里暗暗地就要宁静接任公关部长，方虹任发行部主任。前两天林跃又提出要宁静兼任党支部书记。方虹得知消息，气冲冲地跑去酒吧喝酒。原准备晚上参加中层干部会议研究发行工作，林生亲自通知的，可她开口闭口说不去，没办法只好派宁静去集团公司代她开会。会议只开一个小时，宁静是由总公司梁董事长派皇冠车送回公司的。这时，方虹由公关部成员山西妹子陪同刚从酒吧回公司，手上还提着几瓶啤酒。在灯光的映照下，脸上没见红晕，全是一板铁青，见宁静坐在客厅，她一屁股坐到沙发上，高声地叫着那个山西妹子："你给我打开啤酒，找两个高脚杯来，与我们宁静领导喝两杯，祝她高升！"宁静没听到什么风声，刚才到总公司开会，也没有人说什么，方虹为什么说她是领导？林生说她外出有事，我代她开了会，怎么还讥笑我？正想着，方虹拿着一杯酒高高举起，左手递给她一杯，用冷漠的眼光看着宁静，说："宁静，你真走运，我跟着林生工作六年，才混上发行部主任这个职务，你刚来不久就升任公关部长，我祝贺你，哈哈哈……”方虹笑一阵后，眼里滚出了泪水，含着眼泪，将满满一杯啤酒灌下肚去，醉言道：“宁静，你喝呀，喝呀！”

宁静不知什么事，端着啤酒想了半天，在方虹再三催促下，她才出于礼貌地喝下去了。方虹见她能喝酒，说：“宁静，你是小妹，你刚来不久，不知道林生的为人，他需要你时，可捧你上天；不需要你时，可踩你下地！他是喜新厌旧的人。他把女人当作一件东西，开始购进时，总有一种新鲜感，用久腻了，他就抛弃。我从他那间睡房的摆设看出，一年之内要更换几次。这两月这样摆，他说很漂亮，过了两月，看多了看厌了，又要重新摆设过，摆来摆去，不就是那几样物件。开始他特别喜欢我，夸我是天底下最最美丽的人，与你这个情景一样，几年过后，他渐渐地烦我，骂我像头猪，有时我烦，便顶他你老婆才像猪哩！他的老婆是个好人，心地善良，常常说女人在外面做事很难，处处都要小心，千万千万不要上坏人的当！他不像他老婆，他的心很坏，他依仗他大哥的权势，什么恶毒事都做得出来。告诉你，他是世上最毒的男人。宁静，你要提防呀……”方虹说着说着，又哽咽起来，泪水再一次滚出眼窝，抓起啤酒又喝，脸色一阵比一阵青，她不再说话，只顾低头哭泣着。宁静劝她先回家休息，有话明天再说。在山西妹子的搀扶下，方虹一边走一边回头臭骂着：“臭男人，你不会有好下场的！”

方虹没有回家，走进了她的办公室，抽出一支钢笔，伏在桌上写东西。半小时后，她又出来骚扰宁静，说：“宁静，你看这是我的辞职报告，你应该高兴吧！”

宁静还是听不懂方虹的话，问：“方虹姐，你说的话我听不懂，你能解释清楚么？”

站在旁边的山西妹子，哼了哼，嗡声嗡气地说：“宁静，你别装蒜，婊子立牌坊的事不是没有。”

“你这是什么话?”

“宁静,你赢了,方虹被你……”山西妹子将话咽下肚去,用冷眼看宁静。从眼神看出,有一股怒火喷射过来,烧到了宁静的脸上。宁静感到莫名其妙,她努力地回忆自己在公司上班这两个月的一言一行,都是谨小慎微的,还特别尊重方虹,可方虹今夜为什么说出这样费解的话?

宁静毕竟有文化,能忍让和克制。忍让是她的个性,只要不把她看做是男人,一些鸡毛蒜皮的事,她都能容忍。譬如用车,公关部有一辆车有时她办公事想用,方虹不让开,宁愿让司机开车去海边兜风。林生好几次通知给宁静买一部手机,方虹就是不买,但是宁静也不在意,她说不去计较区区小事,因为自己刚来,一切从零开始。今夜她又忍让着。宁静想这不是久留之地,女人多,事非多。公司创办十年,从一无所有到千万元资产,林生说他每每如履薄冰,惶恐不可终日。在这十年间,他从内心里佩服大哥,公司的发展,全靠大哥的那帮朋友。如今那帮朋友有的退居二线,有的退休,无职无权,于是他招来一群女人,想努力去发展新客户。利用女人去发展业务,结成蜘蛛网,还是近两年的事情。他知道社会上流行一种女人病:很多有权有势的男人没有女人陪不睡觉不吃饭。男人做不成的事女人能做成,这是他悟出的一个道理。由此,红苹果文化公司是个女人王国,他是女人的首领,鲜花常伴他周围,像星星捧月亮,夜夜星光灿烂。有员工开玩笑,要他做变性手术,尝尝当女人的滋味。他说当女人很幸福,招人青睐,下辈子一定变个女人。从广东那些大大小小报刊招工招聘版里,很多单位要招聘的都是女人,深圳和珠海的大街上,走来走去的都是女人,好像这特区是中国专为女人开的,是女人的世界。三十多岁未结婚成家的女人像满天的星星,她们有欢乐也有苦恼。红苹果文化公司却十分典型,除方虹很喜欢与林生在一起外,其他小姐常常到外界去“揾食”,有的还传出手淫的丑闻。直到最近,林生才急招几个男士,缓解男女失调的混乱局面。

谁想到这几个男人在这公司十分抢手,女人之间常常发生一些争风吃醋的故事。若不是贝贝、文文、水水常去公司玩,调调口味,还不会发现公司的许多内幕。佳佳找他们帮忙创作全找对了,他们一定会写得生动。公司有规定,白天集体上班,下班后一律不准出宿舍上街玩,林生说这是公司对你们安全负责,一旦发生事情,公司无法担当责任。如果有事出去,向宿舍负责人报告,再经林生批准。如果有人偷偷出去,一旦发现扣除当月工资600元。该规定发布后,有人还是夜里外出,但更多都是电话先约男友进宿舍来玩。宿舍条件不错,有的是双人间,有的是单人间。一些胆大的男友便在此过夜,有的却在男友宿舍过夜。林生也理解她们,并不十分追究。女孩子到恋爱的季节,谁也泼不灭那股骚动的火。公司员工大多是大学生,只有方虹是中专文化,才来两个月的宁静,文化高,人又长得漂亮,这对方虹不是什么好事,威胁很大。像最近林生出差,每回都要带着宁静去,而要她在家里主持工作。可林生高高兴兴去却总是懊懊恼恼回,方虹十分清楚林生的为人,她暗暗猜想一定是宁静有些地方做得不对,使他高兴不起来,戒了很久时间的烟又开始抽了。

但不管怎样,下一次林生还是带宁静去。尽管回回不高兴,可他就是喜欢宁静,因为客户也很喜欢宁静。方虹担心自己的饭碗被宁静夺走,逢人便说宁静是她的冤家仇人,绝不能放过。

佳佳被几个湘西作家气走的当天晚上,老夏的脑海里立刻蹦出宁静小姐悄悄出走的情节,作为小说的开头,然后展开故事。老夏非常激动,这是一个很好的开头,用手掌拍着自己的大腿,自言自语地骂道:“狗日的夏长阳,你怎么想出这么个好开头?”

夏长阳一阵疯狂后,抓起电话猛给贝贝、文文、佳佳、水水打电话,要他们明天早上赶来红苹果咖啡馆,说这部作品的构思有新的突破,会让他们高兴不已。第二天早上，贝贝、文文和水水先后来到红苹果咖啡馆，可等来等去，始终未见佳佳来。夏长阳想，昨天看见她与林生在一起，所以她躲我？文文说，佳佳毕竟是林生前几年的情人，她不会参与写这部作品的，因为这部作品的立意不是为林生歌功颂德，尽管他们之间出现过摩擦，一日夫妻百日恩呀！水水说，老夏你当主笔重新写，让她退出还好些。七嘴八舌，仿佛一枚枚炸弹，轰得老夏耳朵轰轰响，心里乱糟糟。这部改为《美丽无罪》的作品要写市政官员的困惑，写几个官员与女人的纠葛，写出当今官场恶劣的环境，写出美丽无罪与有罪的大冲撞，写出夏长阳寻找宁静的辛酸过程。

贝贝说："那就写梁董事长与林生。通过对红苹果文化公司的描写，折射出滨海文化出版集团混乱不堪与当今官场腐败堕落的影子。"

大家点头，不约而同地说："写出大海的胸怀，写出湘西的风情，写出人物的个性，写出作品的灵魂。奇特的构思，典型的内容，绝妙的文笔，是这部作品的风景。"

时间又过去三天，佳佳始终没有露脸。第四天上午，她满脸笑容地来到红苹果咖啡馆，这天文文没有来。正当大家研究这个构思的开篇时，林生给佳佳打来一个电话，告诉她宁静小姐昨晚已经离开公司，今天没见她影子。有员工说，宁静小姐接到一个电话，然后匆匆出走。

佳佳脸色大变，很玄地说："那个电话很神秘，一定是凶多吉少，她也许已不在人间了。"

贝贝见她说得如此恐怖，说："你别制造恐惧和混乱，社会需要稳定！"

"你们信不信，宁静会出事的。"佳佳又说。

这时候，老夏的头高昂着，用一副很自信傲慢的神情，说："我的构思不错吧！"

佳佳问："这个构思你与谁说过？"

夏长阳答:“与陈秋冬讲过。”

“宁静小姐的出走,与你老夏有关,莫非你参与了事件并把它写进了小说?”水水插话。

经水水这么提示,老夏马上机警起来,说:“那个宁静小姐我不认识,她的出走与我无关。如果是男孩宁静出事,我有嘴说不清。但我想这很奇怪,作品构思为什么与现实生活不谋而合?如果宁静出事,公安一定会前来调查,问宁静出走在我构思之前还是之后?”

老夏想到这里,急出满头大汗,一个劲儿地说:“妈的,时间如此巧合。难道作品中的事情与现实生活不谋而合?这下麻烦了,会出乱子的!”

佳佳和贝贝见老夏急成那样子,哈哈大笑起来,说:“宁静的出走,与我们无关,公安局来人,如果抓住这个构思不放,作为证据,我们轰他们走。老夏,别怕,我们是作家,我们与宁静小姐无怨无仇,杀她干嘛,她的身世听说怪可怜的,同情还来不及哩!”

这一天,你一言他一语,还是没有讨论出方案来,但是大家一致同意老夏的这个构思。因为佳佳是这部作品的初稿者,还是由佳佳任主笔。佳佳主要写林生,贝贝写宁静,文文写方虹,水水写林生大哥林跃,梁副市长和梁董事长由老夏负责去写,由于谁都没有与他俩打过交道,只好虚构罢了。那谁通知文文?佳佳立即给文文打电话,可文文已经关机。

具体人物描写分好后,贝贝感到为难,宁静小姐不在公司怎么写?贝贝来不了激情,很痛苦地在滨海市一隅一角地钻来钻去,始终见不到宁静的芳踪,而佳佳连续给文文打电话都是关机,又不知道他的住处,急得慌了神,又通知贝贝和水水来咖啡馆开会。

夏长阳为自己的构思兴奋得一连好几天没有睡觉,所以这天他当着大家的面呼噜噜地睡去。脑袋一时东倒一时西歪,浓浓的梦口水从嘴角挤淌出来，尽管大家喧声笑他，他还是睡得很香很甜，并且呢喃梦呓：“宁静，你藏在这个黑洞干什么？”

“什么黑洞？”大家哈哈地笑着。

贝贝将夏长阳摇醒，问：“你看见宁静了？”

夏长阳静神一想，点点头，说：“刚才我见到宁静，她变成了女孩，被人抛在一个黑洞，她是我要找的那个男孩宁静，她不是女孩，她是个血气方刚的男孩，为什么变成女孩？”

“夏长阳，你再胡说，公安真的会找你！”

“找我干什么，这只是一个梦。”

“做梦只是借口。老夏，也许你是凶手！”水水扮出一副鬼脸，很严肃认真地说。

夏长阳听得目瞪口呆，等他回过神来，单独问佳佳，你恨林生怎么还去找他？在他们公司见我为什么板着脸孔不吭声？佳佳却置若罔闻地走出了咖啡馆。他觉得佳佳的行为十分诡秘，诡秘得让人不可猜测。

第二天，夏长阳鬼使神差地离开了红苹果咖啡馆。

第三天，夏长阳回到红苹果咖啡馆，脸如死灰，不停地摇着脑袋，说：“这是我第二次做人，我已经死过一回了！”

大家吃惊地望着他：“你怎么死过一回了？”夏长阳却只会连连说：“我死过一回了！”贝贝说陈秋冬四处找你未着，于是我猜测你出事了，但不知出什么事，我有预感，你一定掉入你梦中的那个黑洞了！

佳佳回来见到夏长阳，她的脸上显得很平静，好像什么事没有发生一样。夏长阳见佳佳表情平淡，心里暗忖：她还是湘西人，还是有血有肉的女人？还不如冷血动物，难怪丈夫与她离婚，难怪林生不要她。我死里逃生，她问都不问一声。难道这一切她都知道？难道这个陷阱是她布下的？不，我与她无怨无仇，她送我进黑洞干什么？这时候，夏长阳浮想联翩，又想起佳佳那天在红苹果文化公司不吭声的情景，这里面一定有文章可作，一定有什么难以告人的事情即将发生，一定与宁静有关。夏长阳想与佳佳单独谈谈，但佳佳始终坐在椅子上不动，侧耳细听着几位作家的猜测，她知道作家想象力丰富。她琢磨着作家们的议论，大家一致说这真是一个黑洞，是夏长阳梦中的那个黑洞。

夏长阳越听越可怕，扳着指头一算，到滨海半个月了，连宁静影子都没见到，他到底藏在哪个角落？难道他真变成女人，就是红苹果公司那个宁静小姐？

几位作家轮番地问他，他不回答，闷着劲儿想着那惊心动魄的一幕。

夏长阳喘着粗气，没有答话，不停地晃着脑袋，偶尔重复地说我已经做过二世人，前天晚上与一个死人共眠，你说我是复活么？

“什么事，你快说呀！”水水催道，贝贝将眼睛瞪得牛眼一样大，可是佳佳坐在一边，慌慌张张地翻着挎包，一本正经地催夏长阳开会，研究作品提纲。夏长阳神经兮兮地挥手，不停地摇晃着脑袋，说：“这是陷阱，这是黑洞。妈的，这回真的掉进了黑洞！”

“你快说吧，我们的夏长阳同志！”

“好，我说我说。”

那天晚上（其实就是前天晚上，夏长阳却已经记不清了，只说是那天晚上），我从滨海酒家吃饭后回宿舍的路上，一辆小车疯狂地朝我驶来，为怕撞上，我向左跃一步，竟不小心跌进安装电缆的黑洞，还扭伤了脚。我使出浑身的解数，左爬右蹬爬不出洞来。前不挨店后不着村，任我像条疯狗在黑洞里狂喊狂叫都没有人听见，而我听见的是洞外过路车子的震动声，还有隐隐约约的轮船鸣笛声，但就是没有过路人。这不是做梦，而是伸手不见五指的黑洞。洞里有许多脏物看不清，闻到的好像是一股腥臭味，很刺鼻子。脚下软绵绵，好像是尸体，零零碎碎，不够完整。我好像就踩在腐臭的碎尸上，腻乎乎的，怪可怕的，头发陡地竖起来，牙齿钢铁般咬得很紧，不时发出格格摩擦声响。夜半时分，过路的车子震得洞内匝匝响，有地崩天裂的迹象。我声嘶力竭大喊，没有任何回应，车子开过后，洞内又恢复平静，腐烂的臭味又扑进鼻来。恐惧和狰狞的幻象，一时猛袭，让我头重眼花全身麻木，瘫倒在洞里，神经受到强烈地刺激，疯疯癫癫地失去理智，如洞里的女尸躺着一动不动，没有了神魂，没有了……

不知过去多久，洞里被筛进一丝光亮。我仰望着洞口，只见那株棕榈树的影子在海风的吹拂下摇进洞来。我不知道是不是天亮，眼睛看到的是阳光，我忘乎所以地猛喊，突然有人路过这里往洞里看。我又仰视向他求救大喊，并且急急地挥手，那人见我像鬼一样地嚎叫，害怕地跑开了。不久，有车子震动声传来，突然在黑洞口停下来，我再一次抬头看时，洞口出现几个人，是戴平顶大帽的。他们将长长的梯子放下来，我木然地往上爬。爬出洞口，太阳出来了，很亮，如一瓶巨大的染料涂在了大地上，把滨海城染得通红，把大海染得通红，把我的双眼染得花花的。他们是滨海刑侦队的公安，问："你看见洞里有具女尸么？"

我往洞里一看，来不及回答立刻昏迷过去，往后的一切均不知道了。等我醒来后，才知自己躺在医院的病床上，接着有人对我说黑洞里是具碎尸，死者是个女人，看不见脑壳，公安无法辨认。有人说是自杀，是这个女人要别人把她丢进黑洞造成假象，使案件错综复杂；有人说是情杀，是她情敌雇人杀害她的。听说连公安法医看到那具碎尸，都吓得后退几步，许久回不过神来。幸亏那晚看不清是什么，借着夜色的庇护，才使自己没有被吓死。由于尸体被剁成碎块，没有脸孔和乳房，死者是谁都弄不清，更说不上自杀和情杀，眼下专案组正在寻找脑袋，寻找那张漂亮的脸蛋。如果大家按作品构思去推测，死者应该是红苹果公司的女宁静，而不是夏长阳要找的那个男宁静，或许是红苹果咖啡馆失踪的那个小姐，但是宁静小姐的出走与死者被丢入黑洞的时间完全一致。作品构思到这里，读者的阅读习惯应该是寻找女人的脑袋和乳房，恢复死者的整体形象，先弄清死者是谁，如果真是女孩宁静，那这部作品就大有写头，从两条线齐头并进去展开，一是侦查取证，寻找凶手；二是红苹果文化公司的故事也很玄乎，加上作者的卷入，整个故事起伏跌宕，案情极其复杂，内容丰富多彩，出书后一定有卖点。嘻，但愿死者是宁静小姐，从现在起，宁静小姐已经死去，后面所有宁静的出现全是虚构，与现实侦破无关。

那晚我掉入黑洞，一直没有踩在女尸上的感觉，以为是什么不明物体。如今想来，真是恐怖极了。这两天我走路、吃饭，或什么的，每时每刻都想着那具尸体，虽未看清楚，但在我的想象中，应该是一具白嫩嫩的尸体，胸脯一定挺得老高，她一定长得漂亮，一定是情杀，没有其他遇害的可能。我越想越害怕，却也越想知道关于案情的一切。

我虽然害怕那个黑洞，又庆幸自己靠坚强和大胆忍耐到天亮。也许很多人一辈子碰不上这倒霉事，却偏偏被我遇上，看来往后有不幸的遭遇在等待着我……

水水问："夏长阳，如果死者是你梦到的那个变成女孩的宁静，你又怎么想？"

夏长阳摇摇头，说："他不是女孩。如果变成女孩，那是天意，我没什么可说的！"

夏长阳没有说完，贝贝打断他的叙述，说："老夏，如果是我，会吓死过去。原来只是一个梦，你梦见黑洞的时候，大家都在场，可能我们中间有人跟你开玩笑,让你掉进黑洞试试,才发生了这么巧的事,否则梦就这么灵验?看来这黑洞与宁静出走有关,不是我与她赌气,她不会出走。"

在贝贝没有叙述前,佳佳先向大家介绍宁静与贝贝的关系。

贝贝是湖南怀化人,专门贩卖都市爱情故事的作家,住在滨海某公寓,自由撰稿人。30多岁,南下滨海5年多,写下几十个都市爱情故事,先后在《黄金时代》、《都市潮》、《女报》和《知音》等刊物上发表。一个故事打印几十份,雪花一样东西南北满天飞,一个故事稿费少则几千元,多则高达上万元,一年只写几个,便有好几万元。有些故事平平,有些故事却催人泪下。他情感丰富,颇得一些靓丽小姐赏识,常常在鲜花丛中大笑。他认识宁静是在一个午后,自己独自在情侣路徘徊,老家的女友来信要他忘记她,说自己已有心上人。他非常痛苦。他走着走着,见不远处走来一位颇有气质的漂亮女孩,穿着低胸内衣,裹包腿的牛仔裤上绣有花卉,特精致,一双白色的牛仔鞋让人注目,这个女孩就是宁静。贝贝来滨海多年,尚未见到这样靓丽的小姐。贝贝很率直,只要是为了美丽的女人,他都勇往直前。他走上去与她搭话,先是赞扬宁静如何漂亮如何有女人气质。他说他最苦恼的时候能认识你,是一件终身难忘的事,宁静说很喜欢他那袭长发和乌黑的胡须,颇有作家的气质。那是宁静刚来滨海几天,应聘至一家接待处工作,很烦躁,趁中午休息自己来情侣路散心才遇上贝贝的。从那天起,宁静便把他当朋友,每遇烦恼事便去他公寓,从他身上能寻找到幽默与快乐。吃罢晚饭,他与宁静天南海北地聊,有时躺在绿草地上,看天上闪烁的星星。宁静指着天上的星星,说那颗星星底下便是她的家,贝贝问你的家在哪里,宁静说我的家在贵州的铜仁。宁静说后笑笑,笑出两个甜酒窝,在华灯下,贝贝看得一清二楚。贝贝说你的酒窝真好看,宁静说我常照镜子怎不见酒窝？贝贝听罢，暗暗庆幸自己能结识这么一位纯情的姑娘。宁静怀疑他结过婚，他信誓旦旦地说，谁结过婚谁就是王……，宁静立刻用手捂着他嘴巴，并柔柔地说我只不过是随便猜猜，结不结婚，对我而言无所谓。其实，贝贝是一个不可靠的男人，他早有妻室儿女，妻子提出与他离婚，他顺水推舟地说女友要与他分手，宁静十分单纯，就相信他，惹得贝贝暗暗发笑。

宁静，一个可爱的贵州姑娘，尸体是不是你？

夏长阳终于听明白，红苹果文化公司的宁静不是湘西人，不是他要找的宁静，去红苹果文化公司找宁静的念头立刻被打消。他眨巴着眼睛，问："佳佳，红苹果文化公司的宁静是贵州铜仁人？"

佳佳点点头，没有回答。夏长阳不知佳佳卖了一个关子，他连想都没去想，又去抽自己的香烟。

佳佳，我贝贝不像你说的那么坏，但是她的出走与我的确有关。不是我介绍她去红苹果文化公司，她就不会……嘻，她不会认识林生，更不会与方虹较劲，不信，听我慢慢道来。对，我不以第一人称说，站在第三人称的角度上讲，能放得开，老夏，你说对吗？

夏长阳听后，说："贝贝，你的叙述一定有价值。"

滨海花园六幢是红苹果文化公司的办公场所。在上楼的花圃门口有一个蜘蛛网，园林师傅发现的时候，林生早已发现，多次在公司大会上说过，不准任何人戳破这个蜘蛛网。林生每天上班走至楼前都要先看一眼蜘蛛网，像一个生物专家，在蜘蛛网上指指点点，并用笔在小本子上记着什么。他挤弄着眼睛，目光透过镜片，用心看着，他说这是个好兆头，是拿钱都买不到的。不准任何人戳破它，谁捅破它就炒谁的鱿鱼。林生说很多只蜘蛛还在卖命地拉着丝，织着网，拉一阵停一阵，摆动脑袋，左顾右盼，看有无动静。林生每看完蜘蛛，都将眼睛微微闭上静思默想。他的脸上变幻无穷，微笑、苦笑、奸笑和挤眉弄眼，好像从蜘蛛网里找到什么深奥的东西。园林师傅最忌恨花圃里牵拉蜘蛛网，请示过几回林生，要求刷掉，要不那一枝枝耀眼夺目的花卉会被网丝缠死去。林生说那几枝花能值几个钱，蜘蛛网用钱买不到。园林师傅笑笑，没有办法，只有让那蜘蛛网任意扩张、蔓延。园林师傅暗暗骂林生是神经病，是变态狂。在他发现这个蜘蛛网时，专门召开过公司员工大会，对如何保护好蜘蛛网足足讲了半个小时，令全体员工愤愤不满。

红苹果文化公司背后是蓝蓝的大海，门口有巴士站，公司员工上下班坐车很方便。站前有个早点馆，品种多又便宜，员工都喜欢坐车到这里买早点进办公室吃。如果谁的早点买得差，在众目睽睽之下，不是被冷嘲就是遭热讽。这天早上，宁静没有买早点，见大家埋头吃得津津有味，自己只好倒上一杯纯净水猛喝。昨天林生去广西南宁出差，本想带宁静去，方虹却在林生面前撒泼，说她去我也去，不让我去我就死给你看……林生见方虹如此泼辣，当场表态谁都不带。方虹制止了林生，又对宁静说你男友贝贝与一个姑娘在情侣路频频亮相。宁静听后心里很平静，说他有女友关我什么事，内心却想去看看他真有女友么？昨晚去他公寓，他果然与那个女人在鬼混。她没有进门就往回跑，任贝贝怎么追喊，头都不回地奔向大街，一晃钻进黑夜之中。回到宿舍，她闷着一个劲儿地想心事，翻看着贝贝写的爱情故事。闭上眼睛，心里骂着贝贝是披着爱情外衣的一条色狼，是玩女人的高手……

方虹见宁静不吃早点，走上来，拍宁静一掌，讥嘲地问宁静你昨晚玩通宵？她粗言秽语，引得众人嘻嘻哈哈地哄笑着。宁静性格内向，向来不多说话，今早当众遭到侮辱，她却非常愤怒。她狠狠地斜视方虹一眼，问方虹你怎么如此粗鲁？方虹说你上班睡觉批评不得？玩通宵范围很广，搓麻将、唱歌、喝茶都是玩，你自己怎么老想那个事？方虹如此解释，刚让她松口气，突然方虹又来一句：他又没钱，你不是让他白玩？

宁静气得无话可说，便冲上一句：睡过觉又怎样？方虹说，与男人睡觉虽然光彩，也不必这样炫耀吧。一个女人谁都会有男人的，有什么了不起！方虹发现宁静嘴巴笨，便得寸进尺。在众人的再三劝解下，方虹才回到自己办公室。宁静气得脸青一块紫一块，低头偷偷地哭泣着，许多的委屈和怨恨全交织在一起。整个上午，公司的气氛僵硬凝固，宁静不说一句话，手却不停地按着电脑键盘，鼠标漫无目标地晃动着，由此电脑显示屏上出现歪歪斜斜扭扭曲曲的细线，一团团黑点在线上自由地穿梭着。宁静的手停下来，那团黑点也就粘在线上不动，宁静不经意地存了盘。中饭是公司提供的，不吃白不吃，宁静吃下一点就独自来到屋后绿化带草地上，躺在一棵荔枝树下，斑斑驳驳的阳光刺得她眼花缭乱。她闭上双眼，想安静一会，忽然草地上有沙沙声传来，像风吹得树叶叫，像人踩得草地响。她一时听不清，将双眼睁开，一个倒着的男人身影罩住了她。她弓身坐起一看，站在眼前的不是别人，正是她最恨的贝贝。宁静不想再看到他，骂道："王八蛋，你来干什么！"贝贝甩出一副笑意，朗声道："我知道你恨我，昨夜那女人是我老家的亲戚，来滨海找工作好几天，我陪她去这个公司，那家工厂，都嫌她年纪大，没有文凭，弄得焦头烂额。她在县城开酒家，单位赊账成风，一时收不到款，亏了好几万元。我介绍她去歌厅当咨客，那天她化了妆，总算被老板看上，答应她后天上班，月薪八百元，回来后她翻脸说不去。第二天朋友介绍去一家大酒店当中餐服务员，月薪八百元，她说这样挣钱，那亏欠的几万元不知要打多少年工才能还清。你说我烦不烦，昨晚你去找我碰上了她，她还责问你是谁？我告诉她你是我认识不久的朋友，她不相信，硬说是我……今天早晨她坐车去广州，我送给她四百元车费钱哄她回老家了。"

宁静只是听着，没有说话。贝贝见宁静听得有兴趣，又继续编故事。宁静听后，说贝贝作家，你真会编故事。宁静，这不是编故事，是真的。她来干什么？她一定是你的老婆。宁静，说实话我还没结婚，谁结婚谁遭雷打火烧！宁静，你我在外闯荡都不容易，结上朋友，算我们有缘。你那条项链是谁送的我都清清楚楚，在外混饭吃挣钱用都是骗来骗去，还说是你自己买的！宁静本想安静，让上午的满肚子火气慢慢消去，谁料贝贝又来气她。贝贝，你知道谁送的项链？还不是你的那位老总呀！你胡说八道，你不得好死！宁静一边骂，一边往前走去，吼道："贝贝，我一辈子不想见你！"

贝贝被宁静骂过后，离开了宁静。

贝贝走后，海风吹得树叶沙沙作响。他怎么知道这金项链是林生送的？这一定是方虹告诉他的。她摸摸金项链，眼看到了上班时间，便起身往回走。方虹为什么恨她？问题就出在这条金项链上。金项链是林生送给宁静的。林生对公司员工做出贡献奖励方式有两条：对男员工的奖励是老总亲自请客喝酒。老总没有酒量，也要喝上半斤，醉给员工看；对女员工奖励便是赠送一条金项链。宁静初来，又没有做出贡献，她怎么能获此殊荣？宁静自己也不知何故，想来想去，大概与初在滨海接待处张处长的态度一样，都有企图与目的。

这是省政法部门的接待处。接待处建在海边上，修得豪华别致，一扇很大的铁门整天死死地关着，一条大狼狗整天蹲在铁门边。每天接待处只有两三个大腹便便的人，据说是省里老干，坐的全是高级轿车，还有警卫员。他们来后接待处四周立刻戒严，晚上很少有人走动。宁静是服务员，一副笑脸，端送茶水，来的什么客人，服务员不准打听，绝对保密。接待处没有名牌号码，电话都是内线，往外联系必须加密码，否则打不出去。宁静刚去一个星期，就熟悉了整个业务。一天，接待处长老张喊她到办公室，赞扬她工作出色，也送她一条金项链，还说只要在这里好好干下去,两个月后提拔为接待处副主任,月工资加奖金五千元左右。当时她是一阵惊喜,微笑时脸上荡开红晕,连连感谢处长的器重。张处长也笑笑,眼皮上上下下挤过几遍后,嘴里不停地说:“你真不错,真不错,不知你看得上我儿子么?”宁静傻眼了,没有回话。这时候小院没有任何人,十分清静,连那极爱吼的狼狗也不吠一声。张处长说我儿子还没找朋友,二十六岁了,不知你看得上么?宁静听罢,脑子顿时轰然炸响。他是处长,是老板,怎么回答他?他的儿子长得牛高马大,胖得像头猪,从很远的地方都能听见他的喘气声。他说只怪自己娶上一个北方胖妇,生下这个胖小子。想了半天,宁静才回过神来,见他样子尴尬,立刻露出笑脸,说:“处长,我刚来,不想找朋友,这件事请你多多理解。”他无奈地点点头,说:“我很理解。你如果同意,我把你母亲接到滨海来。”宁静脸色很难看地说:“处长,不行啊!”张处长在东北当过兵,平时说话三言两语,今天却唠唠叨叨不停。说来道去,最后还是遭到宁静的拒绝,她将金项链也退回给了他。

张处长不高兴地走出办公室,坐上小车回家去。这天晚上,宁静想了许多许多,想到自己的结局。如果一直拒绝,张处长不会善罢甘休的,明天带给她的肯定是乌云密布的天空。宁静不吃饭,女同事将饭摆在床头,她看都不看一眼,眼泪汪汪地想着单身的妈妈。来滨海一个星期了,未给妈妈打电话,妈妈还不知我的下落。想来想去这不是自己呆的地方,宁静决定离开。

第二天,张处长果然是冰冷的面孔,她知道事情不妙,便向他提出辞职。张处长果然答应,立即给她半个月的工资三百元。钱送到她手上,张处长叫来一个男人,那个男人不说话,直盯着宁静,好像他是张处长的保镖。他冷冷地问宁静:“姑娘,你去哪里?”宁静未吭声,她一时也不知去哪里。到哪里去?她茫然无措。但走出那扇铁门,毕竟长长地舒下一口气。她去租房,选来选去,租下一间私人住宅,月租三百元,只有一架木床，没有其他东西。不管好坏，只要能安身就行。这住宅在一个小巷的深处，拐弯抹角很偏僻。这户人家养有几只狗，白天黑夜都汪汪地叫着，叫人毛骨悚然。下午五时，宁静租个小三轮，将东西全部拖进出租屋，潦潦草草安顿下来后肚子咕噜噜地叫了，这时才想起昨晚至今还没吃下一粒米饭。她匆匆下楼去买盒饭，小巷深处有两个贼头贼脑的青年笑嘻嘻地走上来："小姐，你上哪儿？"宁静不理睬，只顾走路，穿惯了男鞋的那双脚被高跟鞋挤得骨头痛，蹬得水泥路叮叮地响。忽然一个青年上前抓她衣袖，她用力甩掉，问："你们要干什么？"

"嘿嘿，别紧张，我们玩玩吧！"

"玩什么？"宁静大叫着，使劲跺着脚，那两个青年吓得后退两步。见宁静往前走又上去拦，此时无人过路。一青年见时机已到，一把揪住宁静的手，抓住她的提包一拉便逃之夭夭。等她呼喊抓强盗时，那两青年溜进了黑漆漆的小胡同里，谁也抓不着了。宁静气得半天说不出一句话。提包里三百元钱和父亲卖了成名作为她买的钻石牌手表全被那两个青年抢走。

这晚宁静又没有吃饭，想着想着就睡着了。第二天，宁静去找工作，一连找了好几个公司，都是女老板，年纪不大，四十岁上下，穿金戴银的，十分洋气和阔气。见她长得靓，都挖苦地说："可惜我们不是男老板。"讥笑后，都说不要女人，要的是靓仔。宁静气疯了，暗暗地责怨自己怎么又变成女人，如果自己还是男人，今天准能找到工作。哼，变女人好挣钱，变男人好找工作，这世上到底是女人好还是男人好？

宁静找不到工作急得发跳，身上又没有钱，房东要她先付房租，她答应过两天等有工作再付。一天晚上，宁静关灯睡在房里不吭声，房东使劲敲门，在门外直言直语地念："这妹子又不在家，天天晚上在外过夜还租什么房？"

后来房东发现她每天都是天没亮就悄悄起床溜出去找工作，但一直没结果。

这天下午，她被房东撞个正着，就告诉房东说明天一定付房租。房东是个女人，看她没有钱，心立刻软了下来，想想一个独身妹子无依无靠，怪可怜的。宁静找工作四处无门，夜里突发奇想去歌厅当坐台小姐。她穿上紧身衣，把没有乳房的胸部垫上一团海绵，扣紧乳罩，胸前那两团绷得老高，下着超短皮裙，露着修长大腿，显得极性感。她站在包厢门口，见有客人进包厢，她笑都不笑，有好几个男人从她身边走过，都说她很美，此时她开始寻思自己到底美不美。正想着，一个长发男人走到她跟前笑眯眯地说："这么美的姑娘被晾在一边，我痛恨中国人审美水平竟差到这等地步。走，跟我散步去，我会给你小费的。"宁静看这男人有艺术家的风度，说话艺术气息比常人高出一筹，莫非与父亲一样是画家？长发男人一边走一边介绍自己是个作家，说今夜的夜景如此美丽，进什么包厢，应该去海边情侣路散心。宁静见他蓄着长发，怕是坏人，不肯跟他走。他又说你放心，我不是坏人，是世界上最富有同情心的男人，我认识你算我们有缘，你结识我算你三生有幸。宁静不肯走，他也不动手脚，只是用嘴劝说着。宁静最后还是与他一同去了海边情侣路，见一只只大船小船停泊在港湾，他说这就是避风港，是船员的家。宁静说你真会玩，这地方真美。一阵阵海风吹来，给人一股股凉意。这个男人得知宁静的难处，便慷慨解囊，掏给她五百元钱，以解燃眉之急。随后，这位男人又请她去吃苹果粥，他喝一瓶啤酒，宁静喝饮料。临分手时，这位男人告诉宁静他住在鸡山街十八号公寓四楼右室，欢迎她光临，并且还答应帮忙给她找一份如意的工作。

没过几天，那位男人来找宁静，说给她找了一份工作，明天去面试。那是一家有影响有实力的官方文化公司，老总是个文化人，很开明，不会亏待她的。

这天晚上，是宁静最快乐的时候，那位男人买来苹果，往小桌上一摆，第一句便问："宁静，我不是坏人吧！"

宁静深情地点点头，情不自禁地睨他一阵。

那位男人微笑着说，我能结识你很幸福呀！

宁静问，你叫什么名字？

嘿嘿，我的名字很特别，叫贝贝。

嘻嘻，是海滩上贝壳的贝么？宁静不解地问。

对对，我是海滩上的贝壳，让游人去拾，你说这有寓意么？

宁静又点头又是笑。

这位男人就是作家贝贝，宁静就是这样认识贝贝的。一连几天逛大街，进公园，下海游泳，玩得非常开心，非常投入，她好像遇上了知音，夸贝贝是个好男人。其实，宁静并非真心夸他，只是利用他给自己找一份工作。宁静对自己的性别尚存疑虑，一旦被贝贝爱上，这年代谈恋爱都兴试婚。他想试婚，搂搂抱抱的洗个鸳鸯浴不就原形毕露？宁静一再警告自己，千万不要与任何男人过度亲热，就是贝贝也不能亲热。

宁静应聘前还不知道这家公司的名称。贝贝说这家公司老总是湖南锦水人，你去见见面。宁静很高兴，如果真是锦水人，那我告诉他我们是老乡，是老乡一定会收她的。她走过一段路，便到这家公司门前，抬头一看才知道叫红苹果文化传播有限公司，中文上方全是英文，挂在门口的徽标是一个苹果，用红色铜字铸成，十分醒目。它的寓意是什么，宁静这个美术系大学生思索半天也想不出来。如果老总面试问她看过公司徽标么？答复看过，要她解释怎么办？宁静想到这里，老总要问我就说没有看，可以骗过一关。这家公司老板其貌不扬，圆圆的脸庞，两只对子眼很明显，一副金边近视眼镜挂在脸上，头发梳得溜光，擦过很多摩丝，像30年代的汉奸。他见宁静走入办公室，一本正经地板着脸孔。宁静很少见老板，见他这副模样，心里七上八下，如老鼠见猫怕得很。丑媳妇总要见公婆的，她在心里一个劲儿地说：他是人不是神，怕什么，何况还是老乡！

宁静镇静下来，端正脸，微笑地坐在老板桌前，胆怯地说："老板，你好，我是贝贝介绍来的宁静，前来应聘。"宁静说完，老板依旧像一具僵尸靠在椅子上，不说一句话。

"老板，你好，我叫宁静，是贝贝介绍前来应聘的！"宁静又重复着。

"是应聘的吗？"

"对，是贝贝介绍来的。"宁静想打出贝贝的牌子，为她开绿灯。

"贝贝是谁？"老板摇摇头。

"贝贝就是贝贝，是一位作家。"

"我没听说有个作家叫贝贝。作家酸溜溜的，还介绍什么人，哼哼，哼哼……"

"你不知道贝贝算了，你说我行么？"

老板左看右看，摇摇头，慢条斯理地说："作为公关小姐，应是披肩的长发，翘长的睫毛，乌亮的眼睛，动人的脸蛋，高挑的身材，舞女的腿。你的屁股偏大，乳房偏小，脸庞有点偏宽，眼睛有点偏细，但是你那深深的酒窝却让我动心……"

老板像和尚念经一般地读下这段话，让宁静恶心不已。他许久不发问，使宁静坐在那里尴尬不已。她又一次镇静下来，壮着胆子问："老板，你还有要问的么？"

"你会讲粤语吗？你是哪里人？今年多大？怎么喜欢这个公司？"

宁静一一作答。当她说是湘西人时，老板一弓身站起来，问："你是湘西人怎么不说湘西话？"

"听说你是文化人，我就用普通话交谈。"

"你知道我是哪里人？"

"湘西锦水人。"

"你知道我公司为什么叫红苹果么？"

宁静摇摇头，说不知道。

"你见过蜘蛛网?"

宁静点点头，说我见过，但滨海的蜘蛛网没见到。本人才疏学浅，请多多指教。宁静谦虚，令老板微笑起来。过了一会，他又问:"如果出外公关，别人请你跳舞抓你身上或请你上床，你应该如何处理?"宁静不假思索很灵活地回答说，为了本公司的利益我会妥善处理好，让客户玩得开心满意。你怎么处理，讲具体点。宁静看一眼老板，从容地说，如果对方摸我就借故去卫生间，如果要上床我就借口说例假来了。

宁静一说完，老板会心地笑了笑，跷起大拇指夸赞她聪明灵活，是一个难得的公关小姐，进入公司会大有前途。他说完从抽屉取出一条金项链，在手上扬扬，问你喜欢金项链吗?宁静灵机一动，怕老板试探她，委婉地说每个女人都喜欢，等自己挣了钱再买就是。

老板从头到尾地又看宁静一遍，高兴地说这条金项链，我原准备送给本公司公关部长方虹小姐的，今天就先送给你，作为一种激励吧!

宁静推推搡搡不收，老板严肃地要她收下。

第二天上班，林老板将金项链送给宁静的事告诉了方虹。

宁静是下午一时离开那块绿草地的。两百米远的路程，让她走了半个小时。她是走一步停一步的，满脑子疙瘩一时解不开。方虹是个见钱眯笑的"财迷"，有好几回趁老板上卫生间，她就拉开老板手提包，偷一叠钞票往自己口袋塞。金项链是老板自愿送给自己的，与她八竿子打不着边，她为何迁怒于我?

宁静回到办公室，大家见她脖子上金项链没了，怕她掉落不知道，关切地问:"宁静，金项链不会掉落了吧!"

宁静:"没有掉落，谢谢关心!"她刚坐下，来了电话，她不想接，一连响过两三遍，有人提醒:"宁静，接电话呀!"

宁静抓起电话一听，原来是林跃打来的："宁静，你怎么不接电话?"

宁静冷冷地答道："刚从外面回来。"

"怎么没有情绪说话？是不是林生对你不好?"

"没有，一切挺好，谢谢关心。"此时，方虹走到她跟前停步下来，赶忙插言："宁静，你怎么没有精神?"

宁静听见方虹问话，故意置之不理。宁静右手抓电话累了又换左手，将背对着方虹，气得方虹没趣地走开。

方虹刚走两步，宁静问："林伯，你没有事我挂电话了!"

方虹赶忙走回来，怒问道："宁静，林伯说些什么?"

宁静没有回话，她在回想林伯刚才电话里说的内容。

宁静没吃中饭，肚里装的全是纯净水。她没有精力与方虹争辩，这样的争辩毫无意义，尤其是与方虹这样的人争辩。

"宁静，你眼里还有我没有?"

"我天天见到你，怎么眼里没有你?"宁静不冷不热地说，欲发出一阵讥笑，又努力将嘴巴紧紧闭上，用讥讽的眼光看方虹。

"宁静，你怎么这样说话?"宁静没有立刻回答，只是冷冷地看她一眼。她一边喝水一边用手按着电脑键盘，冷冷地说："这倒要问你自己为什么这样说话?"

众人笑。方虹抬眼看大家一眼，大家还在笑。

"宁静，你不要太得意，公司党支部书记你是当不成的。"方虹气得如一条疯狗，跳墙般地狂吠开来。但对宁静来说，根本不知道要她当党支部书记这回事。

"我当党支部书记?"

"告诉你，我们合不来，铁打的营盘流水的兵，你不走，我走。你表个态，走不走!"

“公关部长怎么走？只能是公关小姐走！”

“你要走，就赶紧写一份辞职报告，我马上签字！”

“等会儿给你。”宁静抓起键盘几按几敲，一份辞职报告立刻打印出来，递给方虹。方虹毫不示弱，抓起笔就签意见，说：“老总明天回来，办好手续，请立即走人，还有那条金项链交给我，它本是买给我的，是你抢走的！”

“这金项链是梁董事长的，我要亲手交给梁董事长，与你无关。”宁静故意说不是林生买的。

方虹听是梁董事长给她买的金项链，心里更不舒服，想天底下的男人像天下乌鸦一样黑，都是一路货色。

方虹拿着宁静的辞职报告，放到经理办公室去，关上门，拨通了林生的电话。方虹跟林生说什么，宁静未听清楚。

宁静毕竟比方虹年轻，刚走上社会，没有生活阅历，沉不住气。林生本来按照他大哥的指示办，要她当党支部书记的，因为上级要求每个公司成立一个党支部。这是他大哥的提议，由于林生自己是党外人士，看宁静是党员，她来做党务工作是最佳人选。公司已经打报告给集团党委，再不成立党支部，林跃顾问会大发雷霆。宁静任党支部书记兼公关部长，享受副经理待遇，这是一件指日可待的事情，可她在这个节骨眼上辞职，正中方虹圈套。

大家听到这里，肺都气得炸裂开来，不争气的宁静，小心眼的方虹……

他们一个劲儿地骂着。

水水忍耐不住地暴跳起来，骂道：“方虹是个狗日的泼妇，道德素质这么低下，林生还要她干什么？”话刚脱口，眉头一皱，又冷静地放低语气，说：“林生也有难处。据我掌握的材料，林生迟早会栽倒在方虹的手里。”接着他想，宁静才来一个多月，认识林跃不久，林跃便要认她为亲戚，是什么原因？林跃是湘西人，很喜欢有才华的湘西妹子。他对林生说过，要她先当党支部书记，享受副经理待遇，等条件成熟，再提她当总经理助理。林生在他大哥面前，老鼠怕猫一样低声下气，点着头，死活不说话。

贝贝问：“林跃对宁静为什么这样器重？”

水水故作神秘，说：“这是不能让你知道的！”

“你知道就快说呀！”贝贝催促着，又说：“她对我说是贵州铜仁人，对林跃又说是湘西锦水人，真是见人说人话，见鬼说鬼话，太狡猾了！”

“嘻，这年头有几个人说真话。你们不知道红苹果文化公司上下左右的复杂关系，你们想知道，让我慢慢道来。”

水水开始说了，大家洗耳恭听着。

六、明争暗夺

复杂的关系中，关键人物是梁从汉。

梁从汉系滨海文化出版总局副局长兼文化出版集团董事长，红苹果文化公司是该集团的二级机构，副处级单位，隶属集团领导，各分公司除统一管理外，尚有一半的自主权力。除分公司正、副经理的考核任命，享受副经理待遇的部门负责人须审批备案外，分公司有招聘员工、人事安排呈报和独立的经济权力。提拔宁静当党支部书记，由分公司呈报上级审批备案。梁董事长接到林跃电话已多天，却迟迟不见林生呈报上来。他转念一想，方虹跟随林生六年多，没有功劳也有苦劳，论资排辈也该轮到她，怎么把刚来两个月的宁静就提拔上来？提拔中层领导，不能光看长相，要看贡献有多大。梁董事长思索半天，左右为难。前些天答应林跃副书记，只要林生呈报上来，照批不误。林副书记虽退休，在市委还有一定影响，眼下又兼红苹果文化公司顾问，谁敢得罪？宁静是个不错的姑娘，进到公司的第三天，我请她到银海大酒店梦幻歌舞厅陪过梁副市长，给梁副市长也留下很好的印象，但梁副市长今天来电话又说要先提拔方虹。在电话里，我曾请求方虹与宁静同时解决待遇，梁副市长不答应，还责问我看上她样子还是什么，弄得我十分尴尬。宁静难道得罪过梁副市长？林生说几天前我已经要办公室王秘书送报告到你手里，你难道没收到？梁董事长说，我没有看见王秘书，也没有接到任何报告，你问问王秘书。林生说那我再草拟报告送来，梁董事长苦笑一声，说如今事情难办了！林生问为什么，梁董事长为难地沉默着，许久才问：“宁静在家吗？”林生告诉梁董事长，我在广西出差，没有回家，不知宁静是否在公司。梁董事长说，好啦，我打电话给公司，你出差回来再说。梁董事长说完话，哗啦一声放下话筒，接着又拨通了红苹果文化公司的电话：“喂，我是梁董，宁静在吗？”

接电话的正是王秘书，嗡声嗡气地，吞吞吐吐地说：“梁董事长，她不在，你找她有事？”

“对，找她有事。她有手机吗？”

“没有。”

“你是王秘书？”

“对，我是王秘书。”

“你告诉林生，给宁静一部手机，说是我安排的。你见到宁静，告诉她我有事找她，请来局里一趟。”

王秘书一个劲儿地嗯嗯应着，柔柔地说：“梁董事长，你怎么不关心我？”梁董事长没有回答，便把话筒挂上了，王秘书讨个没趣，一股怒火燃上脸孔，自言自语地念：“你休想得到她！”

方虹见王秘书满脸怒气，问：“刚才是谁的电话？”

王秘书冷冷地答道：“一个男朋友打来的。”

方虹没有介意，只是随便问问，随即走出公司大门，站在苗圃园前，看园林师傅削剪花卉。当她视线移至那个蜘蛛网时，眼睛瞪得很大，像是受了很大惊吓。园林师傅连喊几声方主任，方虹依然呆如木鸡，像看见了死尸一样。园林师傅手持剪刀，走出苗圃园门，又喊方主任，方主任还是死死地瞪着蜘蛛网。顺着她的视线看去，园林师傅发现蜘蛛网有两根丝断裂，网上没有一只蜘蛛。昨天还是好的，今天怎么会断丝？林生一再叮嘱保护好蜘蛛网，如有可能让蜘蛛将花圃牵满丝，结成一个个的网，那才是一道风景，那才叫人震撼。林生说过，这红蜘蛛是他的精神支柱，是靠着它支撑到今天。他出差前对方虹说，在我出差这段日子，要是蜘蛛网破裂，我回来炒你们的鱿鱼。前几天，方虹看过蜘蛛网，见完好无损，还夸赞园林师傅在蜘蛛网边小心翼翼地削剪花卉，未伤一丝一线。而方虹今天大约是看见破裂的蜘蛛网，心神不安，脑海仿佛受到十二级台风的袭击，内心深处有飓风巨浪在猛烈地冲撞着。好久好久，她才摇摇头，不停地说："这下完了，让宁静遂心如愿了！"

"方主任，你说什么？"园林师傅问。

方虹恍过神来，见园林师傅在眼前，咆哮得如一只疯狗，抓着园林师傅衣角，吼道："这网是怎么破的？"

园林师傅三十多岁，是滨海当地人，黑黑的脸膛上，透出一股刚毅，他若无其事地摇摇头，说："昨天下班前还是好的，今天怎么破了？"

"圃门锁好没有？"

"圃门没有打开，没有人进来。"

这时候，方虹立刻想到今天没有上班的宁静。蜘蛛网破裂，是不是与宁静有关？但她随即想到，更重要的是，趁林生还没有回来，交代园林师傅不要向任何人透露此事，想尽一切办法，把蜘蛛网接好。譬如在园中寻找两只一雌一雄的蜘蛛，抓到网上来，让它们今晚相爱交配，屙出丝来。

园林师傅听后，觉得这是天方夜谭。蜘蛛虽能找到，但谁能看出雌雄？他摇摇脑袋，说："我没有学过生物，不是生物专家，也不是昆虫专家，认不出雌雄。"方虹笑笑地问："你认识男女么？"

园林师傅不作声，点燃一支烟，悠然地吐着烟圈。

方虹又问："我是男是女？"

园林师傅笑笑，说："你是一个男人！"

方虹吼道："你这人真笨，难怪还娶不到老婆。告诉你，任何生物皆有雌雄。草树禾麦，虫子蚂蚁，飞禽走兽，有公有母，其形体与人类男女一样。禾麦中不长穗的是公,光杆杆,长穗的是母,杆粗。雄蚁腰长肚小,雌蚁腰短肚大,与蜘蛛相似。你赶紧去找找,要不我俩都会被炒走!"

方虹说完,怏怏不乐地回到办公室,问王秘书:"宁静怎么不来上班?"

"方虹主任,你忘了,她昨天给公司打了辞职报告。"

方虹一时记起,微笑了一声。王秘书又说:"虹姐,前几天公司还准备提她为党支部书记,想不到……"

"我知道,不是一件那么容易的事。"方虹长长地叹下口气,问:"提拔她,你有看法?"

"我没有看法。"

"没有看法,你怎么不把报告送给梁董事长?"

王秘书一惊,慌张地说:"我送去了。"

"你送给谁?"

"我送到梁董事长办公室。"

"嘻嘻,王小姐,你别扯谎。我知道你没有送去,我们都是女人,是男人的调味品,做女人难呀。如果林生知道你卡住公司的报告不送,他不掴你一耳光才怪哩!有谁证明你送去?我就知道你没有送,你什么事能瞒住我,我只要报告给梁董事长和林跃书记,你的处境将是何等的艰难呀!再说你还是黑蜘蛛团伙成员......"

"你胡说,你是疯狗!"王秘书气得大吼起来。

方虹显得很冷静,不慌不忙地说:"你是疯狗,才不去送报告!如果你与我作对,等林生回来,看他怎么收拾你!"

王秘书吓得半天说不出话,马上改变态度,求饶似地说:"虹姐,你别乱说,我真的送去了!"

"送去了,梁董事长怎么收不到?"

“这我就不知道了。”王秘书如泄气的皮球，又说：“虹姐，你别乱说，我求你了！”

方虹又瞥王秘书一眼，说：“我不乱说，请你也不要乱说宁静是我赶走的，这是市里的意见。”

王秘书一个劲地点头，说：“是宁静自己走的！”

“吃过中饭，你打电话告诉林生，宁静已经辞职出走。”

王秘书见方虹凶凶的目光，又突然想起在她宿舍被刺上黑蜘蛛图案，以致天气如此热自己还得穿着长袖衣。她摇摇头，伸出拇指，说：“虹姐，你真厉害！”

“嘻，林生与我作对，他也不会有好下场！”

“这回他想当出版局副局长，恐怕是竹篮打水一场空！”王秘书自言自语念着。

方虹嘿嘿笑着，问：“你举报他的材料写好了没有？”

王秘书摇摇头，问：“我举报他什么？”

“对啦，你先不要举报，我逼他提出要我当副总经理，你当公关部长，山西妹子当财务总监。他若不答应，再举报控告说他强奸你，肚里的孩子是他的！”

王秘书听着，没有表态，只是轻轻地点了一下头。

方虹盯她一眼，说：“照我的安排去做没有错！”

林生得到方虹的电话通知，说宁静已辞职。这事关重大，《中南五省旅游手册》正在采编之中，所有的工作都是宁静去做的。她这时愤然出走，难道是梁董事长告诉她公司没有呈上报告？林生觉得这里面大有文章可做，如果让大哥知道，大哥会气得脖粗眼红。他决计立刻飞回滨海，找宁静谈谈。林生回到公司，街灯亮了，整个公司空寂无人。回神一想，正赶上“五一”劳动节，加上双休日，放假七天。王秘书说不执行国务院规定，公司会有人告状。在这节假日问题上，林生伤透了脑筋，去年还遭到市劳动局的公开通报批评，说是违背劳动法，罚款五千元。那回在追查告状人的会上，林生将全体员工大骂一通，并扣除全体员工当月奖金。他在会上愤愤地说道，在公司拿钱还告公司的状，真是怪事。告状能整垮这个公司？万万不能。这公司是钢铁长城，任何炮弹都轰不倒，你们不知道红苹果公司有坚强的后盾？否则别家公司破产倒闭，我们公司为何越来越红火？林生说这番话的时候高扬着头，用拳头捶着桌面，铿铿锵锵，掷地有声，很激动。最后还说谁不愿意在本公司做事请举手，不要在背后搞名堂。林生一对眸子直往全场扫，他想从员工的表情上看出破绽，扫来扫去，没看出异样来，都是作惊讶状，就像日本鬼子抓中国老百姓，谁是八路的，给我统统地站出来！谁都不承认是八路，谁也不站出来，全体员工没有人承认告过状，他们都知道鱿鱼腥味浓，闻起来很难受。今年这个假日恰逢老总出差半个月，王秘书说这回一定要放假，按照国务院规定的时间办。王秘书的请示是全体员工要她做的，这个假日员工盼望已久。经王秘书做工作，集团公司最后还是同意休息六天。这全是王秘书的功劳，在今天下班的时候，全体员工对王秘书表示感谢，有的员工请她吃麦当劳，有的员工与她谈假日活动安排，说要回家走亲访友或携朋友到泰国三日游。林生放下东西，走进公关部办公室，黑乎乎的办公室竟有一台电脑还亮着，画面上出现一幅宛如地图的红色蜘蛛网。他想找到宁静，宁静没有电话怎么联系？平时宁静下班后，总是坐在电脑前聚精会神地按着键盘，设计着什么，有时停下来与他聊广告设计和艺术理念，聊四大名著还有婚姻家庭社会现象等等，林生情绪佳时还把苦难的经历和盘托出。在聊天时，宁静仿佛一位童颜鹤发的哲人，一个个超常的哲理观点从她嘴里一蹦而出，说什么过去有钱能使鬼推磨，如今有钱能使官员头昏，不当官，平静过日子，当官会惹祸，用钱可以雇官员帮忙办事让他们为你打工、奔波，你坐在公司听佳音。有钱，条条小路可通北京，何况一个省一个市。林生回顾公司发展历程，的确如此，这好像一轮红日从云层喷出万道金光，为公司今后业务的开展，应该多用钱聘请一批“高级打工者”，为公司谋利益。

聪明的宁静，你为什么要辞职？林生呆呆地想着。

电话铃已经响过三遍，林生才听见。他接起电话一听，是他大哥林跃打来的：“林生呀，你要聪明一点，这回抗洪救灾你捐多少款？”

“两万元，早捐啦，不要你操心！”林生自豪得意地说。

“捐少啦！市里梁副市长有意见，说你应捐二十万元，并且说公司是共产党办的，共产党有困难，你应大方点，没有共产党就没有红苹果！党支部成立没有？提拔宁静的报告呈送给集团公司了么？公司门口一定要有党支部的牌子，否则……”

林生没有说话。心想大哥是饱汉不知饿人饥，公司若不再加大力度创收，两年后就会垮的！

“林生，你怎么不说话？宁静这两天怎么不来我家？”

“她一定很忙吧。我出差刚回，还没见到她。”林生不敢将宁静辞职出走的事告诉大哥。

“前些天，我劝她等党支部成立，当支部书记，她死也不肯当。她说如果提拔她，将是一场灾难，我不知道为什么是灾难？”

林生说：“我也不知道。”

“她可能不是党员？”

“你给她原先单位去函核实清楚，给他们出具一份证明，说明一下宁静的档案、人事关系已调来我们公司，否则人家是不会转组织关系的。”

林生想给宁静先前单位去份函，可他又忘了，等到大哥提醒时，宁静已经离开公司。大哥如果知道宁静出走，会找他生要人死要尸，大闹一阵才罢休。

“你怎么不说话?”

“对,我明天打电话问问。”其实林生并不知道宁静原先的具体单位和具体地址,更不知道电话,只是哄骗林跃而已。

“最近,你向梁副市长汇报过工作没有?”

“没有。”

“嘿,林生呀林生,你可以没有我,但不能没有梁副市长。梁副市长是分管你们的,你是不能得罪他的,没有他的支持,你能管理好这个公司么?”

“有这么严重吗?”林生有点不服气。

“没有他就没有你今天!”大哥抬高嗓门,林生不敢再顶撞。如果他气不过,坐车过来,又没见到宁静,无疑是雪上加霜,会没完没了大闹公司,弄得公司鸡犬不宁。

“对对,我明天请他上梦幻厅去喝茶听歌,请方虹作陪。”

“叫宁静去陪,方虹算什么。赶快成立党支部,把宁静的事情安排好。迟迟不成立党支部,是不是因为怕姓方的那个女人?”

“没有。请示报告已呈送集团公司,你去问梁董事长。”

“好好,我去问问。她是个苦孩子,又是家乡人,好好照顾她。”林跃说完话,放下话筒,留给林生的是忙音。林生许久没有放下话筒,面对眼前办公室红色的桌椅墙壁沙发茶几茶缸和地毯,眼睛被刺得难以睁开,比任何时候都难受。大哥处处地方为宁静说话,弄得方虹情绪很坏,处处找茬儿。党支部成不成立,无关紧要,不过是一种形式。自己的生存空间和方式,都得按照公司规矩被迫地执行,往往会带来意想不到的后果。她的出走正是这样。上回大哥要她当党支部书记,她死活不肯当,报告呈送上去,她却……宁静苦难的经历,磨炼出她脱缰不驯的野马韧性,没有方虹温柔时候的温柔,没有方虹听话时候听话。但她比方虹聪明,时时刻刻有一股灵气之火在身上燃烧,放着光芒。有时赞扬她几句,她沉默不语,好像用心在暗暗地记着。方虹一听到赞扬宁静,妒火顿生,立刻在背后说三道四,说她骄横,目中无人,连你林生都不放在眼里。你林生无非是前些年碰到发财的时机,有个当官的大哥撑着台面,仅凭你那点技能根本不可能发展到今天辉煌的局面。员工都说宁静很好,方虹对她却总是咬牙切齿。这回宁静出走,一定与方虹有关。近两年来,不少有能耐的人不管是男人还是女人,都因看不惯方虹而愤然离开公司。前两年公司人才济济,达到最高峰,而现在剩下的全是一批混日子的虾兵虾将,累得林生连喘气的时间都没有,什么事情都非他出面才行。

"咚咚咚……"有人敲门,林生打开门,方虹穿着一件粉红色睡衣朝他走来。今天奇怪了,平时放假或星期天,方虹总在出租屋里住,今天怎么在公司宿舍?这令林生忆起前些年的一些事。有年国庆节那天,她生病在公司宿舍,林生与家人团聚,带妻子小孩在公园玩。中午时候,林生突然想起方虹孤单一人在宿舍,便给她挂电话,询问病情。谁料她指责林生:"老板,你还给我挂什么电话?"林生没有回答,只听见她身边有男人喘着粗气。林生问她身边的男人是谁,她反问他:"你说呢?"林生猜测一阵,笑了笑:"没猜错的话他是……""嘻嘻,你不要瞎猜,老实告诉你没有人陪。"林生不相信她身边没有男人。方虹老公原在一家房地产开发公司当老总,后因被骗,公司垮台,差点跳楼自杀。方虹是因老公破产才投靠林生的。方虹在忍无可忍的情况下,三个月前与老公离婚。她老公离婚后,精神萎靡不振,每天黄昏便在滨海中央广场吹笛子。方虹与老公同是潮州人,又是老表关系,他原在潮州剧团吹笛子。一九九二年上滨海打工,在滨海遇上表妹方虹。当年任建委副主任的梁副市长,三十岁尚未娶妻,在工程公司认识年轻貌美的方虹后向方虹求爱,方虹没有答应,她一心一意只想与表哥结为秦晋。由于表哥在建委工程公司跑腿,人很聪明,慢慢承揽一批工程业务,结识一批老板，后来自己成立公司。方虹公关，老公睁只眼闭只眼，只要能挣钱，任她想怎么玩就怎么玩，她与银行行长进歌厅、茶楼，与建委主任在黄金海岸游泳，与税务局长去桑拿按摩，与工商局长搓麻将屡败屡战……二奶也好，情妇也好，金丝雀也好，三陪夫人或三陪少爷也好，传到耳边随风飘去。用她老公的话说，手中有票子，别人玩我老婆，我玩别人小姐，彼此不亏欠，何乐而不为？要改革要开放，一切都得改，一切都得放，这是生活的一种方式，这是生活中的一个谋生手段。但好景不长，一九九四年，全国金融秩序整顿文件一叠叠下来，放贷出去的钱一律收回，大煞放贷风。正在建设中的海湾花园公寓被迫下马，银行行长被检察院立案查处，建委主任被方虹拖下水。老公被公安局关押一月之久，海湾花园十八层公寓全部收归银行，公司破产，一无所有。后来她老公疯疯癫癫地在大街小巷吹笛子，笛声常常在夜深人静时传进人的耳里，仿佛一首首催眠曲，把人们送进梦乡。方虹常常是一个人守家，当听到老公的笛声时，心里无比酸楚苦涩。在她心中，老公已经是个疯子，但她不知老公内心的伤痛。其实他并不疯，他是用给他欢乐的笛声来宣泄苦痛，让自己平静地走完人生；他是用笛子让人们重新认识自己，打发难熬的日子。方虹并不理解老公。在这时候，曾与这与那有出轨经历的方虹，心中没有老公，而借助自己几分姿色，陶醉在别人的怀抱里，让这彩色世界重新粉饰自己，并不硬性地约束自己，一切顺其自然。于是，她每次出去都会先忙乎一阵子，梳理头发，喷些固发胶，脸上涂些粉，画画眉毛，一次又一次化妆，直到自己满意为止。方虹水色好，觉得自己原来就漂亮，化妆后更加妩媚鲜艳，从粉红色的嘴唇上意识到自己像个性感女郎。她时常穿着黑色的短裙套装，紧身衣服将她躯体的每个部位线条勾勒得更加突出。她痛恨自己的乳房日趋软垂，如两只吊着的长冬瓜。所以她每回出去前，都要做一次丰乳按摩，戴上加厚的乳罩。林生最欣赏她看《黑厚学》那本书，一个公司最需要这样的女人，多看《黑厚学》，对公关抓业务很有帮助。一个人清高没有好处，业务不会自动送上门来。方虹在公司几年的表现还是非凡的，他不好摆平的事情都得请她出马。像去年国庆节，公司有个刚应聘来的摄影家，未带“三证”。那天出去玩，不幸被警察逮着盘问有没有“三证”。他知道证件不齐，会被扭送去收留所。林生在会上经常说，没有证件者夜里不要出去，被警察逮着，会给公司添不少麻烦。这个摄影家开始还笑笑地告诉警察：“我有正式单位证件。”警察说：“拿身份证看看。”他点点头，说：“给你们看。”他伸手往口袋掏，一边掏一边自问：“放在哪儿？”他从外衣掏到内衣，从那条缝有许多口袋的裤子前面掏向后面，掏着掏着，转身猛跑。等警察反应过来，他已逃出十多米。警察当下糊涂了，只查证件，他为什么要跑？他一定是个犯罪嫌疑人，心里有鬼才跑。警察掏出短枪，朝天鸣放两枪，飞追上去。此时此刻，这个摄影家从没见过这种场面，听见枪响，顿时软了下去，倒在了草地上……

他被带进了公安局，公安局给公司来电话，说有个姓马的摄影家关在公安局，请速来处理。

林生跑过两趟公安局，没有结果。无奈之下，林生说方虹你去攻关，拿出绝活，摆平这件事，给奖金五千元。方虹在林生面前摆弄一阵躯体，问：“林总，说话算数？”

“当然算数。”

方虹是下班后去的，那天晚上她没有回宿舍。林生给她打电话，她一直关机。但第二天早上就与那个摄影家一起回到公司。林生见她将人领回来，急着问方虹：“请他们到夜总会玩？”

“嘻嘻，我请他们玩什么，他们倒请我。不过我去了另外一个地方，请了另外一个人。”

“谁？”

“这个人你不必知道。昨晚好几个人在一起搓麻将，手气差，输了两千元。老总，说话算数，给我五千元，我还可与他们去赌一把，把那两千元赢回来，你看怎样？”

从这回起，方虹常常在他面前撒娇，每遇麻烦事，故意抢先说：“林总，这回不要我去吗？”

林生说：“方虹，我真佩服你，选你当公关部长，说明我的眼光不错！”

方虹不是一个简单的女人，林生不能没有她。

方虹很有眼光。她投身红苹果文化公司时，月薪只有四百元。习惯大手大脚用钱的她，为何选择红苹果文化公司？她自有她的想法。她说红苹果文化公司刚办，是滨海文化出版集团的二级机构，颇有前途和潜力。她跟别人说过，她不看中林生，看中的是林生大哥——滨海市委副书记林跃的社会资源。她想重整旗鼓，东山再起，再苦再累也得先在红苹果干下去。

林生初次管理公司没有经验，差点倒闭。从大街小巷走过，许多结下过结的老板在背后指指点点，骂他一个湘西土包子还当经理，一个如花似玉的小姐跟着土包子干什么？有几个公司老板高薪聘请方虹去，方虹就是不走。那两年的惨淡经营里，公司印刷挂历、台历和日历，制作招牌、灯箱，在一处偏僻的门面上，方虹每天站在柜台边摇旗呐喊，嗓子嘶哑了，嘴唇干裂了，都舍不得买矿泉水喝。林生想关门不干，他大哥林跃上门鼓气：“一个人经历过磨难，将来才会有出息。”方虹又劝他：“我老公破产，是中央金融政策突变。你没有破产，只是收效小。只要咬紧牙关挺过去，准能渡过难关，前面的天空是湛蓝蓝的。万事开头难，怕什么，有你大哥作后盾，还怕没有面包吃！”

方虹连连给林生打气鼓劲，图的是什么？林生不知道，他总想方虹是个好人，是一个死心塌地跟他卖命的人。一回回银行催债，都是她上前顶住:“老总正在筹集资金,半月后一定还清贷款。”一回回债主上门收钱,也是她伶牙俐齿给挡回去:“老总很快做成一笔大生意,协议已签,资金很快到位,还愁你那几个钱!”后来是她提出请他大哥当顾问,说三个臭皮匠,胜过诸葛亮,让你大哥出出主意,利用手中大权,帮你走出困境。每回吃饭,他大哥总要带一个有关业务的客户来。这回是工商局长,那回就是税务局长。在大哥的引荐下,林生认识了很多有头有脸的人物,方虹在与他们的接触中,也暗暗地捉摸哪些人可利用哪些人不能利用。在认识这群人时,方虹特别积极,主动大方地与他们跳舞、唱歌与喝酒,搂搂抱抱算什么,只要他们能认识自己。在紧要关头,工商局长一拍胸膛担保,给红苹果文化公司贷款一百万元。这笔贷款起了关键作用,使公司发展业务,收到效益。第二年孟春,公司起死回生,不但还清所有贷款,还在银行有二百万元存款。林生长长地吐出一口气,说:“还是大哥好,不是大哥这层关系,能有今天?这叫官商结合。”从此,林生就走上了官商结合的这条路来发展公司。

一九九七年是红苹果公司最辉煌的时候,那年一下创收两千万元。那年是方虹有生以来最幸福的一年,也是方虹至关重要的时候。那年夏天,省工商局编一本《工商服务手册》,决定由红苹果文化公司负责编辑发行,由方虹担任这本大型工具书的发行部主任。方虹心里高兴,觉得肩上担子很重,四处日夜奔波。走粤北,下粤西,历经艰辛,与当地工商部门联系发行征订工作。公关拉赞助,不知投出去多少个微笑,与多少男士搂着跳舞,有时遇到不收敛的男士,还接受过不少的亲吻,换来的是一把把钞票。冬日的一天夜里,方虹从粤西回来,见林生的卧室还亮着灯,她没有直接回宿舍,轻手轻脚地去敲林生的门。林生平时不喜欢过多地接触公司女员工,他与佳佳深厚的感情,还是在佳佳离开公司后发展的。公司创办几年,一直没有大起色,他常常夜不能寐,独自在房间抽闷烟。这天晚上,得知方虹要回公司,便死死等着她。此时,他正在浴室冲凉，稀里哗啦的水声已将敲门声淹没。方虹知道林生没答应进门你就冲进去，除扣罚当月奖金外还要严厉批评，但此时门没有上栓，只要轻轻一推，立刻就能进去，可她不敢。她一连敲门没十多次，屋里还是没人答应，她猜想林生不会走远，轻轻地一推门，却见林生刚从浴室出来，一个赤条条的躯体展现在她眼前。林生没有看清是谁，连忙围上澡巾，大声追问："是谁？"

方虹吓得后退一步，心里砰砰跳动。林生追至门口，见门背站着一个人，问："是方虹吗？"

"是我。你在冲凉？"

"你早不推迟不推，我刚从浴室……"

"我、我没有看见什么。"

"我又没说你看见什么，快进来谈谈。"

方虹进去，拍拍身上的灰尘，问："老板，你怎么还没睡？"

"我在等你呀！方虹，你在外奔波辛苦，请坐，我去穿上衣服！"

"老板(方虹喜欢这样叫)，穿什么衣服，你也坐吧！"

林生抱紧浴巾坐下来，方虹神采奕奕地说："这回出去半月，我拉到八个大广告，每个十万元，看老板该有何表示？"方虹不慌不忙地放下东西，将手机从小包取出来，放在茶几上，又从纸袋取出一件粉红色低领睡衣，说："老板这里有空调，我沾沾光，同意么？"林生一时被她带来的惊喜冲昏头脑，立刻答应她去卫生间冲凉。在这一刹那间，他看到方虹很美丽。明亮的眼睛，乌黑的头发，天真的笑容，苗条的躯体，尤其是丰满的乳房隔着衣服向前冲。她那鲜艳的气色实在叫人喜欢，她那长而浓的睫毛不时眨着，一张薄薄的嘴唇是那么的湿润。林生心动万分，他点上一支烟，环顾四周，整个办公室红得十分耀眼。红色的墙壁红色的沙发红色的茶几红色的办公桌红色的茶杯红色的电话机红色的浴缸红色的浴巾，在红色灯光的映照下，浴缸的水也红了起来，仿佛一缸殷红的鲜血,自己在冲凉时,有泡在血泊之中的感觉。一时,方虹惊叫起来,林生以为发生什么事,走进浴室,方虹立刻站起来,双手紧紧抱住林生说:"老板,我害怕血一般的颜色,你陪我一起洗好吗?"

林生很冷静,没有回答方虹的话,支开方虹的手,立刻走出了浴室。

方虹披着粉红色睡衣从浴室出来,她没穿上,只是用手模仿着老板紧抱浴巾的模样,徐徐地来到林生面前。一绺乌黑的头发遮去半张脸,睡衣遮着半边乳房,露着或明或暗的雪白肌肤。一双明亮的眸光,似夜间暴雨中的两道闪电,刺得林生半天睁不开眼来。方虹说这屋里颇有韵味,你我都像烧成了一团火。方虹在林生身边坐下,一股香喷喷的气味扑鼻而来。在色调如此火热的办公室里,一无外人二很安静,实在令他激动,一种无名欲火呼啦啦地烧得他难受至极。但是,他是经理,是方虹的上级,二十几岁的方虹怎能由他占有?林生努力地克制着自己,尽量保持平时的那种冷静,说方虹我看看你的广告协议书。老板,忙什么,今夜我要你合不拢嘴。老实告诉你,我这回拉到八十万元的广告,钱已经到手。老板,怎么样,高兴吗?这好像是天方夜谭,让我有点不相信!你还不相信我的能力?林生不再说话,思忖着。方虹兜圈子地问,你给我什么奖励?如果真有其事,我是要奖励的!给我多少奖励?至少给五万元!林生立刻拍板,并且用拳头往茶几上捶着,击得茶水溅到方虹粉红色睡衣上,方虹发出尖叫的声音。林生赶紧抱着浴巾,笑笑地说:"如果外面有人,肯定怀疑我们刚刚做过……"林生话到嘴边又戛然打住,毕竟自己是经理,千万不要失态。他镇静下来,问:"方虹,广告协议书呢?"

方虹从小包里取出几叠现金和几张支票,递给林生过目细看,果然是八十万元。方虹屏住呼吸,一双大大的眼睛认真地看着林生,看他如何表情。他每看一张支票,嘴巴都张开笑笑,一个劲儿地拍打着方虹,你真能干!一不小心,林生的双手松开,浴巾一晃而下。方虹见状，噗的一声笑开了，把脸往后转去。林生丢下支票，将浴巾披上，说："方小姐，对不起，真对不起！"这时候，方虹一把倒在林生的怀里，紧抱睡衣的双手渐渐松开，睡衣徐徐往下滑去。洁白的胴体露出水面，一对乳峰退潮般凸现而出。林生眼花缭乱，大胆开放的方虹又把嘴唇递给了林生。林生心潮起伏，呼吸急促，按捺不住地问方虹：方小姐，你这样做，考虑后果没有？方虹闭着眼睛，不知是装着听不见还是支撑不住困乏睡意蒙胧无力作答。他摇着方虹，方虹紧紧抱着他不放，两团热乎乎的东西紧紧地贴着他胸脯。方虹睁开松惺的双眼，说："老板，你这回要发啦！"

"怎么会发？"林生装糊涂地问。

"省工商局发文给政策，发行三十万册，每册一百二十元，码洋三千多万元，除去印刷及发行费百分之五十外，净赚一千多万元呀！"

"你给我算的账？"

方虹点点头，继续依偎在林生的怀里。

林生看着方虹美丽的脸蛋，想到自己滚圆粗壮的北方老婆，心里很痛苦。如果要摆脱婚姻的负累，不知要付出多大代价，承受多大的社会压力。

方虹仿佛是件艺术品，林生看过一遍又一遍。虽然已经激情难耐，但他有一个尺度和标准。他不轻易去伤害一个曾经受过伤害的女人。尽管方虹表现特别，他也不去犁那块千沟万壑的泥巴地。他与她周旋着，一个劲儿地诉说着他的过去……

方虹轻轻地应着、应着，最后没有了声音，林生还在唠叨地叙说，想用过去的经历来努力地抑制自己。

叙说好一阵后，他才发现方虹已经睡着了。

方虹真是疲倦了。林生把方虹抱上床去，盖上被子，自己却在沙发上躺下，久久未能入睡。

这天夜里，对林生来说很难捱，他想了许多许多。可方虹呼呼大睡，直到窗外微光透进屋来，她才醒来，看看表，已是早上七时。她爬起来看看卧室四周，没见林生，只听见卫生间有响水声。响水声响过，林生从卫生间走出来，见方虹还躺在床上，催道："方虹，你快起床呀！"

"我还想睡一会儿。"

林生考虑到她多日在外辛苦，不再催她。过一会儿，林生又催："上班啦！"

方虹撒娇地说："老板我很累，今天我想休息一天。"

"那你上五楼自己宿舍去。"

"不行，再上五楼去，不是会被员工看见？"

林生停顿一下，说："睡在这里，王秘书叫清洁工给我打扫房间时该怎么办？"

"你出去把门锁上，叫他不要打扫嘛。"方虹说罢，掀开被子滚一圈，用一对撩人的眼眸直往林生身上扫。

嘭嘭，嘭嘭。有人敲门，是王秘书。林生没有答应，心里又急，对方虹说："把你锁在卧室，你不要吭声。如果有人听见卧室有人，会说我堂而皇之地金屋藏娇！"

方虹点了点头，给林生一个鬼脸，拉上被子蒙上脑袋，心中却不住揣度，昨晚老板睡在哪里？如果是躺在我身边，他怎么还能如此无动于衷？

林生打开办公室，王秘书走进来，见卧室紧紧关着，默思片刻，觉得不对劲。平时的卧室门此刻必定洞开，林生就是老婆来也早早起的床，今天怎么……

"老板，卧室卫生要打扫吗？你有脏衣服洗吗？"

"没有、没有，去你办公室吧！"

王秘书没有走,提醒他今天要做的工作。市劳动局副局长要来检查工作,市税务局昨天电话通知公司派人参加税务知识培训,市工商局通知广告部派人去培训,考试及格,发给广告员证,今后没有广告员证是不能拉广告的,出版部李主任从广州打电话来,问那本《工商服务手册》广告内容定了么,如果内容确定,马上投入设计……

王秘书是江西妹子,长得小巧玲珑,形象也好看,有她自己的味道,做事很精明,只是年龄偏小,让她去做发行员,没有经验,只能在家干接待工作。接接电话,记记事,发发通知什么的。带她去大场面谈业务,稍微有点嫩,哪像方虹拿得起放得下,什么都不放在心上。但王秘书水色好,不管阴晴雨天,脸上总是红通通的,水灵灵的,细皮嫩脸,谁不喜欢?再过两年,她会成为本公司的俏姑娘。而且她非常灵泛,今天一定看出破绽,故意叽叽喳喳地说过不停,这么多事情叫林生怎么记住?她停顿一会,接着又问:“方虹出差回来没?如果回来,赶快先设计广告内容。”其实,王秘书知道方虹已经回来,就是不见回宿舍。而林生的卧室紧紧关着,对她来说,是一个已经揭开的谜。她和发行部主任佳佳暗地嘀咕几句后,从早上进办公室到下班离开办公室前,她俩都是一步也未离开过总经理室门口。吃中饭你来她去,看方虹从哪里钻出来。中午陪市工商局冯副局长吃饭,佳佳不去,说昨天来例假,不能喝酒,叫王秘书去,王秘书借口说她从来没喝过酒,又不会说话,再说肠胃有问题,酒家的菜不能乱吃。林生没办法,只好到发行部拉一个名叫彬彬的女员工去,谁知道冯副局长很能喝酒,四杯酒下肚,将林生放倒投降,当场醉在酒家。彬彬叫司机去接,招聘不久的司机老谢对老板有意见,原来说好的八百元月薪,老板不兑现只发六百元,怎么养活妻子儿女?他不想去接,便借口说车子出故障,正在检查修理。彬彬欲喊的士,又怕司机不肯上楼去背,而她背他又会让全体员工笑话,所以只好在酒店开一个房,先让林生躺下,免得在酒楼丢人现眼。她本是一番好心,林生醒酒后骂她不灵活，不替他喝酒，那么近还开房休息。彬彬后悔不迭，说这不是她分内的事，一番好心不得好报，跟这样的老板干，没劲！林生对彬彬的态度，引起一场风波，全体员工议论纷纷，愤愤不平，佳佳看不惯，便去找林生评理，林生骂她狗抓耗子多管闲事，你干你自己的事，我是老板还是你是老板，听你的还是听我的！

从那回起，佳佳便看不起林生，看不起红苹果文化公司。后来佳佳在一次舞会上认识滨海出版社社长后便跳了槽。林生见佳佳学识渊博，当过编辑又会写小说，很有才干，怕她走掉，于是请他大哥来做工作，并答应过段时间提升她为总经理助理，工作四年后，公司给买一套住房。一向沉默的佳佳并对他的许诺并不乐观，她刚来时就有人说老板说话不算数，善于哄骗员工。开始她不信，后来发现果真如此，有好几个有能力的员工先后离开这家公司，都埋怨林生不够义气。其实林生的心里很虚，费九牛二虎之力才招聘到这几个有能耐的人，他们一齐离开，对他是个沉重的打击，他还硬着嘴巴说铁打的营盘流水的兵，走一个来一个，哪里没有人才，没有你们，地球照样转动，但其实他是含着眼泪说这番话的。细心观察的佳佳，说这几个人刚离开公司大门，林生就背着脸长长地叹气，回头看整个办公室，全是一批二十岁左右的姑娘。她们能干什么？佳佳说低薪是招聘不到人才的，月薪几百元谁来？只能招到一些没有多少文化的打工妹。有水平能力的，他又怕管不住，他自己只是一个工农兵大学生，人家都是真正的大学本科、研究生和博士，真是小巫见大巫。《工商服务手册》一书的总管方虹，只是一个中专生，谁又听她的话？所以也只有林生会受她糊弄和摆布。

佳佳看不起方虹，而方虹非常嫉妒佳佳，她很想当上公关发行广告部主任，于是在林生面前大献殷勤，大夸自己如何如何有才能。林生极听方虹的话，任命方虹为公关发行广告部第二主任。佳佳辞职离开公司，林生耐心挽留，说："公司已经决定提拔你为总经理助理，你却要走。滨海出版社吃大锅饭，没有发展前途。"

但对佳佳而言，提拔只是加点钱，没有多大用途。如果老板明智，重用有技术专长的人才，把"水货"统统清涮掉，才能有效益有出路。那天喝酒，工商局冯副局长提到用人问题，还说佳佳是作家，有水平，策划和文字功夫都十分过硬，尤其对电脑开发颇有研究，用电脑制作图案又快又漂亮，构思巧妙，难得的人才呀，你怎么不提她当你副手？林生醉了，没有回答。平常老板没有醉时，说佳佳不安心工作，提拔她做什么？又说她有短暂的婚史，很想尽早再找个男人结婚。如果重用她，她反倒不安心。这时候，彬彬见老板一副沉思状，她知道他在想什么，不外乎在想如何认命方虹的位置和职务，如果佳佳上去，方虹可能要闹翻天。

陪老板喝酒那天，彬彬替老板喝了三杯，那天喝的是五粮液，老板没有喝多少怎么会醉？平时还能喝半斤八两的，今天真怪，四杯酒下肚竟烂醉如泥。彬彬想不通，看老板没有精神，猜测他昨晚一定又加班了。

彬彬安顿好老板，回到公司，有员工议论方虹昨晚出差回来，到现在却杳无踪影。

彬彬一惊，方虹回单位老板怎么不喊她去？

等大家全都下班了，彬彬还惦记着老板，怕老板醉死。她又去一趟酒家，老板还没醒来。天快黑了，她不好死守着老板，只好给老板留下纸条，放在床头，让老板醒来可以看见。她再回到公司时，已是晚上九时，加班刚要走的王秘书和佳佳临时想起来说："彬彬，你把建委画册委托报告做好，明天上班给我。本来今天要的，你正好去陪老板喝酒。今晚加班，到时我会告诉老板的，给发加班工资。"

别看王秘书年龄不大，主意倒是很多。走出门口时，只听见佳佳说她："王秘书，你真鬼！"

彬彬不清楚这是王秘书设下圈套，就按照王秘书的吩咐，在电脑上制作报告。

躺了一天的方虹，这时爬起来听听动静，见外面有光，又传来电脑键盘声，没有办法，只得又缩回脑袋进到被子里，盖上被子给林生打电话。手机是通的，却没有人接。他今天出了什么事，这么晚还不回来？方虹一天未喝一口水，没吃一粒东西，平时老板喝水都由食堂女厨送。心想今天真倒霉，应该听他的话，回到自己宿舍去多好！

彬彬加班到晚上十一时，还未见老板回来。她又挂通酒店电话，没有人接，又改挂老板手机。手机是通的，老板没有接。他一定还没醒来。彬彬自言自语地说，这回老板醉得好厉害！如果方虹在家，她必定一马当先，代表公司敬酒，让老板轻松溜过去，可是这回……

彬彬正要走时，方虹记起没有公司大门钥匙。如果都走了，她就出不了大门。等林生回来开门，又不知等到什么时候，也不知道他回不回来。方虹急得发跳，不管三七二十一，打开经理室门，见在办公室的是彬彬，马上往后退了退。这时候彬彬正关上大灯，准备回宿舍，方虹从经理室急忙奔出来："彬彬，不要关门，我还要出去！"

彬彬被吓得一声尖叫，正要上床睡觉的王秘书和佳佳听到楼下有尖叫声，立刻跑下楼来，看发生什么事，只见方虹睁着忪惺的双眼，问："彬彬，你尖叫什么？"

"你吓得我要死。公司没有任何人，你突然从经理室出来，并且喊我一声，你说吓不吓人？"

王秘书和佳佳见方虹从经理室出来，装模作样地问："方虹，你出差刚回来？"

"对，刚回来。"

"你去经理室，我怎么没看见？"彬彬问。

“你加班加迷糊了，怎么会没看到我？”

“别问啦，锁好大门回宿舍休息去。”佳佳制止彬彬。

站在旁边的王秘书一个劲儿地笑。聪明的王秘书今天清晨就发现方虹那双高跟鞋与那个棕色的小皮包，她不在老板卧室才怪！

“老板金屋藏娇呀！”王秘书暗暗地说。

彬彬不知道她俩笑什么，自己低着头，用拳头捶着胸脯，喃喃自语：“吓死我了，吓死我了！”

深夜十二时，林生醒来了，第一个想到的是方虹还锁在屋里，一天没吃东西。他打方虹的电话，一接通，方虹就关机。他一连打两次，方虹还是不接。他踉踉跄跄地奔出酒店，叫来一辆的士，匆匆忙忙地回到公司。方虹不在他房里，他又跑到方虹宿舍，只见她泪流满面在写什么东西，轻轻叫她她也不应，悄悄走到她背后拍拍又叫一声方虹，她还是不理睬。林生后悔自己昨夜没有催她回宿舍。又偏偏醉酒，锁她一整天，怨不得她发火。尽管林生说自己不是，对不起她，方虹的心还是软不下来，气愤愤地将辞职报告递给他，说：“你回去吧，不回去，我就报警了！”

没有办法，林生只得下楼走了。

这一夜，林生连连抽烟，一夜未眠。

这是五年前发生的事情。

五年后的今夜，方虹又是没有回宿舍住，又是穿着那件粉红色睡衣来到老板卧室。林生想着宁静的出走，没有搭理方虹，低着头抽他的闷烟。这与佳佳走时一个样，有水平的人为什么偏偏都要走？

“老板，你在想什么？”方虹扭扭捏捏地来到林生跟前问。

林生在想三年前的那个晚上，回答的却是公关部电脑制作红苹果图的事。提起这个话题，方虹问：“老板，你看到桌上那份辞职报告了没?”

“她为什么要走?是不是你……”可林生话没说完,方虹便怒不可遏地打断林生的话,气冲冲地说:“她走不走,关我什么事!”

“你明天找她回来,我要找她谈话!”林生的语气十分强硬。

“我找她干什么?对啦,她还带走了你给的那条金项链,昨天我要她给我,她说是梁董事长送的。”

“金项链是小事,关键是把她找回来。”

“我到哪里找?”

“你明天去我大哥那里看在不在,如果不在,再去问问梁董事长。”

“我才不去找!”方虹声调极高。

“非你去不可。不去找,我炒你的鱿鱼!”

宁静出走的原因,林生一清二楚,他越想越气。方虹习惯撒野,总认为自己为红苹果公司作出那么多贡献,所以容不得任何女人。宁静刚来两个月,林生就如此器重她,方虹想不通,双手紧紧地抱着睡衣。当她回过神来,林生又大骂起来:“你经常说三道四,她从未说你什么。我想提她当党支部书记,调离公关部,享受副总经理待遇,你却说如果我提拔她,你就要将编造的丑闻公布于众,让我臭名远扬,唆使我老婆同我闹个天崩地裂。你真是个坏女人!”

“我坏?我从不说你坏话,不说你哄骗员工。她却说林老板是个大骗子,特区的老板都是骗子和剥削者,大肆剥削打工者的血汗。来到特区后,她说她才真正体会到马克思《资本论》的伟大,她说还要重读一遍。”

“方虹,你唠叨什么?明天一定设法把她找回来。就这么决定,你可以回去了,我要休息!”

哇的一声,方虹大哭起来,气匆匆地离开了林生。

这回林生没去追她。心想这个女人以为五年前那个晚上她睡在我床上就是把柄,想当作敲门砖。我只不过睡在办公室沙发上,她没有理由咬人。她以为我非常害怕那件事,每回她提什么要求便提出那件事,说如何如何的快活和幸福。说实话,那晚她睡着后,我摸都没有摸她。如果她还想以此敲诈,万万办不到。前两年她为公司做过几件事,可还有许多人愤愤不平地说我怎么特别器重她?当时我认为不管白猫黑猫,抓到老鼠就是好猫,虽然她没有多少文化,能挣钱就行。如今追求的是高科技产业,一切工作都要提高科技含量。如果再不留住人才,这个公司过不几年会倒闭……林生开始意识到选拔人才的重要性。人才就是效益,美国的硅谷是人才济济的地方,故而能创巨大的效益。北京的中关村如果没有人才能出联想集团么?

屋里的灯灭了,街灯的光从玻璃窗透射进来,把屋里一切家什映得通红,红得像一团火。林生被火焰包围着,他思绪万千:这个公司得来一次整顿,搞一次民意测验,投票选举公司领导班子。

林生还没有合眼,手机又响开了。

是方虹打来的,看时间才凌晨3时。

“老板,伟大的商人。我的辞职报告已经写好,明天交给你。你想提拔宁静就提拔吧,我不干预。辞职前,我还是去找找宁静,找不到,我也没有办法。”

“一定要找回来!”林生语气还是那么生硬。

方虹从没听到林生这样的口气,她气不过,问:“老板,你变了,变得让人捉摸不透。”

“对,我变了,变得让你恨起我来。方虹,你不想想自己,你为什么与我过不去,总要拆我的台?”

“我恨你什么?”

“你自己想想,想清楚了再告诉我!”

方虹唠唠叨叨地说个没完。最后林生烦透了,强行关上了电话。

第二天早晨，林生刚打开手机就收到一个短信，是谁发来的，他不知道。

青苹果，红苹果，
冷水泡苹果，
泡出了苹果醋……

七、纯属虚构

第二天，方虹果然开着轿车在滨海大街小巷穿来穿去。林生给她打电话，她老是关机。

收假的第一天，公司员工都在谈论假期的感受，谁都不在意方虹没来上班。王秘书见林生从卧室出来，立刻上去打招呼："林总，辛苦了！"

林生没有作声，连眼角都不看她一眼。她觉得林生又在生什么气，发什么火。她赔笑地问："林总，你出差的脏衣服呢？"

林生还是不作声。王秘书感到委屈，不再问了，低头给他擦着红色办公桌，心里在琢磨，眼睛在窥视。林生坐在办公桌前，王秘书又把热热的龙井茶端上去，说："林总，请用茶！"

林生不冷不热地接住茶缸，问："你怎么不把宁静提为党支部书记的报告送给梁董事长？"

王秘书听罢，心里吓得咚咚跳，难道他刚回来就知道这事？这份报告王秘书的确没有送，原因有二：一是有人出高价收买不让送，二是宁静提拔太快，自己跟随林总四年都没有提拔，心里愤愤不平。王秘书镇静一会，摇摇头，答道："我送去了。"

"送去，梁董事长怎么收不到？"

"那天梁董事长不在办公室，我把报告放在他办公桌上，我哪敢不送去？"

"你后来给梁董事长打过电话没有？"

“没有打，我忘了！”

林生挥挥手，说：“你出去，我有事向梁董事长汇报。”

王秘书不安地离开林生办公室，站在门口不动，这时她听见林生正在与梁董事长通话。

林生叹下一口气，说：“你能不能再请示旷部长，为宁静多美言几句。实话告诉你，我大哥认她为干女儿，不解决这个问题，我大哥对我会……”

“林生呀，你不能为宁静的事与旷部长纠缠，你知道局里尚缺一个副局长，到时怕影响不好……”

林生一边听话一边摇头，嘴里只得无奈地一个劲说：“好、好、好、好……”

林生放下话筒，嘴巴又不禁荡开些许笑意，嘴角边上裂出一道缝，眼睛眯起一朵花，心想梁董事长一定在推荐我当副局长，晚上去找大哥，在这份上烧一把火，让生米煮成熟饭，等我去局里工作，看你方虹还撒野么？想到这里，一副欣喜样子，嘴里自然而然地哼起了《懂你》这首流行歌曲来，站起身，点燃一支烟，一手拉开门。只听哎哟一声，王秘书倒了个四脚朝天，一股风将她的丝短裙掀开，露出白嫩嫩的双腿和粉红色的裤衩，一阵浓浓的香水味扑入了林生的鼻孔。他立刻惊讶道：“王秘书，你怎么摔的！”

王秘书不好意思地爬起来，拍拍裙上的灰尘，说：“我正想进来给你添茶水，谁知您正好开门。”

“王秘书，你进来，我找你有事。”

王秘书进到经理室，仿佛觉得缺少空气似的，心跳加快，喘着一口口粗气。林生见王秘书如此紧张，又问：“王秘书，你今天怎么啦！”

“没、没什么？”

“你给我的茶水呢？”

“没、没端来!”王秘书刚说完,急转身往门外走。林生一把拖住她,说:“别去端,我口不渴。你坐下来,我问你几件事。”

王秘书折身坐下来,不敢抬头看林生。林生清清嗓子,问:“你知道宁静走的原因吗?”

王秘书摇摇头,没有说话。

“你为什么不送那份报告?”

“我送啦!”

“你送咯屁! 宁静的出走,就是与这份报告有关,与你有关!”林生抬高嗓音。

“与我有什么关?”王秘书装聋作哑地问。

“假如你是宁静,在这节骨眼上,你也会出走的!”

“我出走干什么?”

“干什么,这个月扣发你的奖金!”

王秘书越听越不对劲,深感林生对宁静的器重非比寻常,怪不得方虹给我一千元钱买下那份报告。林生呀林生,你为什么如此偏爱宁静?王秘书立即闪现出那天方虹抢走报告时凶恶的样子:“给不给,不给,我一刀捅死你!”方虹话一出口,真的从裤带上掏出一把水果刀,亮亮的,像是新的。刀叶不长,上头有槽路,刺进身体的话,空气顺着槽路进入内脏,会死人的。她从没发现方虹这副狗急跳墙的模样,双手吓得抖动不止,不停地说:“我给你,我给你……”

方虹抢走报告,给她递上一叠钱,说:“林老板问你,你就说报告送到梁董事长办公室,放在办公桌上。我哪知道谁进他办公室拿走了?你不照我这样说,有人会收拾你!”

王秘书一时惊出冷汗,颤颤地说:“林总,今天我头痛,去看看医生回来再谈行么?”

王秘书刚说完,桌上的电话铃叫开了。林生抓起一听,是梁董事长打来的:“喂,林生,宁静的那份报告是谁丢在废纸篓里的?前天并没有,是昨天丢的,我看集团办公室有家贼,一定有人偷走报告,见我们在追查,便放进纸篓里当废纸烧掉,真是用心险恶呀!你不要责备王秘书,报告是送到我办公室来了,不能冤枉王秘书,王秘书还是可爱的嘛!”

王秘书聚精会神地看着林生脸上的变化,见林生不停地摇头,不停地答应,知道有惊无险,满天乌云即将过去。她立即抢白道:“林总,我报告送去了没有?”

林生不吱声。一阵过后,他才问:“你知道宁静是方虹赶走的么?”

王秘书还是摇头。

“你知不知道,说话呀!”林生火了,声音像春雷一样猛劈下来,惊得王秘书弹跳起来,右手一个劲地拍着胸脯。

王秘书知道林生的脾气,火冒三丈时,他的声音好大。顿时,王秘书害怕得大哭起来,声音如浪,一浪高一浪低地涌向大办公室和各个写字间,男女员工都停下手里的活,竖着耳朵听经理室的骂声,都在暗暗地猜测:王秘书一定遭殃了。

大家正在猜测时,王秘书夺门而出往外疯跑着,顿时不见了身影。林生见王秘书跑出门外,怕出事,大声喊着方虹。他忘记方虹还没回来,连喊几声才想起方虹去找宁静了……

夏长阳听到这里,插话道:“那林生身边没有女人了!”

“嘻嘻,还有个山西妹子。”水水笑笑地说着。夏长阳拍拍水水的肩膀说:“你歇歇气,我来虚构一段,看接得上么?”

佳佳喝一口咖啡,催道:“夏长阳,看你虚构得如何,你说吧!”

嘿嘿,林生回到经理室,夏长阳跟随而来。既然要改好这部巨著,他想见上林生一面,认识这个老乡。佳佳与陈秋冬一再叮嘱几个作家要保密,千万千万不要走漏风声,让林生知道小说内容,会闹得满城风雨。上回去见林生,佳佳正在林生办公室,还许久不开门。开了门,佳佳又拉着他下楼钻进小车走了,未交上言。多少天来,佳佳背后恨林生,当面又与林生幽会,这神秘的行为一直萦绕在夏长阳心间。夏长阳走过写字间时,双眼贼溜溜地往男女员工看,很想发现初来滨海那晚抢劫钱物的两男一女。坐在窗户边那个高挑身材的女孩,很像那个玫瑰小姐,不知是她么?

夏长阳站定不动,双眼死瞪着她不放。那个妹子手敲着键盘,但用眼角看着夏长阳。夏长阳初来红苹果文化公司,不好走近那妹子,不敢上去盘问他极力地勾画出玫瑰小姐的形象:瓜子般的脸,瀑布般的发,水蛇般的腰,鸡蛋般的奶,给人感觉纤细、苗条。所以夏长阳坐下好久还在想玫瑰小姐的事,林生见他不说话,以为是哑巴,用手敲着桌面,让他听见回过神来。

夏长阳听见敲桌,先开口笑笑,自我介绍道:“我是湘西锦水县人,叫夏长阳,与你是老乡,刚来滨海。我知道你与佳佳是朋友,是佳佳叫我来认识你。”

林生笑笑,听夏长阳说话,觉得是个酸腐的文人,便逗他,问:“佳佳是谁?”

“你不认识佳佳?”

林生不点头也不说话,抽出一支烟来,递进自己嘴巴,喊上一个女孩名字:“山西妹子,给我找个打火机,我要抽烟。”

夏长阳看见桌上有个打火机,说:“那不是打火机?”

林生不作声。

一会儿,山西妹子拿着火机走上来,嘎啦一声给点上,妩媚地对林生笑笑,说:“你桌上不是有打火机?”

林生点点头，猛抽一口，问："你去找方虹回来，她今天怎么不上班？"

山西妹子点头答应，一晃钻出经理室。

林生吐出一个烟圈，悠然地瞥了夏长阳一眼，问："你找我什么事？没有事我要出去。"

"我与你是老乡，请问你公司的宁静到底是男孩还是女孩，是哪里人？"

"你找宁静干什么？"

"他是我邻居，他母亲要他回去。"

"宁静是个小姐，贵州铜仁人，今天不在。"林生眉毛一皱，不解地问："她家里有什么人？这么漂亮的小姐出来打工，来公司两个月就不辞而别。不过她是贵州人，我可最恨湘西人！"

夏长阳听他最恨湘西人，火从心头起，问："林老板，你是湘西人么？"

林生见夏长阳变脸，说："我是湘西人，不是打工的湘西人，是在滨海当老板的湘西人。像我这样的人有几个，湘西就出我一个。嘻嘻！"

"别吹牛，红苹果咖啡馆陈秋冬不如你？"

"嘻嘻，他算什么东西！"林生不屑一顾，站起身，催道："对不起，我有事要走了！"

夏长阳被弄得很难堪，也站起来，说："老乡，我不是来打工的，是来找失踪的男孩宁静！"

林生十分恼怒，高声说："你睁着眼睛说瞎话，我告诉你她是个小姐，干嘛还啰里啰嗦！"

夏长阳也气坏了，问："宁静在哪里？"

林生反问道："宁静，是你弄走的么？"

夏长阳故作不知地说："宁静走了？"

林生点点头，又说："你不把她叫回来，我找你要人！"

"宁静走不走，关我什么事？"夏长阳抬高嗓音，夹着公文包往外走去。

这时候，林生吆喝一声，门口进来几个男人，堵着不让他走。夏长阳个子矮，想从人中间钻出去。霎时，中间那两个男人用力一推，将他推倒在地。他爬起来，暗中观察，几个男人中有两个男人像那晚抢他钱物的大汉。他急中生智，索性回到办公室，问："老乡，中间那两个男人是你公司的？"

林生不理睬他。而公司许多员工不知发生什么事了，都来到总经理室门口观看。

夏长阳一眼又看见那个山西妹子，细细琢磨一番，认定她就是那晚抢钱物的玫瑰小姐。山西妹子见夏长阳死死盯住她，来到林生面前，两人交头接耳几句后，只见林生瞥几个男人一眼，说："放他走！"

夏长阳不吃眼前亏，慌慌张张地跑下楼，脑海中立刻闪现出杨子荣深入威虎山的情景。原来红苹果文化公司简直是匪窝，是吃人的地方。如果不是山西妹子怕被发现她就是玫瑰小姐，他还难以脱身。跑出大门，他忙招手喊的士。旋即，后面跟来两人，见他上了的士才转身回公司。

夏长阳回到红苹果咖啡馆，见陈秋冬在，便拉着陈秋冬往他房里钻，结结巴巴地说："告诉你一个惊天大发现，太惊险了，太刺激了！"

夏长阳在刚才的意外之险中已一身汗水，忙先用毛巾抹洗，取出一支香烟点燃，狠狠地猛吸着，吸一口，香烟竟燃去一截。陈秋冬问："老乡，你冷静下来，慢慢说吧！"

"哎呀，不是公司是匪巢，我的生命差点丢在红苹果文化公司。"

"老夏，你别说得那么夸张。大白天，他们公司敢杀人？"

"还说不敢杀，有惊有险，那个林生简直是匪首，哪像文化人！"

“你说吧，到底发生什么事?”

接着，夏长阳把在红苹果文化公司发生的一幕重述一番，嗓音颤抖地说:“林生真是亡命之徒，我再也不去找宁静了!”

“你找宁静有什么可怕的?”

“我找宁静，林生反而问我要宁静。他不知道我要找的是男宁静，丈二和尚摸不着头脑，硬说是我把他公司的女宁静弄走了。天底下居然真有荒唐事，比传奇还像传奇!”

陈秋冬见夏长阳吓得魂不附体，问:“你确定抢劫你钱物的那两男一女是他公司的?”

“是他们公司的，一点没有错!”

陈秋冬沉默不语，点点头，回到总经理办公室，但神情平静，好像什么事都没有发生，好像什么事都发生过。

大家听夏长阳这段叙述，觉得颇为惊悚，很能引起读者往下看。而夏长阳说这不是虚构，是真实故事。

佳佳点点头，说:“我相信夏长阳叙述的这段故事会发生，但不知是哪一天。不过，我明确声明，我佳佳从离开红苹果文化公司起再也未跨过他公司的门槛。夏长阳说我在林生办公室，纯粹是虚构。”陈秋冬沉默不语，自有他的想法。佳佳看一眼陈秋冬，说夏长阳虚构了一段恐怖故事，而下面我要说的故事是非常奇特与离谱的。佳佳又看一眼夏长阳，马上说了起来。

一会儿，一辆警车从公安局大门开了出来。初夏的阳光格外灿烂，警车背上折射的光一闪一闪地掠过街道两边的商店。过往的行人，被那一束束光芒刺得睁不开眼，连忙用手遮住光线看这辆飞驰的警车往哪里开。警车开到情侣路，五月的海风正卷得棕榈树叶哗哗作响，那红玫瑰、月季花、君子兰、蔷薇花斗妍争开。男男女女穿着自己喜爱的衬衫和花裙子，情浓蜜意地在情侣路上行走着，说说笑笑，赞叹着春天的阳光是何等的灿烂，何等的辉煌。突然，这辆警车在红苹果咖啡馆地毯前停下，两个警察迅捷地走进咖啡馆，正在门口迎接客人的陈秋冬，见警察进来，立刻去叫夏长阳。

夏长阳站在陌生城市的警察眼前还是头一回。在老家有很多警察认识他，被称为"湘西神探"的县公安局局长还是他捧上去的。结识了公安局长，什么派出所的警察都知道夏长阳大名，不是他，公安局长还进不了县委常委。有一年正月初二，乡里老家来了个堂叔，去一个亲戚家奔丧。下中巴车后，被一个在城里当包工头的堂弟请去喝酒，夏长阳自然去作陪。包工头堂弟有钱，端出几瓶五粮液，要这个堂叔过把酒瘾，说你喝一辈子的米酒都没有这一瓶酒钱多，今天让你喝个够。那个包工头堂弟陪他慢慢饮，左一杯右一杯，不知不觉喝下两瓶，堂叔已经醉了，还说这酒好进口，不易醉，若不是这酒太贵，我一个人都能喝下两瓶。包头堂弟也有点醉意，说："堂哥，不是我小器，你已经喝醉了！"

"没有醉。"堂叔一边摇着手，一边踉跄地走出包头堂弟的家门。夏长阳一边搀扶一边问："叔叔，你知道你亲戚的屋么？"

"知道，我没有醉，你让我自己走路。"

夏长阳见他还清醒，送过马路，就让他自己往上街走去。他走几步，又回过头来，说："长阳，我这回不能去你家，你知道我在奔丧！"

夏长阳点点头，觉得堂叔真是海量，喝那么多酒，走路还稳稳当当，说话清清楚楚，估计不会找错屋。

晚上十点钟，夏长阳接到一个电话，是一个派出所打来的，告诉他有个亲戚关在派出所，是公安 110 送来的。问是什么名字，派出所的人说不知道。夏长阳骑着单车奔过去，在一间暗红灯光的屋里看见是堂叔，便知道他醉酒被 110 擒来。夏长阳仗着公安局长是朋友，直问警察:“你们关他也不看看是谁的人!”

“他是你夏大作家什么人?”一个警察问。

“他是我的堂叔,中午与我们一起喝酒。”

警察打开门,夏长阳一看,只见堂叔被打得鼻青脸肿,一只脚穿着皮鞋,一只脚光着,冷得直打哆嗦。见侄子来到眼前,大哭起来:“长阳,你是我侄子呀,他们无缘无故地抓我,你要给我申冤呀!”

夏长阳听堂叔的哭诉,问派出所长:“他犯什么事?”

所长:“听说他私闯民宅,跑到人家闺女房里,想调戏人家女儿,是人家报警喊 110 从床上抓来的。”

“他是喝醉了酒。”

“醉酒也不能乱调戏女人呀!”

“你们看见他调戏女人没有?”

“110 抓来时是这么说的。”

“今晚先把他给放了!”夏长阳抬高着声音。

“这不能放。110 民警嘱托过,事情未弄清楚之前不能放人。”

“他又没有调戏,主人怎么可以随便打人?”

“大年初二,谁都忌讳这事,可以理解。”

“不放他出来,你们有棉被么?”

“没有。我们给他烧盆火。”

“五十多岁的人,感冒生病怎么办?”

“不可能。”

“谁敢打包票?”

在场的几个民警都没有点头,几双眼睛瞪着夏长阳,好像都在问:“看你今晚到底想怎样?”

一阵过后,夏长阳拨通公安局局长的电话,局长对所长指示道:“你把他放了,作家不好惹。再说他堂叔年纪大,一旦有闪失,我们交不了差。”

所长一个劲儿地点头。放下电话，就把夏长阳的堂叔放了。堂叔掉落一只鞋，一高一低地走下楼。夏长阳喊一个慢慢游把堂叔接到了家里。

第二天上午，公安局局长打来电话告诉夏长阳：“那主人要告公安局，说我们随便释放耍流氓的犯罪分子！”

夏长阳安慰道：“难道醉酒者都是罪犯？你不要怕，他不过是要挟而已，没什么大不了的事。”

后来，那主人竟真的告了，说有调戏女儿的确凿证据。为这件事，年轻的局长便离开了公安战线，到县政府当了一个有名无实的闲官——助理调研员。

夏长阳很后悔。他是被自己推上去的，又是被自己拉下来的。

夏长阳面对滨海陌生城市的两个警察，心里有点发怵。他的的确确看见那两个大汉与那位小姐，但他只是与老乡陈秋冬讲讲，报不报案还没有去想，谁知陈秋冬……夏长阳看看陈秋冬，心里责备他现在叫自己左右为难。谁知道红苹果公司是不是黑帮组织？如果是黑帮，自己真是跳进黑洞出不来，何况又在陌生城市。林生离开湘西多年，对湘西的感情所剩无几，他不认湘西人。从今天的迹象看出，他还非常恨湘西人。夏长阳思前思后，摇摇头，觉得这是一件难办的事情。

夏长阳迟迟不张嘴，看看警察，看看陈秋冬，又把目光投向窗外。他仿佛看见那两个大汉就在屋外窥看偷听，警察一走，他们就会钻进房间如山鹰叼小鸡一样将他逮去，再一次抛进那个黑洞，死无消息。唉，宁静未找着，反被卷入漩涡中。

“老夏你说呀！”陈秋冬在旁边催道。

夏长阳又看陈秋冬一眼。

陈秋冬说：“你怕什么，你不说清楚，被劫的一千二百元钱怎么追回?”

警察:“是他们劫走的吧?”

夏长阳没有回答,只是点点头。

警察:“是红苹果文化公司的员工?”

夏长阳仍然没有回答,仍然是点头。

警察未作过多的追问,转脸朝陈秋冬笑笑。陈秋冬拉他们进到经理室,关上门,没透出任何声音。一刻钟过后,他们离开了经理室,提着一包沉甸甸的东西走了,由于是黑纸包,看不清是什么东西。

警车驶离红苹果咖啡馆,往滨海花园公寓开去。夏长阳掀开窗帘,猜测这件事的结果:他们去抓那两男一女,然后把自己也抓去。

佳佳什么时候进到夏长阳房间,他全然不知,一双眼睛还在望着窗外,是一股扑鼻的香味袭来,使他察觉身后有人才转身过来。

“老夏,你呆想什么?”

“我在想都是湘西人,怎么互相拆台?”

“什么意思?”

“既然是红苹果公司人干的,难道不可以找林生私下交涉将钱退给我,何必兴师动众?公安局如果发现红苹果文化公司有黑势力,抓走几个人,媒体曝光,不是就能往林跃林生脸上抹黑嘛!佳佳,有句话不知该问不该问你……”

“你问吧!”佳佳见夏长阳不说,忙催着。

“你非常恨林生,怎么与林生私下幽会?”

“我恨他干什么,陈秋冬恨他。”

佳佳与夏长阳正交谈着,陈秋冬接到林生的电话,骂陈秋冬是狗日的,乱报案告状,有什么证据说他们是抢劫犯!其实林生根本不知道这回事,他想都想不到红苹果文化公司的员工去红苹果咖啡馆抢劫。是他们自作主张,吃了豹子胆!

“这不是我说的，是受害者报案的！”陈秋冬直说着。

“妈的，那个受害者今天到我这里，说是老乡，什么狗卵老乡。你告诉他，终有一日他会……”

陈秋冬放下话筒，久久地站着不动。看看夏长阳，又看看佳佳，说：“佳姨，你安排老夏不要出去，林生他会……”

老夏听话听音，林生以为是我报案，随时可能对我实施报复。初来滨海，竟然无形中被卷入了黑涡。

夏长阳对《美丽无罪》这部作品开头的构思，不知是谁报告给了公安局。公安局认为这虽是小说，但宁静出走的时间恰恰与小说构思的时间完全一样。因此，警方对夏长阳产生怀疑。宁静为什么离家南下打工，夏长阳为什么跟踪前来？如果红苹果文化公司的宁静就是夏长阳要找的那个宁静，那么他是男孩为什么男扮女装？他们之间一定有什么隐情与仇恨，夏长阳打着帮忙寻找的幌子，一旦找到宁静，会置她于死地。

夏长阳成了嫌疑对象，百口莫辩。

几天过后，夏长阳被带进了公安局。带作家夏长阳进公安局案情就会有转机，这是滨海公安根据侦破学大胆提出的假设。一旦假设成立，夏长阳就会成为嫌疑罪犯。

这到底是作品构思时间还是案发时间？抓老夏那天，贝贝刚刚赶到红苹果咖啡馆，只见几个公安抓住老夏的臂膀，一边吼一边拉，老夏被吓得面如死灰，欲张嘴争辩几句，被一个公安拍了一巴掌，嘴巴立时歪了过去，结结巴巴地说了一串话，谁也听不清。警车扬长而去，留给贝贝的是一串长长的问号：警方凭什么乱抓人？佳佳想端出她的旧手稿给贝贝先看，贝贝说老夏被抓走，我还是先说说老夏吧。

老夏曾说自己完全可以当一只候鸟，认识这帮朋友后，每年的冬天就来滨海。他说滨海是座美丽的城市，空气清新，环境优美，对人的身体健康有很大帮助。在内地一到冬天，哮喘病发作，天天上不成班，办不成事，也无法写作。滨海就是好，他来滨海半个多月未咳一声，精神也很好，就是没想到他为《美丽无罪》构思的开头恰与宁静出走时间吻合，他想找到自己在红苹果咖啡馆创作构思时的证人，但是创作组的几个作家都不敢说，怕的是知人知面不知心，担心他蓄意制造阴谋，作假证是要负法律责任的。连陈秋冬都觉得警方分析很对，如果搞清楚宁静是男扮女装，老夏在追踪，我陈秋冬可负不了这个责任。警方说宁静听到有人来找她，一溜烟地走了。老夏说，这回真是掉进了黑洞，恐难爬出来。

女宁静真的死在那个黑洞里吗？时间与人物就这么凑巧吗？

抓夏长阳那天，他身穿一件黑色衬衣，结上一条灰色领带，一双老式两接头的皮鞋是从内地穿来的。由于脚偏，鞋底被家乡的石板路磨蹭半边，远看以为他走路有点瘸。他刚走出红苹果咖啡馆，准备去坪里晒太阳，谁知几个公安在此等候，问："你是夏长阳么？"

"对，我是夏长阳，找我有什么事？"

站在旁边的陈秋冬，说："公安找你还有什么好事！"

"红苹果公司宁静出走的时间，你清楚吗？"

"不清楚。"

"别装蒜！"

"我真的不清楚。"

"不清楚，你作品构思的时间那么准确？"

"这完全是巧合。"老夏说后，用一种少有的好奇目光注视着公安。

"你说巧合，有谁证明你是虚构的？"

"没、没有……"

"没有，请你跟我们走一趟。"

“我是在创作小说,凭这一点就跟你们走?再说黑洞那个死者是不是宁静,还没有查清身份,凭什么抓我?”

两个公安不容他争辩,硬是将他带走了。这时候,陈秋冬走出大厅,面部表情没有异样,认定老夏就是凶手,老夏与男宁静一定有仇,那个女宁静一定是男扮女装。

老夏被抓走后,陈秋冬与贝贝哑了半天不说话。后来是贝贝打电话通知水水、文文来红苹果咖啡馆。水水是第一个赶到的,其次是文文,贝贝说老夏被公安抓走,开始他们都不敢相信,都认为他是开玩笑。一个作家不会用刀子杀人,他要杀人只能用笔,将他锁定为嫌疑犯那是公安的失误。等查清老夏是清白的,那两个公安怎么下台阶?

下午,贝贝、水水和文文去了一趟公安局,而佳佳和陈秋冬却不肯出面求情。在公安局一间屋里见到了老夏。老夏急出一身冷汗,隔着铁栅门对贝贝说:“我冤枉,这里面一定有鬼。你通知陈秋冬,看有什么办法。我那晚掉入黑洞前,我们在一起吃饭,那块黑洞盖子早不揭晚不揭,偏偏在路灯灭时被人揭开,我不幸掉进去,看来这是阴谋。”

接着他又伸手问水水要一支烟抽,说:“几十年从未遇上这种鬼事,这根本不是我做的事,我只不过想把这部作品构思得离奇一点,结果引火烧身。老弟,你看怎么办?”

水水点点头,好像理解老夏的苦衷,说:“看来宁静的出走是个阴谋,宁静是一潭祸水,只要沾上他,准没有一天好日子过。你要顶住,案子总会弄清楚的。”

他们三人还没走,这时来了一个公安把老夏带进审讯室。

老夏坐在一张凳上,眼望着公安。他心里想:“老子不犯一点罪,为什么会落到如此地步?”

审问的公安说:“你是作家,智商相当高,又能写侦探小说,有反侦查能力。我只问你一个问题,你是不是凶手?”

“我倒要问你们，那个死者到底是谁？”

“不管是不是宁静，你这么巧合的构思你怎么想得出来？你好好想想，明天再审，看你讲不讲！”

审问的公安走后，一个公安押着老夏回到囚室。

贝贝他们本想听听公安的审问，结果被公安赶出大门，说这是执行公务，请配合工作。知书达理的三位作家，没趣地回到红苹果咖啡馆。

第二天上午，没有公安审问老夏。听人说黑洞那具尸体经技术鉴定，凶手应该是屠夫。只有杀过猪的人才会碎尸，刀法很准，于是在全市开展屠夫调查工作。市内有三大市场，每个市场有二三十头肉猪卖，每一头猪一个屠夫，三个市场达九十个屠夫。公安刑侦人员穿上便衣在屠宰场晃荡，仔细察看每一个屠夫切肉剐骨的刀法，如果有与碎尸刀法一样的，一定是犯罪嫌疑人。按说老夏与死者无关，不应抓他进来，可又抓来了，现在放出去等于明确承认抓错了人。而他相信这个案子会水落石出，到时候看公安用什么形式放他出去。

三天过去，贝贝又去探视老夏，告诉他红苹果公司的方虹和山西妹子在湾仔酒家玩男人，败坏公司形象，林生大哥林跃气疯了，要方虹立即离开红苹果公司。随即林跃拿出一叠淫乱照片给全体员工看，还表态要不惜一切代价，将宁静找回来。当时全体员工惊呆了，大家都认为黑洞那个死者是宁静，但林跃突然说宁静可能在泰国。大家长长地吐一口气，有人问林跃：“你怎么知道宁静在泰国？”林跃回答道：“有人打匿名电话告诉我的。”

“林生，宁静没死？”林跃忽又转头质问自己的弟弟。

林生沉默不语。一阵过后，林跃脾气暴发，雷鸣般地追问：“死猪，宁静到底在哪里？”

林生还是不说话。

“啪”地一拳，林跃砸得桌子铿锵响，吓得大家心跳起来。林生也气，气今天大哥当众宣布方虹的丑事。林生心里有把尺，方虹对宁静使出百般的刁难，却没有出卖公司和自己，她愤恨的是竞争对手，这是竞争上岗和人才激励机制导致的斗争。作为林生来说，心灵深处虽然并不喜欢方虹，但知道在市场竞争的今天，各个环节各个击破，能独当一面的女人不多，公司需要这样的人，尽管她行为放荡，对公司贡献却不小。林跃炒掉她，等于炒掉林生的前途，炒掉红苹果公司的前途。公司的很多关系网络，全是通过她去建立的，国营企业老总和省市关键部门领导她都熟悉，有的领导在她面前百依百顺，说穿了，全是她用肉体建立起来的。林跃不知基层工作有多艰难，更不知道他用方虹的良苦用心。她的道德品质很坏，现实生活中却很适用，这叫利用她剥削她，从她的身上榨取可观的利润。前两年，林生回过一趟湘西老家，有群众反映如今村长不用群众选，政府为方便开展农村基层工作，任命村里一个欺良霸世的人当村长。因为村里人都怕他，只要由这样的人去管理，就能完成好任务，乡政府担子就很轻。譬如计划生育、收缴管理费等等，没有一个村民违抗，什么任务都是提前完成。村民有意见，政府却表扬，这办法非常奏效，乡党委书记还得到提拔当上了副县长。林生从中受到启发，重用方虹，绝对有很多回报。管他什么形象不形象，大把大把的钞票就是形象。穿戴高级服装、领带、皮鞋和手表，从大街上走过，谁会管买这高级衣服的钱是不是脏的，还不是一样。这些现象，大哥应该了解，如今办企业何必如此认真，口口声声老老实实办企业，不要违纪违法，不能偷税漏税，工商执照上批准经营什么就做什么，不能做那些乌七八糟的生意。尤其挂在他嘴上那些要成立党支部，没有共产党就没有你林生，这是共产党要你当经理，这是共产党送你一碗饭，你应该很好珍惜之类的话。林生最怕听的就是这些唠唠叨叨，有时顶撞大哥两句，他就骂：谁调你来滨海特区？谁让你掌管这家公司？谁在打着我林跃的招牌四处揽业务？念大哥年纪大，资历深，林生只好忍让。他是忍忍让让过来的，不过说句内心话，也的确是在他的帮助下，才将公司办得火红。林生知道大哥的分量，但林跃不懂林生的内心痛苦。宁静刚来，文化水平在公司首屈一指，有她的价值，但并不至关重要。而他从公司几年工作中得出结论：发行比编辑重要。宁静只能当编辑，方虹负责发行，所以方虹比宁静重要。

不知什么时候，天上响起大雷，震得窗户哐哐响。屋外一片漆黑，大雨急急落下。一时间，林生想了许多，又由于大哥的干预，他失去了信心和希冀，对公司的前途感到希望渺茫。他看看大家，说："方虹在公司很霸道，员工们都恨她，今天她被炒鱿鱼，是罪有应得。但对公司而言，却是一大损失！今天我心里很乱，在这一个月里，公司已经走掉4人，都是女人，都是公司的骨干精英。为重新调整公司结构和人事安排，先放假三天。三天后，大家按时上班，不扣假期工资，请大家放心！"

"林生，你疯啦！"林跃骂他。

"我没有疯，是你老疯了！"林生顶撞大哥。

"我决不要方虹这种不讲道德的员工！这是社会主义国家，不是资本主义肮脏金钱的社会！"林跃气青了脸，眼珠子仿佛要鼓出来一样。林生不再与大哥吵。大哥有心脏病，弄不好会气出病住院。他忍着气，离开公司办公室朝五楼爬去。这时候，方虹提着两皮箱东西下楼来，林生急吼吼地迎上去，想帮忙提一个皮箱，谁知方虹不给面子，摔开他的手，骂道："林生，走着瞧吧！"

林生望向窗外，只见方虹坐上一辆黑色小车，扬长而去。这是谁的车？

她去出租屋还是到哪里去？林生不知道方虹的出租屋在哪里，方虹从未告诉他，他只知道这5楼宿舍是她中午休息的场所，晚上都是在那个出租房度过，有两个男人轮番陪她。

林生爬上五楼，走进方虹的房间。房间里的席梦思床还在，桌上除一些大大小小的药瓶之外，剩下的还有一个丰乳器，他知道这是山西妹子用的。山西妹子乳房小，方虹经常对她说林老板不喜欢你就是因为你的乳房，于是让她买来丰乳器。近两月来，山西妹子的乳房好像长大了许多，有时从侧面看，也显得成熟，像个女人样。衣架上挂着一个瓦蓝瓦蓝的乳罩，那是方虹用的，酒柜里还剩下半瓶白兰地。于是他想起方虹搂抱自己的情景：方虹喜欢把法国制造的梦思牌香水洒在身上，特别是双乳间，有时在她的腿间也洒上。她喜欢在男人面前扭动腰肢，松开浴衣，露出一对圆白的乳房。搂抱时，喜欢哼哼叽叽的，怪肉麻，闭上眼睛，像在温泉中慢慢浸泡，享受舒缓的快乐，并强迫男人用嘴唇和舌子去吻去舔她那最满意的乳房尖尖，她说这好爽好刺激，比任何时候都幸福，如果天天都能这样，她早点去死都在所不惜。方虹说林生是湘西土匪，是野狼，时时刻刻在寻找情爱猎物，如果自己是纯情少女，美丽的胴体早被他毁坏，美好的心灵早被他蹂躏。幸好自己人老珠黄，他玩弄我，我也在玩弄他，这是相互玩弄。尽管不做爱，让他搂抱，某种意义上也含有一种摧残一种虐待，但伤害不到我什么，狼累了狗也会累。

林生越想就越不愿让方虹走。他抓起方虹的乳罩闻闻，折叠好放进口袋，还有一条未洗泡在水桶的短裤，林生用香皂擦洗一番，晾在凉台上，然后匆匆地关门下楼来。在下楼的这两分钟时间里，他的眼前始终浮现着方虹的影子，如今她走了，往后还会发生什么？

林生暗暗地喊着：大哥，你不懂我的心；方虹，你不该走呀！

这时，林生的手机收到一个短信，急忙打开一看，是方虹发来的：

葡萄、香蕉、红苹果，可乐、清茶、白开水，看你还喜不喜欢我？请问跟谁有一腿，萝卜、黄瓜、大白菜，饼干、牛奶、大蛋糕，我是深深地把你爱,现在跟谁在风骚?

林生读罢短信,立刻打方虹的电话,方虹已关机,一连几遍没有打通,他气得直跺脚。

老夏,从这看来,陷害你的一定是方虹与山西妹子,你不是说山西妹子是玫瑰小姐吗?

老夏听着贝贝的叙述,不像纪实,倒颇像虚构的。虚构的越听觉得越复杂。他火气很大,一天到晚坐在那间临时的禁闭房里,心里闷得慌,看见公安在窗外走来走去就骂娘。在案情未了结之前,公安也拿老夏没办法,不敢凶他打他,有时还给他递烟抽,或送给他当天的报纸看。

老夏问:"贝贝,你们都在写什么?"

贝贝说:"前两天我们来看望你后,一直没见文文影子。打他的电话,他已停机,不知他在捣什么鬼!有人说红苹果文化公司王秘书遭绑架的当天他也离开了滨海。"

"王秘书被绑架?"

贝贝点点头,说:"不知是谁绑架的王秘书!文文是写方虹的,方虹走后,方虹的故事就像红苹果文化公司门口那个破了的蜘蛛网断了,没有线索了,怎么去写?我们当时构思的是观察红苹果文化公司一边发生的故事一边现场写作,一切都是即瞬发生的,那么新鲜那么真实,可是宁静、王秘书和方虹都是故事的主人公,没有她们,那还有什么故事?"

"那你得把文文找着。方虹虽然离开红苹果公司,她不会罢休,往后还会有故事的。你要文文按照作品线索发展和方虹个人思想脉络两方面去虚构,在佳佳的手稿基础上添些新的内容,写方虹走后做什么,等方虹发生故事后再作修改,写作来自生活,像我构思故事的开头,虚构的恰好又是现实生活所发生的。至于宁静，你就写她被绑架到泰国，虚构她在泰国如何脱离虎口，与王秘书用什么计谋逃离，返回滨海，终于在某一天邂逅方虹，愤怒地骂道：‘方虹，你想当总经理助理你就直说，用不着动用黑社会势力，将我和王秘书绑架到泰国！’这时候，林跃来到宁静面前，问：‘宁静，你真的被绑架到泰国？’宁静满含眼泪，点点头，扑进林跃怀里痛哭起来。过了一阵后，他回转身来问林生：‘林生，你开始说宁静被绑架到泰国是真话，后来又说是骗我，你是怎么知道宁静遭绑架的？’写到这里就有戏了，戏路越走越宽，越走越远，读者就越想看，这就成了畅销书。从我们开始准备修改这本书时，我就暗暗地想过，红苹果文化公司的一切工作生活秩序都会按照我们的构思去进行，但我是冤枉的，黑洞里那具尸体不是宁静，我敢肯定，宁静一定是遭绑架了。不信，你边走边看。”

“老夏，你自己怎么不动笔写？”

“我无法去写这本书，只是开始构思就被公安逮来，真让我输了胆。林生一定在公安面前胡编瞎说了许多，也许用钱买通了他们。这本书让我一人去写，一定是部颇有分量的大书。嘻嘻，我又在吹牛皮了，在滨海吹牛，天高皇帝远，锦水人听不到。”

“老夏，你天天坐在审讯室里还如此乐观，我真佩服你！”

“复杂的社会、复杂的环境及金钱的时代，我有什么办法？只能用乐观的心态去面对，用通达的思想去承受多方沉重的压力。不是邻居宁静出走，不是同情宁静的母亲，我不会抛妻南下滨海。我是一个不去大彻大悟和好高骛远的人，生活勉强过得去，我就心满意足，不想赚很多钱。我追求的是自由和无拘无束，享受精神的快乐，不像有的人穷得只剩下钱，那一辈子过得又有什么味道？”

老夏关上话匣，贝贝起身要走。老夏又拖他一把，拍着肩膀，说：“贝贝，你就按照我今天的构思去写，没有错，宁静一定被绑架到泰国去了！”

贝贝不假思索地点点头，离开了老夏，走出了公安局。他的的士刚驶出不远，一辆警车朝公安局驶去，坐在前面的那个女人好像是方虹，模模糊糊，没有看清楚。贝贝立刻调车回去看。仅仅几分钟，那辆警车又从大院开出来，坐在前面的那个女人正是方虹。贝贝朝她招手，问：“方虹，你来这里干什么？”

方虹没有理睬，车子箭一般地驶离了公安局大院。

贝贝下车拐弯走进审讯室，问：“老夏，方虹看到你么？”

“没有。”

“她刚才到这里，一会儿就走了。”

这时候，老夏半天不说一句话，眼巴巴地望着窗外的棕榈树和大大的太阳，人在阳光下走来走去，脑门上都蒸出一粒粒汗珠来。

老夏凝思良久，回过头来，说：“贝贝，她来公安局，一定有阴谋。”

贝贝打断老夏的话：“她与你无冤无仇，为什么要陷害你？”

“贝贝，你把这情况回去对佳佳说说，有什么情况及时告诉我。”

贝贝点点头，不再说什么。他知道老夏心里有秘密。老夏写过侦探小说，从他的眼神里看出：“他在想办法防范着什么。”

贝贝走后不久，老夏站起来踱步，自言自语念着：“难道这又是一个黑洞？”

贝贝叙述时，他没有看任何人，一双眼睛直瞪着地下。陈秋冬何时进来的，他根本没有发觉。陈秋冬突发感慨：“老夏被公安局逮去，林生一定是用金钱买通的！”陈秋冬总是将祸转嫁给林生。

贝贝很为难，说这只是构思。如果陈秋冬将这个构思告诉公安局，他也会步老夏的后尘。贝贝摇摇头，说：“陈老板，你斗不过林生，林生斗不过方虹，一个比一个厉害！”

陈秋冬很惊讶，用一双疑惑的眼睛看着贝贝。贝贝很不自然地将目光移开，往水水、佳佳身上瞅。佳佳说："这不是斗的事。我们只是创作，管他生活怎样，写好这部作品！"

水水说，昨天我到红苹果公司，他们公司员工刚收假，林生一脸的无奈。他见到我问最近你到红苹果咖啡馆喝咖啡么？什么红苹果，我不清楚。他见我不清楚，点点头说算我没有说。他说后在写字楼里走来走去，又问你看见方虹么？我摇摇头，故作惊讶地问方虹怎么了？妈的，方虹狗娘养的，胆敢与山西妹子在湾仔淫乱，被人拍下一叠不堪入目的照片。我大哥大发雷霆，说影响公司形象。林生说着说着，一时想起什么，急匆匆地往公司门外走，一双迷离的眼睛往花圃里看，心想那个蜘蛛网一定破了，不破方虹不会出问题。放假那几天，一定有人捅破了蜘蛛网。刚放假那天，他还要方虹嘱咐园林师傅保护好这个蜘蛛网，夜间都要防守，说会发加班工资。林生仔细看了一阵，只见各色各样的花卉开得正旺，特别耀眼，花瓣里淌着甘露，沐浴着阳光。林生来到蜘蛛网旁，蜘蛛网上只有两只蜘蛛在滚爬，把网织得严严密密，任何小虫、蜻蜓都捅不破，园林师傅还用一块牛毛毡团团围住，避开汽车的尾气。如此一来这蜘蛛网永远不会破裂断丝。林生不管走到哪里，都时时刻刻关心着那个蜘蛛网，生怕被人捅破。他说对蜘蛛情有独钟，是蜘蛛网给了他启迪，是蜘蛛精神给了公司辉煌。他真是个怪人，居然有钟情蜘蛛网的怪癖，让人无法理解，与怪味豆一样，怪怪的颗形怪怪的味道，谁也说不清楚。

佳佳听水水的叙述，像高山流水，飞流直泻，没有起伏跌宕，一眼看清哪是瀑布哪是深潭，水固然清澈，但扑入深潭，没有击潭的声响，传进耳里仿佛是夜间小河的滩水声，平平淡淡，激不起听者的乐趣，不能让人回味。佳佳用后脑对着水水，水水看看贝贝，眨眨眼，故意逗佳佳，说:“贝作家,有人在努力回忆与林生友好的那段日子,你看看!”

佳佳还是不作声。水水又说:“林生是个怪物,方虹那女人也是个怪物,接下来我要说的是方虹与山西妹子在湾仔酒家精彩的夜生活。你们知道方虹消瘦的原因吗? 嘻,据民间可靠消息,她已经作过多次人工流产,身体一天不如一天。这回她又怀上了,正是因为在湾仔酒家与那个男人……”

“你知道是哪个男人?”佳佳颇感兴趣地问。

“别急,听我慢慢道来,保证你越听越有味。”

方虹被林生痛骂一顿后,放假那几天她怎么也想不通,极度痛苦。她没有去找宁静,躲在湾仔酒家喝闷酒,带着山西妹子在那里度过一个失魂落魄的不眠之夜。她们一连喝下 6 瓶珠江啤酒,两人都有些头昏眼花,一双醉眼对着另一双醉眼。方虹说,从我上滨海来打工后,仅仅只有你这位女朋友,其他的尽是些男朋友。与男朋友在一起时,有一种能依赖的感觉,觉得所有男人都有力量,有智慧。与我老公分手后,我又觉得男人有一种虚伪和喜欢欺骗女人的天性,与他们在一起并不安全。山西妹子说,方虹姐,你能混到今天还算可以吧,再说林老板对你也不错,一月几千元工资,在公司女人中,你是强者。方虹脱掉外衣,乳罩将胸脯绷得老高,她往四周一看,哈哈大笑起来,压低声音说,我能混到今天,是付出一定代价的。山西妹子说,方虹姐,什么代价? 这还要问,你一想就知道。山西妹子一时不解,见方虹喝得似醉非醉,便站起身来,往酒家客房走去。进到房间,山西妹子觉得热,也将外衣脱掉,见方虹一对大乳上下颤动,问:“方虹姐,你真美,你的乳房真迷人。我要是男人,今晚非要与你做爱不可。嘻,难怪林老板喜欢你!”山西妹子怎么说出这样的话? 是她的大脑被酒精麻醉失去控制,放任自己轻松和活跃一下,还是仗着跟方虹熟,胆子变大了? 方虹没有回答,哈哈大笑起来，山西妹子情不自禁也跟着大笑。笑过一阵，两个人的眼角都淌出了泪，不知是笑出来的还是心酸，但在小小房间的灯光下，双方没再相互倾吐，好像都将各自的苦衷深深地埋藏在心里。又是一阵出奇的静，山西妹子问："方虹姐，林老板怎么不喜欢我？"

方虹不耐烦地答道："谁叫你长得像火柴棍样！"山西妹子不服气地说，看过《红楼梦》的男人都说林黛玉的病容很美，让人看后心动，难道林老板不喜欢林黛玉？方虹有点不服地辩驳起来，国家越贫困，男人们欣赏水平就越低。经济不发达，文化也就发达不起来，人们的精神也就匮乏。眼下在特区，不能用欣赏林黛玉的审美标准来审视特区女人。中国的唐朝最发达，是当时世界的第一流国家，女人就以胖为美。如今是新时代，新女性已经有了新的审美标准。在男人们的眼里，病态的瘦弱，无力的苗条，都不是美。今天女性标准是健美，先要健壮，其次是美。林黛玉如果在今天，她是没有人要的，她会成为单身女人，男人一定说她营养不良，心里有毛病，还要请心理医生为她进行心理咨询。你想想，我进到这公司时还算年轻，那胸脯那肌肉那腿部都是出类拔萃的。应聘那天，我公开说我是少妇，林老板点着头，笑着说我就喜欢少妇。事后听人说，林老板评价我健康的体质、优美的线条结合十分匀称，乳房的弹性显示出青春的力量，展现出性欲的旺盛。就凭这点，林老板喜欢我。但自从宁静进到公司后，他开始移情别恋。今天在这里说，宁静比我年轻比我漂亮却并不比我性感。这回为她的出走，林老板对我火冒三丈，说是我气走的，他要我找她回来，才没那么容易。山西妹子听到这里，立刻打断她的话，说，宁静不是被人杀死在那个黑洞里吗，那个书呆子老夏不是掉进那个黑洞踩在宁静尸体上过夜么？对啦，听佳佳说那个老夏在构思一部什么小说，开头就写宁静死，被人碎尸，丢入黑洞，时间正与宁静出走吻合，莫非老夏是凶手？

方虹见山西妹子很单纯，笑笑地说："这就像你不知道林生不喜欢你的原因一样不知道老夏为什么要害宁静。”方虹大概是酒精发挥的作用，起身走路开始摇晃，挥舞着手，说：“不谈这些，我们洗澡睡觉吧！”

山西妹子不敢不听方虹的话，有好几回林生要炒她鱿鱼，都是方虹顶着：如果你要她走，那我也走！山西妹子心里十分明白，于是对方虹百依百顺，上班下班，长一声方虹姐短一声方部长，嘴巴很甜。刚才说宁静是老夏谋害的，她虽然不明白，但还是相信方虹说话有依据，没依据的事，方虹不会说。想到这里，山西妹子惊出一身汗来。方虹先去浴室，山西妹子脱得一丝不挂，跟着推门进去。方虹几天没有与人做爱了，眼下很想满足自己的情欲，便将山西妹子幻想成一个男人，立刻抱住不放，用长长的舌尖舔着山西妹子的每一个部位，嘴里发着哼哼哼的声音，怪刺激的。此时正是午夜时分，是人多情的时刻，是寂寞人痛苦的时刻，假如此时有一男子闯入她们房间，在方虹眼中，这叫雪中送炭。方虹疯狂地发着情，像一个男人抚摸着山西妹子，问你的胸脯为什么如此扁平？山西妹子摇摇头，看着方虹硕大的乳房，说：“难怪有人喜欢你。”

“对，一个女人没有乳房，那是美中不足。你要弥补呀，坚持每天早上和晚上各做一次丰乳按摩，晚上睡觉不戴乳罩，三个月过后，你乳房一定会硕大美丽，让男人垂涎三尺。”方虹一边说一边依然发着刺激的声音，令山西妹子张开双臂紧紧抱着她，说：“方虹姐，我要是男人，我一定让你满足！”

方虹松开双手，欲极力挣开，可山西妹子用很大力气还紧紧地抱住，问：“方虹姐，你与男人做爱都要发出这种声音么？”

方虹点点头。山西妹子知道她与市委那个部长的关系，又问：“是那个部长要你这样哼的吗？”

方虹用力挣脱开，抓住山西妹子耳朵，问：“谁叫你这样问的？”这时候，方虹的手机叫了，她隐隐约约听见，冲出浴室，两团奶子一颤一抖的。她拿手机一看,是林生打来的并留言:方虹,请赶快回公司。

方虹有一天一晚没有回公司了,如果今晚再不回去,将是一天两晚。她还记得是昨夜出来的,林生说别人可以休息,她得去找宁静,还骂道:找不到宁静,别回公司。难道宁静回到公司了?

方虹不想接电话,但仔细一想,林生一定有急事。山西妹子催道:"方虹姐,你还是回个电话吧!不回话,林老板真炒我们的鱿鱼,我们又到哪里去打工?就算找到工作,万事还得从头来。"方虹听完山西妹子的话,觉得有道理,决定先告诉他我们在外面找宁静,明天上午回公司。方虹拨通林生的手机,一阵急促的声音从电话里传过来:"喂,方虹,公司王秘书又被人绑架走了,有宁静线索没有?如果没有,明天一定赶回公司,公安局正在展开侦查……"

未等林生说完,方虹打断他的话:"我明天赶回来。你说过我找不到宁静不要回来,我没有找到宁静,能回来么?"

"什么时候了,还说气话!"

方虹刚放下电话,突然又发来短信,方虹打开一看,是一个陌生号码,短信是:

床前明月光,地上鞋两双,一对狗男女,脱得精光光。

方虹气急了,旋即拨通了那个陌生电话,对方答道你不要管是谁,尽情地玩吧!这人是谁?一定认识我,要不怎么知道我的电话?方虹气愤地关上手机,忽然又哈哈大笑起来:"管他那么多,今晚好好睡觉,明天回公司,大脑又得高度紧张起来。王秘书被人绑架是迟早的事,这有什么稀奇!"

"谁绑架王秘书?"山西妹子迷惑不解。

山西妹子是紧紧跟随方虹的,方虹有许多隐私,她了如指掌。她听方虹说过，那个部长曾经催她离婚，答应与她结婚。宁静来后，那个部长又盯上了宁静，很少打电话给方虹了。方虹说自己原本很聪明，被那个部长欺骗后，变得愚蠢起来。有人说过，愚蠢的女人被男人欺骗后会变得敏捷；聪明的女人被男人欺骗后会变得迟钝。少女天真烂漫之时，是最可爱的，也容易上当。女人不再纯洁的时候，爱情已经离去；女人不懂爱情的时候，爱情每天左右追随。方虹就是这样，最先骗她的是那个晚上在凤凰桥头吹笛的男人，其次才是那个部长，当然还有一些不三不四的男人，其中还有梁从汉。想到这些，方虹仿佛有被男人欺骗的感觉，有点悲愤。此时此刻，方虹掉下泪来，说："天底下没有一个好男人，所以我们要利用一切手段，维护我们的利益。目前我和你遇到点挫折，挫折过后一定会有幸福，你看林老板不是要我回去？"

山西妹子听方虹这么说，精神开始亢奋，没有一点睡意，她将一块大毛巾披在身上，躺在床上，聚精会神地听方虹说话。方虹见状，说："还遮挡什么，公开和暴露是光明的起码条件，世界根本就不能容忍秘密的存在，正因为容许秘密存在，人世间就出现了阴谋，出现了不平等，出现了尔虞我诈，出现了贫富，出现了卑劣。随着市场经济的发展，一桩桩杀人案件相继发生，那个黑洞的女尸，不是宁静又是谁？反正世界上又少了一个美女……"

山西妹子抛开大毛巾，一个赤裸裸的躯体平摆在洁白的床上，扁扁的胸脯，好像尽是骨头，该长肉的地方长不出来，难道还不到发育时候？

方虹认真地欣赏她的胴体，说："如果不是蓄有女人长发，你如果穿上男人服装，别人还把你当男人看哩！"

长长的一番话，说得山西妹子不好意思，重新拾起大毛巾披在身上，把脸转向一边，不再说话。而一边方虹还在唠唠叨叨地说，见山西妹子醉眼矇胧，又去摇摇，说："你不坐起来，一会儿会睡着的，你看看我！"

山西妹子想到自己是一副瘦瘦的胴体,暗暗地责怨着自己。身材苗条没有用,该凸的地方没有凸出来,如一条平平坦坦的大路。她坐起来,将毛巾围着躯体,只露出一张不悦的脸。见方虹一个全裸的躯体,各部位棱角十分清晰,惊讶地说:“方虹姐,你的胴体真美。我要是男人,今晚非擒你不可!”方虹笑了笑,站起来,在山西妹子眼前走着模特的脚步,高挺坚硬的乳房上下摇动,像粘在肉体上的两团面包。山西妹子有点嫉妒,从床上站起来,一把抓住,嘻嘻地说:“我要吃掉你!”

方虹的胴体的确很美,能透出女性野火般的欲望。她的一切都很到位,能给对方一种刺激,能在刺激中使对方满足自己的需求。

山西妹子用嘴去啃,方虹不让,说:“揉来揉去,乳房又会软下来。你只能看,不能揉摸。在男人眼里,它是艺术品,若它不是这么美,男人能看上我?”

山西妹子点点头,方虹很自信很得意地摸着乳房,说:“乖乖,你说是吗?”

山西妹子嘻嘻地笑。稍停一阵,问:“方虹姐,你说黑洞那个死者是宁静么?”

“不是宁静。宁静没有死。”

“那她在哪里?”

“回老家了呗! 哼,她与我斗,也不看看我是谁!”

“哼,王秘书遭绑架,难道宁静也是遭绑架?”

“对,我清楚得很。”

“你怎么清楚? 是谁绑架的?”

“这事你不要多问,与你与我都无关。好,不说了,睡觉吧!”

她俩睡在一张床上,仰天而卧,像两只倦虫,昏昏然,茫茫然。她俩慢慢地出着气,你吸我的气,我吸你的气,心心相印,气气相通,在无穷无尽的想象空间里,方虹想着红苹果文化公司的前景,想着宁静和王秘书的生死，想着人世间的一切，想着来滨海十年的艰辛，想着一个青春少女成为少妇的日日夜夜，方虹长长地叹一口气，自言自语地感慨着：这社会有光明有黑暗有机遇也有挫折。这回宁静和王秘书生死未卜，红苹果文化公司大祸就要来临了……

方虹说着说着，山西妹子迷迷糊糊地睡去。等她醒来时，方虹不见踪影，墙角卫生间全找遍还是不见。正要开门去寻找，门口闯进一个五大三粗的男人，腆着肚子，嘿嘿地傻笑着："小姐，你真漂亮！"山西妹子见识广，在山西老家当过纺织工人，后读过大学，在当纺织工时就被人强奸过。南下滨海为公司的发展而工作，经常遭到一些老板的戏弄，都嫌她乳房小。有一回在东莞一次会议上，先天夜里，她单独住一间房，一位报社记者喝多了酒，在众目睽睽之下，使劲地敲着她的房门。那是午夜时分，很多人早已入睡。在第二天的会上，山西妹子没精打采，神情不安。开完会，吃过中饭正准备回滨海，在她离开住房前，那位记者又钻进她的房间。方虹说，从那回起，山西妹子胆子大了，放得开了，谈到这些事情，脸也不红了。这时候，她见这个又傻又壮的男人站在眼前，一点不畏惧，同时在叫喊着方虹。那男人嘿嘿地笑着说："你不用叫她，她已经……"

"她干什么？"

"她已经依偎在别人怀里了。小姐，你很秀气，我喜欢你！"男人一边说一边走上前去，把脸贴近山西妹子。山西妹子很沉稳，心里想，我怎能白白地让他糟蹋？不行，先稳住对方，就问："她在哪里？你告诉我，我就……"

男人像一只饿疯的狼，舌子垂得好长，口水顺着舌尖往下流："嘿嘿，她就在隔壁房里，不信，你认真听听！"

山西妹子竖起耳朵听，果然方虹在隔壁浪笑，偶尔发出哼哼哼的声音，让人听后全身发麻。她简直不敢相信方虹是如此的轻浮，她这样做,究竟是为什么?山西妹子急忙穿上衣服,猛往门外蹿,一手推开隔壁房门,见方虹赤裸裸地倒在一个男人怀里。床头上摆着男人的衣服,还有一支六四式手枪。这个男人难道是政法部门的?

方虹从男人怀里坐起来,瞪一眼山西妹子,问:“你出来干什么?”

“我来找你呀!”

“你快回房去!”

山西妹子好像明白了又不明白,扭头回房去。但这一夜,她一直没有睡着,那个肥大的男人虽然年轻,但却会种种做爱的刺激动作,还说他是黄花崽,今年二十六岁,没有娶老婆。他说你嫁给我,包你幸福美满。我老爸是省公安厅滨海接待处处长,有许多老领导与他是战友,两个多月前,有个叫宁静的小姐到接待处工作过,老爸想把她嫁给我,后来她辞职走了。妈的,她瞧不起老子,我恨她。有一天,我在街上遇到她,这下她倒霉了,被我滨海有名的黑哥一伙给逮了。第二天我向黑哥要宁静小姐,黑哥说她早不在滨海了,早将她去换白粉了……

山西妹子听着听着,麻木地望着有微微灯光的窄小空间,根本听不进他说的任何一句话,直到那个男人离去。等她收回目光,转向茶几时,一叠钞票跃入她眼帘。她懒洋洋地拾起一看是一千元,自嘲地说:“嘻,如此挣钱真容易,一点不费真功夫,这叫两全其美!”

方虹很晚才回到山西妹子身边。山西妹子刚把钱放进小包,眼泪汪汪地躺在溢满精液的床上,想着这肮脏的房间和充满玄机的红苹果文化公司,又茫然悲愤地哭泣起来,同时也在回想昨晚堕落的经过和思想根源。这是一场噩梦,是一场荒诞的噩梦,自己为什么要由方虹摆布,钻入她设下的陷阱?

方虹见山西妹子一副尴尬的神情,站在床边许久不说话。山西妹子不理睬她,用被子蒙住脸庞。方虹问:“你怎么哭了?”

山西妹子掀开被子,问:“我们这样做得到什么?”

方虹说:“你想得到什么?赶快起来,我们回公司去!”

“方虹姐,宁静被逮去换白粉了!”

“你别多嘴!”

不一会,方虹开车与山西妹子回公司去了。

回到公司后,全体员工一阵哗然。当林生惊慌失措时,他大哥林跃又来公司打听宁静的下落。林生见大哥来到公司,神经很紧张,问:“大哥,你今天有空过来?”

“宁静有下落么?”

“还没有。”

“什么时候能回来?”

“不知道。”

“她会出事么?”

“不会的。”

“解决她待遇的报告报上去了么?”

“呈报上去了。”

林跃听后点点头,不再说什么。看看四周都是红色,刺得他眼睛眨个不停,用手揉揉,说:“这些东西怎么都用红色?”

林生不吱声。

林跃见方虹在场,不给她好颜色,问:“你怎么还赖着不走?”

“我走哪里去?”方虹不知林跃要她走人,林生没有告诉她。方虹听林生对自己隐瞒事实,就欲挑起林生与林跃的矛盾,插嘴道:“林书记,你打电话问问梁董事长报告收到么?”

“怎么,林生没有呈报?”

方虹摇摇头,尖声尖气地说:“我不知道。”

林跃看着林生,林生眨巴着眼睛,说:“大哥,你问问梁董事长吧!”

“我问他干什么,他是泥菩萨过江——自身难保!”

“为什么?”

“这不是你问的话。”

吃过中饭,林生大哥走了。走前一再交代宁静回来后,通知她去自己那里。

林生焦头烂额,见方虹和山西妹子回来,火气上来了,装模作样地大骂着:“你们疯到哪里去了?”

方虹抛了个媚眼,微笑着问:“老板,如果我们辞职……”

“谁让你辞职,你这是落井下石!”

“我的良心还没有那么坏吧?看来很多年过去,你对我还不了解。”

林生不再与她费口舌,往公司门口走去。这时候,天空下起小雨,细细的雨点落在蜘蛛网中,有时它也被弹起带来阵阵动静,如人在走的钢丝一样。他走拢去,将一块装修余下的三夹板竖起来,挡住被风吹来的斜雨,以防打断蜘蛛丝。他知道蜘蛛拉扯成网,要付出很大的艰辛,再说一只蜘蛛拉扯完肚里的丝,也就结束了生命。突然,咣当一声传来,那块三夹板倒在地上,一个巨大的蜘蛛网被压得无影无踪。他蹲下身去,寻找到几根粘在花卉上的断蛛丝,几只蜘蛛虽然没有被板子压死,但有的被压断了脚,吃力地在爬行着,朝着花卉脚下逃遁,生怕遭到狂风暴雨袭击,想躲过一场劫难。

林生后悔不该竖起三夹板。他长长地叹着气,满脸沮丧。

林生回到办公室,看看这一件件红色的东西,心里总是忐忑不安,感觉这办公室有一股阴风,有人在走动,发着老鼠偷吃东西的声响。起身踱步时,好像有人跟在背后,令他恍惚不安。难道宁静没有被绑架去泰国,那个黑洞的死者是宁静,她变成幽灵来纠缠自己?

林生陷入了泥潭。他在惶恐不安地过着日子,只要是听到有人来,他的心里就要紧张一阵。有的是客户,想与他当面谈谈业务,他没有心思去谈,好几笔生意都泡汤了。门口没有王秘书,什么人都可直撞进来。方虹也没有心情,没有往日那样热情负责,整个公司员工的心都在动摇,好像都在做离开的准备,一切都显得极为散乱。

收假这天,林生没有走出办公室门,茶几上的烟灰缸丢满烟蒂,满屋的烟味死死酿着不动,即使排气扇不停地转动着,房里还是储存着浓烈的从他鼻孔排泄出来的臭烟气。这天挺怪,没有一个女员工进去,平时方虹都要进去好几回,有时见他抽烟厉害,会忙将窗户打开,让空气跑掉,排走一些损人健康的怪味道。

林生的心情很坏,闷在屋里干什么?

一会儿,一个匿名电话打了进来,说明天有人来公司送一组色情照片,请转给方虹小姐。林生接过电话,心里马上明白是方虹与山西妹子的色情照片,随后熄灯睡觉了。刚躺下不久,方虹推门进来,脸色很不好,惊恐万分地说:"老板,我刚才接到一个匿名电话,说有我的一组裸照在那个人手里,要我拿一万元钱去取,否则,他要送到公司来!"

方虹很清楚,是在湾仔酒家与一个男人同睡的一组照片。那人在电话里已经讲得很明白,但是谁设下的陷阱?

方虹惶恐不安。如果林生将这事通告全体员工,自己使出浑身解数,也再不能洗去宛如臭狗屎的名声。她接完电话,下楼来想先堵住林生的嘴巴。其实堵什么嘴巴,大哥林跃手里昨天就有一组照片,早已给公司员工看过,还说要开除她,只不过方虹仍被蒙在鼓里。一个离婚半年之久的少妇,与男朋友做爱,作为过来人都是可以理解的。

方虹笑笑地问:"老板,你接到匿名电话了吗?"

"接到过。"

"说什么事?"

"说有你一组色情裸体照片,我没有细问。"

"啧啧,你说这卑鄙么?"

“你与谁的照片?”

“可能是与你的。”

“我怎么可能与你有裸照?”

“裸照不知有没有,我除了与你做爱之外,没有同其他男人……”

“你什么时候与我做过爱,你别胡扯!”

“你不认账,到时有你好看!”

这时林生来了怒气,心想这个女人真不好对付,一定偷拍有我与她拥抱的照片,只是时机未到,她不肯拿出来。一旦时机成熟,她会使出杀手锏,从我手上捞一把!

方虹见林生怒气冲天,一步步地逼近林生,使出妩媚的眼神,娇滴滴地说:“老板,我是开玩笑,你生什么气?你看我肚里怀着你的孩子都不讲出去,我还怕……”

“我没有与你做爱,哪来小孩?”

她一边说一边在沙发上坐下,攀着林生的肩膀,逗道:“我想送你一方大印!”

方虹说完,将红红的嘴唇贴上他的脸,然后拉起他走向镜前,嘿嘿嘿地大笑着。笑过后,她又去他卧室主动脱了衣服,穿着林生为他妻子准备的睡衣,冷静地说:“老板,你不是喜欢我么?今晚我不走就睡你这里。”

林生见方虹将乳罩和裤衩褪下,一时间,美丽的乳房,白皙的肌肤,一一展现在林生面前。在他眼里,这是神的造化,这是艳丽的生命之花,任何人都抵挡不住眼前维纳斯这动人的感召力。但林生冷峻地又想到刚才那一番对话,立刻意识到这是圈套,说:“方虹,我们之间不能这样,这是对我妻子的一个伤害,如果她发现,你怎么面对她?”

方虹见他在穿睡衣,猛地用力脱下衣服,说:“眼前是放纵的时刻,我不会去想什么伤害,图的是眼前的幸福和欲望的满足。”她说着,猛地将林生推倒在沙发上,用乳头去蹭林生的脸。林生没有强烈反抗,只是坚持最后的底限,生怕她往后报复害人。

林生的判断是正确的。今晚方虹在接到那个电话后神情很不安,那组照片如果落到林生手里,在往后的工作中,他会作为杀手锏来对付自己。只要今晚他能与我同睡,我会睡到明天早上,等大家上班了才披头散发地走出他的卧室,做出愤怒的动作来,让他下不了台。如果他抖出照片,我就抖出他强奸我的事,看谁先身败名裂? 林生见难以脱身,走进卫生间,传呼他大哥,寻找脱身借口。当他走出卫生间,来到客厅时,方虹已经躺在林生卧室的床上,她见林生匆匆出来,又走进卫生间,站在淋浴的喷头下任哗哗的水冲洗着自己的身体,她喜欢水的冲洗,让她身体的每个部位得到安抚。冲洗一阵,又躺进浴盆,把光滑的身体浸泡在温和的水中,使她白嫩的肌肤产生一阵阵酥软的感觉。这时候,她自己感觉是东方浴女,假如大画家达芬奇在世,会找她做模特,画出比西方浴女还美的浴女来。方虹暗地里笑了笑,出浴池后,在全身抹上浴液来回抚摸。站在镜前一照,觉得自己的身子比任何时候都光亮,如一面镜子,但是腹部开始膨胀。她知道如再不做人工流产,将来会后患无穷。她梳理好头发,披上睡衣,无拘无束地走进客厅,问:"老板,今晚我漂亮么?"

此时此刻,林生的手机叫了起来:"喂,是大哥么? 我过来同你商量一件事,不,还是你过来,有重要事情告诉你!"

"宁静回来了?"

"没有。"

"好好,我马上过来。"

方虹听他大哥要过来,赶忙褪下睡衣,穿上自己的衣服,匆匆地回到宿舍去。

方虹走后,林生为自己想到这个能全身而退的借口暗暗叫绝,不禁大笑起来。一会儿,他又给大哥打去电话,告诉他刚才有客人来,改日再谈。大哥一再催问:“有什么重要事,你先告诉我。”

“明天再说。”林生放下电话后长嘘了一口气。

林生刚躺下,大哥又来电话问是什么重要事,林生没有话说,只好找借口说已经知道宁静下落,她与王秘书真的被拐骗去了泰国,警方正在组织解救。

林生大哥气得直骂娘:“这个鬼丫头,还是大学生,没有一点社会闯荡经验!”

“大哥,别着急,过些天她会回来的!”

林生虽是编造谎言,他大哥却一夜未眠。

这夜林生也没有睡,想到红蜘蛛网的破裂断丝,想到宁静和王秘书的失踪,想到方虹和山西妹子在湾仔酒家的鬼混,预感到公司快变成一盘散沙。俗话说三个女人一台戏,方虹和宁静却演得让人彻夜未眠,宁静毕竟老实,有着湘西女人的朴实,她的心清澈见底,让人喜爱。正因为这一切,令大哥动心,认她做干女儿。大哥这辈子很苦,出来工作后,前妻早已嫁人,在滨海新找的妻子又没有生育小孩,还患癌症早逝,使大哥彻底绝望。只要有人谈起家庭,他的心就酸楚起来,有时还流出两滴老泪。在未退休前,一天到晚地投入工作,还不觉得十分孤独。事到如今,他的房间显得空旷,很多日子没人在家守着,实在难受。他希望干女儿宁静每周去他家一趟,给他洗洗衣服,他则会把她当作自己真正的女儿。还希望她能在滨海安家,把她妈妈接过来,过上幸福生活,谁料她被方虹气走。这时候,他突然想起大哥在湘西老家的原妻。听父亲说过,原妻是童养媳,很早来到林家,后来大哥出来当兵,再也没有回去,那原妻改嫁给另一个男人。倘若找到她,把她接过来,看看滨海,弥补大哥过去对她的亏欠,岂不两全其美。想着这些,林生拨通大哥的电话,问:“大哥,你还想那个老嫂子么?”

"想见,到哪里找?"

"我托二哥去找,一定会找到的!"

"就是找到,别人也不会见我。那时候一心想革命,不顾儿女情长。唉……"

"我明天给二哥挂电话,如果能找到,就接她过来走走,你说行吗?"

"好是好,只是这事放后一步,你先将宁静找回来,算是对我的安慰。宁静的脸型很像你老嫂子,说话腔调,一举一动都像,看到宁静,我就想到她。我感到很内疚,对不起她……"林跃说着,打起哭嗓来。

林生放下电话,一股邪念又升上心头,刚才方虹美人鱼般充满诱惑的种种情景又在他眼前出现,动人心魄的柔言柔语又在他耳边回响。她真像一幅杰出的艺术品,让他大饱眼福。他又抓起了电话。

方虹来了,比刚才更柔情。

他俩没有做爱,却说了很多柔情的话。在全体员工叽叽喳喳地走进办公室说话时,他俩才醒来。方虹微笑地爬起来,问:"老板,大家上班了,怎么办?"

方虹起身要走,林生一把抓住,说:"这时出去不好,你先呆在房里,我锁上门,不让别人进来!"

"不好,又像上回把我锁得死去活来。"

方虹挣脱开手,朝房外冲去,披头散发地如遭人强暴一样向大厅跑过去,疯子般地说:"想从我身上占便宜,休想!"

员工一个个睁着眼睛,大家心里明白了八九分。山西妹子拦住她,问:"虹姐,谁欺负你?"

"你说还有谁?"

林生洗脸后,回到办公室。刚抽出一支烟准备抽时,一个陌生男人送来一封很沉的信。他打开一看,是方虹与山西妹子在湾仔酒家鬼混的照片,看后让人恶心。那个山西妹子拿钱的镜头也被拍了下来。

林生刚看完,电话叫了:"林生老总,那组照片好看么?"

"你是谁——?"

"你不要问我是谁!"

"谁叫你干的?"

"你去问林跃书记。"随即,那人放下了电话。

林生听后,不再接电话。大哥为什么要这样做?林生仔细一想,思绪立刻清晰起来。林跃大哥想提拔宁静,又怕林生控制不住方虹,林生老说方虹泼辣,会闹得公司沸沸扬扬。林跃心里明白,林生一定有难言之隐。为迫使方虹对宁静无可奈何,在了解方虹与山西妹子在湾仔鬼混的情况后,派人去偷拍奸情。大哥真是老谋深算,不愧在政界混了多年。大哥呀大哥,你这是在添乱。林生气得火冒三丈,抓起电话打给林跃:"大哥,你怎么这样?"

"什么事?"

"你真厉害,想把公司整垮是吗?"

"什么事?"

"你做的好事,让公司员工看扁你!"

但转念一想,林生立刻意识到这是圈套。大哥不是那种人,一定有人欲挑拨我与大哥的关系。林生冷静下来,低声地笑道:"大哥,我没有事!"

林生挂了电话,长长地嘘了一口气,很疲惫地倒在沙发上,有气无力地摇着胀痛的脑袋。办公桌上的电话一连响过三遍,他都不接。正迷糊睡觉时,有人发来短信:

滨海星光灿烂,美女成千上万,个个风骚浪漫,令人刮目相看;方虹特意打扮,前往湾仔包厢一摊,里面昏天星暗,男女公开交战,女嫌速度太慢，男却满头大汗，林生你怎么不管？

林生看完，又气又急，这是谁发的短信？他拨电话过去，对方手机早已关闭，连拨几次还是不开，他骂道："狗日的，卑鄙！"

这一天，被林生糊里糊涂地打发走了。这一天，对他来说，仿佛经历了一个世纪。创办公司这些年的沧桑，全写在他的脸上，干事业真难，干好一番事业更难。我为什么要干企业工作，为什么不入党从政？此时此刻，他想到在老家当老师时的情景。

那时候他还年轻，在两年时间里先后给党支部写过十多份入党申请书，又在县党校入党积极分子培训班里学习过六天，背诵党章，考试得九十九分，但不知怎的，就是入不了党。在自己调离学校时才知道，原来他的入党介绍人副校长与正校长有矛盾，几次讨论他入党的会议上，他的材料都被一把手校长给压住了，借口说他入党动机不纯，缓缓再看，于是便耽搁下来。调到滨海出版社后，大哥又要求他积极工作，多写入党申请书，尽快解决组织问题，可是又遭遇在老家中学入党的情况。一连讨论几次，均未通过。林生沉不住气了，如泄气的皮球，一天到晚东荡西歪，由他负责出版的书籍，连标点符号都不改，打上责任编辑名字就算完事，工作态度一天不如一天。自己虽是中文系毕业，却是工农兵学员，整个中学都在文化大革命中度过，没有课本，天天学习毛主席语录。他会唱英语歌《东风吹》，但不会写；他会念英语"打倒地主阶级"，但不会认。不知道他底细的人，还以为他的英语底子厚。要是有人说他没有文化，他一定气得直咬牙，当众又读了一句英语或唱一首英语歌。1990 年，单位优化组合时，没有一个科室要他，结果他被扫地出门，单位给他一次性补偿工资三万元。他说："看来我这辈子是入不了党了，共产党离我越来越远。"说后他走出了出版社大门。走出不远，举目往回看，心里暗暗地说：我不属于共产党，我不属于这个单位，我到底属于哪里？

他摇了摇头，朝一个小酒家走去。

那是头一回喝酒，喝得酩酊大醉。在另一桌吃饭的一个女人，见他独自饮酒，闷闷不乐，一定有什么伤心事，她在背后观察好一阵，见他起来摇摇晃晃去结单，抽出一叠钞票，要收银员自己抽，他也不问多少钱。酒家收银员品德算好，抽出一张，又找给他两张十元。他踉踉跄跄地步出酒家门，那个女人走上来，问："大哥，你醉啦，住哪里，我送你回去！"

这一年，他妻子还没有从湘西调来。

"我没有家，我的家在湘西。"

"你平时住哪里？"

"我住出版社4楼单身宿舍。"

"今晚去哪儿？"

林生在大街上摇摇晃晃，闪闪烁烁的灯光刺得他眼睛更花，一个劲儿地骂着娘："狗日的，滨海这座城市不是我的，是属于那帮狗日的！"

女人在背后跟着，见有小车驶来，用力往路边一拉，他不慎撞上她的胸部，她往右一跌，双双倒下地去。过往行人眼看这对男女像疯子，骂着："男人醉酒，那狗日的女人不兴叫车送回家，狗男狗女地疯着！"

行人不知他们是刚刚认识的，不知他并没有家。

"大哥，我送你回去，你住哪里？"

"小姐，你良心真好，我真的没有家。"

林生站着不动，他要小姐先走，说："我没有醉，真的没有醉！"

"那我把你送到大哥家去。"

"你知道我大哥是谁？"

"是林跃书记么？"

"对，是林书记，他是我大哥！"

"大哥当书记,你还有什么可苦闷的?"

"你怎么知道我大哥当书记?"

你在酒家吃饭时骂过他:"什么大哥林书记,当他自己的官,不管老弟的死活!"

"你认识他?"

"我认识他,接触不多,吃过一顿饭。"

"小姐,你有什么事,今后只管找我,我去找大哥给你办。小姐,你是好人,难得的好人!"

"大哥,你回家去吧!"

"走,回家去。"

这位小姐一直扶送他回家,安顿好后才回去。

从这回起,林生便认识了这位小姐,两人经常电话不断,有时去泡酒吧,有时去梦幻夜总会通宵通宵地玩,玩得忘乎所以,玩得雾里雾去,分不清东西南北,不知白天黑夜,玩得非常投入。这女人不是别人,就是现在公司的女大腕方虹。

这时候,林生最怕黑夜的到来。眼下夜幕降临,他想到方虹给自己的黑色诱惑,不寒而栗起来。一个晚上,在这座城市里,不知有多少陷阱和黑洞。对方虹该怎么处置?这是一个很难的抉择,我林生与她撕破脸,确实对不住她。多年来,她一直跟着我打天下,在最困难的时候,她帮助我,支持我,如今甩掉她,良心上过不去。

水水只是简简单单地叙说一番,对场景和人物内心没有过多的描写。佳佳听后,立刻感觉出方虹比潘金莲还潘金莲。那个带有六四手枪的男子,一定在政法部门工作,不是公安局就是检察院。如果是检察院的,方虹更不会轻易放过林生。佳佳想到这里,说:"那个部长要当市委副书记,新闻出版局长自然要当宣传部长,文化出版集团的梁董事长自然要当局长，林生自然接替梁董事长。林跃在市委有势力，谁都要看他面子，没有定不下来的。但问题偏偏出在梁董事长身上，他不想当正局长。他不当局长，难道林生去当？”佳佳摇摇头，不再往下说了。

水水说：“他不当也要他当，这是组织安排。”

“嘻，下面就有戏看了！”贝贝说。

“戏好不好看，关键在于方虹。”佳佳说。

“假若不开除方虹呢？”水水问。

“不开除方虹，林跃能要她当经理么？”佳佳问。

“她不当经理谁当？”贝贝问。

“哼，林生当董事长，八字还没有一撇哩！”

“那是十拿九稳的事，用不着我们操心。”

“我说他当不了董事长，不信，我们打赌。他当了董事长，我拿出一千元钱租船带大家上桂山群岛玩，他没有当成，你们拿一千元钱来请我去按摩桑拿！”

贝贝想了想，接受说：“行！”

佳佳笑了笑，说：“水水、贝贝，你们争什么？他当不当，关我们屁事。我们在修改这部作品时，就要故事发展得离奇，不需我们过多地去构思，将事实原原本本插进去，就是一部好作品。”

这时，陈秋冬走进来，说：“今天林跃把方虹炒了！”

“不可能。这只是我们的构思。”水水很得意地说。

“真的炒了？”佳佳问。

陈秋冬点点头，说：“真的炒了。方虹走时指着林生鼻子骂：你没有好日子过，你会蹲大牢的！”

林生没有回话，只是看着他大哥林跃。林跃见他如此软弱，回答道：“他没有好日子过，你方虹更没有好日子过！”

方虹一边收拾东西，一边将抽屉和办公室钥匙甩给林生，说：“你这山望着那山高，没有好结果。我告诉你，你永远得不到宁静！”方虹说完这句话，感到自己失言，又马上纠正：“得不得到宁静，关我什么事！”

“你知道她的下落？”林跃追问。

“我知道在哪里，不告诉你！”

山西妹子眼看林跃赶方虹走，求饶似地说：“林伯，你知道来特区打工的妹子有几个贞洁的？我们还是头一回呀，你就赶我们走，你不觉得做事太过分吗？”

林跃见山西妹子在低头落泪，心想山西妹子只是跟着方虹跑，她并不很坏。可如果留下她，方虹更是吵翻天。不弄走方虹，这家公司不得安宁，林生不得安宁。山西妹子见林跃不松口，又看看方虹，一边看一边眨眼睛，用手腕捌捌方虹，低声说：“虹姐，你说两句服软的话吧！”

方虹眼睛一瞪，骂道：“你这贱货，都是你，我们才有今天这个下场！”

山西妹子明明知道是方虹在公司挑拨离间，心想是方虹气走宁静，是方虹想当总经理助理，不择手段地搞得公司不安宁，气坏了林伯，气坏了林生，现在她还倒打一耙，骂我牵累她。放假这几天，是林生要她去找宁静，她气不过，拉着我去湾仔玩。绑架王秘书，抢劫夏长阳的钱都是她策划的，她罪恶累累，我不举报出来，谁都想不到是她。如果她惹我烦了，我讲出来，她不蹲大狱才怪哩！被气得说不出话来的山西妹子，拿着方虹递给她的手表往地上一甩，自己去了发行部，柜子里有她吃饭用过的瓷盆和一双绿色的筷子，那个绿色的茶杯落满了灰尘，那条曾经擦抹过汗水的绿毛巾还晾在柜子角落的绳索上，不知是谁在上面擦抹了一团油墨。这些东西是山西妹子进公司买的，现在已经变得很陈旧，陈旧得让她不想带走。她心想，如果不是方虹带自己去湾仔酒家,不是去年三月在东莞会议上被那位记者玩弄,不是时常学着方虹的一言一行,我才没有那么大胆,没有那么放荡,心里总是想天垮下来有方虹顶着。想想看,林生都怕她三分,她又罩着我,我还怕什么。谁想到林生的大哥林伯不怕方虹,坚决地要将方虹与我一并开除。

山西妹子看看方虹,又看看林生。林生的眼镜背后仿佛有一道很亮的光,直往方虹身上喷射。他用企盼的目光对着方虹,希望得到她的谅解。山西妹子不想走,又用臂膀顶顶方虹,并拉她到一边说:“虹姐,你对林生说,你对我不仁,我对你不义,看看谁先蹲大狱,吓唬吓唬他!”

方虹听山西妹子这话说得有分量,点点头,来到林生跟前,抬高嗓音:“林生,要使人不知,除非己莫为,你还有什么能瞒住我的事。告诉你我肚里的娃儿,还有山西妹子的娃儿全是你的。哼,你想当集团董事长,没那么容易!”

林生眼睛立刻放出一道凶光,高扬着手,骂道:“狗娘养的,尽说疯话!念你是个女人,要不我一拳揍死你!”

“你敢!”

林生气红了眼,又骂:“你说疯话要负责呀!”

“我敢说就敢负责。你偷过税么?你贩过白粉么?你玩过女人么?我们肚里的娃儿难道不是你的?你要耍赖,我就告你到公安局去!”

“你去告吧!”林跃一时弄不清原因,一味替林生帮腔。方虹见林跃不松口,说:“你以为你老弟是个好东西,他可是罪恶滔天的人。他依仗你的权势,打着你的招牌,四处骗人骗钱。你若不信,等我生下小孩再来找他算账!”

方虹说完,拉着山西妹子就走。山西妹子不肯走,心想这都是你方虹气急了说鬼话,把她所做的一切全强加在林生头上,如果方虹一口咬定,林生真的会去坐牢,因为都是她瞒着林生,以公司的名义,做了很多违法违纪的事。如果能让我留下来，我会出面作证，一口咬定是方虹干的。山西妹子走近林生，她看得出林生心里很虚，这时如果站出来帮他一把，他就会软下来。山西妹子说："林总，只要你留下我，我会给你帮忙的！"

方虹走到门口，听山西妹子在求林生，转过身，骂道："你这贱货，尽说没骨头的话！"

山西妹子火冒三丈，回话道："你比我更贱！"

"软骨头，臭女人！"方虹乱骂起来。

山西妹子也不示弱，吼着："方虹，你别乱咬人，如果我控告你，你也要蹲大狱！"

"你告我？不要脸的东西！"

方虹一边骂一边凶凶地走拢来。此时此刻，林跃往中间一挡，说："山西妹子，你进房去，我们留下你！"

山西妹子一头钻进林生办公室，门哗啦一声关上，气急败坏的方虹在门外大吼大叫着。林跃吓唬道："你再吼，我就报警，先把你关起来，然后再对你立案审查。"

顿时，方虹脸上一下变白，低着头，对山西妹子说："你好自为之。你如果胡说八道，你也没有好下场！"

方虹说着说着，泪如泉涌，餐巾纸擦去一张又一张，最后还是走出了公司大门。

那天夜里，林跃收到一个短信：

削苹果，榨苹果，
开水冲苹果，
冲出了苹果汁……

佳佳很认真地听着,说:“水水,这一段对于山西妹子复杂矛盾的心理描写很细腻,很有感染力,不过还是缺乏场景描写。我问你方虹真就这样离开公司了吗?”

“这不是瞎说,是真的,昨天我正在红苹果文化公司,结果碰巧遇上这惊心动魄的一幕。”

“山西妹子没走?”

“她没走。”

“她与方虹穿着连裆裤,怎么又发生矛盾?”

“关系到个人切身利益时,她会权衡再三的。”

“后来林生去干什么了?”

林生去公司门口的花卉苗圃,林跃去人才市场发布招聘信息,听说根据公司目前的状况,一定要成立党支部,抓好政治工作,实行共产党领导下的经理负责制。

“林生又去看蜘蛛网是否断破?”

“对。他一边走一边说,蜘蛛网一定破了,一定破了,无可救药了!”

佳佳听说林生又去看蜘蛛网,就陷于无限的回忆中,她清楚地记得林生说的一句话:他最初发现红蜘蛛那年是灾年。倘若花圃的红蜘蛛断丝网破,就是有灾祸的征兆。

方虹是祸源,祸起萧墙。

官员想升官,方虹想当官,人人想当官,祸来自官场。

那天晚上,林生林跃同时收到山西妹子发来的短信。发给林生的短信是:

与你在一起决非易事,一同走过的路很长,许多的风雨都经历了,我曾经想过放弃,但我坚信风雨过后一定有彩虹!

发给林跃的短信是：

如果一滴水代表一个祝福，我送你一片大海；如果一颗星代表一份幸福，我送你一条银河；如果一片树叶代表一个祝愿，我送你一座森林……

林跃看着看着，脸上露出了笑容，自言自语地说："山西妹子是个知恩图报的人，往后会与宁静友好相处的！"

佳佳最先在红苹果文化公司当公关部长，方虹比佳佳先来半年，见林生器重佳佳，心里不舒服，常常为鸡毛小事与佳佳暗暗较劲。佳佳毫不在乎，利用晚上写些文章，投于大小报刊，常常收到丰厚的回报。个性极强的方虹，见佳佳能写文章捞稿费，便暗地里在林生面前打小报告，说佳佳没有敬业精神，最后林生开始偏袒方虹，责怪起佳佳来了。

对方虹忍无可忍的佳佳，一气之下离开了红苹果文化公司。

佳佳离开林生后，林生天天打电话给她，要她到凤凰桥头酒家吃饭。佳佳开始不愿去，林生说今晚去凤凰桥头散步，不但能看到许多靠在栏杆边的卖淫女，还能听到非常凄怨的笛子声。冲着那浪漫情调，佳佳还是去了。在一个酒家用餐后，天色已晚，海风朝着河巷徐徐吹来，让人凉爽。佳佳与林生在桥头慢慢地走着，两人已不是上下级关系，仿佛一对恋人窃窃私语。

"听说你没找到工作？平常你干些什么？你常到凤凰桥头来么？"

"你问这些干什么？"

林生嘿嘿笑着，说："我只是随便问问。你还想回公司么？"

"公司有方虹,我去干嘛?"

"她是她,你是你,你是作家,与她较劲干什么?"

"依我看,现在的地球不是围绕太阳旋转而是围绕女人旋转。你看眼前这群女孩每一个身边都围绕着几个男人,你也一样。"

"那是在谈'生意'。"这些女孩匆匆南下打工,哪有这么多工厂接纳?于是一个个骗父母,说已经找到工作,生活得很好,请放心,其实,没有办法,她们只好做不光彩的事情。有民谣说:

老公老公,我在广东打工,上面紧下面松,一百元进去三分钟。

这年头只要有钱,人不管地位高低,都能潇洒快活。连那些拖板车送液化气的男人,也要拈花惹草。有人说这世界很精彩,我说这世界一塌糊涂,没有道德标准可言。比如当众接吻,在过去的中国是不可思议的,如今在大街上当众拥抱猛啃,这群女孩脸不红心不跳,还说包你满意浪漫,一边微笑一边做着妩媚动作。这是女人的耻辱,我讨厌围绕女人转的男人,更讨厌喜欢男人围着转的女人。

林生见佳佳火气大,换过话题,问:"佳佳,我还能帮你做点什么?"

佳佳作沉思状,没有回答。他们不知不觉地来到海边情侣路,在闪耀的华灯下,一群群青年男女充满着激情和对未来的憧憬,在凉爽海风的吹拂下,好奇地面对着自己的人生,萌生着种种爱的欲望,还不时与恋人相拥亲吻。

看到这一切,林生见佳佳不说话,又问:"佳佳,一个女人失去男人是最痛苦的,不知你这半年怎么过来的?"

"天天在出租屋写东西呗。"

"还有雅兴写作,真不可思议!"

"不可思议的事很多哩。方虹也是离婚的,你怎么不问她是如何过来的？”

林生说不过佳佳。他拉着佳佳往回走，来到凤凰桥边，只见一位男人立在桥头，横着竹笛在吹，听曲子是《梁祝》，极其凄婉伤感，仿佛这个男人失恋了，感到整个世界没有了爱，难以抑制自己内心的凄凉，忘我地吹着。佳佳欲走拢去看，林生不让，说：“那是方虹原来的老公。”

佳佳只听说方虹老公开公司破产，她才投入红苹果文化公司的，不知她老公沦落到如此地步。

那一排排倚靠在栏杆边的女孩，都在抬头往桥头看，过往行人走过时都给他脚下的地布丢上一元几毛钱的。说来滑稽，从出租屋出来带着疲惫神情的男人，走到吹笛人眼前，看看地布上那些零零碎碎的钞票，拉着身边一个妖艳的女人低声说：“这男人很伤感，怪可怜的，给点钱吧！”摸摸身上，对女人说：“我没有钱了，我的钱都进了你的口袋，嘻嘻。”女人虽然丧失了尊严，但那黑黑的钱包里却是壮鼓鼓的。吹笛人背后的栏杆边，又有两对一男一女走拢去，女的看不到脸上的表情，听到的却是她柔情蜜意的笑声，十分肉麻，男人的欲望立刻膨胀，慌忙迎上去，女人低声地问：“老板，潇洒走一回？”男人在朦胧的灯光里看到女人的脸一片雪白，在远处灯光的映照下，闪着光亮。一对大眼睛，乌亮亮地闪动着，将手伸过去抓男人，男人往后退一步，又使劲地看，好像在欣赏一种怪物。一阵过后，在《梁祝》悲情的旋律里，好像感受到什么，两人迅速扑上去，一见钟情地拥抱着……

林生目睹此情，笑笑地说：“佳佳，我们分开走，看还有年轻漂亮的女人拉我么？看你还值多少价？”

一贯爱观察生活的佳佳，立刻赞同他的突发奇想，说：“好啊，试试看吧！”

这是游戏。一个朝东，一个朝西，两人信步走着。佳佳刚走几步，一个三十多岁的男人走上前来，说：“你真漂亮，今晚能陪我玩玩么？”

不懂行情的佳佳,问:“我漂亮吗?”“你不仅漂亮,还有一种成熟的魅力。”“你怎么喜欢成熟的女人?”“少女不好玩,最会玩的是少妇。刚才你与一个男人谈不成是么?”佳佳顺水推舟地答道:“对,他嫌我长得丑,我说要一千元,那男人说我徐娘半老不值那么多。我说不值你来问我干什么,最后他没趣地走了。”这个男人左瞧右顾,激动地说:“那个男人是变态,不会欣赏美丽。只要你愿意今晚陪我,我给一千元。”男人说完,就想上去抱佳佳。佳佳推开,看那男人一眼,说:“我们要想玩好,你去景园宾馆开个房,包你痛快!”

“行,我们走吧!”那男人立即招手拦的士。佳佳正脱不开身时手机叫了,她装模作样地看看,说:“对不起,我的男人来电话了!”

“小姐,只要一会儿!”

“不行,我得马上走。”

“小姐,我很喜欢你。你是我看到的女人中最漂亮的一个,你慢点走,让我吻一下行么?我有很多钱,这些钱我用不出去,只好花在女人身上,这是我的乐趣,只要你让我吻一下,我给你一千元钱……”

那个男人疯子般地哀求着。他一边说一边用双手阻止佳佳这个风度潇洒而理智机警的女人的离去。在这个男人眼里,佳佳好像隐藏着时代新潮哲学。佳佳立刻醒悟出,这个男人一定是被丑压抑过很多年,他如喷发的火山一样,狂热地去追求美丽,功利地用金钱去满足欲望。佳佳使尽力气挣脱,谁料被他铁钳般的双手死死抱住,吓得佳佳尖叫起来。吹笛子入迷的方虹老公,耳朵被尖叫声刺痛,放下横笛,循声望去,看到在他的身后,一位美丽大方的女人被一个男人抱着。他快步上去,劝那个男人说:“金钱买不到美丽,得用心去买,一定会有佳丽投入你怀抱,放开这只美丽的蝴蝶,她今晚自有栖身处。”

佳佳飞快地跑向林生。在林生面前,她半天说不出一句话,气喘吁吁。林生正与一个年轻的姑娘在谈,那姑娘问他多少年纪,如果想玩,她带他到一个出租屋去,那里有女人供他尽情挑选。那姑娘说自己才十九岁,是个黄花闺女,今夜是头一回,要找称心如意的年轻哥哥,你年纪偏大,你有再多的钱,我也不干。林生有被嘲弄的感觉,心里不是滋味,看来光有钱还不行。但他想看个究竟,回答道:"你带我去看看!"

那姑娘看看佳佳,骂道:"婊子,你来插手干什么?"

那姑娘一把拉着林生朝小巷走去,佳佳在后面慢慢跟着。姑娘推开出租房门,只见里面两个少妇裸躺在床上,一股香粉气味弥漫于房间。她们的脸不肥也不瘦,各部位不是很丰满,但线条突出,皮肤也很细腻,一双亮亮的眼睛在看着林生。姑娘介绍说:"这两位都是我表姐,任你挑。"林生笑了,觉得眼前这两位女性在唱一首原始自然的歌,可惜自己不是画家,能在很短的时间内,勾勒出一幅两个全裸女子的素描来,再用油料涂抹成油画,制成一件珍贵的作品。林生哈哈嘿嘿地笑着,一副玩世不恭的样子,令那位小姐发愣:"你笑什么?"

林生没有回答,抽脚欲走。那小姐一把拉住他,问:"你想走?"

林生点点头。那小姐说:"没那么容易!"

"我不想玩了,还要干什么?"

两位全裸女人一动不动,如两具古尸。站在窗前的佳佳,脑海里立刻产生疑问:"她俩全裸地让一个男人看,怎么没有要求?"

小姐死盯住林生,气愤地说:"你不干,那是另外一回事,看完全裸的躯体,等于在一个女人裸体展馆欣赏,你不买门票怎么进去?这是艺术,女人是艺术之王,再美的东西也没有女人美,这是最美的享受,你掏一千元一万元都值得,我想看全裸的男人躯体,可我看不到,因我才十九岁,没有欣赏裸男的机会,你这成熟过了头的男人,我看不出魅力。在做这种生意的两年时间里,我还没有找到一位让我钟情满意的男人,今晚你说你有钱,我看不上,你再出更多的钱,也不会令我倾情动心,你说对吗?"

佳佳听这小姐一番话，觉得这么年轻，在美的取向上，颇有自己独特的见解，看来还有一定的文化底蕴。佳佳情不自禁地站在窗外问："小姐，你读过大学没有?"

"读过，没毕业，逃出来了。"

"读过几年?"

"仅一年。"

"学什么专业?"

"建筑设计。"

"为什么不读完?"

"我想读哲学和古典美学，父母不让。"她好像一边深思一边回答，没有发现问话的是谁。她的手还在紧紧地抓着林生，佳佳一边问一边走进出租屋，拍拍小姐肩膀，说："小姐，你是文化人，为什么干这种事?"

"这不是丑事，这是美。难道你们分不清美与丑?"佳佳见床上的两个女人一动不动，劝道："你们两个起来穿上衣服，我给你们钱，出去吃宵夜，交个朋友行么?"

朦胧的灯光如朦胧的月色，照在洁白的躯体上。只见小姐上前一步，说："你们不给钱，她们不能起床!"

两个裸女还是不动，连笑都不笑一声。

佳佳说："林生，给钱吧!"

林生摇摇头，说："别看她年轻，鬼把戏很多，手段很高明。"

"别说那么多!"佳佳听不下去，心情很沉重，她掏出两百元钱给小姐，说："我给钱，你收么?"

"我不收女人的钱。"

没办法，林生只好掏钱给那位小姐。小姐收下钱，说："这是女裸展览门票，谢谢。"

林生给钱之后，走拢去想摸摸女裸，那位小姐拦道："摸她还要再给钱的!”

林生不再去摸,抽身离开出租屋。那位小姐说:“欢迎你下次再来!”

这个充满神秘色彩的鬼地方,还能诱惑他再度光临么?林生摇摇头,说:“谁会再来你这个鬼地方!”

走出小巷,佳佳问林生:“那两个全裸女人为什么不说话?”

“害羞呗!”

“害羞,她们老是躺着一种姿势,也不笑笑,挑逗挑逗人?”

“妈的,一定是两个假裸女人。”想到这里,林生与佳佳立刻转身回去,推开出租屋,只见那个小姐躺在床上听音乐,就问:“小姐,刚才那两个女人呢?”

“她们刚出去。”

佳佳问:“她们为什么全裸躺在床上?”

“这是艺术,让男人看着怦然心动。”

“你这小姐真鬼!”

“不鬼在特区吃什么?”

“你南下一开始就做这事?”

“不,当时极为单纯,有着美好的梦想,后来因一个男人……嘻,不说啦,说来话长,你们走吧!”

走出屋,佳佳问林生:“开始的时候,你有现在这么狡诈么?”

林生摇摇头,说:“都是逼出来的。每个人来特区后,每天都在变,都在不同程度地被现实生活煎熬着,慢慢地变得狡诈起来,像这位年轻的小姐,不是从娘肚里生出来就干这种不光彩的事!”

“林生,你的公司全靠关系网紧紧地系着,才有今天的辉煌。”

“没有关系,怎么成就大事,特别是当今社会。”

“关系网犹如蜘蛛网,丝丝缕缕,你牵过去,他牵过来,是红蜘蛛影响了你！”

“对对，是红蜘蛛影响着我，没有红蜘蛛，就没有我林生的今天。”

霎时，林生和佳佳皆陷入无限的沉思中。在闪亮的路灯下，林生微笑着，佳佳却一连声叹着气，仿佛有沉重的思想缠绕着她的每一根神经。她低着头不说话，不是在回想刚才那个怪异的情景，而是在回想林生三十多年前发现红蜘蛛的那个灾年。

林生清楚地记得，发现红蜘蛛是三十多年前。那年他十六岁，在读高一。那年头家乡河边的杨柳全变红了，山上的水竹开红花结红籽，锦水边有农妇生下一个红伢，那年天上还下过几天的堂霉雨。林生上学都要坐船过河，他看到河边那一排排杨柳由青变红，心里暗暗想，杨柳应该是青的，怎么红了呢？他每天放学回家问父亲：杨柳为什么变红？父亲开始也无法说清楚，红就让它红呗，你管这事干什么？一连几天追问，父亲只好用民间传说诠释：河柳变红，这是灾年，它告诉人们河里要涨洪水，要淹掉许多房屋和人。上一个灾年，周恩来总理和朱德总司令去世，唐山发生大地震，死了几十万人。这灾难是六十年轮转一回，周而复始，任何人都阻挡不了。

那年九月，林生亲眼见到百年未遇的大洪水，就在他家门前的渡口，翻掉一只大船，淹死四十多个乡亲父老，其中有他同学杨冬英的母亲。不几天，伟大领袖毛主席又因病去世，全国各族人民深切怀念他老人家。

那条河叫锦水河，是五溪中的一条河。这条河发源于贵州梵净山，每年要涨一次或多次洪水。涨洪水的时候，河里漂下许多木材，下河的人便去河里捞，每年能捞三两根杉木或松木，不出几年一栋房子的木料就全有了。请风水先生看屋场，请木匠发墨建造，一栋漂漂亮亮的木楼就轻松地竖在了锦水河边。下河人林生家的屋是他父亲与他二哥划船到河里手抓钩捞一钩一钩钩来的。那时候林生才几岁，对此事便有了这个记忆。

锦水河边的红柳叶是林生最先发现的。红柳叶是一夜之间变红的。那是五月里，柳叶应该是青的。那天早晨，村民还在睡梦中，林生就起床上学去了河边。见河边杨柳红得像火在燃烧，吓得往家里跑。他告诉父亲河边起火了，父亲不信，等父亲亲眼去看时，村里人都起来看了。林生还发现红河柳和殷红的蜘蛛网，老年人说这个现象是六十年轮回出现一次，如果谁最先发现，那人就走红运。

这年果真是灾年，但林生走不走红运不得而知。父亲说，我的林生要走红运的，生辰八字好，先苦后甜。他母亲也这样说过，不过他母亲没有那份福气看到儿子走运，很早就离世了。林生很相信他父亲的话，父亲的话好像句句是真理。

锦水边上的柳叶是红的，柳树上编织的蜘蛛网也是红的，约一米五大。网上有一只红蜘蛛在一边吐丝一边织网。早已拉成的丝上湿湿的，半途上还有细细的水沫。蜘蛛网十分密集而结实，再凶的蜻蜓都冲撞不破。看那两片透明的羽叶被丝网牢牢粘住，昆虫就是躯体挣开也不能飞走，只能在网上滚来滚去，发着绝望的呻吟。这密集结实的网络，对这只辛勤的蜘蛛而言，所付出的代价是值得的，如果不这样做，在地上滚动有生命危险，不是被毒蛇、老鼠和青蛙所吞噬，就是被暴雨洪水所冲走，在参天的大树中构筑自己的巢，小小的飞虫是无法将其摧毁的。

林生看得很仔细，网线有粗有细，宛如一幅祖国地图。林生刚学过地理就联想到地图，脑壳真灵。他同时还想象着粗线是铁路，细线是公路，呈三角形网的是城市，两条曲线空出来的地方是江河湖泊，高低起伏的块状线是高山大川。这蜘蛛在他心中是伟大的。听大人说蜘蛛吐丝织网，不是一天能织成，每天只能吐两根丝，每吐一根丝，都要消耗很多体力。林生每天上学都要去看看这个蜘蛛网。头两天那只蜘蛛还在死命地拉扯,后来几天身上颜色由青变黄,由黄变红。它显然辛劳过度,蜷缩在一个小角落里,悄无声息地看着四周。有一天林生放学回家又去看,巨大的蜘蛛网上爬满了蜘蛛,大大小小都不动,好像是它的子孙,或亲朋好友。再仔细一看,除河边一排岸柳全红之外,土路上,一堆堆蚂蚁在向四周一路路地散开去,仿佛这地方刚打过一场恶战,它们正像残兵败将在往四处溃逃……

父亲说过这是大雨前的征兆。父亲很能看天气,并且看得准,村里人都说他是"气象站"和"活神仙"。每到晚上,父亲总要当众预报一下明天或最近几天的天气,生产队长总要问他最近天气如何,好安排生产。如锄草(锄草后下雨草又会长出来),如谷种下田(下谷种下雨淋断谷芽),如上山烧炭(下雨烧炭时间久)等等。父亲有件油棉衣,是他当年在油坊榨油时穿过的棉衣,被油抹得很光亮,有时冬天穿穿,平时都是挂在木柱上。倘若天晴,棉衣就干燥;倘若天变,棉衣就回潮。每天出工前,父亲总要摸摸棉衣,走出大门再看天空变幻。天上或是一团团白云在移动,东方霞光明亮,说明两天之内下不了雨;天上铅色的云在低低移动,东方没有朝霞,今天必有雨不疑。由此,他便带上斗笠雨衣,挂在锄头柄上与大家一齐去劳动。在村口集合,大家见他带着雨具,又赶忙回家取雨具,否则准会淋成落汤鸡。但是他也有看不准的时候,大家带着雨具却没下雨,便笑他今天没认真。

林生见河边柳树红,蜘蛛拉红网,红蚂蚁四处溃逃,想看父亲怎么说。回到家里,林生放下书包就问父亲。父亲先是咳一声,过后笑着说半月之内要下暴雨涨洪水,天地茫茫,灾难深重。二哥又说,山上野竹开花结红籽,有人看见河湾深潭夜里龙抬头,一对亮亮的眼睛照亮了河岸,如同水牛洗澡时尾巴戏水搅得潭水哗啦啦地响。二哥又说,对河张家院子那个麻脸婆,昨天生下一个红蛇伢,身上全是红鳞蛇甲,怪吓人的。接生员接出伢儿，吓昏死过去，有很多人过河去看稀奇。父亲说今年一定是个灾年。但几个月过去，河里并没有涨水，有人就说林生父亲造谣。林生心里急，天天盼望河里涨水，来证明父亲占卜的正确。眼下临近中秋，天上连雨丝丝都没有落下，可林生父亲还坚持说要下暴雨涨大水。

中秋节前一天清早，天空迟迟亮不起来，黑如锅底。等到吃早饭时，瓢泼大雨呼啦啦地从天上倒下来，倒得河里洪浪滔天，倒得地动山摇，这里崩一座山那里垮一条坎。不到两个小时，洪水淹灭许多粮田，把快要收割的晚稻冲得一干二净。住在河边的人家，屋不见了人不见了，天地之间浑浑浊浊，分不清天地，分不清河岸，分不清东西南北，分不清阴间阳间。那天林生没去上学，是他父亲不准他去，父亲说我那件棉衣在流水了，暴雨就在今天，你不要去上学。林生守在父亲身边，与二哥一道在屋前屋外掘沟排水。河水涨到屋坎檐下，父亲双手合掌，面对黑沉沉的天空，烧上纸钱，如诵经一样：

天没有人劈，地没有人开；上没有日月星辰，下没有山川河流；世间不分年月，长夜不分几更。百姓善良，官人相斗，国不泰民不安。要涨涨满天，要涸涸到地，回到没有天地之年代……

林生急得如热锅上的蚂蚁，忙喊二哥搬东西。父亲抖抖手，说不用搬，要有灾难，再逃也逃不了。搬什么东西，让洪水淹吧！

林生向窗外望去，只见河里挤满了东西。一幢幢民房，一个个木柜木箱火箱，一张张桌，一张张床，一顶顶斗笠，一件件蓑衣，一只只水桶，一艘艘扮桶木船，都翻天倒海地铺满河面。对河那条大渡船装着满满一船人，想将人运到河这边高处躲躲。正划到河中，一股巨大的洪浪腾空而来，盖住了船，船翻了，人不见了，惊吓得林生一身汗，大喊："二哥，你看那船不见了！"

"对啦，我刚才还看见大哥前妻在船上哩，难道也被洪水卷走了？"

这天父亲正患病，他是用尽一切力气下床祈祷的，听说大儿前妻在船上,忙问:“你大哥前妻在船上?”

“对,在船上。”只听见父亲长长地叹一口气:“你大哥不是人,她虽是童养媳,没有后代,总算当过他的老婆。她改嫁的那个男人又半身不遂,如果大哥接她出去,相伴一生,那该多好。她命真苦呀!大哥假若有良心,给她寄点钱,也是一个安慰!”父亲唠唠叨叨地说下一大堆话,二哥在屋背排水,没有听见。平静了一阵的父亲,自言自语又念:“死了好死了好!”

那天的雨下得很大很大,直到下午才风停雨住,但河水仍在汹涌着。夜里河水消退,满岸的火把把天照得通红。一阵阵声嘶力竭的呼唤声,把锦江河闹得沸沸扬扬。

“秋生,你在哪里?”

“春兰,你在哪里?”

“桂花,你在哪里?”

“妈妈,你在哪里?”

这个最后叫妈妈的人,是大哥前妻的女儿,名叫冬英,与林生一个班。高中毕业后嫁给一个三十多岁的男人,那个男人喜爱画毛主席像和在墙上写毛主席语录,在“文革”期间,他喊多了口号,把嗓子喊哑了,喊坏了,说话声音特别嘶哑。

洪水退去,云开日出。沿河两岸,满目疮痍。林生等学校修复后才去上学,上学那天他又去看蜘蛛网。世界之大,无奇不有。河水淹没了柳树,可那蜘蛛却还未冲走,依然严严实实地挂在树上,但很多蜘蛛不见踪迹,那只老蜘蛛还死死地被网丝缠着,不过它也已经死去……

顿时,林生悟出一个道理:蜘蛛网生命并不长,编织好一个坚实的巢也不容易。人的生命也一样是短暂的,只有拼搏才有结果。蜘蛛明明知道筑巢有生命危险,就像怀孕的女人,冒着生命危险也要生下自己的孩子。人在生活中,不也一样吗?

这就是蜘蛛精神,是林生所崇尚的精神。

蜘蛛织网精神深深地感动着林生。事后不久,学校开展作文竞赛,他以蜘蛛织网为童话故事背景,写成一篇记叙文,高度赞颂蜘蛛精神。立意新颖,手法独特,文字流畅,一举夺魁。后来这篇短文被寄给省报副刊,不久变成铅字,林生因此出了名。冬英由于母亲被洪水淹死,父亲体弱多病,读书费用全靠她叔叔接济。她每个星期与林生一起回家,星期天便在家里编织草鞋。她家没有饭吃,只好拿蒸熟的红薯去学校。每个星期,父亲只给三角钱,买上两天饭票,就身无分文了,红薯馊了,不能吃了,林生就送她饭票。一天周末,林生帮助冬英打草鞋。林生不会编,他就给冬英捶草,搓绳,扭耳子,剪鞋底。

冬英父亲问:“你是对河德兴家的吗?”

德兴是林生父亲的名字。林生点点头,说:“是呀!”

“你大哥在广东工作吧!”

“是呀!”

“唉,你大哥没有良心。”

“为什么?”

“你知道你大哥前妻是谁吗?”

“你说是谁?”

“是冬英的妈妈。”

林生点点头,还是不说话。冬英父亲见冬英愣着不动,好像受了委屈,把一副沮丧的脸甩给她父亲。父亲说:你妈不在了,如果在世的话,你妈和我都不会告诉你的!林生大哥出去当兵,她母亲左等右等,整整等了八年才改嫁给我。有一年,林生他大哥回来过,明明知道你母亲改嫁在对河,隔河相望,他为什么不过河来看?而她每天晚上坐在河边呆呆地望着亮着灯的那间木屋,望到半夜哭着回来,泪流满面。有一天她见到林生二哥,问:“你大哥回来了?”但她不好说要他过河来走走。德兴老人也应劝林跃过河来看看，可他一直没有来。林跃走的那天，她又站在河边，她看到他往河这边望了望，没有招手。她看呀看，直到林跃背影全消失后才徐徐地踱回屋来，借口对我说人家老婆穿戴洋气，走路姿势很好看，哪瞧得上自己这个乡巴佬女人？她说这辈子是没有机会见面了，远远地看他长胖了，像个当官的样子，好像比先前长高了。那时候他三分像人四分像鬼，谁知他出去当兵竟当上了官。唉，人同命不同，谁叫自己只有这么个苦命？说完，他又转头对着林生。

“从这回起，冬英妈再也不提你大哥了。她死那天，我叫她不要过河去，她听说你父亲病得很重，咳得连气都喘不过来，她到下河村老中药师那里讨得一副草药，人家都说治咳唠病最灵，不出一个星期会好。涨是涨水，她想大船过河不会翻，赶快送过去趁早医治，拖延下去会丢命的！谁知道……”

冬英父亲说到这里，哽咽起来。

林生搓着草绳，听着冬英父亲哭诉的这段往事，心灵受到强烈的震撼。见冬英流下泪来，林生忙劝说：“冬英，你不要哭，你妈是好人，我爸爸经常骂大哥不是人。”

天黑了，林生在她家吃过一碗红薯饭，便起身要走，冬英极力挽留。林生怕父亲骂人，不管晚到什么时候，他都要回家。

林生走出冬英家大门，冬英想去送。她父亲一把拖住冬英，说让他自己去吧。德兴家的孩子八九不离十，都差不多，不要死心眼。

冬英不明白父亲这话的意思，也就停下脚步来。林生想同冬英在门外再谈谈，转过身看冬英一眼，心想，她怎么不送我？

林生独自来到河边，划船回到了家。

在学校，林生几天不搭理冬英，也不再给冬英送饭票了。

一天晚上，冬英去找林生，不见林生来教室，她就耐心地等着他，要与他谈谈，父母与他大哥的事情都属于过去，我们做子女的不应去计较。等到晚自习下课还没看到他的影子,他不自习到哪里去？难道回家了？夜深人静,冬英悄悄地来到林生的寝室外,偷听室内有没有动静。听来听去,林生不在,几个男生却在议论她和林生的事。说冬英长得漂亮,若有好衣服穿,不知逗疯多少男孩。她和林生是一个地方的,一起上学一起回家,他俩肯定搂抱过,说不定还那个。冬英明白那个就是睡觉。男生们又继续议论着,冬英风流,林生胆大,你不看见半个月前那段日子,林生总喜欢挨着冬英坐,面贴面地在课本上指指划划。林生摸她胸脯,冬英不生气不拒绝由着他摸,而且还对他微笑,真不要脸的东西！林生入团不算还想入党,写过一份入党申请书,是班主任陈老师送的。前两天陈老师还点名表扬他积极要求进步,大家要向他学习。他能入党？作风不好,乱谈恋爱,入党没门！

冬英听到这些议论,心里忐忑不安,仿佛喉管里卡着一个坚硬的东西,她想找陈老师谈谈。路过陈老师房前,透过朦胧的杂花厚玻璃,亮着的台灯桌前有一个朦胧的影子。陈老师还没睡,在备课和批改作业？她想敲敲窗子,又怕陈老师烦她。她抬头望望月亮,今夜月色很美,银银的一片,如能找到林生多好呀！双双踏着美丽的月色,走出校门,行走在郊外的田野上,闻闻草籽和油菜花香,吸吸夜里清新的河风,扫除白天喧嚣的尘埃和一切的烦恼,然而却找不到他。刚才那帮同学的话如果传到陈老师耳里,对我和林生都不利,何况林生还在积极地要求进步,努力地申请加入共产党,我得先向陈老师说明白,那帮同学完全是捕风捉影,正常的接触又算什么。

冬英鼓了鼓勇气,麻着胆子敲着窗玻璃:“陈老师,你还没睡?”

“谁呀!”一个很亲切熟悉的声音透过窗子传出来。没听错吧？她不敢回答,又仔细看看这间房,是陈老师的房间,怎么变了声音?

“是陈老师吗?”

“陈老师去学校开会,我是林生。”

“我是冬英哩，林生你开门呀！”

“陈老师有交待，不准任何同学进来。”林生迟迟不开门，一个劲儿地问：“冬英，你怎么还不睡觉？”

“林生你出来，我有一件要紧事告诉你。”

林生把门轻轻打开，走出来：“冬英，什么事快说吧！”

冬英毫无保留地把刚才在他寝室门外听到的事情全告诉林生，并要林生先向班主任解释清楚，否则会影响入党。林生反问一句：“是真的吗？我去揍他们一顿！”

冬英见林生如此之火，也没有心思邀他去田野散步，独自回到自己寝室，悄悄地脱衣服睡觉。

林生等了陈老师一阵，不见散会，便关门回寝室睡觉。回到寝室，林生拉亮灯，一脸的怒色：“大家起来，快起来！”

同学一个个坐起来，揉着眼睛问：“林生，你喊我们起来干什么？”

“哼，干什么？你们自己清楚！”

“清楚什么？”

“背后说什么还装蒜！”

“我们真的没说你坏话呀！”

“妈的，趁老子不在就说我与冬英什么什么的，胡说八道！”

他怎么知道？同学们个个心里默默地想着。

林生见有破绽，气势汹汹地骂着娘：“日你妈的乱说，我非揍你们一顿不可！”于是他便去拉一个同学，那同学不肯起床，他一拳打过来，正砸在脸上。其他几个同学忍无可忍，蜂拥而上，围上去揪住他，给林生狠狠一顿，打得他鼻青眼肿，踉踉跄跄跌到床下。他想去告诉老师，可又是他先打人，一双嘴巴说不赢他们几双嘴巴，再说真把他与冬英相好的事给捅出来，怎么有脸读书？他只好先忍着疼痛，盖上被子，想着报仇的事。

第二天上课前，他将脸洗过一遍又一遍，还是乌青一团。

林生不说，寝室几位同学却先到陈老师那里告了状，说林生半夜回寝室，把大家搅醒还无缘无故打人。大家忍受不下，就给他一顿。他确实与冬英好，每晚自习都身挨身坐在一起，只差没有抱。大家本来早想告诉老师，又见老师对他极好，天天表扬他，才敢怒不敢言。他的这个行为影响极坏，要求老师开除这对烂货，保证我班的班风纯洁。陈老师问林生眼睛是如何肿的，林生支支吾吾说半夜在厕所墙上摔跤撞肿的。男寝室的同学一哄而起，当场指责他说谎，说是我们打肿的。接着女同学发言，说冬英半夜才回寝室，不知她搞什么鬼名堂。陈老师问冬英，冬英把头低下去，没有回答。

陈老师十分同情她的家境，处处都关心她，没有饭吃，她也给她送过饭票，要她认真读书，有个特长，回乡有用。但中学生绝对不允许谈恋爱，学校有规定，一经发现，立即开除。他们是否在谈恋爱，尚待进一步查实。陈老师做事认真，对班上同学一个个进行了解。许多同学都知道他俩相好，有时眉来眼去，暗送秋波。劳动挑砖头，或上山搞小秋收，林生都给冬英帮忙，每时每刻都表现得很亲热，尤其是晚自习，好像整个教室或整个地球上只有他两人。大家都说，陈老师，班上有这对狗男狗女，败坏班上名声，赶快开除吧！

陈老师找到林生本人，林生承认对她好，为什么对她好，并不是爱她，而是有一件难言的苦衷。这件事情他与冬英都说不清楚，冬英只是把他当作同村人，并不是爱他，只是说话投机。在陈老师的再三追问下，林生把她母亲嫁给大哥被甩掉的事情告诉了陈老师，还有她母亲为给他父亲送药被水淹死了，林生觉得冬英是个苦命的女孩，自己全家又对不起她母亲。父亲常说你与冬英是同学，要多多关心冬英。因此，林生想到要让冬英勇敢地生活下去，热爱生活，对生活充满信心。陈老师问他爱不爱冬英，林生说这不是爱情，这是一种友爱，一种出于良心的爱。陈老师点点头，默默地思索着：一个中学生有如此高的道德境界，不是一天两天形成的。不知道他内心的人误认他俩在谈恋爱，在为爱情而关心冬英，其实不然。在陈老师的心目中，林生是个很好的男孩。而班上同学却在谴责她对他的袒护，因此学校党支部在考查林生入党问题时，同学个个反对，提出不少反对意见，说老师袒护他，他谈恋爱，本应开除还要给他入党，同学们想不通。

林生很想入党，但直到高中毕业还没有入党。林生带着一份遗憾回乡当了知青。回乡不久，林生真的走红运了，被他二哥的岳父推荐上了吉首大学。

林生与他二哥一起生活着，二嫂是大队支书的第二个女儿。如果二哥有文化，岳父也会把他保送出去工作，可惜二哥只有种阳春的命。前几年，他岳父把大女婿保送到医学院读书，毕业后分回县医院当医生，结识了县剧团一个女演员，此人长得极漂亮，又温柔又体贴，你来我往的，分不开了，他只好抛弃乡下未婚妻。二哥岳父气得直骂朝天娘，骂大女婿死无良心。骂娘只能泄愤，女婿硬是不来他家了，硬是不要他的女儿了。二哥岳父当过几十年的书记，体体面面几十年，有权有势，天天有人请酒，到年边杀年猪时，不是这个喊喝汤就是那个送一块肉，走红得很。他家里人走出来，这个打招呼那个给笑脸，春风满面，谁敢不给面子。这回大女婿给他丢尽了脸面，他女儿想不通，天天吃不下饭。想到他是她心中的白马王子，想到他大学毕业在城里生活的美景，一家三口幸幸福福的生活，带着小孩走娘家多体面。如果男人当官，坐着公家小车到公社，逢上赶集天，会有许多人踮脚高眺，说人家那个女儿命真好，多么荣耀。幸福从身边掠过，荣耀从身边溜走，一切的一切都完了，最后真的完了，大女儿想不通喝下农药自杀死了。

大女儿自杀死了，在二女儿谈婚论嫁的时候，就特地选上林生二哥。二哥老实厚道，没有不安分的心，安安分分地种阳春，用不着他想方设法去保送，让二女儿嫁给他，绝对安全保险可靠。二女儿不愿意，他双眼一瞪，女儿吓得魂不附体。二女儿很怕她父亲，全大队一千多人都怕她父亲。

二哥的岳父太凶了。二哥常常这样说。

这回大队分有一个保送吉首大学的名额，林生想去，但苦于不是他女婿，如果他有小女，他肯定想做他的小女婿。那两天，林生时时叹气，二哥见他不悦，主动问他怎么不高兴，他想找二哥帮忙，又难以启齿。没有父母，眼下只好与二哥相依为命。他起早摸黑地干活，一天到晚沉默寡言。二嫂嫌他，又不好明说，只好说林生你去广东滨海找大哥，要他想点办法给你找份轻松活做做，读多年书，回乡劳动很苦。林生捧着饭碗久久不吃，他看出二嫂对他多心，欲踢皮球一般把自己踢给大哥。林生最恨大哥，他不想去找大哥，可二嫂旁敲侧击地要他找大哥，简直是在赶他出家门。

林生想了很久，壮着胆子，说："二嫂，我不去找大哥。如果你同情我，请你帮个忙，这回大队有一个保送大学的名额。你去向你父亲求求情，将这个名额给我。我是没有父母的人，读大学可以减轻你们的负担，你说能行吗？"

坐在旁边的二哥，听林生说罢，眼睛顿时亮了起来，他觉得这倒是个好主意。这些天来，二嫂背着他夜夜与二哥吵嘴，满肚子苦水倒不出。林生看得清楚，但并不责怪二哥二嫂，二哥最累最苦，又善良厚道，大哥明明知道林生中学毕业回乡生产，父亲已经去世，他应回来看看，或寄点钱给家里添用，可什么也没有。二哥笑了笑，便叫他妻子："梅子，你去同你父亲讲讲，林生表现不错，文章写得好，送他读大学最合适。到时他走红运，也不会忘记你这位二嫂呀！"

二嫂也听说过，林生要走红运的。二嫂看了看林生，笑了笑，说："林生，二嫂见你可怜，与你二哥一起生活不得好的吃穿。既然有这个机会,就不能错过,我跟父亲讲讲,保送你上大学,往后你会走红运的,再说这个村还没有大学生。"

林生非常感激二哥二嫂。二嫂回娘家那天,林生把屋里屋外打扫得干干净净,桌椅板凳锅子碗筷抹洗得光光亮亮,仿佛春节打扫卫生一样。那天太阳好,他又将被子床单和二哥的脏衣服全洗了。

二嫂当晚回来,吃着林生亲手做的饭菜,问他二哥:"这是林生做的饭菜?"

二哥点点头,说:"今天林生很高兴,屋里屋外打扫得干干净净,你看晾洗的被子床单。"

"他洗的?"

"对,他洗的!"

"你爸怎样?"

"答应啦。"

那晚是十五,月亮很圆。林生与二哥坐在屋外葡萄架下谈话,他又谈起了红蜘蛛。他对二哥说,大学毕业一定要用红蜘蛛的精神去拼搏,干出一番红红火火的事业来!

这个故事,佳佳不是回想,是不经意间当着大家的面说出来的。

陈秋冬听后,突然想起他的疯母亲,换个话题问佳佳:"我母亲相好的那个男人还在锦水县么?"

"在外面。"

"那个喊口号的人是谁,还在锦水县吗?"

佳佳点点头,没有回答。

贝贝看看天色不早,喝下午茶的人刚走,喝晚茶的人又接踵而至,三三两两地说说笑笑。那一对对男女眼里都放着电,心中的壶被电烧得滚烫。贝贝说:"别说了,听着她们这些故事,觉得我们活得十分糟糕。要钱没钱，要女人没女人。刚刚结识的宁静又匆匆离开，我哪还有心思写作?”他转脸想看看陈秋冬，想要他开车拉大伙儿去恩平温泉泡澡，看能不能泡出灵感。可是陈秋冬在他背后早已溜走。贝贝叹一声气，作家们都喜欢叹息，不管男作家女作家。佳佳问:“贝贝，你叹什么气?”贝贝说:“只许你叹气不许我叹气?”水水没精打采地说:“今天我们构思到这里? 佳佳，文文哪里去了?”

佳佳摇摇头，说:“这是你们男人的事，我怎么知道?”

“嘻，五个只剩三个人，可能还会走人!”水水担心着。

“还有谁走?”佳佳问。

“老夏因创作构思被公安逮走，贝贝今天的构思很奇特，按照案情的发展，也许也会与现实吻合，到时也会被抓走的。”

“你在说梦话，公安抓走老夏都收不了场，他们还敢抓人!”

“不信，你等着看吧!”

贝贝听水水说公安还要逮人，他摇摇头，心虚地问:“他们凭什么抓人?”

水水看贝贝脸色不好，心里很紧张，说:“我只是随便开个玩笑，今天结束吧!”

他们一个个离开红苹果咖啡馆，心情都不好，都在担心这个案件是否会发展牵涉到自己。一会儿，他们各自回到小出租屋，夜里都没有出去。往后几天，他们不来咖啡馆了，陈秋冬打电话给佳佳，说:“佳姨，我们已经付出很多，这部作品不能中途而废，催他们回来继续创作。至于老夏，会有结果的，大家不要担心。”

佳佳仔细一想，为写这部书陈秋冬的确付出很大，老夏又被拘留，不写出来对不起老夏和陈秋冬。佳佳放下电话，立即通知贝贝、水水，要他们下午去红苹果咖啡馆创作室。一个下午过去，佳佳却没等到一个人，心里骂道:“这帮家伙到哪里鬼混去了?”

八、官场现形

林跃退休两个月了，但是管宣传政法的副书记位置还空着。想坐这张椅子的有好几个人，宣传部长老旷有点迫不及待了，而林跃一心想推的是曾经当过他秘书的梁副市长，他虽是副市长，主管的却是文教卫，业务很熟悉。经林跃再三推荐，报省委审批的文件已经拟好，准备明天呈报，但今晚市委常委还要再研究一次。就在通知常委们晚上开会的中午下班前，市委书记叶常青接到一份举报梁副市长养二奶的匿名信，说红苹果文化公司方虹肚里的孩子是他的。叶书记从省里刚下来半年，四十五岁，做事一向果断利落。他想林跃任红苹果文化公司顾问，对方虹这个女人应该了解。梁副市长如果有这事情，一向坚持原则的老林不会极力推荐，难道是别人听到梁副市长要接林跃的班故意捣乱？叶书记很慎重，还是先问问老林知不知道梁副市长与方虹有没有这回事再说。他马上决定今晚暂时不召开常委会，叮嘱办公室重新通知常委会议改日召开。他处理完这件事，急匆匆地往家里赶。在下楼时，林跃挟着公文包正好碰上。叶书记问："老林，你还没走？"

林跃点点头，说："省里王副书记来电话，催赶快将提拔梁副市长当副书记的报告呈送上去。我告诉他今晚召开常委会研究确定下来，并且介绍了梁副市长的一些情况，尤其是他当副市长后，将广播电视报刊与网络中心组建为集团，实行股份制，今年又将文化局、文联和新闻出版局组成文化出版集团，在地市级中属于走在前面的，开拓出巨大的市场空间。他政治觉悟高,有战略发展眼光,又年轻又有实践管理组织能力……”

林跃一口气说了很多,叶书记认真听着,突然打断他的话问:“老林,你对他了解么?”

“他跟随我十多年,我非常了解他呀!”

叶书记走着走着,蓦地站停不动,问:“老林,你还没吃中饭么?”

“没有。”

“走走走,去食堂吃饭,我请客!”叶书记一边说,一边推着林跃往市委食堂走,又说,“我们一边吃饭一边商量一件事情。”

“什么事情?”

“与你有关的事情。”

林跃看看叶书记的眼神,问:“是不是梁副市长当副书记出现阻力?”

叶书记抽出一支烟递给林跃,说:“先抽支烟,等会儿我们再说。”

林跃不抽烟,但见叶书记神情不对,只好不自然地接上,叶书记给他点燃,他猛地吸上两口,吐出一大团烟雾。这是市委机关食堂,有许多刚参加工作的年轻人与一些单身汉在排队,那些因离家甚远,中午不回家的中年人,也在机关简单吃一顿。叶书记要林跃坐在饭桌边,他去排队打饭。食堂管理人员见市委书记排队打饭,很不好意思地走过来,低声问:“叶书记,你怎么还排队?”

“这是食堂规定,按规定办事。”叶书记挥挥手,又往前看了看,见有许多目光对着他,就侧头将目光投向林跃。这时林跃拿着手机在打电话,问:“小梁,你在干什么?”

叶书记一听便知道他与梁副市长在通话,具体内容听不清楚。排了两分钟,还轮不上叶书记打饭,林跃急了,走上前来,说:“不要排队,我们到里面去!”

“不行,再等会儿。”

食堂管理人员见这两位书记很急,强拉硬扯地把他俩拉进对门一个包房。桌上已经摆好热气腾腾的饭菜,还有一瓶半斤装的“五粮液”。叶书记平时喝点酒,但那是开心的时候。今天林跃要他喝,他却不喝,问:“老林,这是怎么回事?”

“嘻嘻,我打电话要他们安排的,我来请客。我比你家庭经济条件好,无妻无儿,没什么负担。你的孩子正在读大学,要花钱的。”

经林跃劝说,叶书记端起了酒杯。喝了一口后,问:“老林,今天我接到一份匿名信,说梁副市长包养二奶,你知道这事么?”

林跃听叶书记这么一说,仿佛晴天霹雳,酒刚进口,怎么咽都咽不下去,最后吐了出来,说:“他有这事?”

“你不清楚,我看先核实一下,今晚的常委会就不开了。”

叶书记刚说完,手机响了。林跃一听是纪委书记打来的,只见叶书记满脸狐凝,不停地嗯着。林跃一边吃菜一边思索:难道纪委也接到同样内容的匿名信?

叶书记放下电话,端起酒杯邀林跃喝酒,林跃是个直性人,肠子里没有多少拐,见叶书记不肯将电话内容告诉他,心里不安,喝酒的兴趣荡然无存,直听他呼噜呼噜地咽着饭,不说一句话。叶书记见他不喝酒,想也许是年纪大,怕身体出现毛病,不喝则罢。再说中午喝酒,脸彤红的,让同事看见不好。

叶书记将酒盖拧好,正张口吃饭时,林跃又打开了酒盖,要服务员拿大杯。他往杯里倒着,一下倒去半瓶。他猛地一喝,二两一杯一口干下去,说:“叶书记,那是栽赃,让常委们讨论吧!”

“我们慎重一点为好。”

“他没有这事,我敢打包票。”

“老林,知人知面不知心,核实后再研究也不迟。”

“常青同志，那个位置空缺两月，省里又不派人来，所以时刻有人盯着，你看宣传战线出了不少成绩，政法委还算得力，社会治安还算稳定……”

“宣传部长有情绪，我知道。听人说你很支持梁副市长的工作，对宣传部长……”

林跃立刻摇手，说：“没有这回事！”

“我还听说梁副市长与宣传部长有矛盾。宣传战线开会他们两个只能请一个讲话，梁副市长去，宣传部长就不去，宣传部长去，梁副市长就不去。文化局、出版局、广播电视局、卫生局、教委，都请梁副市长，因为他是政府领导，能从他手里弄到钱。宣传部清水衙门，要钱还得向政府打报告。再说这回市委又决定呈报梁副市长当市委副书记，他将成为宣传部长的头，宣传部长老旷一定想不通！”

“有情绪可以理解，但他（宣传部长）个人存在很多问题。包养二奶，对他来说习以为常，他带着二奶下去检查工作，到恩平温泉泡澡，在那里玩牌赌博，被公安逮着罚款五千元。他在常委会上检讨时还不服气。”

“二奶是谁？”

“红苹果文化公司的方虹呀！”

“对，我也听说过，不过没有证据。”

“公司员工都说方虹那套住房是老旷买的。”

“对，梁董事长也说过。宣传战线真复杂！”

“宣传战线开会，老旷就要方虹去搞接待，以便晚上……”

叶书记手机叫了，是秘书打来的，说天要下雨了，你凉台上的衣服赶快收好。他一边点头，一边说谢谢。放下手机，天空雷声就滚落下来。林跃笑笑地说：“叶书记，家里没有老婆，事无巨细都要你自己料理，幸好这位女秘书还算细心，会打电话催你趁早休息，别忘了收衣服……”

“对对，女人比男人细心。”叶书记说着起身要走，林跃扬扬手，说：“你走吧！”

叶书记要去付钱，林跃拦手拒绝。

叶书记走了，林跃又端起了酒杯。

下午上班，林跃驱车来到红苹果文化公司，他想问问林生是否清楚方虹与梁副市长的关系。

林跃刚进公司，看到纪委几个人要林生去纪委。林生问：“大哥，你找我有事？”

林跃点点头，催道：“你先去吧！”

林生走后，有员工对林跃说：“林伯，公司出问题了，有人告林总贪污公款、贩卖妇女、养情妇，他恐怕一时回不来了。”

这些事情，对林跃来说还是第一次听见。林生竟能如此胆大，他倒看不出来。他摇摇头，看看员工的脸，个个都像没吃饭有气无力地工作着。有员工担心地问：“林书记，如果林生老总十天半月回不来，公司谁来负责呀！”

“不可能。纪委只是问问而已，他肯定下班后就回来。”

林跃沉着脸，一个下午不说一句话。下班了，员工像往常一样一窝蜂地去食堂吃饭，有的敲着碗筷，有的唱着流行歌曲，都是一副副玩世不恭的样子。有的先跑进食堂捞着大锅汤里的鸡肉，有的用筷子捞着汤里的红枣、枸杞子和椰子肉，去迟了的员工只剩下油花花的青汤寡水，说要是林生在家谁敢这样？这段时间挺怪，宁静辞职出走，王秘书被人绑架，方虹与山西妹子在湾仔裸欢。山西妹子虽讨好林跃顾问被留下，方虹未办理开除手续，可也已经有三天不回公司了。其实，一大把年纪的林跃心挺软的，他说赶走方虹只是调她走而已，并非开除。有员工吃饭回来，见林跃坐在办公室想心事，问：“林伯，你还不吃饭？”

林跃摇摇头，见山西妹子走进来，说："山西妹子，林生不在家，你要对公司负负责，打打考勤，查查岗，安排一些工作！"

山西妹子点点头，走近林跃，讨好地说："林伯，我们去办公室吧！"

林跃与山西妹子一同走进经理办公室。山西妹子见林跃没吃晚饭，打出去一个电话后，说："林总出事，这与方虹有关。"她直截了当。在她心目中，林生还算老实，几年来都是方虹玩着林生，林生不是她的对手。山西妹子很同情林生今天的处境，她说每个人都要有良心，方虹在公司捞到不少好处，稍有不顺，她就翻脸不认人，在暗地里诬陷林生。其实这些恶事都是方虹做的，最后嫁祸给林生，嫁祸给公司。虽然他是公司的头，但错不在他，这罪恶全在方虹头上。

林跃问："真有此事？"

山西妹子点点头，说："如果纪委来人调查，我会把真相说出来！"

"什么真相？"

"说林生贪污，有点冤枉，其实都是方虹先贪；说林生贩卖妇女，其实都是方虹和那帮黑团伙玩的鬼，宁静和王秘书是牺牲品；说林生包养二奶，根本没有这回事。方虹肚里的小孩是旷部长的，这是她自己亲口说的。"林跃一边听一边看着山西妹子，心里暗暗地琢磨着她的每一句话。山西妹子是紧跟方虹的，如今她怎么倒戈？正想着，食堂大师傅端着香喷喷的饭菜进了办公室。林跃大吃一惊，问："谁要你送饭菜？"大师傅溜溜嘴，林跃立刻明白是山西妹子刚才打的电话。他看着热气腾腾的饭菜，肚子的确饿了，可嘴巴苦涩涩地不想吃。梁副市长很年轻，三十多岁，颇有培养前途，市委对他出色的工作非常满意，市长都说林跃书记带出的人不错，谁料在节骨眼上被方虹告一状，诬蔑他包养二奶。

山西妹子劝林跃吃饭，他摇摇头，说："我肚子不饿，放在这里吧！"话刚说完，手机响了，他以为是林生打来的，赶忙接上，一问是梁董事长，告诉他经集团党委研究并请示宣传部，决定由方虹代理总经理。从明天开始，方虹走马上任，要不公司无人领头，一盘散沙。林跃点点头，说“梁董，你明天来公司宣布？”山西妹子见林跃满脸翻白，问：“方虹要当总经理了？”

林跃没有回答，挥挥手，说：“你先出去，让我安静一会儿！”

山西妹子走后，林跃的手机上传来了短信，打开一看，是一个陌生号码，内容极其卑鄙：

> 现代美女宣言：把六十岁男人思想搞乱，把五十岁男人财产霸占，把四十岁男人家庭侵犯，把三十岁男人腰杆弄断，让二十岁男人一辈子光杆杆！

林跃按键打过去，对方已经关机。他气得也关上了电话，躺在沙发上休息。

山西妹子刚走出总经理办公室，只见方虹昂头进来了，见到山西妹子，问：“你这几天还好么？”

山西妹子很尴尬。她心里清楚方虹走那天，自己与她顶撞过，这次她又回来当总经理，不会再像以往那么友好，一定会报复她。她勉强地笑笑，问：“虹姐，这几天你去了哪里？”

“我能去哪里，还不是在集团公司上班。”方虹很得意地往总经理室走去。走到门口，问：“山西妹子，林生走时没有交钥匙出来？”

“我不知道。”

“那总经理门怎么开的？”

“走时没有关。”

方虹走进总经理室，见林跃躺在沙发上，先是笑笑，后是打嗝嗓，看看红色的办公桌办公椅，摸摸红色的电话机和红色的墙壁，再回转头看林跃，不知是不是方虹看红了眼，林跃在她眼里好像一个血糊糊的人。

其实林跃想先叫她，见她一副傲慢神态，打开了的嗓门又关上了，看她摆出什么架势来。方虹在老板皮椅上转动着，问：“老林，你刚退休，有人就不把你放在眼里，你气不气？”

林跃还是不作声，只是用眼睛看她，想着她所说的每一句话。

沉默一阵过后，林跃走出了总经理室。

随即，方虹把门关了，但她没有想到钥匙还在林生手里。林跃下楼后，方虹进了苗圃，她想去寻找林生视为珍宝的蜘蛛网，由于天黑，什么都看不见，她用手摸着，欲扯破这蜘蛛网，但没有感到有蜘蛛丝黏手，心想这蜘蛛大概早已破除。看看天上还有几颗星星闪烁，四周有汽车驶过，苗圃边上有人影晃动。她急忙转身走出了苗圃，但没有上楼去，随意地在大街上走着。刚走几步，手机叫了，她没有说一句完整的话，只是嗯嗯嗷嗷地答应着，然后招手拦住一辆的士走了。

第二天早上八时，方虹按时到公司上班，穿得端庄大方。头发染成苹果红，脸上油光，眉毛画得很浓，睫毛好像比往日长些。她拿着手机，学着老板的样子，径直往总经理室走去。她抽出一片钥匙插进锁孔，扭来转来，没有打开这扇门。这时才想起这是总经理室，钥匙还没到手。她回过头问：“山西妹子，这门是谁关的？”

山西妹子摇摇头，答道：“我不知道！”

“你知道钥匙还在林生手里，怎么还关门？”

“不是我关的门。”

“那是谁？”

山西妹子还是摇头。

“你过来把门打开，今天梁董事长要来开会。”

“我怎么打开？”

“想办法！”

山西妹子摇头不说话，滴溜溜的眼睛看着方虹，方虹也看着她。见她迟迟不开门，又催："你上来开门呀！"

没有钥匙怎么开，不是逼着男人生出崽来？山西妹子越想越有火，不理不睬地往公司门口走去。

方虹见她要走，蹿上去抓住她衣角，问："你到哪里去？"

山西妹子仍然不作声，一直往前走着。

方虹上前去，吼道："你不去开门，我炒你鱿鱼！"

山西妹子眼睛一瞪，说："你对我不仁，我对你不义。按说这位置是我的，今天竟落到你手里。如果你翻脸不认人，你也有林总的下场！"

"我又不是三岁小孩，吓唬谁！"

"到时你看着吧！"

山西妹子很犟，硬是犟着走出了公司。在公司门口碰上来开会的梁董事长，他与林跃一起下车。林跃见山西妹子往大街上走，问："马上开会，你怎么出去？"

"她当经理，我辞职！"山西妹子说话挺干脆。

"谁当经理？"林跃问。

山西妹子不说话。梁董事长走上来，说："集团公司考虑你与方虹的密切关系，决定任命你为副经理，你们要好好配合，把公司工作搞好，力争有个大发展！"

山西妹子知道旷部长、梁董事长与方虹的关系，也明白启用自己的原因。但她万万没有想到这是林跃的主意。林跃非常了解自己的弟弟，他也知道梁董事长与方虹的特殊关系，他是想利用方虹来控制红苹果文化公司。林跃在官场上走了几十年，仕途上的险恶他经历得太多太深，有些干部的险恶用心他一眼能识破。梁董事长用方虹的意图他一清二楚，因为林生难以驾驭。尽管林跃退休，但还是公司顾问，梁董事长在人事安排上都要征求林跃意见。这回林生出事，梁董事长独自决定要方虹代理经理，林跃没有反对，可他提出要山西妹子任副经理，其目的是牵制方虹。梁董事长知道山西妹子与方虹亲如姐妹，不经思索就满口答应下来，提请集团董事会决定。经集团党委审核，红巴巴的文件已经捏在梁董事长手上，今天来公司宣布，并就当前工作作一安排。林跃见山西妹子不服气，便对山西妹子做了工作，推着她回到了公司。

公司员工坐在会议室里，叽叽咕咕地议论着。方虹见梁董事长进了公司，笑眯眯地走上去，问："梁董事长，你怎么才来呀？"她问后立即做出一副亲热的样子，帮梁董事长放下手提包，一杯热气腾腾的咖啡端到他手上，随后也给林跃端来一杯。梁董事长坐定后，打开茶杯盖，慢慢地啜上一口，又转过脸看林跃喝的什么。只见林跃在嚼着一片茶叶，于是他心里暗暗想着："这个方虹为何给我咖啡给林跃粗茶？"他怕林跃看见，将茶杯盖住。他喝一口咖啡后，看窗外没有灿烂阳光，屋内更是灰蒙蒙一片，连一些女员工的脸蛋都看不清楚。于是又回头对林跃说："开会吧，你主持，我宣读集团任命文件。"

林跃点点头。站在房边的方虹，清清嗓子，说："大家安静下来，咱们开会了！"说后，又令服务小姐去倒咖啡。不知是方虹没有交代清楚，还是方虹有意让林跃知道，服务小姐提着咖啡壶给林跃茶水杯里添咖啡。林跃在讲话，没有注意。当梁董事长宣布文件时，林跃端起茶杯喝了开来。茶水和咖啡混合着，喝进嘴里苦艾艾的，烂着脸的林跃往服务小姐招招手。小姐走上去，林跃打开茶杯盖，问："你看这是什么？"

小姐一看，问："你这杯里怎么是茶水？"她挪动一步，打开梁董事长茶杯一看，见是咖啡，心中不禁一愣：方虹怎么给林顾问倒茶水？

服务小姐也没多想，拿上林跃茶杯往厨房走去。方虹见她给林跃重新换上一杯热气腾腾的咖啡，走上来制止道："你给谁倒咖啡？"

"方虹部长，你给林顾问倒错了茶水。"

“你没长耳朵？刚才已宣布我是经理，你怎么还不改口！从今天起，你喊我方总经理？否则……”

服务小姐很尴尬地摇摇头，连连说：“我不知道，对不起方总经理。这咖啡还送给林顾问么？”

“不送！”

早在一旁冷眼静观的山西妹子走上前来，从服务小姐手上夺过咖啡，说：“你不敢送我去送！”

方虹又上去阻止。山西妹子也不示弱，吼道：“对待客人要一视同仁！”

梁董事长故意留下悬念，宣布方虹为总经理后，没有宣布山西妹子为副总经理，他在暗中观察方虹的表情。方虹与山西妹子在厨房门口的一幕，他与林跃都没有看见。林跃低声催道：“宣布另一个任命决定。”

林跃催促后，高声喊着山西妹子。山西妹子听林顾问在叫她，端着咖啡往会议室跑。她以为林顾问要喝咖啡，走到台前，说：“要喝都喝咖啡，都是客人和领导，何必轻重？”

林跃打开茶杯盖子，问：“怎么变成咖啡了？”

“梁董事长喝咖啡，你就不能喝？”

梁董事长见林跃脸色大变，怒目圆睁地看着方虹，冷静地笑笑，说：“茶水咖啡都解渴提神，不必争高低。我老林从不计较这些。”他说后，从梁董事长手上夺过任命决定，大声宣读起来：“下面我宣布，经集团党委决定，张艳梅（山西妹子）为红苹果公司副总经理兼公关部长，分管业务、财政与人事，积极协助方虹工作，方虹的财政支出由我负责审批！”

方虹听罢，不觉心中一凉，副总经理张艳梅全权掌握业务财政大权，自己被架空，这总经理有什么当头？她的脸顿时泛青，跺一脚，朝会议室外走去。这时候，不知是谁给她手机发去一条短信：

宝贝，还是你最好，我又开始想你了，我发誓不再气你，因为有人告诉我：猪肉涨价了，你能卖个好价钱。

这无疑是火上浇油，方虹举起手机，往地上一甩，手机断成两截，随后飞快地跑下了楼。

梁董事长见大势不好，离开主席台，匆忙去追方虹。

接着，台下一片哗然。

林跃向员工挥手，大家立刻安静了下来。

山西妹子走上台去，微笑地面对大家，说："林顾问曾经说过，公司要成立党支部，我们还是按林顾问的要求去做，明天去人才中心发布信息，招聘两个共产党员，以林顾问为首的党支部是公司的坚强堡垒。那蜘蛛网不牢固，一旦有大风暴雨，会吹破的。"

林跃点点头，笑了笑。突然，方虹被梁董事长撵了回来，对林跃尖叫着："林跃，你的这个宣布能奏效么？"

林跃嘿嘿笑着，说："这是经集团党委决定的，共产党是执政党，它领导着一切，你懂吗？"

"什么狗屁共产党！"方虹没有节制地乱骂着。

"方虹，这是在开会，公开谩骂共产党，该当何罪？"

"这又不是'文化大革命'，你还能追究言论？"

"你再骂共产党，我对你不客气！"

"你敢把我怎样？"

"你再骂共产党，共产党可以逮捕你！"

方虹气得脸发青，看看大家，又看看林顾问，怄不过，又骂上一句："什么狗屁共产党！"骂完后，看墙壁上挂着马克思、列宁、毛泽东、邓小平的画像，操起一瓶碳素墨水，刷地一下，往毛主席和邓小平画像掷去，并且用拖把使劲地往画像上拖着："你敢把我怎样？"

林跃看着，两眼花花，以为看错、听错了，再疯的人也不会公开谩骂共产党，公开涂抹领袖画像，方虹的行径已经造成恶劣影响，不给她颜色看，还算共产党天下？为维护共产党的尊严，林跃说："我以一个共产党员的身份将你逮捕，扭送到公安局去！"

林跃一挥手，几个男员工拥上来将方虹捆绑起来，随即林跃又打电话给110。一会儿，警车飞驰而来，警察问明原因后，将方虹带走了。

方虹被拘留，林跃长长地松了一口气，骂道："她简直是无法无天，是谁怂恿她仇恨共产党，我一定要追查到底！"

公司员工平时看林跃特别随和善意，今天亲眼看见他勃然大怒还是第一回。

员工们逐一默默地离开会议室，林跃一个人坐在台上默默地想着心事。山西妹子提心吊胆地走来走去，眼前突兀的变化，使她心惊胆战。这个公司的担子自己挑得动么？在与方虹亲密相好的日子里，她也曾做过一些坏事，如果方虹翻脸抖出来，自己也会吃不了兜着走。她越想越怕，觉得不对劲儿，走近林顾问，低声地问："林顾问，你真的把方虹抓了？"

"公开谩骂共产党的坏人不抓还抓谁？"

"有很多人都说共产党不好怎么不抓？"

"那是私人议论，这叫公开谩骂，已造成恶劣影响。"

"方虹走了，谁当总经理？"

"你先全面负责，等集团公司党委研究再定。"

"林顾问，你不要我当总经理吗？"

"当不当，等集团党委研究决定后再定，你不要操之过急。年轻人先埋头工作，有出色表现，共产党的眼睛会看得见的。"

“林顾问，我不是这个意思。”

“那是什么?”

山西妹子再挨近林跃，俯耳细说：“林顾问，我告诉你，总经理我不想当，我连你宣布的副总经理都不想当。”

“为什么?”

“当这个有生命危险。”

林跃猛然抬头，把眼睛投向山西妹子，问：“有这么严重?”

山西妹子点点头，抽身走了。留给林跃老人的是一连串的疑问。

红苹果文化公司发生的一切，佳佳全然不知。一天上午，她去公安局看望夏长阳，见方虹关在公安局另一间屋里，又听说林生也被纪委叫去了。这天没有阳光，天空灰得让人抑郁，心里烦躁。正因为这样，佳佳的创作渐入困境，创作组的贝贝、水水、文文有好几天没有去红苹果咖啡馆了，打电话老是关机，不知他们搞什么鬼。这部长篇小说工程已完成三分之二，夏长阳陷入黑洞踩到的那具女尸倘若不是宁静，夏长阳应该能走出公安局。只要宁静没有回湘西，那就更有写头。完全可以虚构方虹是黑社会的头，像上次贝贝所虚构的宁静与王秘书被绑架去了泰国那样。方虹被公安抓走后，贝贝采访过林跃，说在这部伟大作品中，一定要有共产党干部的高大形象，后来文文直接说林跃是共产党的高级干部，他退休后继续在为滨海的经济建设兢兢业业地工作着，继续在为红苹果文化公司的发展呕心沥血着。他有许多感人的事迹，时刻维护着共产党的尊严，方虹公开谩骂诽谤共产党，公开在共产党领袖画像上涂撒墨水，是他挺身而出，立即拨打公安110制止方虹这个疯子。如果不抓她，红苹果文化公司的员工还有谁拥护共产党，要是人人都骂共产党，都给领袖画像上涂撒墨水，这还算共产党领导下的公司么?

佳佳看着铁青了脸的方虹，想起林跃上回招聘共产党员吴上尉的一幕。那个吴上尉一定是个黑道人物，贝贝听得出来。陈秋冬听到这个故事，好像不感兴趣，但佳佳还是重叙了一遍。

上回林跃去人才市场发布招聘共产党员的信息时，反复地对人才市场工作人员说，先过你们第一关，主要条件是拥护共产党，道德品质高，形象好，气质佳，大学本科，最好是政治系毕业的高材生，一男一女，身高一米六到一米七，在内地抓过党建工作，有一定的组织能力和经验，年龄放宽到三十五岁，如果有部队转业的，那是最好的。林跃啰啰嗦嗦说了一大堆，人才市场工作人员见红苹果文化公司提出如此招聘要求，觉得有点荒诞，暗暗觉得好笑。看来红苹果文化公司与其他公司不同，怪人办公司，怪人怪管理。林跃说让他们议论去，走自己的路就是特色。他很自豪地走出人才市场，并告诉采访他的创作组成员文文三天过后去公司，一定有很多人前去应聘。

三天过后，林跃果然打电话给文文让他去公司。

文文走进红苹果文化公司，员工们像昨晚未睡觉一样，个个没精打采。林生坐在办公室，板着脸孔不作声。文文无聊地坐在会客室，心不在焉地等着林跃的到来。他受到冷落，心里不是滋味。

林跃来到公司，见文文一个人在会客室，大吃一惊，问："你怎么坐这里?"

"我在等你呀!"

"林生不在办公室?"

文文没有作声，只是用眼光往林生办公室瞅了瞅。

"你怎么不去找他?"

文文摇了摇头，站起来，与林跃一道走进林生办公室。林生阴沉着脸，不说话。

"林生，宁静在泰国有线索吗?"林跃问。

“谁说她在泰国?”

“你告诉我的。”

“我、我没有说呀!”

“你怎么没说?”

“我没说这话,不知你听谁说的。”

“是你说的。”

“我没说。”

“你不说,我怎么知道宁静遭黑社会绑架?”

“我没说。”

“你说了!”

……

你一句,他一语,争得脖粗眼红。平时林生见他大哥就像老鼠怕猫,近来脾气却变得火爆了,这区区小事对林跃都寸土不让,唇枪舌剑,气得林跃铁青着脸骂道:“不识好歹!”

一个上午快要过去,不见一个人前来应聘。林跃亲自给人才市场打电话:“我是红苹果文化公司,怎么还没人来应聘?”

“有些人看到信息,都说公司招聘共产党员很怪,摇摇头都走了,不知是什么原因。说实话,改革开放30多年来,在特区招聘共产党员,还是件新鲜事情……”

“别说啦,有人应聘叫他们马上来,我在公司等。”

林跃放下电话,有人敲门。他转过身,说:“请进!”一个中年海军军官推门进来,行上一个军礼,说:“我是吴上尉,前来应聘!”

一顶大大的海军帽遮着宽宽的脸,帽檐下有一块阴影,林跃没看清脸庞,叫他坐下,脱掉海军帽。这人不坐也不脱帽,直直地站着不动,催道:“老板,有什么话快问。”

“多大年龄?”

“今年三十六岁，明年三十七岁。”

“服役军人怎么出来应聘？”

“今年五月我转业，部队首长批准我自己联系单位。我是搞宣传工作的，大专文化，能写通讯报道，贵公司是文化单位，正适合我。”

“你是哪个部队的？”

“北海舰队。”

“你有军官证、身份证和介绍信么？”

“有——！”他将“有”字拖得老长。

吴上尉从提包取出两证一信，递到林跃手上。

吴上尉见林跃看得很仔细，一边插话一边催：“老板，怎么样？”

林跃很严肃，招招手说：“你坐下吧！”

吴上尉始终没有坐，海军帽也没有脱下。他看看四周，全是火的颜色，立刻刺得他脑壳发晕，眼睛发花，脑门上沁出匝匝汗来。

“你怎么不坐？”

“在首长面前不能坐，这是军人的规矩。”

林跃点点头，微笑着，说：“我也当过兵，与你不是一个部队。”他刚说完，手机叫了：“你是林书记么？泰国警方来电，有两个中国小姐向他们求救，小姐来自中国滨海市，她们没有身份证，口供是宁静和王秘书，我们认为是你们公司那两位，请速来公安局一趟。”

等林跃回头找林生时，文文告诉他林生早走了。林跃听这消息又是心焦又是欣喜，仿佛大海航行看见了航灯，带来一线希望。随后指定一位员工，安排吴上尉住宿吃饭，明天上班。

“小吴，先住下吃饭，明天给你安排工作。”

一个女员工将吴上尉引宿舍去。那位员工送了他去宿舍，忙下楼来，等那位员工打好饭菜再上楼叫他时，他躺在钢丝床上已呼噜噜睡去。叫他下楼吃饭，他怎么又睡觉？那位员工摇醒他，拉他下到食堂，将宁静用过的那副餐具给他。这是一个精致的大花瓷碗,有玫瑰花图案,上书"宁静"二字;那个浅浅口子的瓷碟,也有"宁静"字样,并在姓名上缀有三个黑点。吴上尉看看碗碟,说我不要这副餐具。这是一位漂亮小姐用过的,她叫宁静,很温柔很漂亮,人见人爱。那位员工说,这些天里,公司几位男员工都争着用她的碗碟吃饭,好像拿她的碗吃饭吃得更香。不信,你试试。吴上尉笑笑,说用人家的碗吃饭,心里好像总觉得脏,生怕有传染病。那位员工又说,宁静姑娘白白净净,太阳天脸上红彤彤,没有病的,你只管放心吃。吴上尉还是摇摇头,那位员工没法,说:"那你拿我的吃好吗?"

吴上尉笑笑地说:"你肯给我用?"

那位女员工点点头,说:"我用宁静的。"

那位女员工与吴上尉一边吃饭一边说话,女员工很热情,唠唠叨叨地说:"你要记住别拿错碗碟,公司大,要防止传染病。每顿饭前你要拿开水泡泡,员工患病买药不报销,特区药费又贵,注一瓶点滴一百多元,才来工资不高,处处都要自己省俭,特区的钱不好挣,这位老板不大方。他是从湘西贫困地区来的,把钱看得很紧。到公司上班,处处地方要小心,不能随便说话,员工来自五湖四海,都有几手绝招,很会'套笼子'。笼子你懂吗,就是设圈套让你钻进去,好让老板炒你鱿鱼……"

吴上尉不停地点头,连连说着谢谢。

吃好饭,已是下午上班时间,那位女员工回了办公室,吴上尉又来到分给自己的寝室。这是王秘书的宿舍,光线很暗,屋外太阳大,透进屋里的光也是朦朦胧胧的,有点阴凉。他确实困了,不听使唤的眼睛慢慢地闭上了。朦朦胧胧之中,他听到有几只蚊子在嗡嗡叫,围住脑袋打转,它们想从新来的客人身上吸出点血来。这些寂寞过多天的蚊子早已饿了,迫不及待地扑上来。吴上尉却没有痛痒的感觉,多天不分昼夜地奔走,连打盹的时间都没有,自己所做的一切,都是冒险行为。他心想，只要那个女人给我答应过的十万元钱，我就可以金盆洗手。他想着想着，眼皮慢慢合上了，蚊子钉在他脸庞上和腿上，吸饱之后，又嗡嗡地飞走，一会儿，又有几只干瘪着肚子的蚊子破窗而入，饿狗吃屎般地又扑向吴上尉，一个劲儿地叮咬，好像他身上的血是甜的。

这间住房原是王秘书与一个女员工住过的。那个女员工长得比王秘书要靓，为调进公司，竟花去活动经费六万元。可三年过去，她还是临时打工妹，没有钱便干上卖身勾当。每天晚上十二时，等王秘书睡着后，就悄悄地出去“站街”，穿上一件黑色袒胸露背的连衣裙，在暗淡的墙角边荡来荡去，好色的男人一眼便知是“鸡婆”。她将男人引进街边租的小屋，开着粉红色的彩灯，脏脏的墙壁经她糊上一层彩纸，显得干净光亮。男人坐定后，她就先给一杯看不清茶色的茶水，她要男人喝下去，她也喝一杯。喝完茶水，她坐在席梦思床沿边，妩媚地瞧着男人，然后把手伸向男人。男人握住她的手，她便顺势躺在男人怀里，撒娇地笑笑。男人控制不住地抚摸着她，她让男人在自己身上摸来摸去，然后主动地将裙子往下一撂，美丽的胴体一览无余地展现给男人……

做完事情后，她关上小租屋门，又回到公司宿舍去。如果王秘书醒来发现，她就说刚上厕所回来。公司规定，男女员工晚上一律不准私自外出，一经发现，立刻开除。可她每天晚上都要出去两个小时，用年轻的身子去赚取肮脏的钱，用肮脏的钱去活动以求调进公司。这样的生活持续半年，最后一天晚上，王秘书随林生老总去南宁出差，她竟被一个男人给杀了……

那是去年夏天的事。她想不到那天晚上是她生命的最后一刻。她在公司发行部上班，因为她有一张漂亮的脸蛋，客户很喜欢，完成任务好，所以薪水还比一般员工高。那天不知为什么，一个女员工骂她是文盲、下流女人，她气得连晚饭都不吃，下班后倒在床上发闷。晚上八时，她正迷迷糊糊睡着时，一个很响的敲门声将她敲醒，她以为是王秘书出差回来，连忙去开门，不想是一位嫖客："小姐，两天不见你，真的好想你，我等不到十二点，便找上门来，欢迎吗？"

这个小姐微笑着，问："你到底同你爸讲了没有。三年了还没调成，我都想不干了。"那男人色迷迷地一笑说："我爸爸答应今年内办好，你放心！"听到这话，这小姐心花怒放了，立刻去关门，拴紧门栓，半躺半斜半歪着身子，一对闪光的眸子，灵活地在这个男人身上扫来扫去。妩媚诱惑的眼神，仿佛一把火点燃这个男人的欲火，他走上前来，一把抱住她："我好想你！"

让男人抚摸一阵后，她问你带有钱么？那个男人摇摇头说没有带。她说按规矩办事，一手交钱一手交货。那男人点点头，说："要我办事，玩你一盘还要钱？"小姐说："大哥，我没有钱用了，你多少给一点吧！""要是不给呢？""你就别想占便宜！"那男人马上露出凶光，骂道："老子玩你，算看得起你！"说后，一把推倒她，强行退下她的裙子。她不敢喊，一喊自己会被开除，只好忍气吞声。

做完事情，那个男人欲走，她双手拦住房门，要那男人给钱。那男人笑笑，说："我没有带钱，让我占一回便宜，下次多给你一回的钱！"

小姐手头正紧，硬要那个男人给钱。他拍拍胸脯，说没有钱。小姐没法，只好打开门去叫同事。那男人一把拦住，看时间还早，不赶快走，一定凶多吉少。那男人再三求情，小姐还是不让，死死地抓住他的后衣襟，大喊抓强盗，那男人怕事情败露，疾步回转身，双手掐住小姐的脖子，用力一掐，她倒在地上，一动不动，如拉断的琴弦，一刹那没有了气息……

这个小姐死了，是第二天上午被方虹发现的。上班时间过了，她见这位小姐怎么还不来上班，于是便上楼去找。门是开的，一股奇怪的气味往门外扑来，方虹一脚跨进去，只见这个小姐下身露在外面，修长白皙的腿仿佛掩在土里也变得与海边的土色一样了。方虹吓得连退三步，急忙下楼叫员工，有两位员工奔跑上楼，发现她在楼上王秘书房门口愣着，半天不说话，顺着方向瞅去，漂亮小姐死在房里，后经公安验尸是他杀，却一直没有破案。

王秘书回来，不敢住这房子，搭着其他员工住，挤挤的，而她刚搬回这间房不久，也被人绑架出了事。这间住房很不安宁，事情一件连着一件，今天又让吴上尉住，不知又要发生什么事。

任蚊子怎么咬，吴上尉还是没有醒来。夜里起风了，电视上通知今晚有12级台风，滨海市人民一定要做好防台风准备。这时候，那个女员工想起吴上尉还在睡觉，匆匆上楼去，他还在死睡着。一张宽宽的脸庞，一对紧闭的眼睛，一动不动。左眼上方的一颗黑痣，十分显眼，仿佛在什么地方见过，有点面熟。那个女员工努力回忆着，想呀想，记忆突然在前不久的一天夜里定格下来。他是在楼下等宁静的那个男人，难道他就是绑架宁静的那个凶手？如果是他，还敢来公司应聘？她摇了摇头，世界这么大，人口这么多，相貌相似的很多。再说，他是军人，不可能是凶手，赶快叫醒他，与大家一道用绳子将玻璃关紧扎好要紧。吴上尉醒来，一看天黑，爬起往外走。他想戴上军帽，女员工制止道："今晚有台风，赶快下楼去关窗户。"他不听女员工的话，抢上军帽戴着，咚咚咚地下到办公室。

林生见大哥招聘共产党员，一气之下去了广州，回到老婆身边。林跃一个下午都在公安局，公司的员工还算听话，一个个在办公室不动，各干各的事，都知道台风从珠江口岸登陆，滨海首当其冲，都认认真真地将窗户关紧，用绳子一扇一扇地扎好。有人还想到车库有台小车，每年的台风袭来，车库都进水。两辆小车，只有一位司机，司机开着另一辆小车送林生回广州，今晚不回来。另一辆小车没人开，倘若海水进犯车库，淹坏车子其他零件不要紧，淹坏电屏那是大事。有员工主动给林生老总打电话，林生说我在广州，你们找我大哥，他是共产党员，这个公司归共产党领导。我大哥不在,就由那个新来的共产党员负责安排。

林生赌气没有要他大哥派他的司机将车开上半坡去。等他回滨海公司后,一辆崭新的小车被水泡得面目全非,周身是潮泥。

他先去看车库,等他走到公司门口花圃时,那个已经断线多日的蜘蛛网,在早上太阳的映照下,几只蜘蛛又在不停地拉着丝,那细细的丝,显得很红很红。

林生看到红蜘蛛,心里油然喜悦。一个月内连走几位得力干将,对他是个沉重的打击,他已心灰意冷,失去信心和力量。但是昨晚台风过后,这个破裂的红蜘蛛网又在被几只蜘蛛编织着,很快又会织成一个完整无缺的大蜘蛛网来。

他一口气爬上三楼办公室,见玻璃窗户被员工用绳子捆扎得很好,心里又是一阵兴奋,问大家这是谁安排的,大家回答是自发的,他的脸上乐开了花,说:"我要谢谢大家!"

接着,他给大哥挂去电话,告诉蜘蛛网的事。这时候,那个女员工悄悄走进他办公室,小声地告诉他:"昨晚新来的那个共产党员,他的左眼上方有个黑痣,与去年那个晚上在楼下徘徊等宁静的那个男人一模一样,林总你能打电话告诉公安局么?"

林生点点头,走进大办公室,四处一看,没见那个当兵的共产党员,他又上楼去,房里空空,没有一样东西。

他到哪里去了? 正在焦虑不安时,有人给他发来短信:

削苹果,榨苹果,
开水冲苹果,
冲出了苹果汁……

佳佳叙述到这里,把目光投向夏长阳。一米六二身材的夏长阳,蜷在床边上,颇像一个关在笼里的老猴,嘴尖毛长,黑的胡须中夹有很多白须,看去比刚来滨海老上好多岁,白白的牙齿多日不刷如今变得黄腻腻。那套衣服穿了半个月,今天佳佳还算想到该是老夏换衣服的时候了,给他买了一套花格子夏天衣服。老夏接住佳佳给他买的新衣服,双眼泪流,双唇呢喃却始终没有说出话来,心里大概在埋怨宁静那个狗崽子。不是他离家出走,自己肯定平平静静地在家过日子,哪会关在滨海的公安局里?佳佳没有与他说很多的话,只说红苹果文化公司风云变幻莫测,林生去纪委好几天还没消息。夏长阳微笑一声,说:"这是天意。妈的,他用钱买通公安抓我,害得我蹲在公安局,至今还没结果。我天天问案情有进展么,公安说不是我问的事,要我好好地反思。"

夏长阳在探视室与佳佳交谈着。对门房里关着的是方虹,那是收审室,有个民警给她读报纸,要她深刻认识自己的错误,哪有国家干部公开反对共产党,公开在领袖画像上涂洒墨水的。说严重一点就是反革命,触犯刑法,是要判刑的。

方虹没有诋赖,正思忖着。对门办公室的民警打开电视,在看午间新闻。画面上突然映现的是《湖南卫视》,只见"寻人启事"四个字赫然入目,接下是一段小字:

> 夏长阳,男,四十二岁,湖南湘西锦水县文化馆干部,农民作家,今年二月因帮邻居南下滨海寻找孩子宁静,至今下落不明,知其下落者,请电告锦水县文化局。夏长阳收看电视后,望速回单位,否则,作除名处理。

办公室的门敞开着,佳佳一眼看见,猛拍夏长阳肩膀,催道:"夏长阳,你单位在寻你哩!"

夏长阳正猛抽着烟。这烟是佳佳带给他的,他已有半月不抽烟了,今天见到这香烟喜滋滋的。他慌忙吐出一口烟雾,把目光投向办公室,只听见最后寻找他的几句话。出来两个多月,未给单位去一封信和一个电话,而且连宁静影子都未看见,那一千多元钱又被人抢走,怎么交代?

佳佳见夏长阳一副无奈之相,问:“你没给单位打过电话?”

夏长阳点点头,说:“我没有找到宁静怎么打电话?”

这时候,方虹转过身,用一双刻毒的眼睛看过来,问:“你是夏长阳?”

佳佳不理睬她,装着不听见,又给夏长阳送一支烟。夏长阳又猛猛地抽着,吐着浓浓的烟雾,方虹搭话说:“我知道你是被林生害的!”

“谁能给我作证辩护?”

“我能给你作证。”

“那你先把来龙去脉给我说说。”

“可以,但有个条件。”

“什么条件?”

“你们都是湘西人,只要能做通林跃的工作,说我没有谩骂共产党,没有给毛主席和邓小平画像上涂墨水,让我出去,那我也可以让你出去。”

佳佳劝夏长阳:“你别听她的,你迟早会出来的。眼下只是案子还没有线索,只要有一点线索,就能证明与你无关。”

“佳佳,你迟早也会蹲大狱的!”方虹在那边大吼大闹着,守在门外的民警赶紧上来,问:“你吼什么?放老实点,你不彻底认识自己所犯的错误,不蹲三年牢才怪?”

方虹听到要蹲大狱,立刻老实起来。探视一阵,佳佳准备起身走,忽又坐下问:“老夏,下一章就写宁静和王秘书被绑架去泰国,又如何千方百计脱离魔窟回到滨海。这样写不是有点离奇么?”

“一点不离奇，现实生活就是这样，不信，到时你会看到的！”

“这是你的构思？”

“我是这么想的。”

佳佳不停地点头，不停地说好好好。但方虹却一直留心听着，她对佳佳说，“佳佳，你真毒，还要让老夏在牢里坐下去？”

佳佳与方虹的对话，夏长阳没有听出弦外之音，还非常感激佳佳的关怀。他的目光随着佳佳的身影投出窗外，灰蒙蒙的天空突然亮了，一片灿蓝，他忙对佳佳说：“你快去找找关系，让我尽早出去！”

佳佳一步一回头，叮咛道：“你好好休息，我会去找的！”

但夏长阳万万未料到，今天的这个构思又与残酷的现实融为一体，给公安侦破黑蜘蛛案件提供一个对他不利的证据。

九、绑架出国

宁静与王秘书真的被绑架到泰国去了。

宁静离开红苹果文化公司后，心里特烦，创作组有一个人很同情她，为她出资去新马泰旅游。创作组这个人是谁？细心的读者一定会想到是谁。但他只是同情她，并无恶意，他想不到后来会发生意外，这个人就是失踪多日的文文。他自己也许遭到绑架，也许离开了滨海。

断线的宁静又复出水面，水水将这事连忙告诉贝贝。要贝贝赶紧去公安局看守所，将宁静没有死的消息告诉给老夏。

老夏听了这消息，吸了口烟，眼神幽然望向远方。

“宁静逃离魔窟这段故事怎么写？”

“宁静不回来，你无法得到真实的过程，只能先虚构。”

“如果虚构的与宁静在泰国的经历一样，我不是将步你后尘？”

“不可能一样，你还是先写吧！”

贝贝沉默一阵后，说：“那我就虚构，先打腹稿，过两天我来说给你听。”

两天后，贝贝带着宁静与王秘书在泰国虚构的故事去了看守所。

第二天晚上八时，凉凉的海风从大街上吹来，棕榈树叶摇曳着。这天正是宁静辞职。七点多种，宿舍的电话叫了：“宁静，我是贝贝的朋友，贝贝要你下楼来，他在楼下等你，我们去梦幻夜总会玩。”宁静放下话筒，从窗户往下看，真的有一辆小车在楼下等，车旁有一位男子在往上张望。车鸣两声，宿舍里一定有许多员工往楼下瞅，还有一个女员工从车旁走过，上楼回宿舍。宁静听是梦幻夜总会，立刻回想起初来的第三天晚上那浪漫的情调，心里就怦怦跳，特区人就是那样的会玩。她梳妆打扮着，换上时髦的衣服。尽管心情不好，也要让贝贝欣赏自己。贝贝是爱美的人，常常需要美给他灵感。他说女人是艺术品，是供男人阅读的。开始来滨海，她很瘦，由于天天坐在封闭的接待处不动，不上半月，身上开始长肉。贝贝第一次见到她时，她说自己有些胖，贝贝却说不用减肥，唐朝是中国最发达最富有的一个朝代，女人们吃得好，个个长得肥肥胖胖。因此，那时中国的审美观念开始改变，女人以丰满为标准。杨贵妃是一个很丰满的人，据历史考证，她是比较肥胖的。西安临潼温泉至今还保留着贵妃洗澡的巨大澡盆。现在中国人不挨饿，物质享受提高，肥胖的人越来越多，苗条的女人越来越少，社会审美标准也会发生变化，也会受到社会经济发展规律的影响。人类总的体重增加，我认为是历史发展的必然，不要硬性控制，一切顺其自然，胖慢慢地会成为一种美，一种时尚。贝贝很会说，看过不少书，今晚他请宁静玩，一定又有很多妙语。

宁静整装好咚咚地下楼去。

这时，公司一个女员工从外面回来，见宁静出去，问车边那个男人是谁，宁静摇摇头，说不认识。随后，她钻进了小车，她预想不到那辆小车竟将她带往死胡同。

小车的主人是谁，她不认识，只说贝贝在滨海机场等，他很爱你，想与你一起去泰国旅游。他为什么不先告诉我？我们不知道，这是他的事！宁静感到这两个人说话粗鲁，一点不文雅，难道他们会是贝贝的朋友？

小车开得很快，如鸟在飞。路的大灯一会撂倒一个，不知撂倒多少个路灯，车子才开始减速。宁静定睛一看，这不是去滨海机场的路，而是城郊一个小镇。此时此刻，一前一后两个男人对她虎视眈眈，自己已是插翅难飞。

小车若小鸟飞进一片棕榈树林里，一刹那没有了灯光和声音。宁静下车四处一看，没见贝贝，她才知道这是个骗局。这里不是什么滨海机场和梦幻夜总会，而是黑道的恶巢。宁静并不胆小，厉声问道："你们找贝贝来，贝贝不来，送我回去！"

但这是一个最偏远的地方，没有电话联系，与世隔绝。

宁静被推进一幢红砖瓦屋，一个长得五大三粗的男人，在贼亮的灯光下，先是嘿嘿一阵大笑，后是微笑，说："既来之，则安之，我们好好谈谈。有人给你出资去泰国游玩，你还不乐意？"

"谁给我出资？"

"我知道你被迫辞职，心情不好，那个朋友很同情你的处境，请你去泰国玩一趟回来，再去找工作。"

"你们是什么人？"

"是贝贝的朋友。"

宁静心里明白：自己遭绑架了。

"你们给我找贝贝来！"

"我们知道你喜欢贝贝，贝贝却不喜欢你，喜欢你的倒是另有一个人。"

"是谁？"

"远在天边，近在眼前。"

"谁？"

"是我呀！"一个戴着眼镜的年轻人从里屋出来，笑笑地走上来："你不认识我，我就是文文呀！"

宁静不认识文文，听他嗓音，怎么与贝贝一样？

宁静狠狠地看他一眼，问："你想干什么？"

他没有回答。接下来，宁静被关进一间房里，文文给她送去许多好吃的东西：葡萄、苹果、梨子和一些饮料。第三天晚上，红苹果文化公司的王秘书又被推到宁静面前。宁静问这是为什么？王秘书边哭边摇头："我不知为什么！"

"你认识文文么？"

王秘书摇摇头，问："什么文文？"

王秘书也不认识文文，宁静倒是听贝贝说过红苹果咖啡馆创作组里，有个作家叫文文，但未曾谋面。

在这幢红砖瓦房关押两天后，宁静和王秘书被迫上了飞机。在飞机上，她们被三个男人紧扣不放。一个是创作组文文，一个是后来招聘的共产党员吴上尉，一个是五大三粗不知姓名的男人。

客机掠过湄公河，在曼谷机场缓缓降落。

男女五人从舷梯上走下来，叫上一辆计程车，把简单的行李放进后舱，车一会儿便驶出机场。

芭蕉摇曳的水湾，泰女们将桶裙朝苗条的身腰卷，人往水中漫，裙往头上翻，在清澈的水里裸游。那黧红的腰肢和浑圆的臀部与隆起的乳峰，都被游人看得一清二楚。在通往城里的路边，排列着浮起的房屋。每座浮屋建造在一张大木筏上，木筏系在深入河底的坚实木桩上，浮屋随着河水涨落。流动性的浮屋，满载着水果和熟肉，还有水上餐馆和牛奶咖啡馆，形成奇特的水上集市。那些装饰有孔雀塑像的高大建筑物上，霓虹灯闪耀；那些古香古色的寺院和微微露出树梢的佛塔，若隐若现。小车外，那些繁华的茶楼、酒吧、赌场和娱乐城一座接一座，刺眼的性服务广告千奇百怪，让宁静和王秘书眼花缭乱，心惊肉跳。

有一群群袒乳露胸的浓妆艳抹的女人，挤眉弄眼地在嗲声逼引。三个绑架的男人却都没有心情观赏，心急如焚地要司机快开，去孤雁佛塔。只有路上不出事,送人取货后心里才能放松。司机从反光镜里看到,这帮人眼神特别紧张,可能不是干好事的。

不多久,小车在一丛椰子树林停下来。不远处,一座冷清的佛塔展现在眼前。他们押着宁静和王秘书,朝佛塔走去。

走进塔门,一个裹着“纱笼”的妖艳混血女郎,陪着一个戴洋毡帽穿格衬衣的中年黧黑男子朝他们走来。然后在大堂里坐下,看看眼前这两个小姐,微笑起来,说:“路上受惊,今晚好好休息!”

一口流利的中国话。难道他是中国人?宁静在心里嘀咕。

那位中年男子说后,又看看他们三个男人,问:“你们要多少货?”

“按规矩办事,老板心里最清楚,我们不必言明。”那个五大三粗的男人回答,看来他与那个老板很熟悉。

“我不会亏待你,只管放心!”

“那是,那是!”五大三粗的男人低头哈腰。接着,那个老板对两个小姐说:“二位小姐首次到泰国,旅途劳累,歇息两天到名胜古迹游览完后再开始工作。”

他们要什么货,要我们开展什么工作?宁静给王秘书递眼色,王秘书眨着眼睛不说话。

宁静与王秘书喝下一杯水,被关进一间全封闭的房里。王秘书说一定是方虹捣鬼。我们都是打工族,来自全国各地,萍水相逢,无冤无仇,方虹怎么雇人绑架我们呢?

王秘书努力地去回忆今年正月十六日那天,说:“林总要我去她宿舍喊她去梦幻夜总会,为她祝贺生日,那天是她二十八岁生日。方虹正在与我同室死去的那个靓妹说着话,桌上有一包粉状东西。我告诉她今天是你生日,她心情非常激动,放下手中活,说林老板怎么记得住我的生日?我自己都差点忘了!

摆在桌上的那包粉状东西很显眼。我不清楚是什么东西,随便地

问：‘这是什么东西？’

她连忙收拾好，递给那个小姐，催着：‘拿东西回去吧！’

那个小姐迟迟不拿，手在掏钱包，说：‘我还要给……’

‘你先回去用吧！’

那个小姐低着头下楼，又回头看我一眼，很神秘。方虹紧紧张张，反复地问：‘林老板怎么记得住我的生日？’

我摇摇头，说：‘不知道，他要我来叫你！虹姐，刚才那东西是不是白粉？我没见过，你给我看看！’

‘什么白粉，化妆品。’方虹很气愤。

方虹要我先下楼，她梳妆打扮一下马上来。

我们在楼下等了半个小时，还不见她下楼。林总知道，公司很多人对她有意见，他没有通知全体员工，如果员工都不去，有失她脸面。今晚林总只通知中层几个干部，我想这是方虹要林总通知的，喊几个人助助兴。其实，方虹早已安排在咖啡色包厢摆好水果、啤酒和雪碧，小桌上最显眼的要算那盒生日蛋糕。方虹下楼来了，穿得非常漂亮，黑色宽尖衣领上衣十分得体，凹凸有致，那张化过妆的脸蛋格外迷人，长长的头发披散在脑后，前额的头发梳得很齐，翘起的睫毛下嵌着一双乌亮的大眼睛，笑笑地问：‘林总，你怎么记得我的生日？’

林生笑笑，说：‘你不是要我……’

方虹一眼看见我，心里紧张起来，说：‘林总，你的记性真好，能记住我生日的人不多！’

林总看一眼方虹，说，我们先走，他们等会儿去。林总说后，与方虹一道钻进了小车。

方虹走进包厢一看，很满意地笑了笑，十分开心地张着两个酒窝，撒娇地说：‘林总，你真好！’

方虹刚说话完，公司几位中层领导也被引导小姐带进包厢。她弓腰行礼后，转身又回到铺有红地毯的八层楼道口，红红的旗袍与红地毯浑然一体，从海里爬上楼的晚风，从窗口卷入，把旗袍下身掀了开来，露出一节白白的藕腿，颇引人注目。

大家刚刚坐下，一位小姐捧来一束鲜艳的玫瑰，问：‘谁是方虹小姐，这是一位先生送给你的！’

‘人呢？’

‘这是下午六时一位先生预订的，并交待送到这里来。’这是一束红玫瑰，花中插有康乃馨，花纸包装得格外精美。方虹仔细看着，低声数着二十八枝红玫瑰，外加象征着友谊的康乃馨，这是爱情，也是友谊。

方虹眉开眼笑，捧着这束红玫瑰久久不放，那对乌亮的眼睛直直地勾着林生，林生被勾得不安起来。这时候，我问：‘林总，今天是方虹的生日？’

‘对，是她的生日。’

‘是她的生日，你怎么说开会，我们都没有准备！’

方虹捧着那束红玫瑰左看右看，忽然发现花中有一张纸条，取出来一看，一惊一诧地往林生身上直擂拳头，笑道：‘这简直是捉迷藏！’

大家抢过纸条一看，一阵哗然。

林生见大家没完没了地笑，大咳两声才平静下来，为活跃僵硬气氛，忙催大家去唱歌跳舞。大家坐着不动，平时最好动的我，也呆头呆脑地只知道吃水果，心里好像有被戏弄的味道，任何甜的东西进到嘴里都洗不去平时方虹令人作呕的苦味。林生抓住方虹的手，要与方虹跳舞。我很不是滋味，从包里取出照相机，咔嚓咔嚓地给林生和方虹拍照，发疯的方虹挽着林生的手要我拍照，我眼尖手快，机灵地按下了许多次快门。

‘这不好。’林生觉得自己太放肆。

‘这有什么可怕的！’方虹一个劲儿地笑，笑得全身倒在林生的怀里。方虹很高兴，拉着林生在包厢里慢慢移动着舞步，面贴面，格外亲近。

此时此刻，一个五大三粗的男人来到包厢。方虹与林生依偎着，醉生梦死，没感觉包厢里来了人。这个男人镇静地坐下来，点上一支烟，看方虹跳舞。林生看见烟雾，回头一看，背后坐着一个男人。他松开手，说：'方虹，你看是谁？'

方虹一见这个男人，问：'你怎么来了？'

'你还有雅兴玩？'

'怎么？'

'你出来，我找你谈一件事？'

方虹对这个男人的到来，也不向林生作介绍，就跟着那个男人出了包厢。

这天晚上，方虹没有回宿舍。第二天上班，林生第一个喊她进办公室，语气很重地批评她：'你的生日，自己怎么不回去收场？'

'我有急事出去，忘记给你打电话。'

'什么急事？'

'这是我的隐私，不好说。'

'那男人是你的朋友？'

方虹摇摇头，满脸的沮丧。

她有一件非常罪恶的事情瞒着林生，而这个罪恶也将拉着林生一步步地走向深渊。看样子方虹是参与贩卖毒品和贩卖妇女的罪犯。

正是这样，方虹怀疑我看出她贩卖毒品。后来那个女员工吸毒成瘾，被迫卖淫，遭到杀害，她卖给那个员工的不是化妆品，就是毒粉。不过，是化妆品也罢，毒品也罢，不关我的事，何必与我纠缠不清？"王秘书回忆至此，愤愤叹道。

可罪犯一旦走上绝路，什么事都干得出来。狗急了就要跳墙。这回绑架宁静与王秘书的那个五大三粗的男人,就是方虹生日那晚拉她出去的那个男人。

“王秘书,这是方虹最忌恨的事,你说对么?”

“我又没有怀疑那是毒粉。”

“你不怀疑,但她怀疑你已经知道。”

王秘书说:“生日过后,她和山西妹子拉我去她出租屋,趁我睡着,两个男人在我臂上刻下黑蜘蛛图案,用这个来要挟我。看来这回是进了魔窟,命将不保。如果悄无声息地死去,远在江西故乡的母亲,都不知道我死在泰国。”

王秘书掉下了眼泪。住在隔壁房里那位五大三粗的男人在接电话。由于隔一堵墙,电话隐隐约约听到一点:“我被林跃开除,山西妹子反水了,老板命令你们赶快将她们宰掉,否则,我们都会被……”

“山西妹子……”这是方虹打来的电话。王秘书立刻意识到,方虹是个黑道人物,林生要她做骨干,简直是瞎了眼!

王秘书十分机警,低声说:“宁静,我们赶快想办法逃出魔窟,要不我们会……”

“对,我们想办法。”

夜里,塔内飘荡着浓郁的沉香味,显得格外肃静,身高足足五米的佛陀安然地半睁着双目,仿佛永远沉浸在冥思之中。涂抹在佛陀下半身的一层薄薄金箔闪烁着光芒,几个泰人在静静地顶礼膜拜。这是泰国人虔诚的标志,每在节日里,他们倾囊买一包金箔,贴在佛身。宁静和王秘书就是关在佛像身后的一间房里,对面是一个长廊,排列着许多石头佛像,有的缺头,有的少手,有的甚至只有一脑袋。在佛塔后面,是王宫遗址废墟,坍塌的石头东一堆西一堆地隆起,宛若土垒一般,长着一些杂草,在清早可以看到草丛间闪闪发光的水珠。在这座废墟里,桩脚石基已经变成一堵矮矮的围墙,形成一个不知出路的迷宫。不远,高耸着三座巨大的锥形塔，塔筑有台阶，可从四周登上塔的中枢部。塔尖、塔身经过日晒雨淋，已变成茶色。

这是宁静白天从房间窗口看到的情景。泰国人都信佛，信佛的人都虔诚，住在佛塔的人为什么还要绑架中国女人？想到这里，房外有一些脚步声，王秘书心里不由紧张。有个黑影从窗口往房里张望，只听得一阵拳脚声，有个人哎哟一声，倒下地去。有人问："你们是什么人？"

"我们是黑蜘蛛。"听声音，像是那个五大三粗的男人回话。

"这两个女人不能杀，交给我们！"

"不杀，你们又不给货。"

"你要多少货？"

"五十斤。"

"她们能值那么多么？"黧黑汉子说后，点点头，说，"好吧，只要完成十位中国小姐，我们答应五十斤那个东西。"一阵过后，那伙人散开去。

黧黑汉子走出暗室，笨重的门立刻又被关上。他往宁静和王秘书房间走去，从窗口往里看，只见她俩被吓得蜷缩在床上，见到黧黑汉子，急忙爬起来，扑向窗口，喊道："放我们出去！"

一会儿，门口来了两个汉子。一个汉子正在开锁，一个汉子手里拿着注射器。

大门被打开，两个男人扑上来，一把抓住王秘书的手，两根绳子几抽几转，将王秘书捆绑起来，一会儿把她带进另一间住房，将她和宁静隔离开来了。

王秘书离开宁静后，关在对门的房里大吼大叫，别看她个头小，嗓门却很大。宁静听着十分揪心，她隔着一层玻璃，大声地喊着王秘书："王秘书，别吼呀！"

吼归吼，铁门还是紧紧地关着。窗口边站着一个黑胡子大汉，王秘书敲着门窗:“你们放我出去!”黑胡子大汉只是瞪着眼睛,不回答。王秘书还在敲门窗,使劲地捶打着铁门:哐当,哐当……黑胡子大汉将眼睛鼓得像牛眼,这回他发怒了,转过身去,狠狠地猛踢铁门一脚,把王秘书吓得一连后退几步,呆呆地看着黑胡子大汉。忽然她觉得这黑胡子大汉脸孔很熟悉。他不是泰国人,对了,是那个在滨海菜市场卖肉的屠夫。

是他,就是他,黑洞里的那个死者一定是他杀的。据说滨海公安刑侦大队法医鉴定碎尸是屠夫所为,刀法准,刀路快,骨位穴位了如指掌,刀下去不乱。公安在滨海三个菜市场寻找这个凶手屠夫,不想他神不知鬼不觉地逃到了泰国,王秘书和宁静今天还栽到了他手上。她俩若能回滨海,那碎尸案会立即侦破。王秘书左看右看,想来想去,认定是那个屠夫。她直率地问:“嘿,你是中国人?”

黑胡子大汉装着没听见,一双大眼直望着院外那泰式、欧式的现代建筑,一些低矮的宾馆散落在绿荫丛中。几幢高大的建筑直指云天,像是戴盔甲的武士,监护着湛蓝平静的海城,还有这座古香古色的寺院。黑胡子大汉虽剃光了头,胡子倒是蓄得很厚,但那双贼溜溜的眼睛和两排黄腻腻的牙齿,任他怎么遮掩,王秘书都认得他就是滨海南湾菜市场肉行左边那个肉铺的屠夫,也许他就是黑洞死者的杀手。王秘书站在窗边向宁静招手,学哑巴打哑语地指着黑屠夫,摊开手掌,往自己脖子砍着,其意是让宁静知道黑洞死者是他杀的。宁静不理解,摇着头,挥着手,告诉她我看不懂。王秘书很着急,敲着铁窗,又问:“嘿,你是滨海的屠夫?”

黑胡子大汉转过身来,鼓大眼睛看着王秘书,问:“你怎么知道我是屠夫?”

“前年冬天,我还买你的猪肉哩,你怎么跑到泰国来?”

“阿弥陀佛——阿弥陀佛——!”黑胡子大汉双手合掌,对天祈祷着。王秘书一看他是装模作样,又说你不是和尚,你是屠夫!

黑胡子大汉站起来,在铁窗外来回走动。不懂事的王秘书还在说:“你是中国人,怎么不救中国人出去?”

一连三天过去,都是黑胡子大汉守护,王秘书心里很焦急,如果他是滨海黑道人,黑洞那个死者是他杀的,现在又绑架我们来泰国,不杀我们才怪哩。

一天傍晚,霞光抹洗着寺院的红墙和高高的佛塔。一辆轿车绕过闹市浓妆艳抹女人嬉笑拉客的娱乐区,驶进偏静清新的寺院大门,在宁静的房前停下来,从车里钻出一个泰国姑娘。鹅蛋似的脸庞,椰树般的身材,非常的妩媚。身后被两条大汉推着,打开关押宁静的那间铁门,往里一推,泰国姑娘倒下地去。王秘书在对门看得一清二楚。自从那天给注射一针什么药后,全身有气无力,一天到晚想睡觉,醒来又是呆呆地看着宁静,宁静也是呆呆地看她。泰国姑娘爬起来,看看宁静,疯子般地上前去抱,宁静一个劲儿地躲开。泰国姑娘抱不到她,嘿嘿地笑着。站在门外监视的黧黑泰国男人见这姑娘有点疯,放心地走开了。泰国姑娘又是一阵傻笑,问:“你是中国滨海人?”宁静听她会汉语,点点头,问她:“你是中国什么地方人?”泰国姑娘摇摇头,没有回答。宁静见她嘴唇干裂发白,问:“你喝水么?”她点点头,接过水杯,把杯里剩的水喝得一干二净。喝下水后,嘴唇开始变红,她将嘴唇上下搓抹一阵后,问宁静:“你怎么到这里来?”

宁静许久不回话,慎重思索一番才说:“中国滨海有个黑社会团伙,组织叫‘黑蜘蛛’,是他们绑架来的。我叫宁静,滨海红苹果文化公司的员工。”宁静用手指向王秘书那间房,说:“那个黑胡子大汉是滨海人,就是他们绑架的!”

“绑架你们干什么?”

“听说是换五十斤白粉回国。”

"你怎么知道?"

"我是从黑胡子大汉与滨海黑蜘蛛头目方虹的电话中听到的。前两天,他们还与寺庙贩卖毒粉的人在暗室发生过械斗……"

黧黑大汉来到门口,往窗口望了望。泰国姑娘机警地改变话题,说我们的水灯节非常热闹,那天是月圆之夜,身穿节日盛装的人们,带着自制的或购买的五彩缤纷的水灯和花束,从四面八方云集河边,点燃水灯里的蜡烛与香,竞相往水面上漂放。与此同时,两岸燃放起鞭炮与烟花。这时候,是最壮观热闹的,河面上盏盏水灯的闪闪烛光,与两岸腾空而起的烟花彩焰交相辉映,令人陶醉。在一阵阵欢呼声中,许多人情不自禁地跳起了欢快的泰国舞……

泰国姑娘见黧黑大汉走开,又问:"中国警方知道么?"

"我们在滨海时,听说警方正在侦察'黑蜘蛛'团伙,谁料这是一个国际黑帮团伙。"

"你们在说什么?"黧黑大汉大声转身回来盘问。宁静听不懂泰语,泰国姑娘又说泰国的水灯是民间工艺的大荟萃,千家万户独出心裁,制成各式各样大大小小的水灯,有莲花灯、葵花灯、菊花灯、佛塔灯,有的用彩纸制作,有的用蕉叶、鲜花装饰而成,有的用泡沫塑料制成。水灯,在中国叫河灯,听说在苏杭一带流行,大同小异,其目的是敬奉河神。在泰国的水灯节不仅是这样,也是青年男女求爱的日子,有的当夜定下婚事,把水灯放到水面,男女青年面对水灯,并肩下跪,双手合十,口中念着祷词,目送水灯缓缓漂去。唉,眼下是夏天,要看到这美景还有半年时间:泰历十二月十五日。但平时也有男女青年在河上放水灯。

宁静听完泰国姑娘介绍水灯节,问:"你是泰国人,怎么会说中国话?"

"我是中国西双版纳人,爷爷那辈来到泰国,我叫依罕香。"

“你是怎么被他们抓进这寺院的?”

依罕香闭嘴不说,笑了笑。她抬眼往窗外看去,只见不远处,有一座中国古典特色的浮雕拱门,上面雕刻着珍禽异兽,是用钢筋水泥浇灌的。门前有一把遮阳伞,一个高大黧黑穿着短袖衫白短裤的汉子紧守着大门。依罕香知道,那是一头高大直立行走的雄猩猩,门内关有很多通过驯化后的类人猿。一是供游人参观,二是供生物学专家研究。依罕香进去看过一回,里面树木葱茏,鸟语花香。草坪上,几头灰象在踢着藤球。表演场上,两头小猩猩似人一样摇摆着走钢丝,憨态可掬。它们击着鼓,吹着口琴,还穿着短花衣服。记得有一回依罕香走进了猩猩的饲养圈,四周是镀铬的铁栏围护,那里有人造的逶迤山峦。一群群猩猩蹦蹦跳跳地你追我赶着。突然,依罕香发现不远一间房屋里一只雄猩猩与一个姑娘睡在一起。那姑娘被注射什么药,昏迷不醒地让雄猩猩在她身上抓来抓去。这姑娘来自于越南,也是被黑社会弄来的,据说是美国纽约黑社会头子迈克贝,欲从东方女性身上繁衍猩猩,提供八千万美金活动经费,唆使泰国老板奈卡波买下孤雁寺院,作为秘密研究基地。泰国警方早已介入此案,最近两天又得知情报,说中国有两个小姐被卖给奈卡波,要换五十斤海洛因。昨天泰国警方给中国滨海警方发去传真,由于是中国姑娘,泰国警方又派刑警依罕香深入黑窝,暗中保护两个无辜的中国姑娘,但这一点依罕香没有透露给宁静。

“中国姑娘,你在想什么?”依罕香问。

宁静回答:“在想我们还能活多久?”

“说傻话,他们是用重金买你一个活人,买你一具尸体有何用途?”

“买我们做什么用?”

“据说美国有位年轻貌美的女博士,为了研究新的生物科研课题,赤身裸体到原始森林与猩猩群居,生下一个毛婴。这毛婴极聪明,像黑种人,不同的是毛发很厚很长。美国政府给这位女博士奖励八千万美元，并宣布如果有人生出毛婴，政府奖励一千万美元。纽约黑社会头子迈克贝为这诱人的奖金，干起罪恶的勾当，强迫姑娘与雄猩猩……”

宁静听罢，吓得半天说不出话来，汗水猛流。假如有一天，我与王秘书关进猩猩住区，那可就惨啦！

依罕香见宁静胆战心惊，安慰道：“不要怕，我们想办法逃出去！”依罕香一边安慰宁静，一边窥探外面的动静。只见一辆辆轿车在寺院驶来驰去，有的停下来，钻出几个不同服饰的商人。路边搭着芭蕉阔叶覆顶的棚子，有的卖高级化妆品和翡翠玉石首饰，还有的卖日本西装与和服，不同国家的商品应有尽有。棚子外面的摊架上，摆着一支支麻醉枪。穿敞衫裹纱裙的姑娘，涂着唇膏，打扮得花枝招展。她们撩起短衫，露出乳罩和肚脐，裹缠的裙带里露出海洛因毒品。一个穿花格衬衣的卷发男子，从轿车取出一只皮箱，来到黧黑大汉身边，说：“我有一张第二次世界大战中日军抢劫东南亚国家金银珠宝的藏宝图，潜水员在海岸旁水洞铁箱中捞出的，可以两个中国姑娘换取！”

黧黑大汉看看那张地图，会心地点点头，耳语几句后，往寺院背后走去。紧接着又招来黑胡子。那个卷发男子说：“当年日本占领东南亚，确实抢劫了不少金条和珠宝，准备用军舰运往本土。但盟军飞机猛炸，中国远征军反攻，来不及运走了，只好藏在泰国海岸附近。后来美国掘井队和日本寻宝队纷纷来挖掘，但都找不到藏宝的确切位置。”黑胡子一边听，一边往宁静房里看，他听出这位出卖藏宝地图的是中国人，会说一口流利的中国话。在泰国生活的中国人特别多，这倒不足为奇。可他有藏宝地图，自己怎么不去挖掘？这一定是个骗局。此时此刻，一个身穿西装的男人来到卷发男人面前，将地图看了一遍，说：“在泰国有许多人在寻找这张地图，今天我终于见到它了！”

“你想买？”卷发男人问。

“我寻找了好几年，花费了不少钱。今天我可要买下了，哈哈，我可要发财了!”

“实话告诉你,我是越南人,要想在泰国海岸挖掘不是一件容易的事,还不如卖掉它。”

“多少钱?”

“八十万泰铢。不不,我不要钱,我要两个中国姑娘。”

在旁边听话的黑胡子,听这个越南人要两个中国姑娘换取那张地图,心里咯噔一下,突然想起绑架的宁静和王秘书,其目的是想换白粉兑钱。那个奈卡波只给二十公斤白粉,看来还没有货,不知要等多少天。换取白粉,销往内地,稍有闪失会杀头,还不如今天卖给那个越南人。卷发男子走上来,往屋里看看,说:“这是中国姑娘呀?”黑胡子点点头,问:“你怎么不要钱,却要中国姑娘?”

“我是越南谅山人,我的妻子和弟弟的妻子都是中国女人。那年两国打仗,我的妻子、弟弟的妻子都被炮火炸死,一人留下一个男孩,从小到大强烈要求我和弟弟娶个中国妈妈。我自己已年岁过大,到小孩娶亲的时候了,他们虽然认识几个中国女孩,但中国女孩瞧不起越南人,嫌越南贫穷。我父亲到泰国当过兵,在一个日本军官手里抢来这张藏宝图保存了半个多世纪。为圆两个男孩的梦,今天我拿出来拍卖,只是为换取两个中国姑娘……”

越南卷发男人说着说着,动情地哭泣起来:“中国姑娘很温柔,又体贴人,脑袋又很灵活,与中国姑娘生活在一起很幸福,可惜战争毁了我们一家。我们盼望和平,我们渴望中国姑娘……”

穿西装的男子臂上刺有黑蜘蛛图案,听越南卷发男人的一番诉说,问:“中国姑娘好么?”

越南卷发男人点点头,问:“你买这个藏宝图吗?”

穿西装的男子点了点头。

“你再给五十万泰铢,也买不到中国姑娘。”

"我到中国边境去,只要是中国女人,无论长得好不好,只为孩子圆这个梦!"

穿西服的男人嘿嘿笑着,取出手机打一个电话。一会儿一个泰国年轻人手提小包匆匆来到穿西服的男人身边,将一包泰铢给越南卷发男人看了看,他思忖半天,说卖给你。接着,越南卷发男人将那张传藏宝地图交给穿西服的男人。刚刚成交完毕,关在屋里的泰国姑娘依罕香,使劲地敲着门窗,吼道:"奈康洛,你是什么人,为什么要抓我?"

穿西服的男人叫奈康洛,是泰国黑社会"黑蜘蛛"几个主要头目之一。他听见屋里有人喊他名字,机警地往里瞥上一眼,把西装解开,露出一支手枪和匕首,指着黧黑汉子说:"你要严密看管她们,若有闪失,我要你的脑袋!"

"大管家,昨晚有人在屋外走来走去,看样子想夺走这到手的猎物!"

"兔子吃了豹子胆,什么人敢来夺我黑蜘蛛的猎物!"他摇着宽额头,一手摸着手枪,一手挥舞着,又说:"你告诉他们,我们是奈卡波老板的手下,从中国弄来的两个姑娘,谁也别打主意,与我们成不成交,都不能杀她们。"

越南卷发男人收下八十万泰铢,朝黑胡子走去。黑胡子在对门那间屋檐下抽烟,不时看看王秘书。见越南卷发男人走来,笑嘻嘻地站起来。越南卷发男人一定知道他是中国黑蜘蛛的头,要不不会朝他走去。当越南卷发男人快走近时,黑胡子大汉脸色大变,故意高声说:"妈的,老子不是吃素的,谁敢夺走中国姑娘,就让他上西天见佛祖!"

越南卷发男人不清楚黑胡子大汉骂话之目的,模棱两可地笑了笑,说:"先生,我是半个中国人,我同你谈一笔生意,不知愿意么?"

"谈什么生意?"

越南卷发男人把刚才在那边与奈康洛谈的内容重叙一遍,最后提出一个条件:“我给八十万泰铢买下两个中国姑娘。如果成交,我明天就回越南!”

坐在里屋的王秘书一听就明白,暗忖道:“他是越南人,怎么会说中国话? 他为什么花巨资买我们出去?”

黑胡子大汉觉得这笔生意可做。接大陆电话,滨海警方已得到两位小姐被绑架到泰国的消息,若不赶快脱手,被泰国警方逮住,遣回滨海,不判死刑才怪哩。奈卡波一拖再拖,二十五公斤海洛因还未到手,一定会夜长梦多。正想着,吴上尉与文文来到黑胡子面前,问:“黑哥,什么事?”

黑哥没有吭声,用眼角瞥文文一眼,说:“有事也不需要你问!”

文文见黑哥如此张狂,很不舒服,拉着吴上尉折身往回走。他接到一个短信,一看是那个女人发来的:

> 茶要喝浓的,直到淡而无味;酒要喝醉的,永远不醒来;人要深爱的,下辈子还要爱;朋友要永远的,就是看手机的你!

吴上尉问是谁发的,文文不作声,催道:“我们赶快去找奈卡波!”

他们来到奈卡波处,要求尽快给货回国,奈卡波摇着头,半天不说话。吴上尉见奈卡波爱理不理的神情,心中起火,道:“你不给货,我们领小姐回国,等于到泰国旅游一回!”

“你们不要急嘛,货过两天就到。有没有二十五公斤很难说,有多少拿多少,我们长期做下去。这回不赚,下回多赚点,眼光放远点嘛!”

文文在旁边不停地点头,吴上尉露出一丝丝笑容。他俩暗中策划,等奈卡波送货到手,拿到边境上去换取人民币,再回滨海,让黑胡子死死守住那两个小姐。妈的,他自认为他是老大,任何人都不放在眼里,这回做个样子给他看看,让他觉得这两个不是好惹的。其实他不是老大，只是年龄大，大家才叫他黑哥。黑哥长得高大，满脸的连鬓胡，睡觉总是鼾声如雷。因此，吴上尉和文文住一间房，他单独住一间，双方都打着自己的如意算盘。就在文文和吴上尉到奈卡波处的时候，黑胡子与越南卷发男人达成协议：五十万泰铢买两个中国姑娘，一手交钱一手交货，立即带回越南。

越南卷发男人笑了笑，将五十万泰铢交给黑胡子。黑胡子也笑了笑，说："我先去对门开锁，放宁静出来。"黑胡子一边走一边看四周，生怕吴上尉和文文发现他放人。如果没有发现，等会就说是泰国警方发现将人劫走，这五十万泰铢干净利落地进入自己腰包。他打的是独吞的主意，吴上尉和文文还蒙在鼓里。但奈卡波在黑处早已布下杀手，埋伏在房子四周，他并不是没有货，是等美国迈克贝的资金到位才肯给海洛因。为这事，开始两天双方还交过火，最后达成协议，以二十五公斤成交。谁知在等的时间里，从滨海来的三人中又发生矛盾，各自打着算盘如何逃身。黑胡子刚打开铁门，从九头神蛇石雕中钻出几条黧黑大汉，双手端着枪，一把将黑胡子拖开，问："你要干什么？"

"这是我们的人，你们干涉什么？"

趁这混乱，依罕香拖住宁静往外猛冲，迅速拐进一座假山后面。顿时，埋伏在四周的泰国警方迅速冲进寺院，几条黧黑大汉一时懵了，端起枪猛烈地扫射着。黑胡子见泰国警方冲进来，一溜烟地钻进寺院后山，提着那包泰铢逃了。正在吸毒的奈卡波听见枪声，从九头蛇神地下室爬出来，往外一看，见是警察，又折回暗室，盖上大石板。住在上楼的吴上尉和文文，匆匆下楼去找黑胡子，没见踪影，知道大事不好，欲溜出寺院。此时，关在对门铁屋的王秘书，大声地叫着："你们快来救我呀！"

文文没有理睬，慌慌张张地往外跑着。快到寺院门口时，正巧被宁静看见，对依罕香说："他们是黑帮团伙，我们就是他们绑架来的！"

宁静刚说完，依罕香与两个泰警机灵地冲上去，一把逮住他们，套上手铐。文文和吴上尉面对宁静，狡辩道："宁静，我们陪你来泰国旅游，谁料那个黑胡子是黑道人物，把我们给骗了！"

依罕香说："我是中国云南的警察，接到公安部命令，奉命前来泰国侦察黑蜘蛛黑帮团伙，你们俩是团伙成员，不容狡辩！"

接着，泰国警方冲进九头蛇神石雕门外，推开一看，下面有一个宽敞的暗室，那个黧黑大汉叫敦多瓦，正哆哆嗦嗦地躲在门角里，一警察抓起他衣领一推，敦多瓦踉跄几步，咔嚓一声，也被套上了手铐。大家四处睃寻，不见奈卡波，那张虎皮的藤椅上还有余温。警察断言：他一定在暗室！

突然，一间铁门的房里有人捶着铁门，还有隐隐约约的声音传来："放我们出去——！"

依罕香听得很清楚，那是中国姑娘在叫喊。

几个警察冲向铁门，俯耳细听，铁门内果真关有人："我们是中国人，快救我们出去！"

那叫喊，在屏障铁门的阻止下显得极其微弱。暗室关有多少人？依罕香判断：据侦察消息，中国有六位小姐被绑架到泰国，眼下只有宁静和王秘书，还有四位小姐关在何处？难道都关在暗室？如果都在暗室，怎么没有多少人叫喊？

一扇沉重的铁门挡着，铁门边上有个机关，屏上显示着阿拉伯数字，看来这是用密码开门的，密码是多少，依罕香不清楚。一个泰警去问黧黑大汉敦多瓦，他耷拉着胸袋，连头都不点。刚才还说话，现在怎么装聋卖哑？一看地上掉着注射器，一定是注上了来自"金三角"的优良品种四号海洛因。他已经昏迷不醒，再过两天就会成废人死去。泰国警方清楚这四号高浓度的海洛因并非一般，可造出有毒的生化武器，用集束炮弹发射出去，周围一千米左右的敌人都会遭到打击，被攻击的人立刻昏迷，不能动弹。看来要从黧黑大汉口中得到什么，是没有希望了，这怎么办？

忽然一位泰警发现奈卡波在老虎皮椅子下一个暗室里，大约是他憋在下面不透气，顶开盖板透气推得椅子动了。泰警把椅子推开，一个光头老汉被擒上地来，一支微型冲锋枪对准他的脑袋，问："这铁门怎么打开？密码是多少？"

奈卡波是个国际黑帮团伙，在泰国经营了十多年，均未被泰国警方发现，这次由于中国滨海几个黑道人物加盟被中国警方发现，这是他预想不到的。他动动嘴，说，那是暗道机关，接着说出了密码。

依罕香为救出姐妹，打开机关，按下密码，那扇沉重的铁门缓缓启开，拧开电灯一看，暗室果真关有四个中国小姐，全是赤身裸体，有两个倒在地上一动不动，有两个傻乎乎地疯喊："你强奸我，放我出去！"两个小姐奔上来，抱住依罕香，又疯叫："我要与你做爱！"

依罕香明白她们是疯了，疯得连男女都分不清。她们都长得漂亮，白嫩的脸蛋，颀长的身材，饱满挺隆的乳房，纤细的腰肢和浑圆的臀部，显出婀娜多姿的曲线，轻盈窈窕，楚楚动人，只是眼神呆痴，失去光泽。倘若不是注射海洛因，那是一群天生的精灵，一群洁白的玉雕。

两个尚未遭到雄猩猩强奸的小姐，思维还算清楚，见依罕香是女人，请求道："给我衣服呀！"

泰警找来几套女人衣服给她们穿上，扶着她们走出了暗室。她们害怕阳光，用手掌遮着眼睛。那鳞次栉比的高楼大厦，那佛塔上嵌镶的浮雕和壁画，那小塔旁围绕的花岗石柱，使人看得眼花缭乱。塔尖的铃在热风中响着，像中国乡村的响铃。走出寺院，在这条偏僻的街上，簇拥着低矮的竹屋，屋顶用棕榈叶覆盖，窗上挂着各种小玻璃珠编的大小垂帘。木栅围绕着白铁皮顶砖房，摆放着热带花卉。穿花格子的白人和黑人，三三两两地嬉笑着，挽起身穿透明纱笼涂有胭脂的女人，走进豪华的旅馆。被救的小姐好高兴，问："你们带我们去哪里？"

“去中国使馆。”

在泰国警方的配合下，一行六人被解救回国，她们分别是广西南宁二人，云南昆明二人，南国滨海二人。

宁静和王秘书在滨海机场下飞机时，林跃到机场来接，宁静痛哭流涕地说：“我像做了一场噩梦，仿佛掉进了一个黑洞……”

同机回来的还有文文和吴上尉。他们低着头，拖着脚镣缓缓地走下飞机。此时，在远远的地方站着一个人，死死地盯着林跃与宁静，说：“这下完了，这下完了！”随即，眼露凶光，顿起杀机，暗暗地说道：“不除掉吴上尉和文文，我们准会暴露！”

这个人是谁，林跃不知道。

他与宁静离开机场时，有人给他发去一个短信：

歪苹果，坏干果，
稀饭煮苹果，
煮成了苹果粥……

十、红黑较量

这是佳佳编造宁静与王秘书在泰国脱离魔窟的故事。

佳佳对滨海刑警说，这是夏长阳的构思，这只是虚构，你们能否开绿灯放夏长阳出来？刑警说，从泰国警方发来的传真与夏长阳的构思一模一样，时间、地点和人物极其吻合，他不是主谋，怎么能不谋而合？案子未结，怎么放他？

事过两天，两名刑警来到看守所。夏长阳见好多天没有刑警来找他，估计案子水落石出，真相大白，今天一定是通知他无罪释放。见他们走进铁门，从窗里伸出手来，朝他们挥着。

“你挥手干嘛？”刑警凶他一句。

“你们今天放我出去？”

“放你干吗，关你十年也不短！”

“我到底犯什么罪？”

“你罪大恶极！”

夏长阳细细回想，仅那虚构不谋而合就关我十年，这简直是在践踏中国法律。那是文学作品的构思，滨海的警察怎么这样随便抓人？我没犯罪，要我交代什么？

形警问：“宁静绑架到泰国，你是不是主谋？”

夏长阳惊诧地看着刑警，感觉到刑警的发问有点不着边际，滑稽而好笑，好像他们侦察破案像写小说虚构一样，不需任何证据。夏长阳越想越气愤，血液冲红了脸，问：“你们破案就与我写小说一样胡编瞎造，不觉得在浪费时间吗？”

“夏长阳，你不要演戏。绑架宁静和王秘书到泰国，你就是主谋，要不你的构思怎么与案情紧紧吻合。你不老实交代，不觉得只是在拖延时间吗？”

“你们有什么证据说是我绑架宁静到泰国？”

“黑蜘蛛是国际黑帮团伙，你是滨海黑社会头目，还有那个逃往泰国的屠夫黑哥。黑洞那个死者是黑哥所杀，绑架宁静和王秘书是你所为。别以为你是侦探小说家，有反侦探能力，就能骗过刑警。当心聪明反被聪明误，你不坦白交代，关你到大牢去！”

夏长阳又摇摇头，说：“我才来滨海不久，怎么成为滨海黑头目？”“我听林生说宁静被人绑架到泰国，顺水推舟地说就写宁静在泰国如何脱离魔窟，如何战胜歹徒，如何机智勇敢的故事，这又有罪吗？”

“这罪可大啦！昨天宁静与王秘书回到滨海，她们在泰国的情景与你所构思的完全吻合，仿佛你亲临其境。这不是你一手策划的又是什么？你不老实还抵赖，一旦结案，刑期可长喽！”

夏长阳问：“罪犯不是吴上尉和文文么？”

“不是。”

“那真正的吴上尉和文文呢？”

刑警摇摇头，没有回答夏长阳。

夏长阳见刑警不回答，便开始沉思起来。

夏长阳后悔了，现在觉得当时根本不该答应加盟佳佳她们的创作，都是因三万元稿费诱人才答应的，谁料这是个说不清楚的陷阱。我们创作小说，这与黑蜘蛛团伙有什么牵连？这个女宁静我都不认识，怎么会绑架她？

夏长阳越想越糊涂，越想越有火，骂道：“我是杀人凶手，黑洞那个死者是我杀的，宁静是我绑架的，滨海所有的刑事案件都是我所为，你们信不信？”

刑警说：“怎么不信？你老奸巨猾，老谋深算，你来滨海不久，就给我们公安添了不少麻烦。”

刑警将他说的话记录下来，然后拿出印泥要他按手印。夏长阳看看这个刑警的记录，笑了笑，说：“我按手印！”

夏长阳果真一时冲动按下了手印，而这正中了一个人的圈套。若果夏长阳不按手印，这个人马上就会被逮进大狱，夏长阳不几天可无罪释放，公安局会给夏长阳一笔精神损失费，那个刑侦大队长会被撤职。而一气之下的夏长阳帮了那个人的大忙，使那个人又得以逍遥法外。

夏长阳，你按什么手印？这是你冲动的惩罚。难道你不知道冲动是魔鬼？

关在市纪委的林生，听纪委专案组多天的审问，觉得天方夜谭。什么偷税漏税什么黑蜘蛛什么贩卖海洛因什么包二奶什么三个女人都怀着你的小孩什么你承诺给这个女人一栋房子给那个女人十万元钱还说要将宁静送给梁副市长。我林生干下那么多坏事，政法机关应该早立案侦查，凭什么靠一份胡编瞎造的诬告信将我隔离审查起来。这都是无中生有的事，我能承认什么？

好些天了，林生一概否认。纪委拿他没办法，他吃了睡，醒了看电视，看完电视又睡，反正只说一句话：“我没有这些鬼事，你们彻底查吧！”

好多天过去，案子没有任何进展。林生闭目养神不说一句话，监管他的两个纪委干部昼夜监视，提心吊胆生怕他溜走。白天不能睡，晚上也不能睡，虽是年轻人，眼圈熬黑了，眼睛熬红了。有一天海里涨潮，林生说要去看海潮。两位年轻干部请示纪委领导，同意他出去看潮。

林生是走路去的。途经凤凰桥头时,他又看到方虹原来那个丈夫在吹笛子,是《娘送女》和《梁祝》,吹得极其悲切。他看林生走过来,问:“我的方虹呢?”

“在公司上班呀!”林生不耐烦地回答着。

他摇摇头,说:“不上班了,她关在看守所。林老板,你别骗我,她犯什么罪?林老板,我不是疯子,你骗我干什么。”

“你要我怎么说?”

“你说我是疯子,方虹关在看守所,这才不骗人。”

“好好好,你是疯子,方虹犯下滔天大罪。”

方虹原来那个丈夫转身看着海潮,嘿嘿嘿地笑着,茫然失神地走向大海,一边走一边唱:

小时候妈妈对我讲,
大海就是我故乡,
海边出生,海里成长,
大海呀大海,是我生活的地方;
海风吹,海浪涌,
伴我漂向四方……

海潮涨上来,打湿了他的皮鞋,他却还在往大海深处走着。

林生以为他真的去跳海,大声喊着:“喂,你快回来,千万别跳海!”

他淡然一笑,说:“凭什么我去跳海,方虹的事与我无关,我不是她的丈夫,她的丈夫是个当官的!”

监护林生的两个纪委干部,立刻把眼光投向林生,看林生什么表情。林生反应平淡,说:“你胡说些什么?”

“我哪里胡说,你哥为什么要关方虹?”

林生被纪委隔离审查,公司发生的事情他全然不知。他哥关押方虹还是今天才听到。

林生急着问:“我哥关方虹?”

“他凭什么关她?”

两个纪委干部问:“他是方虹老公?”

林生点点头,问:“你们知道方虹被关的事么?”

“知道。至于什么事,我们不清楚。”

林生急得发慌,心想公司里没有方虹,那公司等于失去半壁江山,再说公司每年给领导们拜年的事方虹都知道。倘若她捅出去,我行贿,领导们受贿,会害倒一批干部。至于什么偷税漏税包养情妇之类的事都是无稽之谈,倒是地地道道的诬告。

林生无心看潮,背着手,驼着腰,一步一步地往纪委接待处走去。不远处的情侣路上,尽管草地上水漉漉,还有男女躺在上面。林生烦躁至极,骂道:“都是疯子!”

林生不吃晚饭,弄得两位监护干部心神不安,赶忙打电话通知专案组长来。其实林生没有事,他只是想大哥怎么关方虹,关了方虹,事情就砸了。他想要大哥来一趟,纪委又不准。刚想到这儿,门被敲响了,躺在门口那间房的纪委干部,警觉地坐起来,问:“你找谁?”

“找林生,我是他朋友佳佳。”

林生听是佳佳,赶忙跑去卫生间梳头,端正衣领,拍拍肩膀上的灰尘,抹洗一阵才出来。纪委干部问:“林生,有人找,你同意她进来么?”

“谁呀?”

“我是佳佳哩!”

“你进来吧。”

佳佳进到他房里,先往四周睃一圈,再看看林生本人。住房是宾馆,床铺干净,还有小吃等东西。他本人脸上依然白里透红,头发依然梳得溜光，胡子依然刮得连影子都看不见，眼神依然有往日的明亮。

林生问："听说你为我写书？"

佳佳摇摇头，说："是你听错了，不是我为你写书，是你那个老乡夏长阳！"

"公安局说他的构思与宁静出走的时间、地点完全吻合。仅凭这点，公安局就逮他？"

佳佳神秘地看看外房，见没有人，低声说："宁静和王秘书被绑架到泰国，公安局有可靠线索认定他是幕后策划者。昨天上午，宁静与王秘书从泰国解救回来，我看到你大哥去机场接。"

"回来好，回来好！妈的，看那个老夏乡里乡气，心里还真鬼。他一定与宁静有仇，宁静父亲病逝，他一定欺负过她。不是这样，宁静不会丢下可怜的妈妈，只身来滨海！"

"宁静是个男孩，可这是个女宁静，难道有男宁静与女宁静同时来滨海？夏长阳尚未见到这个女宁静。如果他认识这个女宁静，那绑架肯定就是他所为。"

"对对，佳佳你带女宁静去见见夏长阳。如果他真的认识，夏长阳再赖也赖不过去。"

佳佳点点头，说："这是个好办法。我们这样做，是在协助公安破案，查出到底谁是滨海黑蜘蛛头目！"

佳佳与林生谈着谈着，不觉一个小时过去。佳佳起身走时，突然想起给林生买来一条烟，说："我给你拿来一条烟，你拿去抽吧！"

林生说："我早已戒烟了，你忘了？"

佳佳点点头，说："我不知道你戒烟呀。听说有人举报你偷税漏税包养情妇和贩卖毒品，我知道纯粹是胡说八道。据我了解，你胆子小，连杀鸡都不敢看，还敢搞这些？告状人是谁，你心里一定明白。"

林生说："我不知道是谁？"

“不是方虹还有谁?”

林生皱了皱眉头,又看一眼佳佳,觉得佳佳很关心他。在公司的两年中,别人品头论足地说他俩是天作之合,应该结婚,可林生无法离婚。大哥不准他离婚,若提出离婚二字,大哥会三天六夜地骂个不停。与佳佳虽然没有结合,如今佳佳却不计前嫌,在自己沦落之时竟来看望,林生连想都没有想到。佳佳取出一支香烟,递给林生,说:“这里很闷,抽烟解解闷。”

林生接上点燃的烟,重重地吸一口,吐出一个大大的烟圈,深情地说:“佳佳,我好久不抽烟了,这烟真香呀!”

“烟要抽,少抽点;酒要喝,少喝点。”

提到喝酒,林生从桌上拿来一瓶酒,拧开瓶盖往茶杯一倒,告诉佳佳:“我每天喝半斤酒,以酒当茶。”佳佳见没有菜,劝道:“喝酒要吃菜,空肚酒要坏胃,我去买点凉菜来。”

佳佳去门外小商店买来一包牛肉干、豆腐干、葡萄干和花生米,交给林生,说:“过两天我再来看你!”

林生欲见宁静,对佳佳说:“你来时带宁静来,我倒问问她为什么出走。”

佳佳脸色突变,不高兴地说:“她被保护在公安局,可能带不出来。”

“怎么还关在公安局?”

“公安局在保护她。案子未侦破前,以防黑社会对她下毒手。”

“好好,她能来就来,不能来则罢。”林生猛喝一口酒,呛得咳嗽起来,一边咳一边说:“我只是想见见她,没有别的意思。”

佳佳走时,伸出手与林生握。林生半天没有反应过来,还是佳佳主动上去握。林生如触电般地咽下一口酒,放下杯子,眼睛呆呆地看着佳佳,轻声地说:“佳佳,还是你好!”

佳佳笑笑，转身走了。然而，意犹未尽的林生半天回不过神来，口里还念道："佳佳，你真好！"

这天晚上，他一夜未睡，躺在床上，想着佳佳。

在林跃再三请求下，公安局同意林跃把宁静从公安局接回家里。宁静尽管多日受尽折磨，还是吃不下东西。从林伯伯嘴中听出林伯伯关顾自己的原因，一是同乡二是保护。林伯伯说林生被纪委逮去，被监禁在纪委接待处，有人告他偷税漏税贩毒绑架女人，宁静不相信林生这么坏。这天下午，林伯伯要去市委找市委书记研究梁副市长报批市委副书记的事情。他走前一再叮咛："不要接任何电话，不准出门玩。"宁静虽然点头，心里却闷得慌。十来天关在泰国，回滨海又被软禁，她不清楚究竟为什么有人要绑架陷害自己。宁静坐在客厅看电视，觉得任何电视节目都不好看，烦躁得坐也不是站也不是，便到凉台上去看看林伯养的花。林伯养有好多花，凉台背后是个小山坡，坡上有许多不知名的树，海风吹得树叶哗哗响。树林里有鸟在啼，唧唧喳喳，蹦蹦跳跳地，很自然很快乐。她头顶上悬挂着一只空鸟笼，笼里还残留有白花花的鸟屎。林伯不但养花还养过鸟，那鸟呢？树林里有很多鸟，如果鸟笼有鸟，它会扑扑地往外扑。宁静就像笼中鸟，看着外面的行人来来往往，自由自在地说笑着，心中嘀咕道：我是一个普通人，来滨海才几个月，认识我的人不多，也未与任何人结仇，怕什么，出去走走！

楼下停有一辆黑色轿车，有人打开车窗往上张望，见宁静往下看时，又关上车窗。宁静没去考虑轿车里的人是谁，为什么停在林跃小洋楼外面。洋房四周有红墙围着，墙上还拉有铁丝网，墙内的绿草地空空荡荡。这时，屋里电话叫开了，宁静忘记林伯不接电话的嘱托，立即去接，对方好久不说话，宁静连喂几遍："喂喂喂，说话呀，说话呀！"

对方这才问："你是宁静吗？我的声音你听不出来？我是贝贝，我好想你呀，你怎么去泰国了？”

“你现在哪里？”

“我在鸡山街公寓，你倒过来呀。”

宁静认真地听声音，真是贝贝打来的，问：“我们怎么见面？”

“我为你接风洗尘，压压惊，你看怎样？”

“被绑架的前一天是你打电话给我，说请我去喝茶。第二天你没有打电话，另外一个男人说是你派他来接我，结果被绑架，现在他被泰国警方擒拿归案，随机遣回滨海，现关在公安局，现在想来有点胆寒……”

“我知道是谁，你不用怕，有我贝贝在，你就会安全。我用轿车来接你，来时在林书记屋外鸣号三声。听到鸣号，你再下楼来。”

宁静开始梳头换衣服，想到多日不见的贝贝，心情很激动。她写好一张纸条留在桌上，告诉林伯她去吃饭，晚些时候回来。未过多久，贝贝真的开车来接宁静，宁静为防再度上当，站在凉台上要贝贝下车来。贝贝钻出小车，双手插着腰，那卷长发被海风吹得零乱飞扬。

宁静下楼去，走出院门，贝贝上去抱着宁静。宁静一把推开，直接拉开车门钻了进去。贝贝随后进去与她坐在后排，那个司机的脸很熟，很像上回被绑架坐的那辆黑色轿车里的那个司机。宁静问贝贝这是谁的小车，贝贝说你只管坐不用管是谁的车。宁静看看窗外，又问贝贝到哪里去吃饭，贝贝说去红辣椒餐馆，那里有一个人等着你。宁静问是谁，贝贝笑笑说，到那里你就知道。贝贝问王秘书回公司了么？宁静说我不知道，听说在公安局吧。贝贝，你告诉我等我的那人是谁？不告诉我我就下车。宁静见贝贝不说，大声地呼喊着停车。司机也不吭声，从反光镜里看出他神色特别的严肃，宁静又一次问贝贝，你说不说，不说我就跳车！嘻嘻，我逗逗你，为你接风洗尘的还有第二人？不就我们两个人。你这是真话么？不是真话，该雷打天火烧，摔成一个跛子。宁静见他还是不正经，步步紧问：“贝贝，那人到底是谁？”

“你问这个干什么?”

“上回绑架我的那个男人说你在梦幻歌舞厅,我相信你才去的。今天你不说出那人是谁,我坚决不去。说不说,不说我就跳车!”宁静一边说一边拉着车门,贝贝一把抱住她,投降似地说:“那人是夏长阳。”

说到夏长阳,宁静没魂似地吼着:“我不想见他,我不想见他!”

“他是黑帮团伙,是绑架你的凶手?”司机问。

“不,他是个好人,是我的邻居。”

“不,他是凶手,我们请你去辨认一下!”司机又插话。

“贝贝,我要下车,我要下车!”

贝贝要司机停车,但司机不作声,贝贝很想揍他一拳,又念他在开车,只好忍着脾气。车子穿过一个小胡同,来到红辣椒酒家。车停下后,司机领贝贝和宁静进到餐厅一个包房,打开门一看,是佳佳与陈秋冬。宁静看到陈秋冬,觉得好像在哪见过,可一时又回忆不起来。

宁静刚落座,陈秋冬说:“老乡,听说你去泰国旅游受惊,今天我们为你洗尘压惊。宁静小姐,你认识夏长阳么?”

宁静知道邻居老夏住在红苹果咖啡馆,与他们很熟。如果说认识老夏,他们会告诉老夏男宁静变成女宁静。大家会以为她是一个妖精,专会给人带来灾祸。宁静为不揭开这个秘密,摇摇头,反问着:“夏长阳是谁?”

“你是湘西锦水县人么?你爸是画家?”

宁静点点头,答道:“我是锦水县人,我爸是县文化馆美术专干,农民画家,已经去世。”

“锦水县文化馆有个农民作家夏长阳,你怎么不认识?”佳佳追问着,心里却想,夏长阳是锦水县文化馆的文学专干,这我知道,要么这个宁静不是锦水县人。于是她张开想象的翅膀,想象那个男宁静出走后被这个女宁静杀害,那么这个女宁静一定是个黑道人物。她一定是伙同他人抢劫男宁静的钱物，遭到男宁静反抗，顿起杀人念头。要不一个男孩干嘛装成女孩？佳佳努力地想象着，觉得眼前这个女孩宁静一定是个坏人。不过这是另一个案件，与本案无关。佳佳对宁静笑了笑，招呼服务小姐倒茶，并点上几道湘菜：啤酒鸭、茄子煲、红烧鸡腿、辣子鸡丝、爆炒油淋辣椒、冬瓜排骨汤、红烧肉、红烧鳝鱼。

宁静离开锦水几个月，由于公司很多人来自南粤和北方，吃辣椒的人较少，食堂大师傅是滨海当地人，炒的都是粤菜，用甘蔗、椰子、龙眼、苹果与鸡肉煲汤，或熬苹果粥。宁静初去滨海，水土不服，胃口不开，脸上长出不少水泡，还流出脓水。后来是林生送她一支药擦抹，才使脸光洁。林生告诉她去南杂商店买老干妈辣子酱吃，一天吃一点，一天比一天少，日长月久，就不想吃辣椒了。今晚佳佳全点湘菜，宁静说："佳姐，我好久没有吃到湘菜了，今天真要胃口大开。"

陈秋冬问："林生被纪委逮去审查，你知道么？"

宁静惊异地问："纪委逮他干什么？"

佳佳替陈秋冬回答："还不是方虹告他偷税漏税和包养情妇。"

陈秋冬嘿嘿一笑，开玩笑道："有人说情妇是你！"

佳佳和贝贝都傻了。宁静看着陈秋冬，脑海里立即闪出省政法接待处一个人的面孔，想来害怕。宁静问贝贝："你说我能做他的情妇么？贝贝，你应该知道，林生两兄弟与我有点沾亲带故，再说我不是一个随便的人。"

贝贝点点头，说："宁静不是那种轻浮放荡的女孩。她刚走向社会，没有社会经验，不可能给谁当情妇。"

陈秋冬见菜已经上齐，他打开锦水县酒厂生产的锦江泉酒，说："这酒好喝，获轻工业部产品金质奖。绵甜爽口，不打头，不口渴，特纯。"

贝贝拿着酒盒左看右看，评价道："包装挺精致，这酒我还是第一次看到。”

陈秋冬：“这是一般中档酒，酒厂还生产有高档酒：锦江王。它比酒鬼酒还贵，那包装堪称全国一流，每瓶五百多元。我知道湘泉酒比锦江泉有名，都是因为酒厂舍得投入。说实话，湘泉是从锦江泉那里学去的，酒鬼酒赶不上锦江王哩！”

宁静笑笑，说：“陈老板你为锦江泉打广告，极力推销，锦水县人民感谢你！”

“你是锦水县的，怎么说是铜仁的？”佳佳疑惑地问。

“这个你们不懂，到时你们会知道。”

“那你也喝一杯。”

贝贝眨眼不让宁静喝，说：“要喝，佳佳你也喝。”

佳佳看看贝贝，说：“贝贝真会拍马屁，只要你宁静喝我也喝，别看我年纪大，我是喝不醉的！宁静，你喝不喝？”

宁静觉得老乡很好，便点头答应喝。

陈秋冬要服务员拿四个大酒杯来，每杯斟上二两五，说：“难得斟酒。”

四个酒杯都斟满，每人一杯，贝贝见宁静有些胆怯，安慰道：“喝吧，喝不完，我给你帮忙！”

宁静深情地点点头，说：“喝，舍命陪君子。”

大家端起酒，等着主人祝酒词。谁是主人？陈秋冬看看佳佳，佳佳看看陈秋冬，最后还是陈秋冬说：“宁静，我们是老乡，为老乡这回平安归来而干杯！”陈秋冬先喝一口，举着杯子，对着胸膛，又说：“我们还有一个老乡，他是寻找他的邻居到滨海来的，因为一本书的构思，被公安怀疑，如今还关在滨海公安看守所里，他是谁？他就是夏长阳。我们也为他的平安回来再干一杯！”

酒被喝去三分之一，喝第二杯时，又是陈秋冬先喝。但宁静举起酒杯迟迟不喝，心里在想长阳叔。贝贝催道："宁静，你喝一口呀！"

宁静回过神，轻轻地啜下一口。她是故意装着女人斯文样子，要是以往做男孩时轻松地就能喝下这满满一杯。这时，佳佳喝下第二口，问："宁静，你认识夏长阳么？如果认识，请你去公安局一趟，这回你被绑架的时间、地点与他构思的完全吻合，因此，公安怀疑他是主谋。"

宁静灵机一动，说："我出走的时间是贝贝前一天电话通知的，第二天是另一个男人开车接的，这与夏长阳无关。"

贝贝听宁静说完，脸色刹那变红。在这一刹那，贝贝又喝了一口酒。陈秋冬问："贝贝，你平时喝酒脸不红，今天红得像鸡冠，是喝酒脸红还是替宁静小姐喝酒害羞？"

"没、没有，我还没有替她喝哩。"

"宁静，我们是老乡，你不认识夏长阳，夏长阳与你无冤无仇，那他不可能绑架你。"

"对，不是他绑架我。这时间是贝贝前一天电话通知的。"

"贝贝，你前一天电话通知请她出去喝茶，第二天晚上准时有人接宁静，结果被绑架到泰国，这是怎么回事？贝贝，你怎么解释？"

贝贝摇摇头，又喝下一口，说："我无法解释清楚。先天下午，我是给宁静打过电话，约她第二天晚八时出来喝茶，想不到第二天晚八时有人去接她。这是嫁祸于人，这人真狡猾！"

"夏长阳的构思时间你清楚么？"佳佳问。

贝贝点点头。

"你清楚，怎么偏偏约这个时间请宁静出去喝茶？"

"我这是随意的，并无恶意。"

"你打电话时有人听见没有？"

"我没有注意。那个时候已经下班，红苹果咖啡馆会议室好像没有人。”

“你仔细想想。”

贝贝想来想去，突然想起来：“对对，我打好电话，陈秋冬你不是正从卫生间出来。他问我给谁打电话，我直率地告诉他给宁静。他还开玩笑地说，宁静是个好姑娘，谁娶到她，一辈子幸福！”

“谁会娶她，只是想交一个朋友，聊聊天。再说我有妻室儿女，与她多接触，只是想了解她的生活和为人，便于创作这部小说……”贝贝一边说话一边摇着脑袋。

宁静看贝贝有些醉意，说：“贝贝，你不能再喝啦！”

“我没有醉，我还要喝！”

佳佳举着酒杯，像公安便衣警察，眼睛死死地瞪着贝贝，看着贝贝的面部表情。贝贝用的是夏长阳虚构宁静被绑架的时间，作案那天贝贝没有去接宁静，恰恰又是另一个人借用贝贝电话通知的时间，这人是谁？

“贝贝，你不要喝啦！”宁静劝贝贝。

“我没有醉，我还要喝！”

佳佳问：“宁静，绑架前你认识文文么？”

“我不认识。只是这回才认识，他长得高大，脑门很宽，头发少，不戴眼镜，两个男人都打不过他。”

“这不是文文。文文长得很高，且很瘦，戴有眼镜，文质彬彬，说话斯文，与女人打架都打不赢。文文没有去泰国，他到哪里去了？”贝贝惊疑警觉起来。

陈秋冬问：“吴上尉去泰国了么？”

宁静点点头，说：“吴上尉和文文绑架我和王秘书一起登机去的泰国，他们是罪犯。”

陈秋冬点点头，说：“你能回来，算你幸运。来，敬你一杯酒！”

贝贝说："不是创作组文文，那创作组的文文哪去了？"佳佳和陈秋冬都陷入了沉默。一会儿，佳佳避开话题，说："宁静，带你去公安局见见夏长阳。你不认识他，公安不会还关着他不放。公安认为是他在追杀你，你不去解释证明，就要等案子侦破后他才会释放……"

宁静未等佳佳说完，站起来，插话道："对不起，我上厕所去。"

陈秋冬见贝贝醉得不说话，摇着说："贝贝，你还喝么？"

贝贝眼睛微闭微开地说："宁静上厕所了，宁静还喝么？"

"等宁静回来我还要喝！"陈秋冬故意逗贝贝。

菜上了一大桌，四人只管喝酒。红辣椒酒家老板也是湘西人，走进来关切地问："各位老乡，菜的口味还好吗？"

陈秋冬点头，答道："口味不错，只是胃口不行。"说后，他给酒家老板送一支烟，一边抽一边聊天。酒家老板说，刚才那位小姐长得靓呀，是谁的朋友？陈秋冬指着醉意浓浓的贝贝说是他的。妈的，他走桃花运。她人呢？酒家老板问。

"上厕所去了。妈的，贝贝应该去陪陪。"

陈秋冬与酒家老板无聊地聊着，而佳佳眼睛不停地往门外张望，见宁静不回来，又催贝贝去卫生间看看。贝贝说我怎么去女卫生间？要去你佳佳去。佳佳觉得贝贝说得很对，起身朝卫生间走去。一会儿，佳佳回来很平静地告诉大家，到卫生间看过，连个鬼影子都不见。

陈秋冬说，再等一等，她会回来的。佳佳皱上眉头，说："她恐怕回不来了。"

贝贝睁开眼睛，插话道："她为什么回不来？"

佳佳惊疑地看贝贝一眼，摇摇头，说："凭我感觉，她又失踪了！"

"失踪？"贝贝迷惑地问。

"不是被人陷害，是她自己要离开的。也许她离开滨海，也许还藏匿在滨海，反正就是要远离我们老乡。"

“为什么?”贝贝又问。

“我也不知道。”佳佳冷冰冰地答着,毫无热情。

半个小时过去,宁静没有回来。贝贝站起身,拿起宁静没有喝的那杯酒,说:“我替她喝了!”话刚说完,满满一杯酒就进了肚。酒杯在空中扬着,骂道:“狗日的宁静,不就是长得比别人漂亮嘛,有什么了不起,下回我再也不理她了!”

贝贝放下酒杯,摇摇晃晃地走出包房,说:“今晚真扫兴,没一点味道,走人——!”

这顿饭吃得真不是滋味,宁静不辞而别,令几位老乡反感。

贝贝一个人摇摇晃晃地走上大街哼着歌:

没有花香,没有树高,
我是一棵无人知道的小草,
从不寂寞,永不烦恼,
……

陈秋冬与佳佳坐在车上不理他,直接回到红苹果咖啡馆。等陈秋冬从咖啡馆出来,开车再路过那条街时,不远处围着好大一群人看热闹。他下车一看,是贝贝醉在一家门口前如一具僵尸,任陈秋冬拖他拍他推他,他连吭都未吭一声,最后是两个男人帮忙把他扶进车的。

车子回到咖啡馆已是午夜时分。陈秋冬不知道贝贝住在什么地方,咖啡馆只有一个床铺,夏长阳住着,钥匙还掉在夏长阳的裤带上。陈秋冬拖不动他,只好让他在车上睡一晚。

第二天清晨,陈秋冬很早就去看贝贝。走下楼一看,没见车子,也未见贝贝,车去人无踪,难道是贝贝有事开车走了?可贝贝不会开车,又没有钥匙,车一定被人偷走了。没过多久,贝贝沮丧着脸回来了,说:

“昨晚我醉了，醉在情侣路上，在那里整整地睡了一宵，今后再也不喝酒了，谁再喝酒是狗日的！”

“贝贝，我的车呢？”

“我没有坐你的车呀！”

“昨夜你醉在香洲大街上，我用车接你回来，停在门口草坪里，让你醒酒后再叫我。你没有叫我，今早我起来一看，车去人无，是谁开走我的车？”

“我清早醒来，可是在情侣路上。”

“走走走，告诉我睡在什么地方？”

贝贝迷迷糊糊地被陈秋冬推上一辆的士，来到情侣南路。贝贝在一个僻静处的草地上停下脚步，说：“我睡在这里。”

陈秋冬细细地查看着，看到草地有被车轮压坏的痕迹，说：“这是我车轮的印子，是别人偷我的车开到这里来的！贝贝，你醉得那么死，你能回想起偷车的人么？”

“我身上觉得有点凉，好像有人拖我下车，我还梦呓般地说我想睡觉，别搅我好么。”

“对方说话了没有？”

“一直没有说话。”

“贝贝，我的车被人偷了，偷车的人没有钥匙怎么开？”

贝贝痴呆着，一言不吭，心里却想：“陈秋冬会怀疑我偷车么？”

最后，陈秋冬报了案。

林跃很晚才回到家，一路上总是微笑着。省委组织部利用检查“三个代表”落实情况的机会，对滨海进行一次民意测验，看梁副市长与宣传部长谁的票数高，就上报省委研究并任命谁接林跃的班。全市区县及各大局一把手统统到会，结果梁副市长以38票对10票领先。吃过晚饭，市委常委开会决定上报梁副市长，林跃悬着的那颗心终于落下地来，想着宁静还在家里，便急匆匆地赶回来。他打开门第一句便问宁静你吃饭么？没见回答，他又叫第二句："宁静——！"

林跃关好门，楼上楼下，角角落落都找遍，却未见宁静影子。回到客厅，发现桌上有张纸条，拿起一看，才知道宁静去外面吃饭。紧张的心又一次平静下来。他在家烧好开水，削好苹果，耐心地等着宁静回来。他想问清楚，宁静到底是不是月月的外孙女，如果是外孙女，我林跃就是外公，就有补偿的机会，让月月在九泉之下得到安慰。

林跃耐心地等着宁静回来。他看看墙壁上的挂钟，已经临近午夜，宁静怎么还不回来？

林跃开始焦急了。他从不抽烟，却无意识地点燃一支烟抽了起来。

这时，手机叫了，林跃知道是短信，没兴趣看。过一会儿，手机又叫了，打开一看，内容是：

> 林跃，你要我蹲监狱，我想到死，尝试用面条吊颈，用豆腐砸头，用棉线割脉，用维生素毒杀，用碰碰车撞山，用降落伞跳楼，你想我会死？方虹。

林跃读完后，气疯了，在客厅里来回走动，骂道；"这个女人太猖狂了！"他抽完一支烟又抽第二支，从未有烟味的屋子今夜被烟雾萦绕，往门缝里渗透着、渗透着……

林跃的心在疼，痛苦地躺在沙发上想着宁静。

其实，宁静因回避夏长阳而离开红辣椒酒家后，决定不再去林跃宿舍，她要去寻找能隐蔽自己的住处。她走来走去，又走到了从接待处出来时租的房子前，主人见到她，说好久没见到你了，你虽然只住了几天，可我一直没再租出去，你今晚想回来住吗？

宁静点点头，说我想回来住，手上没有钱，你还让我住么？

女主人五十多岁，没有儿女，男人离她远去，如今孤单一人。她见宁静忧郁的神色，说："姑娘，我们做女人的都一样。这社会是这样，男人没有一个好的，看惯了就好了，想宽些，别为爱情烦恼！"

女主人很善良，又笑着为她打开门，说没钱不要紧，你先住下吧，等你有钱的时候再给吧！

宁静又一次住进了这个出租屋。女主人见她未带任何东西，问："你没带行李？"

宁静点点头，说："我没有东西带。"

"没东西不要紧，先拿我的用着。姑娘，你一定有什么心事吧？"

宁静没有回答。接着，女主人给她一只提桶一套洗脸漱口的新毛巾和牙刷牙膏，还送来一双新拖鞋。放下东西，又看宁静一眼，说："姑娘长得漂亮，一定是红颜命薄。自古以来就是这样，你看过宫廷戏么，凡是漂亮的女子都没有好结果。"

宁静像是哑巴一样，只知道点头，连谢谢的话都忘记说了。你说她动情，又未见流泪；你说她刚毅又愁眉苦脸，好像有满肚子苦水倒不出来。她痴痴呆呆地看着女主人离去的背影。夜已深，小巷四周很静，主人家原来养的那几只狗不见了，再也听不到狗叫声了。时间仅仅三个月，主人家的狗怎么不见了？宁静初来滨海从接待处出来租这小屋时，身无分文，如今的宁静，还是身无分文，可她感到特别舒服，她想安静，恢复好心情，再去找份工作，安安逸逸地上班，挣些钱回家还债。宁静不想再见到红苹果文化公司的人，不想让林跃大伯知道自己在哪。今晚出来，林跃大伯一定睡不着觉。林跃大伯，你为什么对我好？我知道你是老乡，是老乡不一定非得对我关怀备至。林跃大伯，你不要怪我，因为佳佳要我去见邻居夏长阳。老实告诉你，我与夏长阳是邻居，两家关系特好。但我有个秘密不能说，不能让大家知道。夏长阳来滨海找那个男宁静，但那个男宁静已经不在了，任他怎么找都找不到了。现在我是女宁静，一个亭亭玉立的女孩。妈妈，我告诉你，我不是男孩是女孩，请原谅你这个不孝之女。这几个月，我简直像做了一场噩梦，历经很多挫折。我原想外面世界很精彩，谁料……妈妈，我很想回家，可我不敢回去。我无法回去，也无法面对你，你会骂我是妖怪！长阳叔叔，我知道你在滨海找我，可我无法面对你，谁叫我已变成了女人？长阳叔叔，我知道你蒙受巨大痛苦，如果我有胆量去公安局证明解释，你很快会出来的，可我没有这个胆量，如果让你知道我变成了女人，你回去一传开，我怎么见乡亲父老？

宁静越想越悲凉，十分思念妈妈。孤孤单单的妈妈，我失踪后，你肯定时时刻刻牵挂着我，你一定是骨瘦如柴，一定在用泪洗脸，一定在早盼夜思，一定是时疯时好。妈妈，等我再找一份事情干，一定给你寄钱，安装一个电话，每个星期打一个电话回家。宁静从床上跳起来，想出门去给夏长阳家打电话，叫妈妈去接。刚打开门，一摸口袋，身上没有钱。她只好又关上门，往床上倒去。

第二天很早，女主人把早餐送去，敲了很久的门，没见宁静起来开门。

女主人摇摇头，自言自语：这女孩出来打工干什么？宁静起得很早，出去时这小巷中还没有行人。她出去联系工作，但又没有任何证明。身份证、大学文凭和工作证上在“性别”栏里均填了男性，几样证件全放在家里，出来时只带有身份证，还是假的，是托朋友梅子拿着宁静男扮女装的照片找公安熟人给办的。

宁静来滨海四个月，没有给母亲打电话，有一次打到梅子家，梅子的父亲告诉说，梅子发病死了。当时宁静问不下去，呜呜咽咽的。梅子父亲不停地问：“你是谁，你说话呀！”

宁静说不出话，最后放下了电话。那是刚从神秘的接待处出来那个晚上,刚租好这间住房心情特别的不好,便想着给梅子打电话,结果又给她平添一份悲凉,心情更加不好。黄昏时,她独自走在情侣路上看大海。夜的海很黑很深,除在航行的大客船或货轮放出灯光外,远远的天边还是很亮。一个人来到世上不容易,似在海上航行的船,或烟雾茫茫,或夜色茫茫,或浪涛冲天,或飓风啸啸。假若没有导航人,或导航不准,会迷失方向,会遇上暗礁,或翻船葬入海底,或漂泊四方。每个人的生与死,不知发生在哪年哪月哪天哪时,梅子死得太突然,真是好人命不长。我才出来半个月,梅子就到另一个世界,那天她与我见面竟是最后的诀别……

找了一天工作的宁静,拖着沉重的步子又回到孤独的小屋。女主人见她很晚才回来,上楼去问问她找到工作没有。宁静有气无力地倒到床上摇摇头,第二天又是很早出去,女主人也不知她吃没吃饭。一连三天过去,宁静终于找到一份工作:金叶大酒店当引座小姐,月薪一千元。宁静说她是大学生,能写文章,能装潢设计,用人单位都用惊疑的眼光看她,你说会这些,拿出你的大学文凭和广告设计的作品。宁静拿不出,她说全被人偷走了,幸好身份证留在身上。没有大学文凭,只有当引座小姐的命,谁叫自己要变成女人?

上班这天,宁静像初进红苹果文化公司,梁董事长请她去梦幻夜总会那回认真地化着妆,对着小圆镜描眉梳睫,擦口红,涂胭脂,洒香水,整理发型。到酒家后,穿上唐装旗袍,往酒店门口一站,宛如天仙。来酒店用餐的老板都要瞟她几眼,在包房餐桌上,用餐老板问酒家老板,门口那个天仙是哪里人,长得如花似玉,为何贱用?酒家老板嘿嘿笑着,说这位刚来才两天,就被你们看上,你们千万别打主意。上位引座小姐不是被你们中间哪位老板包养了?这回你们别挖我的墙脚,我要养二百多个员工呢!有人问,借用一个晚上行么?酒家老板说,只要各位老板抬举我,照顾金叶大酒店生意,每个老板在金叶大酒店租一套房，我会给每个老板找一个比她还靓的小姐陪，什么时候想用什么时候就来。有老板问，还有比她漂亮的？酒家老板点点头，说："这个小姐形象很好，就是胸部不丰满！"

老板之间谈笑风生，大夸宁静美丽。但宁静全然不知，认认真真地给客人指引。一天晚上，梁从汉董事长来金叶大酒店用餐，宁静见他从车里出来，带着山西妹子，便转过身去装着没看见。等他与山西妹子上楼，她才转身请其他客人进大堂。宁静惊惊慌慌几个小时，快下班时还不见梁董事长与山西妹子出来。难道他俩在酒店住下了？管他住不住，自己回家去。正当换下旗袍准备走时，酒店老板笑嘻嘻地走上来，对宁静说："有位老板给你包下一个套房让你住，你回家去把换洗东西拿来。"

"什么老板？姓什么？"

"你别管，只管住。"

宁静不敢得罪酒家老板，不敢说不住，只好勉强点头答应。

宁静一路上想，这老板一定是梁董事长。难道他看见了我？

回到出租屋，宁静叹息不断：红颜命薄，长得漂亮也是祸。假若是他，他安什么心？不会是好心，还是不去为好！

才上班几天的宁静又不敢做了，她又得去寻找新的工作。

不知什么原因，方虹被公安局放了出来。林跃好几天都在寻找宁静，没有时间去处理方虹的事。公安局责怪林跃，案子未弄清楚，非将宁静带回家去，真是老了变小了，狗抓蚊子多管闲事。宁静又一次失踪，给破获黑蜘蛛团伙带来很大困难，使案情继续错综复杂。宁静到底是他什么人？他口口声声说对不起宁静的外婆。你老林几十年在外面，连宁静自己都不清楚他为什么关心自己，老林可以说硬是瞎操心。

又找了一天，林跃还是没有宁静下落。晚九时回到家，省里管政法宣传的王副书记来电话，说市委呈报你秘书当市委副书记的报告收到，正准备讨论时，省纪委和组织部同时收到内容相同的匿名信，说你与梁副市长将红苹果文化公司的宁静小姐拐得无影无踪，有没有这回事？林跃听着电话，特别冲动，吼道："纯粹是一派胡言！妈的，这年头告状不犯法，还鼓励检举。我们哪有这事情！宁静是不见了，她被黑社会绑架到泰国，前几天被解救回来，这两天又失踪了！"

"林跃同志，别冲动，到底是什么人总是要告小梁的状？"

"王书记，这是权力之争，你应该清楚那个部长的为人。他从潮州市委调来，潮州那边说他好色，工作乱七八糟，名声臭得很。他才来三年，'旧病'复发，只要看上某女人，就是三陪女，他也要提拔。我听说红苹果文化公司的方虹原来是三陪女，与他好后，他给她招干，安排工作，去年还解决了副科待遇，一再强调要她担任公司总经理，不是我极力反对，这个公司早垮了。依我看告状的就是老旷，他曾说过市委副书记那位置是他的，林跃不也是从宣传部长升上去的吗？这回报梁副市长，你说他能服气么？但这只是猜测，没有确凿根据不能传出去。王书记，梁副市长没有这样的事，你只管放心。再说他的工作，市委一再反映不错，我看尽早定下来。王书记，你说呢？"

对方许久没有回答。林跃又叫："王书记、王书记！"

连叫几遍，对方才说："林跃同志，你放心吧！"

林跃听王书记已经表态，万分高兴，嘿嘿地笑了一阵后，电话中邀请王书记来滨海指导工作，我要梁副市长私人请客，坐船去桂山群岛，体验西洋文化的魅力。

对方不停地答道："好好，我一定来！"

电话放下了，林跃松了一口气，但想到宁静的不明下落，一口气又憋了起来。告我们包养宁静简直是无稽之谈。这些人告状太离谱了，没有一点原则。而且这个宁静怎么不听话？这个黑帮团伙还在猖獗，出去有生命危险她偏偏还出去。林跃想到这里，汗水一阵阵地淌下来。他走向凉台，眺望远远的天空，天空下的海面上黑色一片，是那么深邃神秘。

叮铃铃——，电话响起，他折回客厅一接，是山西妹子打来的，说方虹回到公司大吼大闹，骂你林跃有什么了不起，仅凭骂两句共产党就关押人，是触犯法律，她要到省高院告你，要你负法律责任，赔偿精神损失费。林跃未等山西妹子汇报完，急忙插话："她是怎么出来的？"

"看守所长要她出来！"

"他有权力放她？"

山西妹子低声地说："听说是旷部长要他儿子旷小东放的。旷小东胆子大，他原来答应我们公司那个自杀死去的小姐把她调进公司，收受这个小姐现金六万元钱，事情又办不好，小姐绝望，便自杀死了。"

"我交代你去检察院批捕的事办好没有？"

"没有办好，检察院说要研究。"

"你让她去告，看我怎么收拾这个黄毛丫头！"

山西妹子又提醒林跃："林顾问，方虹是个歹毒的女人，你要防范她。告诉你，她什么事都能做得出来。"

林跃点点头，说："她敢把我怎样！"

方虹是不是黑道人物，仅是山西妹子一面之词。但宁静和王秘书遭绑架，一定是她所为。明天我去公安局，一要提醒刑侦大队，侦破不要老注意男人，坏女人比比皆是；二要公安局重新抓捕方虹。

第二天上午，林跃去了公安局，公安局说我们只有半个月拘留的权限，重新立案关她，那要检察院批捕。下午，旷小东被公安局长叫去，转要副所长负责全面工作。

案情越来越复杂。这是红与黑的较量,是正义与邪恶的斗争。林跃觉得肩上担子很重,有人说他退休轻松了,他自己说,退休比在一线上的担子还重。

十一、爱火复燃

宁静又一次失踪，使《美丽无罪》创作组成员的情绪又一次遭到打击。很多天了，他们没有碰头，除文文下落不明外，佳佳、贝贝和水水也没有跟陈秋冬联系，如果再拖延下去，这部作品将会难产。眼下已是阳历七月，滨海的天气一天比一天热，再不抓紧时间创作，作家的心态一天比一天浮躁。

陈秋冬很着急，一个个地打电话联系，但都关机，不知他们在搞什么。下午三时，远远的天边涌来一团团乌云，海面上卷来一阵阵风浪。红苹果咖啡馆四周的椰子树，发着哗啦啦的响声。苹果小姐见风如此凉爽，便关上空调，打开窗户，让海风吹进屋来，清洗屋内沉闷多日的空气。陈秋冬独自坐在会议室，脑海里又浮现出丢车那晚贝贝醉酒的情景。虽报案多日，却一直没有公安的消息。贝贝醉在车上，盗车人将他丢在情侣路草坪上，难道他真一点不省人事？是不是红苹果公司的人干的？陈秋冬正想着，蓄着长发的贝贝来到他背后，问："陈老板，宁静有下落么？"

"宁静没有下落，你们创作组的人也没有下落。打电话，一个个都关机！"

"前两天我本想来见你，林跃却要我帮忙去找宁静。不知是谁告诉林跃，宁静的两次出走都与我有关，于是要我去找，否则，他老人家要找我算账！"

“林跃为什么如此关心宁静？他与她非亲非故，只是才认两个月的干女儿。”

贝贝摇摇头，说：“我不清楚！”

陈秋冬与贝贝谈得很认真，佳佳走进会议室很久，他俩均未发现。往常佳佳有一股很浓很浓的香水味，很多次她人未进咖啡馆，那香水味早已偷袭进去，扑进鼻孔，一闻就知道是佳佳。今天怎么出奇的怪，没有闻到佳佳的香水味。

佳佳坐在他俩背后良久，未见陈秋冬转身看她，以为他生气不理睬自己，故意轻咳一声，问：

“贝贝，找到宁静了吗？”

贝贝猛然转身，双手死死拍着胸部，连连说“佳佳小姐，你吓死我了，吓死我了！”

“你的胆子怎么变得这么小了？宁静的两次失踪都与你有关，你怕当嫌疑人是不是！”

“嘻，我只要听到女人的声音就害怕。这些天来，宁静就像幽灵每时每刻在我脑海里打转转。”

“这是好事呀，这是你进入创作状态的表现。宁静的一举一动都在你眼前晃悠，这才能使人物形象立体化！”

“佳姨，你这几天疯到哪里去了？”

陈秋冬对佳佳也不满。佳佳虽然是姨，是长辈，可他可以很随便地骂她疯。

“我去看望夏长阳，又到公安局刑侦大队看关押的两个人是不是文文和吴上尉，结果发现是冒充的。刑侦大队反复审问他们主谋是谁，可这两人死不开口，只说是黑哥——那个屠夫！”

“他俩是干什么的？”

“他俩是潮州人。一个姓林，一个姓阮，都在滨海打工。前两年因抢劫别人手机，除罚款外，还被判刑半年。我想黑哥怎么会熟悉文文和吴上尉？凭我感觉，真正的文文与吴上尉也遭绑架了，或许还已被害……”

“文文与黑屠夫牛马不相及，没有冤仇，绑架他们干什么？”贝贝逆向思维起来，说：“不是我们创作组内部出问题就是红苹果文化公司有内奸。一种可能是黑道人物收取林生好处费后阻止这部作品的创作；二是红苹果文化公司权力之争，牵扯到市里大人物，动用黑社会来阻止宁静的提升，或是有人贪色好斗，宁静成了牺牲品。”

佳佳看贝贝一眼，惊讶地说：“几日不见，刮目相看，按照你刚才所说的写深写透，真是一部好作品。现在社会斗争的复杂化在于钱、权、色。如今谁去谈尊严，只要有钱，什么都会发生。贝贝，你说呢？”

贝贝点点头，见苹果小姐送来咖啡，眼睛猛然一亮，用手将长发往后拢了拢，说：“佳佳，你说得对。这部作品本来能写成有思想深度的作品，深刻反映国民在市场经济影响下茫然地追求金钱，不顾思想堕落和道德扭曲，采取极其卑鄙的手段获取钱财。手里有了钱，又茫然地追求低级庸俗的色情生活，与身份、地位很不相称。这形形色色的生活现象，令我们作家去思索……”贝贝说着说着，将那双贼眼盯在一个苹果小姐身上，许久不移开。顺着他的视线看去，那个苹果小姐长得很特别，眼睛很大，像一泓漩涡，双眼皮如两道波圈，能把对方的心漩进去。漩涡中的水，清亮而透明，仿佛湘西的山泉在急急地往外喷涌着。佳佳揉了揉自己的眼睛，看看贝贝，问：“贝贝，你刚才说什么转身就忘了，你现在这样不叫低级庸俗么？”

水水从进红苹果咖啡馆的一个小时起就一言不发，闷闷不乐。贝贝给他烟抽，他只是摇头；佳佳给他开心果吃，他还是摇头。佳佳见水水不开心，要陈秋冬安排一位苹果小姐跟他去包房聊天，等有了兴趣再回会议室。苹果小姐来了，微笑着请他，他还是摇头不说话。

佳佳见状,问:“水水你今天怎么啦?”

水水眨眨眼,说:“陈老板,你别拿我们作家玩,我们的智商并不低下,这本书我不想写了!”

贝贝大吃一惊,问:“水水,你今天怎么啦?”

“你们想想,我们的构思怎么老与现实一样,公安局怎么什么都知道,案情又怎么总是按照我们的构思去发展?”

陈秋冬咧嘴笑笑,说:“这叫巧合嘛!”

“一个细节巧合没什么,整个事件怎么都巧合?老夏独特的构思,让公安抓住了把柄,成为了嫌疑犯,你贝贝也会被抓走,到时我也会被抓去,只有你佳佳不会被抓!”

“水水,这是什么意思?”佳佳不解地问。

“你自己清楚!”

水水说完,满脸通红,脖子上的青筋一根比一根粗,转过身来向贝贝要了一支烟,贝贝给他点燃,问:“水水,你葫芦里装着什么药?”

水水摇摇头,说:“我们不是河南猴子,由你们来耍!”

陈秋冬毕竟年轻,听后满脸狐疑,佳佳却不以为然,脸上显得格外平静,眼睛眨都不眨,难道她是幕后操纵者,拿这帮男作家消遣?她没有看水水,水水说的话仿佛从她耳边吹过。陈秋冬问:“佳姨,水水怎么产生这个想法?”

佳佳冷若冰霜地说:“我也不知道!”

贝贝看看水水,又看看佳佳,回过头来对陈秋冬说:“看来这是个阴谋,是个圈套,是个陷阱!”

贝贝虽然开门见山地说了,自己也不清楚是什么阴谋,只是按照水水的想法胡乱地说了一通,证明自己不是傻瓜,不是由你陈秋冬随意驾驭的人。他想看看陈秋冬的表情,听听陈秋冬的陈述,然而陈秋冬不说一句话,直往外走去。佳佳见秋冬走了,转过身问水水:“我玩弄了你的感情还是骗了你的钱财。最吃亏的要算是夏长阳,夏长阳才来滨海,他才真正地掉入了黑洞,被公安局逮去,他才冤枉哩!"

水水问:"公安局抓他干什么?"

佳佳答:"不就是因为这个作品的构思嘛!"

水水问:"公安局就凭这个抓人,不符合侦破常理,可能还有其他原因。"

站在旁边的贝贝摇着头说:"就是因为这个!"

水水有点莫名其妙了。红苹果公司的宁静与王秘书被绑架到泰国的事,为什么与我们创作的一模一样?我们构思的情节就是这桩案件的案情,我们设计的黑蜘蛛团伙就是这桩案件的团伙,这也是巧合?看来创作组里有黑蜘蛛团伙主谋,一边创作小说一边策划阴谋。宁静、王秘书、方虹、山西妹子与林生、林跃、梁副市长、梁董事长虽不是真实姓名,但他们之间所发生的事件却是活生生的,好像他们在按照我们创作的内容而生活着,连情节和细节都完完全全一样,这是为什么?难道陈秋冬是主谋,可他策划这桩案件有何目的?水水越想越糊涂。他摇摇头,又想到夏长阳。他来滨海寻找失踪的男宁静,可不知不觉地卷进了这桩案件的漩涡,关在公安局看守所里,一定很痛苦。寻找人是件颇为平常的事,可从他加盟创作组的那天起,他就接连不断地发生祸事。掉入黑洞,在咖啡馆被劫,然后遭到拘留等等。难道公安局发现什么证据认定他是主谋?他初来乍到,与人无冤无仇,没有诈骗过钱财,没有犯任何罪,为什么会遭人陷害?他再次摇头,暗暗地想:我要离开这个创作组,安安心心地写点别的东西。陈秋冬你付再高的稿酬我也不参与了,这部巨著一定是个诱饵。如果不离开,我们都会被公安局抓去。在我眼里,方虹一伙是黑蜘蛛,我们创作组一定是红蜘蛛。红黑团伙的较量,在滨海会掀起轩然大波,在这巨大的波浪中,不少人会成为牺牲品。

在水水静思的这一阵子,会议室鸦雀无声。水水不再说话,站起身来，摇摇头走了，随后贝贝也走了。

贝贝与水水走后，陈秋冬走了进来，见贝贝与水水不在，问："佳姨，贝贝与水水呢？"

"走了！"

陈秋冬又问："佳姨，这部作品还写得下去么？"

佳佳没有作声。陈秋冬见佳佳的情绪不好，说："如果不写这部作品，我得赔偿出版社六万元，那不是太惨了！"

佳佳说："对，不出版这部作品，夏长阳也不会出来，只有写完出版这部作品，夏长阳才会出来，对吗？"

陈秋冬感到莫名其妙。这部作品出不出版，与夏长阳出不出来有何相干？

佳佳说："不写好这部作品，等于将夏长阳置于死地。写，坚决写下去！"

陈秋冬装着不明白，问："佳姨，你说明白点好吗？"

佳佳说："我已经说得够明白了！"

陈秋冬说："佳姨，你喜欢上夏长阳了！"

佳佳没有说话，只是将目光往陈秋冬的脸上扫了一圈。她喝一口咖啡，拉开窗帘往外望了望，自言自语道："终于败在你手里了！"

这句话被陈秋冬听到，问："佳姨，谁败在你的手里？"

佳佳不作声。随后，佳佳将窗帘拉上，转身走出了会议室，离开咖啡馆，搭上一辆的士走了。陈秋冬望着远去的小车才狰狞地笑了，自言自语地说："我虽付出了代价，可也快要实现我复仇的夙愿了。宁静，我们虽无冤无仇，但你父亲却……"

原先议定创作组人员在这部巨著尚未出版前内容一定保密，谁知作品刚刚开始，就被人泄露，导致夏长阳被拘留，但佳佳不知道谁在利用修改这部作品为借口，嫁祸于人。为了夏长阳尽早出来，她又一次厚着脸皮去了红苹果文化公司。

虽然林生与方虹双双出问题，红苹果文化公司的工作却在正常运转。佳佳走进公司，她不想找山西妹子，直接找顾问林跃，员工告诉她林顾问被两个男人叫走了，不知去了哪里。有老员工上来，问佳佳林生犯什么罪被抓去，佳佳摇摇头回答不知道。当她走出公司大门时，楼下的花圃里不再有人养花，也没有人浇水，有些花开始枯萎。她推门进去，突然发现原来的红蜘蛛不见了，而黑蜘蛛在编织网络。雄蜘蛛在周围拉着丝，雌蜘蛛在网中拼命拉来拉去，拉得很密很密。佳佳用手摸摸，雄蜘蛛以为有敌人来攻击，迅速地往佳佳的手咬来。佳佳知道蜘蛛有毒，立即将手缩回。如果林生不出事，这黑蜘蛛早已网破，还等我来欣赏？佳佳认真地又看了一次，发现网中有一个黑点，蛛丝拉得非常密，如湘西的织锦。黑点中有一只大蜘蛛，蹲在网上一动不动，虽然看不清它的面目，但一旦有谁攻击，它用爪子抓着网丝，可以指挥其他蜘蛛反抗，难道它是这个蜘蛛网的头？

这时候，手机叫了。佳佳一边接电话，一边走出花圃，招手叫来一辆的士。坐在红苹果公司经理室的山西妹子，从窗户看着佳佳神秘的样子，立即派人跟踪。她与佳佳有矛盾，林生不在公司，方虹与山西妹子都不理睬佳佳。当佳佳在花圃观赏蜘蛛网时，林跃给山西妹子挂来电话。问佳佳去了公司没有，如果去了公司，立刻轰走她，并派人监视她，看她到底捣什么鬼！其实公司的小车早已停在楼下，车里坐着两个人：一个是公司一位员工，一位是创作组的水水。水水与贝贝从红苹果咖啡馆出来，直奔红苹果公司找林跃。听贝贝报告后，林跃立即要贝贝帮他找宁静。佳佳认识红苹果公司的小车，此时发现跟踪她的小车是林跃的。

林跃的小车紧紧地咬着红色的士，跟住佳佳不放。

佳佳原想回到红苹果咖啡馆，看有人盯梢，又立即改变计划，往公安看守所开去。

的士在公安看守所一百米远的地方停下来，佳佳用手捋了捋刘海，扯了扯衣领。在一个小商店买了一条烟和几瓶牛奶，往看守所走去。突然，她的手机叫了，她知道是短信。打开一看，是陈秋冬发来的：

> 情丝丝，雨丝丝，我在想你无人知；爱思思，恋思思，真心想你愿你知；心思思，相思思，一天不见傻痴痴；梦思思，念思思，梦里有你甜滋滋。

佳佳对于陈秋冬示爱的短信习以为常，没有一点惊讶。她反感他，但又无奈。她径直走进夏长阳那间屋子。忽然，一个民警走上来，问："又是你看他！"

佳佳点了点头，问："他在么？"

"他当然在呀，不在，这个案子能破么？"

"如果他无罪释放，这案子就不能破么？"

"他怎么无罪？这家伙天天狡辩，不愧是写侦破小说的作家。他口口声声说这是文学作品的构思，怎能当作线索！"

佳佳微笑，随后走到夏长阳那间房门口。

夏长阳见佳佳来看他，心里非常感激。他收下东西，第一句话就问："创作情况怎么样？"

佳佳没有将贝贝、水水离开创作组的事告诉给他，低声地问："这几天有谁来看你么？"

夏长阳见佳佳脸色有点黄，开玩笑道："除你之外，天底下没有第二个人了！"

佳佳叹一口气，说："你的心态真好，如果是我精神早垮了。这纯粹是小说创作，公安却以此为线索，把你当作嫌疑犯给抓起来，真是无比荒诞！”

夏长阳笑了笑，说：“佳佳，你对我真好，我不知拿什么来感谢你。如果案情真相大白，我被证明是冤枉无辜的，公安赔我一笔钱，我拿出一半给你！”

夏长阳见佳佳不说话，问你在想什么？佳佳为夏长阳拧开一瓶牛奶，说：“老夏，你近日缺少营养消瘦了，多喝牛奶吧！”

夏长阳在接牛奶时，突然碰上了佳佳的手，他一手抓住不放，轻声道：“佳佳，你比我老婆还好，我不知怎么感谢你！”随后，他的眼眶淌满了泪，抓住佳佳的那只手颤抖着，好像有一股电流从此通过。佳佳让他抓，却将眼睛移向一边，用心在感受着夏长阳的痛苦。寻人是一件很平常的事，夏长阳却倒十八辈子霉，到滨海仅半个月就被抓进了看守所，每天孤零零地关在这里。看守所民警路过这里，夏长阳理智地松开了手，像饿极了的狼，抓着牛奶就喝。那双亮亮的眼睛不看牛奶，不看窗外，不看背后行走的人，呆呆地看着佳佳。夏长阳在佳佳的眼里，是一个老实本分的人，是一个能长期共同生活的人。佳佳想到这里，站起来将头发往后一甩，说：“老夏，不写这部小说了好吗？”她说完一屁股坐在靠椅上，同情地说：“你写小说受到了伤害，我的心受到了震颤，我对这部小说的前途丧失了信心。”

夏长阳不解地问：“为什么？”

“老夏，我告诉你，我写这部小说是为寻求精神的解脱，挣扎着把一切烦恼丢弃，谁知给你带来了痛苦。为了解救你，我看得终止这部作品的创作。”

夏长阳说：“为了你的精神解放，我支持你写下去！”

佳佳本来是一朵俏丽的花，对戏剧事业充满着信心，在州歌舞剧团的数年里，她编的舞剧曾获过多次奖，后州里一位领导夺走了她的贞操，她也勇敢地诉诸法律。在打官司的过程中，她觉得法律只是那些高级政客的道具，是那些钻营者的道具，没有任何一点公正可言。公正是社会成员用法律这个道具产生的效果，而不是法律本身的效果。犹如一把刀，本身并不具备罪恶，但掌握在罪恶的人手里，它就产生罪恶的效果，它掌握在英雄正义者手里，就成为光明和公正的象征。后来在婚姻的失败中，她对法律又产生出一种感觉，金钱能凌驾于法律之上，于是她否定了对法律原有的认识。当她一接触到法律，立刻发出痛苦的哀叫，产生一阵恐怖的寒战。在湘西那块古老的土地上，她随时随地都能碰上不按法律程序办事的情况。她责怪这块土地，埋怨这块土地的贫穷，她辞职下海，来到改革开放的前沿阵地——滨海，以求解脱心灵上的痛苦，寻找真实的我。这些年来，佳佳被生活玩弄着，青春没有了，原想从湘西到滨海寻找自己的青春，结果又被林生甩了。她不免憎恨这个社会，她憎恨这个社会的男人。她对这个世界已经别无所求，所求的只是对社会的报复，对男人的报复。

佳佳脸上的表情充满了自信和轻蔑，在自信和轻蔑的眼光中又有些胆怯。她感到有一种无法抗拒的力量在压迫着自己，在写作这部巨著时心里产生极度的矛盾。既然是报复，为什么偏偏用写作这个繁复的手段，为什么不用简单与轻松一点的方式？她觉得自己笨，但又觉得聪明，谁会料到她用写作去报复男人，就算这部作品的故事情节完全真实，读者和滨海市民都会认为这是小说，是虚构的，是假的。不过既然公安按照这部作品的故事去侦破，那自己尽量构思真实些、奇巧些，环环扣紧，写得与这个案件一模一样，就像这个案件的纪实文学。作品写完了，这个案件的真相也就大白了。

夏长阳受了委屈，心情倒是很好，他向公安要了几本小说，有福尔摩斯的侦探小说，也有博尔赫斯、卡夫卡、马尔克斯、福克纳的小说。他看入了迷，公安给他送来了饭菜，摆在窗台上，他忘了去吃，直到公安来收拾碗筷他才发现没有吃饭。公安看来看去,看出了问题。如果老夏真有此事,他应该着急,可他一点儿不急。公安刑侦队几次开会讨论时有意见分歧,谁也不敢肯定老夏无罪,谁也不敢肯定老夏有罪,只好等侦察清楚再认定。他们创作组的佳佳、贝贝多次来看守所看老夏,开始公安局不让看,尤其是看守所长旷小东。后来经公安局讨论,不如让他们去看,引蛇出洞,说不定会给侦查破案带来方便,有什么不好?今天佳佳的到来,不仅有公安的监视,还有红苹果文化公司的跟踪。这样的监视,佳佳不知道,如果知道,又会说荒唐。佳佳看夏长阳手里拿着《福尔摩斯侦破案件一百例》,正好提醒了她,问:"老夏,你看宁静躲在什么地方?"

夏长阳说按照福尔摩斯破案惯例与我的推断,这个女宁静一定长得漂亮,被一个人软禁在意想不到的地方。前些天我曾构思过,佳佳,你想听么?你听了,一定说我有才气,会写出叫座的作品来。

佳佳听夏长阳自傲的口气,看夏长阳欢快的神情,说老夏你虽然与现代化城市滨海没有融合,你的思想却超越了现代化,尤其是你的想象特别丰富,还有你叙述的语言特别流畅,特别有节奏,特别有感染力。我特别喜欢你的这种风格,也特别喜欢你的为人。像你这样的人,在市场经济的今天,特别的少了,再过十年二十年,你就成为"国宝"了。这不是贬你,而是从心底里褒扬你。老夏,你说吧,我洗耳恭听,我们一定将这部作品坚持写完,并且利用媒体大肆炒作一番,如果能获茅盾文学奖,你受点苦也值得!

老夏接过佳佳打开的纯牛奶,喝了一口,润了润喉,干枯了的脑海又充满了奇特的幻想,展开想象的翅膀,又开始了艰辛的构思旅途。

宁静离开金叶大酒店,一连找了好几天工作,一天在回出租小屋的路上,她遇上了接待处长的胖小子。那是在情侣南路的拐弯处,茂密的树叶遮住了路灯。宁静想一个人在凉亭里坐坐，梳理一下多日纷乱的情绪。凉亭靠栏上摆着一瓶健力宝，她拿起一看，健力宝瓶盖已打开，饮料却装得满满的，可能是客人只啜去一小口，临时有事走了。这是哪一位游客如此奢侈，就算有事，一边走一边还可以喝呀！健力宝摆在这个靠栏上大煞风景，宁静抓起欲丢进海里。当她扬手丢时，一个嘶哑的破嗓音从身后传来："一个漂亮小姐如此大胆，竟敢丢别人东西！"胆小的宁静，乍听这可怕的口气，手一抖，健力宝从她的手上抖落进大海，飘浮在亭下的海面上。那个男人旋即来到凉亭，看健力宝已抛入大海，火气冲天地责骂着："你这位小姐眼睛瞎了，这是我的东西，你怎么乱丢？"宁静急得转身准备走，恰巧与那个男人碰个正着，一头撞入那位男人的怀抱。她猛然抬头一看，觉得眼前这位胖男人很熟，长得肥头大耳，穿着一件白衬衣与一条背带裤，如缝的小眼睛里透出一道凶光。胖男人又吼："你给我赔上，否则的话，你休想离开！"宁静定睛瞄上一眼，这位胖男人不是别人，正是接待处长那个傻大儿。宁静往四周一看，这里较偏僻，是海湾之处，路两边全是参天大树，很少有人来这里歇凉。今天只怪自己心情不好，想独自静静，可真是凑巧，碰上了这条色狼。宁静欲立即走开，刚移动脚步，他一只大手紧紧地将她抓住。问："你就这么走了？"宁静欲挣开，立时从树林里蹿出三个人，将她团团围住，笑嘻嘻地说："傻哥，她是你的媳妇吗？"胖小子嘿嘿笑了笑，没有说话，双手推着她往路上走。三个人中有一个拿起手机，打了一个电话，说："傻哥，抽支烟吧，车子一会儿就来。"于是他们一帮每人一支烟都点上了火，嗤嗤嗤地抽了起来。胖小子死瞪着宁静，从上到下从左到右地看了一遍，问："你怎么瘦了？"宁静说："我瘦不瘦，关你什么事？"胖小子冷笑两声后，卑鄙地说："瘦了，他们会说不过瘾！"宁静听话听音，问："你要干什么？"嘿嘿又是两声，胖小子狠狠地抽一口烟，走近宁静，往宁静脸上喷去，一阵烟味直冲宁静鼻孔，然后哈哈大笑。此时，他的手机叫了一声，打开一看是信息：不宜久留，请速回府。黑蜘蛛。

胖小子立刻关上手机，问其他三人："车怎么还不来？"其中一人又往前面眺望着，自言自语地说怎么还不来？宁静被团团围住，她暗暗地想着，那瓶健力宝是圈套。她认识到自己可能又陷囹圄，在滨海这个地方，好像四处都是网，每时每刻都有被网住的危险。他们绑架自己干什么？说美丽谈不上，自己长着的只是一般的脸，没有天姿国色，何况还是由男人变成女人，发育不健全。该凸的地方没有凸起来，该凹的地方没有凹下去。脸色虽白里透红，但躯体的肌肤不但黑，还显得比较苍老，没有别的女人那般细嫩，那般有弹力。宁静正思索着，一辆小车急驶而来，从车上钻出一个中年人，一手将宁静拽了进去。车里还坐有一女子，宁静在慌张中没有心情去看是谁，一分钟过后，那个女子叫她宁静，她转过脸一看是王秘书。她惊讶得半天说不出话，王秘书见她害怕得直打哆嗦，问这是什么事，抓我们干嘛！宁静听王秘书说话，心里稳定了些，问车里的两个男人："你们为什么抓我们，我们没有惹祸！"两个男人都不回答。小车几拐几进，驶入湾仔一个僻静处。下车的时候，宁静与王秘书的眼睛被蒙上一块布，被送进一间房里才将布打开。这是一栋三层高的小洋楼，房子不新，墙壁四周有些地方已经脱落。屋后是海，墙壁下长着很高的芦苇，还有芭蕉树。屋前有一座小水泥桥，桥下是一条小溪，小溪稍稍涨水，便会淹进洋房。这里真偏，周围几百米地方没有房屋，屋外很脏，海里浮上来的垃圾都遗留在屋坪里，远处看来，这是一栋空屋废房，不会引人注意。他们几个男人累了，脸上冒出了汗，脱去了外衣，露出半截的胸脯上有黑蜘蛛纹印，原来他们又是黑蜘蛛团伙。宁静转念一想，从泰国回滨海后，有人说是红蜘蛛团伙绑架的，那么在滨海有红黑两个团伙在绑架我们。事到如今，绑架理由我们始终还没有找到。王秘书看一眼宁静，说："你宁静长得漂亮，有被绑架的可能，我骨瘦如柴绑我干嘛！"宁静摇摇头，问："王秘书，你在公安局里怎么又出来了?”

王秘书摇摇头,说:“公安局放我出来,我在回公司的路上就被这帮人给绑了。”

“我们只能同病相怜了,始终逃不掉这帮人的追踪和绑架!”

宁静说完这句话,王秘书一把抱住她,痛苦地说:“这是为什么,这是为什么!”

宁静与王秘书紧紧地抱在一起,伤心地哭了好久好久。她俩刚刚哭完,有人开门进来送了两瓶矿泉水,冷冷地说:“八点过后吃晚饭,老板亲自给你们来送!”

这栋破旧小洋楼没有一部电话,无法与外界联络。但是宁静觉得这比在泰国安全多了,有点男人个性的宁静心里踏实了些,王秘书却迥然不同,不停地往窗外张望,看这四周有没有人。这不是当道处,只有一条毛草路。滨海的人很少来这里。但这屋里很豪华,不像没有人住。宁静与王秘书住的这个套间不一般,其中一间房全是女人衣服,外衣仅仅几套,内衣内裤却琳琅满目,看得人眼花缭乱,赤橙黄绿青蓝紫,应有尽有。她俩看过后,感觉这肯定是一个魔窟。王秘书身上出了汗,要宁静与她一起洗澡。宁静说你先洗吧,王秘书说方虹与山西妹子都是一起洗澡,互相擦擦背,按按摩,极舒服的。由于宁静没有与女人一起洗过澡,迟迟不敢脱衣服,最后还是王秘书拉她进了浴室。王秘书并不瘦弱,是脸瘦体不瘦,各个部位还是很丰满,线条突出,皮肤也很细腻,显得极健康。王秘书催道:“宁静小姐,你脱衣呀!”宁静在王秘书的帮忙脱拉中,脱下了外衣。脱内衣时,宁静转身奔出了浴室。王秘书浑身颤颠颠地跟着出浴室,揪住宁静,问:“你怎么不敢同我洗澡?”宁静抬头往窗外看去,一边看一边催道:“你先洗吧,等会儿我再洗!”

王秘书想女人与男人做爱都做了,女人与女人洗澡有什么害羞的呢?宁静怕什么,我又不是艾滋病患者,我又不是男人。来,宁静,你给我擦擦背！王秘书走上前去，一把抓住宁静的内衣背带，纽扣一拔，内衣掉落下来。王秘书吃惊地说："宁静，你原来也没有乳房，全用海绵垫的，嘻，与我差不多！"宁静慌忙中将乳罩往上提起，扣上纽扣，结果地上掉落两团海绵。她俩在争执时，门被人推开，猛然钻进两位大汉，手里提着两袋盒饭和两瓶饮料，笑嘻嘻地说："发现新大陆，她俩在搞同性恋！"

王秘书急了，转身跑进了浴室，随手关上了门。等她洗完澡走出浴室时，不见了宁静踪影。茶几上放着两盒饭。她放声大喊，没有回音。守门的那个男人打开门，问她叫什么，她问宁静小姐哪去了？这是老板的事，不需你问，安安心心地在此休息，晚上有人陪你，你不会寂寞！

夏长阳讲到这里，叹了一口气，抬头看看佳佳。佳佳很惊奇地看着夏长阳。他突然停顿下来，似乎在惋惜什么。他说一个人一生中总会遇到一些怪事，随着岁月的流逝，会慢慢地得到印证。宁静又一次的失踪，佳佳你说她应该在哪里？夏长阳试探性地问佳佳，佳佳端了端眼镜架，好像明白又不明白，她没有回答。夏长阳又问我上次的那个构思真与这个案件一样么？难道天底下真有那么巧合的事？夏长阳摇了摇头，又一次地叹下一口气，低声地说："佳佳，我是个直人，说的都是直话，请问你佳佳，是不是黑帮团伙按照我的构思去发展案情嫁祸于我？"佳佳摇着头，说："夏长阳，你抽一支烟。我知道你是写侦探小说高手，有反侦探能力。在构思时容易冲动，抽一支烟，冷静下来再构思。他们不写，我俩写行吗？"夏长阳抽出一支烟，佳佳给点上，夏长阳猛抽一口，一股大烟直往镜片里冲，熏出了眼泪。夏长阳取下眼镜，用脏衣袖擦了眼睛，说："佳佳，我不想再构思了，构思要惹祸的，不是这构思，我怎么会关在这里？"

佳佳说你抽完这支烟会构思的。你不构思，我不写成这本书，你不会出来的，你知道滨海刑侦队里的复杂性。长阳，你坚强点，构思吧！

夏长阳越听越糊涂，这个案件的侦破好像对他很重要。他取下眼镜死死地瞪着佳佳，问："这个黑帮团伙案件与我没有关系，可听你说起来，对我非常重要，问题到底出在哪里？"

佳佳已经站起身，想立刻走，又被夏长阳拉下，说："我住在这里像个和尚，一天到晚十分孤独。若是和尚，每天还有朝拜的人，还有人烧香火，这里却冷清得可怕。每天夜里做梦都梦到那个黑洞与那具女尸。说实话，我已经是一个没有灵魂的人了，构思都是荒诞的，乱七八糟的。既然有人按照我的构思去发展案情，对我来说，继续写下去，就是一场可笑的冒险。我应该告诉读者，情节完全是虚构的，不应该当回事，这只是文学。"

佳佳终于又侧身坐下来。夏长阳从侧面看了佳佳一眼。佳佳披肩的长发，散发着一种独特的芬香味。耳朵上下的确很美，皮肤很嫩白，如果从侧面看，看不出她已是四十岁的人，看上去顶多只有二十多岁。那个挂在耳朵上的大耳环，如风中的鸟笼一前一后地摇动着，颇有韵味。如果她能接受我的爱情，这辈子算我有福。但他转念一想，那是不可能的。夏长阳，你这个狗杂种，不拿镜子照照自己。人家是一枝鲜艳的花，你自己却是一堆臭牛粪。夏长阳一边自己埋怨自己，一边创作的欲望又占了上风，问："佳佳，还要我帮你构思？"

佳佳转脸瞟了夏长阳一眼，那一眼的光芒像太阳。仅仅一刹那，夏长阳如着火一般，站了起来，双手疯狂地抱住了佳佳的腰，动情地说："佳佳，你帮忙接我出去，让我认真地修改好这部作品，让它震撼中国图书市场，震撼中国亿万读者的心。到那时，我不回锦水县了，我们会成为夫妻作家的！"

佳佳惊讶得半天说不出话来，如晴天霹雳，轰昏了她的头。稍作冷静，佳佳说："长阳，我们都是中年人了，冷静一点好么？"

夏长阳觉得自己行为有点过激，松开双手，回到原位，说："言归正传，我们还是构思吧！"

正在这时，佳佳收到一个短信，看完后，骂了一句："无聊！"

夏长阳见她脸色不好，问谁给你发短信？佳佳不作声。

佳佳，你知道男人在想什么：一想处女能陪睡，二想强奸不犯罪，三想做爱永不累，四想当官不开会，五想长命又百岁，六想买啥啥免费，七想猜奖准蒙对，八想打牌点不背，九想女儿排成队，十想喝酒从不醉，十一总有人行贿，十二巨款不上税，十三花钱如流水，十四妻妾不缠腿，十五国外品洋味，十六豪宅住八辈，十七名车一大堆，十八御膳当零嘴，十九耄耋不阳痿，二十下辈又轮回。

十二、检举揭发

宁静在这个案件的发展中的确重要,她的出现给创作带来一线曙光,她的失踪又使得侦破工作越发扑朔迷离。她被人带到哪里去了?留下王秘书在那荒野废屋里。按照已有线索推测,宁静的失踪,与方虹有着密切的关联。要想改好这个作品,还得继续在旷部长、梁董事长、梁副市长、林跃、林生及方虹身上挖点东西,在他们眼里宁静是道具,这场戏怎么演,关键看他们,因为他们都是官员,他们之间的斗争,必定惹出大祸来,这叫官祸。宁静的命运与他们有关,为了继续往下写,夏长阳构思让宁静被接待处长安排在湾仔一个酒家的地下室,也就是方虹与山西妹子时常鬼混的那个地方。夏长阳说他不得不使用愤怒的笔调来写这一章伤感的故事,他要尽可能把发生或即将发生的事叙述出来,使他自己脱离当事人的地位,成为一个见证人,一个旁观者,一个置身事外的人。让公安看他的这章故事,对他的疑点慢慢减少,成为这个案件的局外人,使这个作品渐渐走向完美,走向终局,正如佳佳所说这部作品写完了,这个案件也终结了,最后的凶手——红黑蜘蛛的团伙头目会真相大白,是张三是李四,一目了然。

为了使这章故事易于了解,夏长阳先倒叙构思有关方虹的几个老故事,作为铺垫。这个女人不简单,林跃、旷部长、梁副市长、梁董事长,他们之间原来很团结,因为都是宣传部出来的人,都是因为方虹暗中挑拨,才互生嫌隙。

林跃是老宣传部长，梁副市长当过宣传部办公室主任，林跃当市委副书记，他调建委当副主任，旷荣部长是常务副部长，梁从汉却是新闻科长。那时候，大家紧紧地团结在林跃部长的周围，而方虹却是一个三陪小姐。林跃当市委副书记后，旷荣当上了部长，当上了市委常委，梁董事长离开宣传部，被旷荣部长安排到文化局任副局长。因为方虹的出现，导致了矛盾的产生。

方虹在金叶大酒店当坐台小姐。那年她二十一岁，长得很好看，有许多男士追她。一天，旷副部长被人请去金叶大酒店吃饭，安排他坐上席，可他身边空着一个位置。所有人都到齐，旷副部长问老板还有谁来？老板点点头，说有人来，请你再等等。话刚说完，一个如花似玉的小姐翩翩而至，被老板安排在旷副部长身边，介绍说这是费翔演唱组委会的公关小姐方虹，有关事宜，请方虹小姐向部长你汇报并希望得到宣传部的支持。那天晚上，文化新闻出版局一个副局长与梁从汉科长也在场陪同。方虹来之前精心打扮了一番，洗、剪、护、吹样样都做了，用了法国洗发水护发膏，用了美国化学发油。在美容时，她躺在护理台上，任意让护理小姐摆弄。为了陪吃这顿饭，整整花了两个多钟头，这种超级的美容服务，她感到异常新鲜舒服，照照镜子，肤色和容貌发生了巨大变化，如同仙女下凡，动人心魄，美丽无比，青春勃发。

宴会开始，法国葡萄酒加香槟，高脚杯碰得当当响。旷副部长有了兴趣，说："今晚是美酒加美女，喝，第一杯干掉！"

方虹看这位领导老是看她，好像颇感兴趣，也就干了第一杯。接着，他们一个个地给旷副部长敬酒。大约一个钟头后，旷部长与梁科长及各位男士的脸色开始红光发亮，他们在久经（酒精）的沙场上已经从好言好语阶段进入到豪言豪语阶段，然后进入胡言乱语阶段。梁科长喝多了，就对方虹说，我的心肝，宝贝，你怎么这样漂亮，他不停地啧啧称赞。方虹被梁科长说得麻酥酥的，热乎乎的，痒兮兮的，乐滋滋的，幸福与快乐都涌上了心头,眼睛睁大了,发亮了。旷部长虽然不动嘴,灵魂早已漂浮到空气里,不知道该怎么说,仔细一想,梁科长把所有美好的词语全用完了,自己只有用手来表示感情。他胡乱地摸着方虹的手与腿,眼神热辣辣的。他生怕方虹瞧不起他,说:“老子天下第一,没有办不成的事。方虹小姐,你有什么需要我帮忙的,你尽管说。只有想不出来的事情,没有做不出来的事情。在滨海这座城市,潮州人我还是第一个,你是第二个。来,老乡,我们再干一杯!”方虹敬他,又干下一杯。旷副部长不想喝了,老板要方虹小姐送他去房里休息。方虹开始不想,为了老板的坐台费,她扶着旷副部长去了房里,而梁科长再也没有心思喝酒了,说:“老板,我们走吧!”

组织费翔演唱会的老板看梁科长神色有点诡异,觉得今晚这顿饭请得不好,桌上所有的饭菜随着方虹这个女人的离开变得无味了,仿佛都是清汤寡水。梁科长站起身欲走,老板挽留,说埋单后我们再去泡泡澡。梁科长不开心地说等举办完演唱会再去吧!他一边走一边推开了包厢门,老板没有办法,将梁科长送出了金叶大酒店的大门,然后回来埋单。单埋了,老板的心情倒是沉重了起来。费翔演唱会时间临近,有关手续尚未办毕,省文化厅批示正在审批之中。梁科长原答应去省文化厅找哥儿们活动,先演唱后补办手续的,老板恐生变故,趁他还在醉酒时,又给他挂去电话,征求他先演唱后补办手续的意见,梁科长还是满口答应。老板放下电话,暗暗地赞扬梁科长是个好人,说话表态铁板一块,不会变的。同时也暗暗庆幸自己这顿饭还是请得好请得及时请对了人。老板想走,方虹与旷副部长却还在房里,他俩玩好了,还要他去付钟点房费。不知道她玩到什么时候,他只有坐在大厅里等。时间过去两个多小时,方虹才挽着旷副部长的肩膀从楼道里蹒跚下来,眉来眼去地走入大厅,往坐在大厅沙发的老板招手。老板十分疲惫,打了一会盹,他俩走到身边时,老板才无精打采地迎候上去,问:“部长,酒醒了？”旷副部长故作姿态地说：“好些天很忙，没有精神，一端杯就醉，真不好意思还让小方陪我。”老板笑嘻嘻地给旷副部长递烟，方虹走上去，说：“人家旷副部长不抽烟，不像你们五毒俱全！”

老板点点头，扶着旷副部长进了他的小车后座，方虹也一同陪送。她一手搭在旷副部长肩上，一手抓住旷副部长的手，说：“旷副部长，你别忘了我呀，你答应给我找工作，到时我给你打电话！”

旷副部长嗯嗯地答着，在这黑色的车里，方虹再次领略到黑色把他俩变成魔鬼的过程。黑暗可以把人加以丑化，还可掩盖丑恶的东西，掩盖美丽的东西。在这黑暗里，方虹的双手紧紧地抱着旷副部长的脸，红红的嘴唇深深地印在旷副部长美好的印象里，使他觉得她是一个很有人情味的女人，接着她又去抓着旷副部长的手直往她胸脯挪。老板从反光镜里隐约看到这一情景，心里好不是滋味。方虹原是他的陪酒小姐，并且两人产生了好感。如果隔一日不打电话联系，做事吃饭都打不起精神，今天他所做的这一切，无非是为了金钱，为了在滨海打造自己，推介自己，形成一种无形的资产。方虹的这一举动令他酸楚，可转念想到钱，又安妥了许多。方虹对钱看得很重，她与自己的友好，不就是看上自己的钱么？有时候她陪客，自己打开钱匣子结账，她总要厚着脸皮抽去几张百元钞票，笑笑地给一个飞吻，扬长而去。她今天与旷副部长的举止，无非就是讨好巴结，令旷副部长动心，给她找一份好工作。女人年轻就是资本，漂亮就有幸福，方虹就是抢抓这个机遇，当一个都市猎人，牢牢逮住潮州老乡不放，朝着自己设计的目标去生活。

送走旷副部长，在回来的路上，老板不说一句话，方虹问：“你是不是吃醋了？”

老板还是不说话，沉闷地开着他的车，在海湾的大道上飞驶着。那一棵棵椰子树和一盏盏路灯，都无法激动他的心。方虹沉默了一阵，在一个转弯处，突然要求下车，说：“你付我的小费呢？”

老板回头看了她一眼,问:“你要多少小费?”

“一千元!”

“怎么要这么多?”

“你要知道我为你这个演唱会成功去陪好领导,今天特地做了美容,花费八百元,才赚你两百元还嫌多!”

老板不肯停车也不付钱。方虹急了,高声地说:“你给不给钱,不给钱,我就跳车!”方虹一边说,一边拉开了车门。老板吓得冒出一身冷汗,将车戛然停下,付了她钱。她拿着钱,直往路边一个小巷走去。老板知道,她是去金叶大酒店,又去做三陪小姐,继续陪别的男人,又去敲诈别人的钱。

半年过后,旷荣副部长升任宣传部长、市委常委,梁从汉调任市文化局副局长。半年前的那回,旷部长一直后悔,不该喝醉酒,不该当着下级的面与方虹进房休息。他怕梁从汉张扬出去,于是对梁从汉非常友好,暗暗地提携和重用着他,使他一路顺风,飞黄腾达。可梁从汉并不认为自己升迁是旷部长的作用,还暗暗地与他争夺着方虹。方虹既然与旷部长好,就不应与梁从汉暧昧。这女人真厉害,玩了老旷,又玩老梁,一只臭鸡惹疯了两只饿山鹰。红苹果文化公司老总林生,后来经旷部长和梁从汉介绍,让方虹进公司上班,也喜欢上了她,林生不知道方虹玩弄着两个领导。他不是喜欢她这个人,是喜欢她的工作能力,别人干不了的事她能干成,别人处理不好的纠纷她能处理好。林生对他大哥林跃说旷部长介绍进来的方虹真不错,有能力有水平,想提她当公关部长。林跃却不这样认为,说这个方虹解决问题的能力只有一个:敢于牺牲。林生不解,问她牺牲什么?林跃说她是个坐台小姐,被老旷玩腻了才送给你。林生又问林跃你们共产党的官难道是这样?林跃叹一口气,说我们这一代不是这样,只怨这个社会变得越来越腐化了,领导干部养情妇、包二奶,本是重婚罪,现在却不追究责任,所以他们胆子越来越大，还炫耀自己有本事。林生听罢，问林跃方虹是坐台小姐旷部长怎么安排进我们公司？林跃越说越气愤，高声说你不看报，前几年报纸披露过湖北荆州市委书记将三陪小姐招干提干，并当上区委宣传部副部长，全国一片哗然，方虹的事不足为奇。

林生越听越不是滋味，疑惑地问："大哥，你是一个正直的领导，怎么不干涉这件事？"

"我的年龄大了，临近退居二线的时候，方虹进来了，当时她只是一个临时打工妹，无关紧要，没有违背党的政策，我去干涉干什么？如果将她招工提干，我不说自然也有人说，反正你要提防小心她！"

林生虽然点着头，小心提防方虹，但还是被方虹所俘虏。他与佳佳相好，因都是湘西人，论长相、气质与文化，佳佳比方虹强，只是年龄大些。旷部长最先看上的是佳佳，有好几次到公司检查工作点名要佳佳去文明办上班，但被佳佳拒绝。有天深夜，旷部长给佳佳打电话，要她去宣传部。佳佳问："部长，你深夜打电话找我有何贵干？"

"有事！"

"有什么事电话里说呀！"

"电话里说不清。"

"那就明天说吧！"

"不，你马上来，我想和你谈谈工作上的事。"

"旷部长，你看看时间呀，晚上十一点多了！"

"时间还早嘿，我派车来接你！"

"今晚我不来，明天上班我来。"

旷部长半天不说话，而佳佳却不停地问："旷部长，你听到吗，你听到吗？"

"听到。今晚你不来，明天不要你来！"旷部长挂断了电话，自言自语地念道："妈的，不识抬举！"

佳佳十分明白旷部长深夜找她的目的。她知道旷部长心里窝着一把火，肯定会对她下“毒手”，下令要林生炒走自己，她也已经做好了思想准备。不久，他将方虹介绍了进来，并要方虹接替佳佳的工作。林生接受了方虹，佳佳却辞职要走，他始终弄不清事情缘由。佳佳执意要走，林生无法挽留，一直不明白方虹进来的目的就是挤走佳佳，更不知道这是旷部长的意图。

佳佳将辞职报告送进他的办公室时，方虹正与林生挤眉弄眼，加上办公室所有东西都是红的，生发出来的激情也变红了，刺得佳佳睁不开眼。她冷冷地将辞职报告递到他的手上，方虹却用一种挑衅的目光盯着她。林生呆了，这氛围仿佛屋里弥漫了浓烟，有两枝被呛坏了的玫瑰在他办公室摇晃。林生站起来，将辞职报告退还给佳佳，说：“佳佳，你先冷静下来，考虑好再作决定！”林生说完，要方虹出去，方虹撒娇地说：“我的工作还没谈完呢！”

“明天再谈。”

方虹坐在沙发上扭着腰肢，说：“我不，我不！”

佳佳见那副坐台小姐相，火冒三丈地走出了林生办公室。林生追出来，一直追到五楼宿舍。佳佳问他：“你怎么会要她？”

林生挽着佳佳的肩，叹一口气，说：“旷部长推介来的，我有什么办法？”

“你知道旷部长恨我的原因吗？”

林生被蒙在鼓里，摇着头，回答道：“我不知道！”

“不知道就好！”佳佳一边收拾行李，一边看着林生的眼神，看他真不知道还是假不知道。从他的目光里看出他是迷茫的，可能真不知道。不知道就让他不知道到底，假若让他知道，按他的脾气，拿起刀子会去捅人。佳佳叹着气，说：“林生，我们的缘分已经到头，我要离开你，你好自为之！”

“你说什么呀，我听不懂！”

“方虹的那双眼睛很厉害，只要你看她一眼，会叫你睡不着觉，你会被她迷倒！”

“佳佳，你这样看我？”

“我离开你，对你来说是一种解脱，不离开你，到时你会痛苦万分！”

“佳佳，你酸酸的，怪怪的。方虹的到来，与你有什么联系？”

佳佳推开他的手，木木地站着，看着她天天看到的一切——广阔的天空，湛蓝的海面，凤凰桥上的行人以及紫荆花下嫖客与妓女的搂抱和依偎。她想到这个社会的肮脏，想到林生的懦弱，想到方虹的胆大妄为。方虹能进红苹果公司，在佳佳的眼里，是天底下一笔最最肮脏的交易，臭于狗屎——林生却不清楚。

林生见佳佳铁心要走，求情道：“佳佳，方虹又不是我要来的，是旷部长安排的，你不能怪我呀！”

佳佳的眼眶里挤满了泪，她不让林生看见自己痛苦的脸，背着身，对林生说：“我辞职与你无关，那是我自己的事。但我可断言：她是一个祸害，红苹果公司会垮在她手上，你也会倒在她的石榴裙下！”

林生听这番话时，思绪十分的紊乱。他没有作出任何抉择，也没吭半声，低着头哭泣。

佳佳听他哭泣，立刻转过身，抚摸着林生的脸，劝道：“林生，我一点不责怨你。在当今社会，你是无能为力的。”

“佳佳，你瞧不起我！”

“对，我是瞧不起你！”

“佳佳，别气我，我们曾经友好过。你出去租房吧，我付房租费！”

佳佳人虽瘦弱，意志却很坚强，说：“我自己先租房子，做一个自由撰稿人！”

林生很难受，又说："你租房，我给你房金，你不要不好意思。你安安心心创作，我给你付生活费！"

佳佳没有答应。佳佳走之前，被林生紧紧地抱着，相互之间都听到心跳的声音，体觉出一种依依不舍的奇怪感动。佳佳并不脆弱，倒不是因为怕方虹，怕的是林生承受不起压力，才做出这个残酷的决定——离开林生。其实她的这一决定，是从爱护林生这个角度出发的，后来林生误会了她，抛弃了佳佳，爱上了方虹，她才转而恨林生，恨这个不专一的男人。

多年来，旷部长与梁从汉去外地开会，都要带着方虹去，她大多时间全部花在他俩身上。滨海市委大院吵得沸沸扬扬，市委书记与市长都知道旷部长有个情妇叫方虹，当过三陪小姐，是红苹果公司的。梁从汉不住在大院，做事比旷部长隐秘些，但很多次在金叶大酒店开房打牌方虹都在场。方虹的老公在建委工作很忙，顾不到方虹，流言传进他耳里他都是半信半疑。从宣传部出来的建委梁副主任听在耳里，埋在心底，他也不愿意捅出来，老旷和老梁原先都是宣传部的领导，无根无据的事，谁又去搬弄是非？只有林跃老书记记在心里，在暗地里调查此事。不捅开这桩事，弟弟林生会哑巴吃黄连——有苦吐不出。

省委组织部及省纪委收到检举旷部长的材料后，引起省委有关领导的注意，并要老林发现情况及时汇报。林生知道大哥在暗地调查旷部长有关材料，劝大哥不要插手这事，说你年事已高，又是外地人，你退休后他们会卷土重来，算你的老账。你倒台了，我还年轻，你还让不让我在滨海生存下去？

不久，市委大院一群女人给旷部长老婆写去一封匿名信，要他老婆管好她丈夫这条色狼。由于不清楚他老婆的名字，收发室无法投递，将信随便丢在桌上，不知谁将信打开，看过后又随便丢在桌上，取信的人你看一眼他读一遍，色鬼旷荣的形象在大院干部的心中定格了，一传十，十传百，不到半个月，大院各部委局里都知道旷荣是个色鬼，有个情妇叫方虹。有人还说旷荣在市一医院住院，方虹与另外一个女人陪他过夜，号称左手一只鸡，右手一只鸭，他手中捧着两个美少妇。以后的日子里，旷荣在大院里出出进进，有人便在背后指手画脚，尤其是一些妇女暗地里骂他是一条老色鬼，乱搞女人，还当宣传部长！

这个恶作剧是谁做的，旷荣至今还不清楚。可他不在乎，如今谁又将这婚外恋拿到桌面上来谈？谁叫自己老婆长得丑，没有气质！

为了介入红苹果公司，林跃退休后自告奋勇地担任该公司顾问，由市委下达红头文件。

旷荣害怕了，梁从汉害怕了，都说狼来了。他们开始收敛了，但婚外情的事依然在继续……

夏长阳叙述了一个多小时，烟灰缸的烟蒂塞满了。佳佳感到他的眼神里蕴藏着某种坚决，问："长阳，你怎么了解得那么多？"长阳拨动了一下眼镜，说："这是虚构的，有些可能真实，有些可能却微不足道，你写时再加工加工，尽量写得完美些，读上去要真实可信！"

佳佳点点头，说："我看你是编故事的天才。你仅仅构思到这里？"

夏长阳摇摇头，说："我还有构思没有叙述完，天色不早，你该回去了。现在是非常时期，你要小心，今天你来我这里，一定有人跟踪，你信么，过几天你会知道的！"

"不，长阳，把你构思的叙述完，过几天你又会忘记的，重新构思最痛苦！"

夏长阳喝了一口牛奶，润了润喉。转身往窗外一看，发现有个人在窗前晃过。可他并不惊讶，颇冷静地默思起来。他并不从这个人影叙述开来，而想从上一章方虹去金叶大酒店说起。但方虹去金叶大酒店干什么，夏长阳忘记了构思，说："佳佳，我已经忘记了方虹去金叶大酒店的构思，你能不能改日再来。”

送走佳佳，夏长阳倒头睡了。等他醒来时，窗外已是满天的繁星，窗台上的晚饭早已冰凉。此时，他又想起了在锦水县文化馆老木板楼里患有怪病的老婆，泪水掉了下来。

夜已经很深很深，夏长阳抑制不住地又构思起来，可他始终记不起七年前方虹去金叶大酒店的那节构思。而今晚这个构思，还是从下午窗口晃过的那个身影开始。在夏长阳的眼光里，那个身影是看守所长旷小东——旷荣的儿子，在他的构思中，旷小东不再是所长了！

十三、生死魔窟

方虹不仅与旷荣部长鬼混，还与旷小东鬼混，父子俩共用一个女子。这就像一对好朋友嫖一个卖淫女，一个刚做完几分钟，另一个又与同一个卖淫女上床。那滋味可想而知，丑恶而肮脏。这对父子就是这个德性，天底下可并不多见，在滨海更仅此一对。这真是：

歪苹果，坏苹果，
稀饭煮苹果，
煮成了苹果粥……

旷荣的嗅觉真灵，闻到红苹果公司有个漂亮的宁静，又在努力地寻找着机会接近，而方虹在一边竭力地阻止。宁静的两次失踪都与方虹有关。这事写进这部小说里，是佳佳的主意，这部小说前面的一些章节，构思有些混乱，不写方虹阻止旷部长寻找宁静，故事就平淡无奇，没有可读性。

把宁静与王秘书分开藏匿，不知是谁的主意。王秘书吃完晚饭，躺在床上孤单地痛哭着，一个男人推门进来。那个男人脸上有块刀疤，是横着的，一道灰白的弧线，从一侧的鬓角一直横贯到另一侧的颧骨。他吐出一股股酸臭的酒气，冰冷的眼睛直往王秘书脸上和胸脯上扫，一步步往她逼近。他用潮州普通话问候:“小姐,吃了饭没有？你如此寂寞,需要我陪么?”

王秘书最不喜欢听潮州人说话,旷部长和梁董事长都是潮州人,语音语调怪怪的,有种阴森的感觉。她一听这人也说潮州话,心里一阵紧。他说外面正下着雨,声音很大,在这偏僻的荒野,谁也不知道这屋里有人。王秘书看着那道刀疤,马上猜测起他曾与别人打过架,使用的武器都是刀棍,要不怎么会留下刀疤?

这个男人走上来,他没有立即去抱王秘书,居然还颇礼貌地站着,问:“你怎么不请我坐?”

王秘书一步步往后退着,退到北墙角边,低声回答:“你自己坐!”

这个男人坐下了,坐在台灯前,亮亮的灯光把他的脸照得清清楚楚。脑门上和眼角边的纹路如地图上的几条铁路线,那个刀疤则更是十分醒目。刀疤男人说:“王小姐,我的刀疤是假的,别害怕。”

王秘书不信,不停地说:“你不要过来,你不要过来!”

刀疤男人没有过去,起身进了卫生间。这个男人进卫生间后,王秘书一直抖抖索索,心想今晚一定是凶多吉少。但愿这个男人大发慈悲,可怜可怜自己。此时,她又想起了宁静,想起与宁静在泰国的日子。

这个男人走出卫生间,那个刀疤竟不见了,看上去简直换了一个人。他笑着走上来,问:“王秘书,你不认得我?”

王秘书惊讶地问:“你的刀疤呢?”

“那是假的,贴上去的。我是吴上尉,与你一样被软禁在这座如同坟墓的破屋里。”

吴上尉是公司后来招聘的员工,王秘书虽不认识,但听说过他的名字。并且她也听说了去泰国的吴上尉和文文都是冒名顶替的。王秘书不敢相信自己的耳朵,也不敢正眼看他。他怎么出现在自己的眼前?吴上尉也不知道是出于兴奋,或是出于被软禁的腻烦,提起了自己的这个假刀疤。

“王秘书,你和宁静被绑架到泰国的事,我和文文都知道。方虹请我们去喝茶,结果在路上遭到绑架。那帮男人都有枪,要我与文文还有那个黑哥去泰国,我和文文不肯去,因为你和宁静都是红苹果文化公司的人,我们怎么下得了手?后来他们将我和文文绑到这个地方来,黑哥另外叫了两个人去泰国。他们要我每天都贴着假刀疤,害我提心吊胆地过日子。我想不到你和宁静还能回来。王秘书,听说你也是黑蜘蛛团伙成员?”

王秘书听他一问,一阵寒意袭上心头,全身又颤抖起来。吴上尉见她十分害怕,安慰道:“有我在这里,你不要怕!”

王秘书怕他使坏,讨好地说:“吴上尉,你别忘记我们是一个公司的人哩!”

“不会忘,这怎么会忘记。”

“吴上尉——”王秘书深情地喊着吴上尉,一头扑进他的怀里,号啕大哭起来。

吴上尉打着手势,要王秘书轻声,说:“门外有人监视我们。他们手里有枪,还强迫我与你做爱,说是还要检查哩!”

王秘书面对这个魔窟,知道只能听天由命,也顾不得尊严了。她点点头,大声地说:“你来吧——!”她是故意说给门外人听的:“本小姐命都不要,还怕跟你做爱,来呀,我已经脱光衣服了!”

吴上尉轻声地说:“王小姐,这是任务。你脱光衣服,我不会真做,是做样子给他们看。我得射精出来,粘在床单上,你就当给我推油吧!”

吴上尉给门打上反锁,也脱光了衣服。王秘书见他身上青一块紫一块,问:“这是谁打的?”

吴上尉说:“我知道是你,不肯来,就被他们打成这样。”

“这帮畜生,这群魔鬼,不会有好下场!”

王秘书骂完后，问："你知道宁静在哪里吗？"

"她在隔壁房里，文文在陪她，干着我与你同样的丑恶勾当。"

王秘书一听宁静就在隔壁，心里踏实了许多。吴上尉说："假如捣毁了这个团伙，我们得到解救，以后回公司上班，你会恨我么？"

王秘书没有回答，赤裸裸地倒在床上。她见吴上尉不上床，说："在这艰难环境里所做的一切，都是为了保命，我恨你干什么！"

吴上尉感到无奈，说："王秘书，我已经关在这里一个月了，都没有警察来过，难道这个黑蜘蛛贩卖人口与毒品团伙尚未被立案侦查？"

窗外的雨停住了，又刮来了海风，吹得窗棂哐哐当当地响。王秘书拉了一下吴上尉的手，说："大哥，你还没完成任务哩！"

吴上尉点点头，说："王秘书，你别怪我，像你刚才所说的我们都是为了保命，请你原谅！"吴上尉说着上了床，用手抚摩着王秘书的头，轻轻地说："有我在，你不用怕。你很漂亮，我很喜欢你！"吴上尉说着说着，脸上满是眼泪。王秘书用手给他擦抹着泪水，含情脉脉地说："吴大哥，你大胆地玩吧，我绝对不怪你！"王秘书拉着他的手，抚摸自己的胸部、腰部，并将自己细嫩的脸贴上去。吴上尉吻着她，抓着她的乳房。王秘书像触了电一样麻木、晕乎，她顺从地接受了一切，还产生了冲动，并发出嗯嗯嗯的声音。王秘书抓住吴上尉的那个东西，迅速地往自己腿下扯。吴上尉挣脱开来，说："王秘书，那是不行的，你很美丽，又很年轻，你还要嫁人成家，我怎么能真做呢？"

吴上尉转身起床，王秘书愣住了，半天清醒不过来。当她发现吴上尉的肌肉很发达，像美国著名演员史泰隆时，更对他产生了好感。开始幻想他就是她要找的男人，与他一起去看海，在神秘的大海面前欣赏着波涛和无限的天空，探索着神秘的人类历史。王秘书又一次拥抱吴上尉，温顺地依偎在吴上尉的怀里，像一只小猫。她不觉得吴上尉在犯罪,她甚至愿意让他的手伸向自己身体的任何一个部位,但他的手显得笨拙,王秘书还很灵敏地移动着自己的躯体,调整身体的位置。他们在爱的过程中互相配合,尽情地品尝青春感官的刺激体验。王秘书感到了满足,感到吴上尉低着头,用舌头舔着自己。王秘书不可自已,仿佛化作一滴水,融化在大海里。吴上尉喘着粗气,竭力地自我控制着,说:“不行,绝对不行!”他一边说一边将精液射到床单上了。这时候,守候在门外的一个黑蜘蛛骨干推开了门,将枪握在手上,对着吴上尉。吴上尉一边穿着衣服,一边指着床上的精液,说:“我已经完成任务!”

守门人长得高大粗壮,看王秘书如此漂亮,忙催着吴上尉回自己房间去。吴上尉不肯走,怕守门人蹂躏王秘书,说:“我走你也走!”守门人狠狠地瞪他一眼,骂道:“他妈的,你倒管起我来了,你把她奸了,就不许我奸!”

吴上尉与王秘书以前并没有很深的感情,通过这场暴风骤雨后,反倒拉近了距离,感情深厚了许多。吴上尉在心中把王秘书当作自己的恋人,王秘书一双含泪的眼睛久久地盯在吴上尉的身上,依依不舍。

守门人又催他走,他迟迟不动。守门人举枪吓他,说:“你不走,我一枪崩了你!”

就在守门人举枪的那一瞬间,说时迟那时快,吴上尉一腿将守门人打倒,抓起地上的枪,拉着王秘书飞快地往楼下跑去。吴上尉毕竟当过兵,会拳脚功夫,还会使用手枪。冲到门口,一枪崩倒了大门口那个匪徒,使劲地拽着王秘书往荒野里跑。随后,从破屋里追出三个匪徒,可由于天黑,视线模糊,看不清逃跑的两人,只好掉头又回到了破屋。

吴上尉和王秘书终于逃离了虎口,在一条三岔路口拦了一辆的士,一回到滨海城里,立刻去了公安局。然而,可怜的宁静与文文却还在那个荒无人烟的破屋里。吴上尉和王秘书的逃脱,必定给宁静和文文带来更大的灾难,或许,他俩已被转移到一个更加隐秘的魔窟。

夏长阳醒来,已经九点,有看守所民警在门口晃来晃去,眼睛不时地往他身上瞟,好像他是一个重刑犯。夏长阳揉揉眼睛,一边洗脸一边窥视着窗外的动静,看守所长旷小东正从窗前走过。他虽不直接负责工作,但他还是所长,那个副所长只是临时负责各项日常事务。夏长阳进看守所后,坚持每天清早纹丝不动地站两个小时,眼睛对着窗外。他每天看日出日落,看到日出时,他盼望有人来看他,尤其是佳佳;看到日落时,他想到家中孤单的老婆。他怕精巧的构思泄露出去,给人把柄;他担心他朴实的老婆发怪病死去,留下遗憾。今天他刚站立半小时,太阳就不见了,他知道出得太早的太阳不是好太阳,它是短命的。但这说不定也是个兆头,他揣测着今天一定有事,一定有人来找他。昨天给佳佳构思的那段情节,在她写作时,说不定会加入不少想象的内容,把旷部长与方虹做爱的细节写得更加细腻,包括方虹的哼哧声和床的弹簧吱呀声,还有林生给旷部长的那笔巨款具体的数目,压缩或删除她自己与林生的那段恋情,尽量刻画自己如何的矜持、自尊、自重和自信,或许她还会把自己写成一个长相丑心灵美的女人。在这一章节,她也许将美丽渲染得淋漓尽致,让读者理解美丽与丑恶的辩证关系。一个女人不能脸蛋漂亮,漂亮了会惹祸,验证了古代一句话:红颜薄命!

墙壁上的时钟嘀嘀哒哒地响,时钟已经指向九点。但他还是站着不动,窗外虽有些黯淡,却并不觉得凉快,因为心里的热度还在渐渐增高,他想一定会出事,会有一些古里古怪的事找上门来。这时候,一位民警开门进来把窗帘拉下了。夏长阳说开开窗户,透点风,让人凉爽点好么?民警说只关半个小时,半个小时后我会给你打开的。关窗户拉窗帘半个小时干什么?夏长阳思索不出道理。窗户关得紧紧的,窗帘拉下密不透风,民警连灯也关了,漆黑一团。他立刻想到这个压抑的世界连一点点最微弱的响声也不让传进他耳朵,想憋死他,整垮他,让他离开这个世界。我夏长阳到底犯下什么罪?我没有杀人没有放火没有贩毒没有抢劫没有贪污没有奸淫女人,只不过因用嘴说说话用笔写写小说,到底凭什么将我关在看守所?他的脑壳开始昏了,蓦地他疯狂地叫喊起来:“我没有犯罪,放我出去!”

夏长阳的声音好大,震动了整个看守所。有警察跑来,在铁门外骂道:“你疯了是吧!”

“我疯了,你们想怎么着!”他刚回答完,大院里突然人头攒动,有林生的声音:“你们送我到这里来干什么?”很地道的湘西锦水县腔传进他的耳朵,这声音使他惊讶了一阵。林生也被关进了看守所,难道正如小说中所构思的那样,林生有不少问题?那是佳佳的创作构思,佳佳只是把他当作一个原型人物,丑化丑化他,与现实生活中的林生应该无关才对。

民警让夏长阳打开窗户,拉开窗帘,同时也开了灯。他长长地呼吸了一口新鲜的空气,对民警说,再不开窗户我会憋死!他刚说完,两个检察院的人来到了审讯室。

“你是夏长阳么?”

“我是夏长阳,找我有事?”

“你认识林生么?”

“见过一面。”

“什么时候?”

“两个月前。”

“你知道林生贿赂市里领导吗?”

“我不知道。”

“你与方虹熟悉么?”

“听人说过她的大名,没有接触。”

“你怎么知道她与市里一位领导有暧昧关系?”

“我不知道。”

“你知道林跃是林生的大哥么?”

“知道。”

“那笔巨款是多少,你知道么?”

“我不知道。”

“夏长阳,你知道控告人要有根据,否则,别人告你诽谤诬陷,到时让你吃不了兜着走!”

夏长阳心想,我不过是昨天跟佳佳说了些构思,但这是文学,海阔天空,无拘无束,我负什么责。公安局根据构思把我抓起来,今天检察院又来找麻烦,指责我诽谤市委一位领导。我长到四十多岁,还是第一回碰到这样倒霉的事。不过三十岁那年,我写过一部中篇小说《爱情不是漂水花》,锦水县幼儿园一个女老师将自己对号入座,硬说作品中的红红是写她,告我上法院。当初县法院已受理,后被县委书记给挡回去了,批评法院说,人家是小说,并不是报告文学,受理这个案件不怕笑话。文学来自于生活,人物来自于生活,故事来自于生活,又不指名道姓,何必对号入座?否则,《红楼梦》、《三国演义》和《水浒》的人物都要状告作者,那么中国就不可能有文学作品。夏长阳越想越不对劲,这个佳佳怎么这样?他开始恨自己喜欢构思,恨自己幻想从陈秋冬手里拿三万元稿酬,恨自己喜欢给邻居帮忙找宁静这小子,结果卷入这个莫名其妙的漩涡。夏长阳想到这里,问:“是佳佳告诉你们的?”

检察院的人摇摇头,用他们审讯惯用的语气回答道:“什么佳佳?”

不是佳佳,他们怎么知道我昨天构思的内容?看来命运安排我要受这奇耻大辱,坐上一段大牢,任你怎么挣扎,都无济于事。房子阴暗的颜色愈来愈重,现实为了自身的好处,消退了明亮的色彩,使人与情景及物变得模糊起来。今天检察院的来人,又使这个案件变得更加错综复杂，不但牵涉到几个小人物，还有市里的大人物。有的大人物已经把自己跟作品对号入座，不是他的指示，他们敢随便来问吗？这个大人物难道就是旷小东的父亲——滨海市委常委、宣传部长？我们这是虚构，主管宣传的领导应该理解文学的性质，尤其是小说。再说这滨海市，地名是虚构的，人物姓名也是虚构的，就是机构与职务没有虚构。

夏长阳默不作声。检察院的人把口供笔录给他看。一张纸上只写有十来行对话，没有时间和地点，让他盖手印。夏长阳扬起大拇指，问："盖哪里，盖多少？"

检察院的人指着那张纸右下角，说："盖这里，并写上'口供材料属实，责任自负'。"

夏长阳一一做了，随口说了一句："你们怎么如此荒唐！"

"你说我们荒唐，我还说你无故狡辩！"

"我狡辩什么？"

"姓夏的，你是聪明反被聪明误，不要以为你打着文学的牌子杀人我们没发现，你就是主谋，整个案情都是按照你构思的线索在发生，你别说这只是小说创作！"

"这明明是创作呀！我才来几天就被公安关了进来，我不知道谁是林生林跃，谁是旷荣旷小东，谁是梁从汉梁副市长，谁是方虹山西妹子和王秘书？我来滨海寻找失踪的男孩宁静，与黑蜘蛛团伙案无关。我当然站得稳，坐得正，不怕你们审问。如果你们认定我是杀人犯，或是团伙头目，可以立即交法院审判，判我个无期徒刑！"夏长阳说完后，苦笑了一阵，紧接闭上眼睛，冷冷地将一副轻蔑的神情甩给他们这帮办案人员。

一个小时后，夏长阳突然被叫出去，要他收拾好东西。他以为终于将他无罪释放了，想不到被推上一辆警车出了看守所。

第三天上午九时，佳佳来到看守所，将他构思的这章写好了给他看。传达室一位民警说夏长阳已经出了看守所，到什么地方去了这位民警不肯说。佳佳欲进去问清楚，这位民警不让，说是必须有公安局局长批示才能进看守所。佳佳没有办法，只好打道回府，将这事告诉了陈秋冬。

陈秋冬说这事态严重了，佳姨，你要加紧想办法把这本书修改完，否则，没有夏长阳的构思，这本书会半途而废。而此刻，固执的夏长阳还蒙在鼓里，他坐在车上一言不发，脑海里不断在构思，他希望尽快捣毁这个团伙，揪出真正的头目和杀人犯，使自己的冤情大白于天下。

现实生活中的吴上尉和王秘书真的逃出了虎口，这不是夏长阳的构思，而是案情的真实发展。由此，公安局一致认定夏长阳是主谋。采取果断措施将他转移到另一个看守所，防止这帮团伙暗地勾结，使案情复杂化，同时对佳佳、贝贝、水水严密监视，千方百计解救宁静和文文。

滨海警方第二天晚上驱车去了湾仔，将那座破屋包围起来。破屋死一般寂静，连夜虫的声音都没有，屋内没有一丝灯光，门口乱七八糟，大海涨潮卷上来的渣滓，散发出一股股臭味。警方冲进去，开灯一看，屋内还弥漫着烟气，在宁静那间房里还留有香水。警方判断，这帮人刚走不久。他们搜查了一阵，没有发现团伙罪犯们的任何踪迹。他们自责来晚了一步，也猜不出狡猾的罪犯到底逃往哪里了。

刑侦大队长的电话叫了，抓起一听，是老书记林跃打来的，问："找到宁静没有？"

"罪犯逃离了，没有见到宁静。"

林跃很是着急，近来很多天没有睡好觉。他不愿意听到这样的坏消息。他想起了当市委副书记管政法宣传时的勇气和雄风，同时也感到这个世界在变，世风日下，而滨海警方显得十分软弱无能。前些年发生的大案要案没有一个漏网，罪犯提到林跃都要惊恐三分。由于滨海社会稳定，投资环境良好，加上城市秀美，一些跨国公司落户滨海，为滨海的经济腾飞插上了翅膀。而如今滨海警方雄风不再,积下许多案件破不了,让黑帮团伙依旧逍遥法外!

罪犯逃跑了,再也没有线索了,刑侦大队长拨通了关押夏长阳看守所的电话,问还能从夏长阳嘴里再捞一些线索么?

那个看守所长说:“你们将他转移到我这个看守所是个失误,没有佳佳的接头,他就没有激情构思。他中午到达这里,一个下午一言不发。”

“那怎么办?”刑侦大队长脸上露出为难的神情。

“依我看,还是将他押送回去,否则,你这个案件的侦破肯定陷于泥潭!”

刑侦大队长却暗暗地想:我就不相信,没了夏长阳,破不了这个案子!

时间过去一个星期,滨海警方没有搜集到一点线索,他们撒网排摸,始终不见黑蜘蛛团伙成员露脸。可他们万万没有想到,宁静和文文被歹徒关押在最神秘的地方,还曾与警方擦肩而过。刑侦大队已经被市委催促几次,并限定在本月内侦破此案,擒拿凶手。大队长感到压力很大,又请示专案小组,将主谋夏长阳押回本市看守所,重新启动创作组成员看望夏长阳的机制。

刑侦大队的请示很快得到批准,夏长阳又回到本市看守所原来住过的那个小房间。可事情的结果并不像刑侦大队长所预料的那样。从夏长阳回来起,他就缄口不言,看守民警要他打电话给佳佳及有关创作组成员,他也不肯打,戒备心很强,拒绝与外界联系。他们只好第二天主动将佳佳请到公安局,热情地安排她与夏长阳会晤。刑侦大队长穿着便衣在夏长阳门口来回走动,眼睛不时往房间看。

佳佳问:“你这些天到哪里去了?”

夏长阳故意避开话题,答非所问:“你根据我的构思写完了么?”

佳佳:“写完了,我带着稿子来找你,传达室民警不让进,告诉我你出去了!”

“稿子呢?”

佳佳从包里取出打印好的稿子交给夏长阳,他翻看几页。稿子上说,黑洞那具女尸是真的,宁静和王秘书被绑架到泰国是真的,红苹果咖啡馆与红苹果公司之间的仇恨是真的,吴上尉和文文被关押是真的,夏长阳受到的污辱是真的,滨海警方按照他的构思去破案是真的,构思的线索与案件的线索是真的,只有夏长阳构思时候的动机是假的,由假到真的过程,夏长阳自己都犯了迷糊。这个过程究竟是谁完成的呢,夏长阳与警方不清楚,按照推理学推理,完成这个过程的人应该就是凶手,但还有其他主谋。

夏长阳看了看佳佳,佳佳看出夏长阳有心事,她知道他在怀疑她是这个过程的实施者,说:“夏长阳,实话告诉你,我不是这个过程的实施者,我只是这部小说的完成者,至于这个由假至真过程的完成者到底是谁,我一无所知。也许我们都是受害者。”

“那会是谁?”夏长阳迷惘着,随后将佳佳的稿子撕碎了,说:“妈的,我不再构思了,谁再构思,是狗日的!”

夏长阳撕稿纸时,佳佳脸上显得异常平静。她看了看这个小房的四周及天花板,好像明白了很多,说:“你不构思,我不写出来,长阳,这个案件就无法结案,你只会关在这里多难受。看来我们只有配合公安,将这部作品写完,你才能走出这个看守所!”

夏长阳觉得佳佳的话有点怪,仿佛是一个谜,他所缺乏的是揭开这个谜底的勇气与意志。佳佳又说:“市委张榜公布谁提供黑蜘蛛团伙线索,一网打尽这个团伙,赏金二十万元!”

“谁会去提供这个线索?这不是一件轻而易举的事,搞得不好脑袋会落地!”

“我们已经用构思在提供线索，为不让这个线索中断，我们得顺水推舟下去。”

“什么意思？”

“到时你会知道的！”

佳佳与夏长阳说这话时声音很大，被走来走去的便衣刑侦大队长听到，立马怀疑佳佳可能是主谋，也许她不是为报复谁，为的是那二十万元赏金。可又转念一想，不对，在未张榜悬赏之前就已经发生这个案件了。她不是为了钱，她不过是用这个赏金来诱惑夏长阳再度燃起构思的激情，将这部作品改写出来，成为畅销书赚大钱，成名成家，借夏长阳的智慧，使自己扬名天下！

夏长阳显然受了鼓舞。他看着佳佳那对晶亮的眸子，动情地说：“佳佳，我有一个请求，请你给我老婆打一个电话，告诉她我在滨海乡下写一部作品，那里没有电话，看她怎样回答。”

“如果你老婆问我是你什么人，我怎么回答？”

“普通朋友。”

佳佳点了点头，说：“长阳，你老婆真配不上你，当初怎么找到她？”

“唉！”夏长阳叹息着，说：“当初我在乡村中学做代课老师，没有转正，自己条件差，因此要求不高。心想只要是女人就行，不管巴麻跛子，能生孩子，能传宗接代就行。她是经人介绍给我的，订婚几年，发现跟她合不来，要求退婚，我父亲骂我，说只有别人嫌弃姓夏的，没有姓夏的抛弃别人。我如果提出分手，父亲就拿扁担打我，脱离父子关系。没办法，我只好与她结婚，谁料她还没有生育能力！”

佳佳听夏长阳说起自己的家庭，吃惊地问：“你没有小孩？”

夏长阳点点头，反问佳佳：“你也没有小孩？”

佳佳误解了夏长阳的意思，说：“我能生小孩呀，我只是没有……”

“能生小孩好，能生小孩好！”夏长阳发疯地念着。

佳佳明白了他的心情，把手伸了过去，让夏长阳紧紧抓住，问："你还想构思么？"

夏长阳嘿嘿笑着，说："构思哩，构思哩！"

佳佳看天色已晚，起身告辞道："过两天我再来。这两天你给我构思，这回构思应从林生转移到市看守所开始，从他嘴里找到突破口，一步步地走近凶手和主谋！"

"你为什么让我去构思林生？"

"你不恨林生吗？"

夏长阳愣着，而佳佳却走出了那间小屋。

远远的天边出现一片红霞，像早霞又像晚霞。这回佳佳没有坐车，而是慢慢地在情侣路上走着，欣赏着滨海的一道道美景。她来滨海好几年了，一切都在发生着变化。原来路边的这个厕所蜕变成了酒吧，几辆崭新的公交车蜕变成了流动厕所。佳佳在酒吧门口，碰巧听里面有人讲湘西话，她就瞪大眼睛往里瞟。这虽是个酒吧，却不仅供喝酒，还有饭菜吃。在一个墙角坐着两个中年人，他俩在说那个陈秋冬老板不是人，员工失踪几个月，也不通知家属。就算他是老乡，我们也得找他生要人死要尸。我们的人交给你老板，你老板就有责任呀！他还反过来找我们要人，哪有这样的歪理！一个年纪大点的人身材高，体魄壮实，脸上很愤怒，头上长有一些白发，一双眼睛直往门口扫，另一个年纪小点的人身材短，坐在凳上不停地挪动着身体，脸色黝黑，显然他好动，看样子是个打手。佳佳立刻想到红苹果咖啡馆失踪的女员工，年纪大点的中年人一定是那个员工的父亲。佳佳记得提醒过陈秋冬，员工失踪应立即通知家属，可他刚刚才通知，前面他都干什么去了？佳佳想给陈秋冬打电话，可陈秋冬突然来到她面前，问："佳姨，你怎么在这里？"

佳佳将陈秋冬拉到一边，询问那个员工失踪的情况。陈秋冬知道这个问题的严重性，不停地点头，并与佳佳一同走进由厕所改为的酒吧，坐到那两人面前。佳佳想起在这个公厕方便的情景，不敢摸筷子端碗，陈秋冬不停地抽着烟，也没有用碗筷，而只有那个员工的父亲和那个好像是打手的人不停地吃着菜喝着啤酒，没有提出要人的事，只是问你们怎么不吃？佳佳说我们刚刚喝过下午茶，肚子还是饱的。他们又说你们两口子经营一个咖啡馆不容易，脚长在员工的腿下，她爱去哪里去哪里，你们也无法管得住。我女儿失踪，你们马上通知一下，我们自己来找，出了事不怪你们，只怪自己女儿是一只三脚猫。可如今几个月过去，你们才通知，实在已经晚了……

两个湘西人说话淳朴，语言看似平淡，话里却蕴藏着一种无法想象的厚道，深深地打动了佳佳。佳佳如猎人盯猎物一般，将一双水灵的眼睛钉在这两个湘西人脸上。出来几年了，还没有回去过，出来时她憎恨湘西的闭塞、落后与陈旧，义无反顾地摆脱家庭婚姻的枷锁，来到开放的城市——滨海。开始一切都新鲜、奇特，后来又慢慢地感到压抑。她强迫自己习惯这座不讨人喜欢的城市，就像一个人习惯自己身上的痼疾一样。佳佳礼节性地端起酒杯，说："你们是湘西人，我敬你们一杯。至于你们的小孩，我们尽力协助你们去寻找，我想她不会出事，请你们放心！"

两个湘西人点点头，放下了碗筷，问："你们也是湘西人？"

佳佳低声地答道："是湘西人哩！"

两个湘西人又问："你们两口子来滨海多久了？"

佳佳一听两口子，脸上露出羞色，说："我是他姨，他年轻不懂事，没有照顾好你的女儿！"

"哪里，哪里，事情多了，哪能照顾那么多！"

两个湘西人被陈秋冬安排在一家招待所住宿，然后陈秋冬与佳佳一道回到咖啡馆。刚坐下不久，电话响了，陈秋冬一听是公安局打来的，告诉他夏长阳掉进黑洞的那具碎尸，经查明是你咖啡馆在金叶大酒店失踪的那位员工，是黑蜘蛛团伙所为。

佳佳茫然了，由于心中充满了对湘西的怀念，痛苦得一个晚上没有睡觉。陈秋冬在沙发上躺着，佳佳却喝了一个晚上的咖啡，彻夜失眠。第二天早上，红苹果咖啡馆的大门刚敞开，那两个湘西人来了，矮个子手持一把杀猪刀，高声大叫着要找陈秋冬，说人都死了还骗我们。佳佳听到湘西人一反常态的声调，吓得往后门溜去。一会儿，陈秋冬也不知了去向。

当佳佳坐进出租车时，那个装修得有湘西特色的红苹果咖啡馆却燃起了熊熊火焰。她的心一下抽紧了，立刻意识到红苹果咖啡馆被两个湘西人烧了。火焰很旺，发出毕毕剥剥的响声，两台赶来的消防车用喷枪喷出了强劲的水流。不到半小时，火被扑灭了，两个湘西人也被关进了滨海公安局。

湘西人的倔犟是出了名的。佳佳想如果我们不逃走，也许不会发生这场火灾，向他们解释我们也是才接到电话的，并没有骗他们，也许他们会理解，这样他们也就不会成为纵火犯。佳佳越想越觉得对不住他们，女儿死了，父亲成了纵火犯，一个家庭就完蛋了。第二天上午，佳佳去公安局看望了这两个湘西人，他们说："我把他的屋烧了，我们就扯平了，谁也不欠谁的了！"看神态他们好像是赢家，被胜利所陶醉，以为他们赢了陈秋冬，替女儿报了仇。

佳佳的心在滴着血。身为湘西人，她觉得自己写这部小说的每时每刻都在犯罪，这个罪，在滨海的每个湘西人都沾上了。写作看似一种才能，写这部作品却充满了罪孽，说得好听一点，这是一种美的犯罪，一种高雅的犯罪。

十四、执迷不悟

夏长阳任公安局依然怀疑他是主谋，还执迷不悟地在构思着，等着佳佳的再一次到来。夏长阳又一次回忆起这几天从林生转移到市看守所开始的构思，觉得这个案子快要结束了，谁是主谋和凶手不久会浮出水面。他坚信佳佳的创作与案子无关，只是别人利用这个作品的线索去借题发挥罢了，事情走到这一步，别无选择。但可疑的是陈秋冬为什么要出资改写这部作品，对他有什么好处，关于这一点，夏长阳一无所知。

林生被关进看守所后，觉得事态发展严重，今天是林生进到看守所的第三天，来审问的人不再是纪委，而是变成了检察院。他们与公安同样戴着大盖帽。来了三个人，其中一个一副凶相，眉毛往上冲，眼珠子转得快。一坐下来，便是一阵排炮般的轰击：

“林生，你玩了多少女人？”

“林生，你贩卖了多少毒品？”

“林生，你走私了多少女孩？”

“林生，你公司方虹、山西妹子和王秘书的肚子是你搞大的，你准备怎么处理这件事？”

“林生，你给市政府一位领导那笔巨款是多少，什么时候送的，以什么借口送的，不要隐瞒！”

林生顿觉五雷轰顶,眼前一片黑暗,看不清有几张脸,听到的只是大海的咆哮和暴风的袭击。他发疯地叫喊着:“给我打开一扇窗户,让光亮进来!”

有人提醒他窗户是开的。这时他才抬起头,朝窗外看去,果真有一片黄黄的光线,他看见窗外那座假山喷泉的山峰间爬满了蜘蛛网,又立刻想到自己公司门口花圃的蜘蛛网还存在么,大哥林跃虽是顾问,他却不关心那个蜘蛛网。他面对检察院三个人,说:“你们能叫我说假话么?如果允许我说假话我就说。你们想想,你们问我那么多罪状,假如我都承认,我是什么人了?我有你们想象的那么坏吗?”

“你认为你是个好人,是好人怎么被关到这里来?”那个检察官声音好大,像吵架一样,他想从林生嘴里挖出证据来,可林生又闭上嘴巴了。

林生也不知道这祸从天上什么地方降下来的,自己莫名其妙的被纪委逮去,现在又莫名其妙的被检察院逮进了公安局看守所。

这时候,夏长阳听到对面传来吵架声,他知道是从林生那间房里传出来的。他万万没有想到林生被逮的原因是出自他这部作品的构思。他的大哥林跃非同一般,谁敢随便拘捕他?显然,林生问题不小。正思索着,公安来了,将夏长阳带进审问室,问他构思的情节有没有现实根据。夏长阳苦笑了一阵,说:“我的公安同志,文学只是来自生活,哪来的真凭实据?文学可以把人写活,也可以把人写死;可以把人写好,也可以把人写坏,是无拘无束的。我不知讲过多少遍了,你们还是不信!”

日上三竿,有阳光射进屋子来。林生站起来,伸了伸腰,对着阳光大呼了一口气。当他坐下正要张口说话时,林跃带着一群员工进了看守所。检察院的三个人见林跃老书记急冲冲地进来,连忙出去打招呼:“老领导,你来看望林生?”

“我来看望你们!”

接着，红苹果文化公司的员工一个个地发问：“我们的林总犯什么罪，他是冤枉的，这是诬告，他是一个十分清廉的人。你们奉谁的指令，将他关押到这里来的？”

林跃顾问要他的员工别吵，他轻声地说：“这是滨海有影响的公司，林生是人大代表，又是政协委员，你们将他关押在看守所，谁批示的我去找谁，我刚刚退下，你们就胡来，有什么手续给我看看。我当市委副书记，管政法那么多年，这程序我懂。你们请示过市委么，政法委书记有批示么？市人大召开过会议罢免了他没有？”

一连串的问号问得人哑口无言，林跃的那双眼睛直瞪着检察院那个凶相的人，其他二位吞吞吐吐地说：“有人告他，先是纪委调查，纪委调查不出，移交给检察院。我们是执行办事的人，检察长签了字，我们才敢把他移到看守所！”

问清原委，林跃没有去看林生，向看守所稍稍问了一下方虹的情况。主持工作的副所长，见林跃老书记到来，感到不能回避问题了，说：“方虹还关在这里，你去看看她么？”

林跃没有去，掉头就走。看守所副所长了解林跃老书记的脾气，他不会去看方虹。其实公安局对外说方虹在看守所，眼下她却住在一个神秘的地方。这事情只有看守所长旷小东知道。

林跃一插手，林生的案子变得简单了。说实话，林生根本没有问题，纯粹是诬告。检察长未掌握事情真相，碍于宣传部长老旷的面子签了字。因为老旷与检察长及梁从汉都是潮州老乡，在几次酒桌上谈到林生的问题，老旷说他的问题十拿九稳，只要坚持侦查下去，总可以挖出点问题。但这个检察长却忽略了证据，亵渎了法律。这件事情，引起了市委的关注。

公安机关已经将方虹定为滨海黑蜘蛛团伙头目之一，但她出自于宣传战线的红苹果文化公司，又是旷部长亲手招工进来的，老旷有不可推卸的责任。而且目前尚不到抓主凶的时候，宁静与文文还在毒魔手里，为把毒魔一网打尽，警方不便打草惊蛇。对于潜逃在泰国的黑哥屠夫，中国警方已向泰国警方发出通缉令，请求将其擒拿归案，不久他将被遣送回滨海。与此同时，梁副市长升任市委副书记的红头文件已经到达滨海市委，省纪委组成调查旷荣违纪案件小组，一行五人于今天早上到达滨海，就旷荣在任宣传部长期间的违纪违法情况展开调查，由刚上任的梁副书记紧密配合和积极协作，在一网打尽黑蜘蛛团伙的同时，将旷荣的案子尽快了结。听到风声后，旷荣心慌了，他试探性地去找市委书记叶常青。他进了叶常青的办公室，先讨好地赞赏叶书记来滨海半年社会稳定，没有人上访，没有人静坐讨说法，没有的士司机罢工，没有下岗工人堵政府大门，党政班子团结，经济比去年同期大幅增长，成绩斐然，这是滨海人民有目共睹的。叶常青听罢，看旷荣那副刀削般的脸，说你有什么事尽快说。旷荣笑了笑，说我有个请求，不知你同意么？什么请求，快说。我近来身体不太好，你看我脸色都是黄的，能否请假休息？叶常青不作考虑，立刻批准他明天就去粤州医院养病，病养好了再回来。并问就这件事？旷荣点点头说就这事，那我明天就去养病。你去养病，医疗费拨给宣传部，由新上任的梁副书记掌握。

旷荣从叶书记办公室走了出来，很不是滋味。市委一把手对他失去了信任，那就说他在仕途上已经没有了希望。如果没有了希望，那他就没有什么顾忌了。他在下楼时，碰见了新上任的梁副书记。

他与他打了招呼，梁副书记问："老旷，你啥时去粤州医院养病？"旷荣正在看屋外的天气，爱理不理地说："过两天吧！"梁副书记说："这两天我给你安排好，一定要好好养病，身体是革命的本钱！"

旷荣不知不觉地回到了家。一路上回忆着，觉得发生的这一切简直是一场灾难，这场灾难是在七年前从金叶大酒店开始的。正因为那回有方虹的陪玩，无形之中与方虹签下了契约，将她招工到红苹果文化公司。有人说他中了邪,方虹要什么就给什么。就因为这样,才有今天这个不愿看到的结果。旷荣呆呆地坐在客厅里,老婆虽在公安局,但不在第一线上,每天都是按时上班下班。可今天时间已是六时,老婆怎么还没有来?他的手机叫了一下,是短信的声音。他打开一看,是方虹发来的:

让风吹起你的忧愁,
让雨洗掉你的烦恼,
让阳光带给你光彩,
让月亮带给你温馨,
让爱情带给你幸福,
让友情带给你快乐。

这个女人真厉害,在这个节骨眼上还发短信,老旷气红了眼。看到方虹的名字,又想到了山西妹子、王秘书和新来的宁静,就像看到了一群美丽的狐狸精。他的思绪一转,又想起了梁从汉、检察长、接待处长,尤其是自己那个不争气的儿子,就像一群牛鬼蛇神,张牙舞爪地在这个故事里散发着魔气。他想自己不该如此早地浮出水面,惹人白眼。虽值盛夏,沙发的背后却有股妖风吹得背发凉,生出一身鸡皮疙瘩。他看看墙上的石英钟,时间已经是下午七时,老婆还没有回来。他打了老婆的电话,连拨几次都未打通,随后给儿子旷小东打,也是无法接通。这小子经常一个星期不见两回面,有时在街上遇上他的车,总是开得飞快,横冲直撞,好像滨海城里只有他一人开车,冒冒失失,总有一天会出事。三十岁了还不娶老婆,有一天带着方虹回家介绍说是朋友,弄得旷荣哭笑不得。方虹叫了一声旷部长,他吃惊地问方虹:“你认识我父亲?”方虹点点头,把脸转到一边去。从这回起,方虹才知道旷荣和旷小东是两父子。旷小东向方虹求爱,方虹死活不答应;旷小东又向父亲求情,要他去做方虹工作,旷荣说方虹不是个好东西,你向她求婚,我们就断绝父子关系。旷小东丈二和尚摸不着头脑,觉得自己是旷部长的儿子,方虹瞧不起他,于是下定决心把方虹搞到手。未将方虹搞到手之前,还一直守口如瓶地瞒着父亲。

旷小东对方虹十分痴情,谁料方虹不买旷小东的账,见到旷小东就躲。旷小东请她吃饭,方虹总是推托没有时间。旷小东毕竟是公安的人,办过案子,有布置圈套的能力,有一回他将方虹骗了。方虹很喜欢钱,旷小东告诉她湾仔酒家来了两个最有钱的人,他们求我旷小东帮忙,只要你到湾仔酒家来,你就能赚到一万元钱。方虹梳妆打扮一番高兴地去了。湾仔酒家确有两个最有钱的人,是从泰国来的,要招聘两人去泰国,请她介绍两个人。只要她答应,承诺先付一万元定金。方虹满口答应,得到沉甸甸的一叠钱后,对旷小东说我拿什么感谢你?嬉皮笑脸的旷小东说,拿什么感谢我,你应该清楚。只要你今晚陪我,什么都好说。作为当过三陪女的方虹,什么人物都见过。陪就陪,怕什么,可我有个条件,不能让你父亲知道,因为我是他的下级,给他留下道德败坏的印象,我今后怎么做人?旷小东反复思量,觉得方虹说得有道理,很会把握分寸,这个女人真精明,娶她做老婆,我的眼光绝没错。他越想越激动,他把房门关了,并且打上反锁,如猛虎下山一样朝方虹猛扑上去,一下按倒在床上……

第二天醒来,旷小东第一句话就说:"方虹,你终于是我旷家的人了!"

方虹与旷小东的那夜肌肤接触,在她内心里已深深地埋下仇恨的种子。她开始疏远旷荣,对旷小东更是仇视起来。可她未料到旷小东介绍的那两个泰国人竟是毒贩子,使她深陷泥潭,不能自拔。

旷荣想起旷小东这小子,他觉得脑子里一片混乱。这夜他没有吃饭，孤独地靠在沙发上睡着了。第二天上班的时候，梁副书记打电话通知他去粤州医院治病，并派人去省城给他办理住院手续。

他今天去省城住院，老婆却不回家，难道她听到了他的坏消息，怨他恨他？他收拾好东西，市委办公室一位秘书敲响了他的家门。在急急地催促下，旷荣钻进了一辆小车，驶离了滨海市委大院。

好几天过去，旷荣才知道那夜老婆不回家的原因。原来是红苹果文化公司总经理林生在检察院办案人员的审问下，透露出公司那个女员工自杀身亡与旷荣老婆及儿子旷小东有关的情况。在省纪委办案人员的监督下，对其老婆和儿子隔离审查。旷荣并不想接受这个现实，对目前的状况还抱有侥幸心理，寄希望于林生能不将自己咬出来，他躺在白净的病床上，想到了穿着花衣裳的方虹。她虽然与我好，与林生也不错，让她去一趟看守所，看看林生，就说是我老旷托她去看的。一天，方虹收到旷荣的短信：

虹：思是一种痛，念是一种苦；想见又不能见是一种痛苦。黄昏中总有不变的等候，晚风中总有永恒的期待，寂寞中总有孤独的身影，想你时总有相思的泪。虹，我现在粤州医院治病。请速去看林生。

而此时的方虹，正很逍遥地在一个神秘地方住着，是旷荣一手安排的。旷荣给方虹发短信，要她去看望林生。方虹依言去了看守所，但旷荣隐瞒旷小东被隔离审查的实情，所以方虹还像以前大摇大摆地往看守所里闯，结果被看守所民警拦截回去。方虹对那位民警不屑一顾，高声叫着旷所长。那位民警认识方虹，并听说过她与旷家两父子有暧昧关系的“民间新闻”，根本瞧不起这位放荡不羁的红尘女子，知道旷家迟早会有报应的。方虹见他双手拦住自己，喝道：“把你们的所长找来!"

那位民警很不耐烦,说:"这里没有正所长!"

"旷小东呢?"

"没有旷小东!"

"我要找林生。"

"林生已离开看守所。"

"他去了哪里?"

"那是省纪委的事,我们不知道。"

"那夏长阳还在么?"

"夏长阳当然在,他是黑蜘蛛团伙头目。"

方虹越问越糊涂。她笑了笑,挪步往回走。

这时正是下午,回到神秘住处已近黄昏。在情侣路拐弯处,她又看见她原来那个丈夫在给过往行人吹笛子。他的笛子吹得极好,在滨海可能还找不到第二人。脚下摆有一块红布,红布里丢满了钱,除去一元、五元和十元之外,还有百元钞票。红布边上一张打印的纸上写着个人介绍及吹笛找钱的原因。很多人看罢,非常同情他。他的公司破产,欠下一笔债务,他用吹笛挣钱慢慢地还。通过几年的吹笛,已还了十万元债务。方虹暗地佩服原来丈夫的坚韧,也佩服他作秀的技巧。他将几位记者写他的通讯铺在地上,让过往行人看,激发他们的同情心。方虹欲走上去问问好,忽见一位女老板模样的人走上前去,说:"我被你的事迹所感动,你不要吹笛了,到我公司去当助理,月薪一万元!"方虹以为是自己耳朵听错,又往前走几步。她的丈夫也惊疑地问:"月薪一万元,不可能吧!"

那位女老板忙给他收拾东西,推着他上了小轿车。方虹心想哪有天上掉馅饼的好事,她怕原来的丈夫又一次上当,她便叫上一辆的士跟踪而去。

那辆小轿车开进城郊银海工贸物质有限公司大厦，那位女老板拉着他上了电梯。这是滨海有名的中外合资企业，有十多亿的资产。出于她与前夫的感情与友谊，方虹也跟着上了电梯。只见他坐在豪华的办公室里，瞬间被换上了一套高级西装。女老板对办公室员工宣布说："从今天起，他就是我的助理，分管办公室和艺术团工作。"说后，女老板将手中的钥匙交给他，说："这部小车给你用，还给你一套高级公寓！"

方虹原来的丈夫立刻呆了，说不出话来，只见他接受钥匙的手在不停地抖动，木呆过几年的脑袋不停地点着。看来真是他的诚信感动了这位女老板，方虹这才理解好人有好报的道理。她原来的丈夫始终没有看见她，也不会想到这件好事被她发现。方虹觉得今天的所见所闻令人唏嘘，旷家父子开始日落西山，而她丈夫开始走运了，有好日子过了。

方虹走进出租屋，心里一刻没有安宁过。一个晚上总是想到原来丈夫的优点，他的形象占住了她整个心间，她叹息道："与他相处时总看到他的缺点，与他分开后总看到他的优点，这是为什么，大概是一种距离美。"

方虹正想着，一个短信传来：

> 喝了人头马，床都要搞垮；喝了剑南春，想插多深插多深；喝了贵州醇，做爱有精神；喝了茅台酒，时间搞得久；喝了二锅头，伟哥算个球！

方虹读完，心里暗暗地骂着："疯子，这时候还发短信！"

这个人不是别人，是在这部作品里露脸最少的一个人，滨海警方却忽略了他。

十五、浮出水面

夏长阳对民警说，他已经习惯看守所的生活了，尽管滨海警方撒网似地排查，有些人成了惊弓之鸟，而定为“主谋”的他，反倒哼起了流行歌曲，并且悠闲地在房里踱着他的外八字步，使刑侦人员捉摸不透。如果他真是主谋，他的心胸不会如此坦荡，他的态度不会如此洒脱。看上去他的精神一天比一天好，有时自己还坐在屋里傻笑。有民警送饭时与他聊天，问他高兴什么，他说我会获得二十万元的悬赏金，感谢看守所，还使我重新获得了爱情。民警觉得他有点疯，其实他没有疯。一旦这个大案了结，认定他不是凶手和主谋，不但可以获得二十万元悬赏金，还要赔偿他精神损失费，同时佳佳会朝他走来，紧紧地与他拥抱并长相厮守。

夏长阳正在哼歌时，佳佳来看他了。她想告诉他黑洞那具女尸是红苹果咖啡馆失踪的那个小姐。前几天死者的父亲带着一个打手把红苹果咖啡馆烧了，陈秋冬正在修复。佳佳问他对林生的构思怎么样了，他说林生大哥林跃带着公司一帮员工到看守所，说凭什么抓林生进看守所，林跃找到政法委书记，说没有确凿证据和市委批示，怎么定林生为犯罪嫌疑人？政法委书记不明就里，说是检察长批示的。检察长说是旷荣部长要他批捕的，其目的是使林生远离他大哥林跃。从纪委到看守所一个多月，林生什么都不承认，只是最近透露出本公司那个员工自杀的内幕，已将旷荣的老婆及儿子隔离审查，至于旷荣包养方虹的事他没有说。佳佳很认真地听着，觉得夏长阳是秀才，秀才不出门便知天下事。从这部作品的构思看来，他简直料事如神。佳佳惊奇地问："长阳，你是听到什么消息还是自己随意的虚构？"夏长阳问："怎么啦？又与最近的案情一样？"佳佳死死地看着夏长阳，点点头，低声地说："长阳，又是一样。"

夏长阳觉得奇怪，烟燃去一大截他还不抽，苦苦地想着："为什么总是一样？"

佳佳也想不出道道来，说："我真佩服你！"

夏长阳掸去烟灰，一双眼睛全神贯注地看着佳佳，问道："佳佳，你看怎么办？"

佳佳说："他们办他们的案，我们写我们的小说。他们怀疑你夏长阳，就让他们怀疑，只要允许我来看你！"

但夏长阳却越想越可怕，轻松的情绪顿时像水泥遇水凝固了起来，他不再哼唱流行歌，一脸的沮丧。他连烟都不想抽，尚剩一截就丢了，脸上的肌肉好像在抽搐，佳佳问："长阳，你今天怎么啦？"

夏长阳说："大祸要来了！"

佳佳问："什么大祸？"

夏长阳："我有预感，有人要陷害我！"

佳佳："谁陷害你？"

夏长阳没有回答佳佳的问话，一屁股蹲下地去，全身打摆子似地求情道："佳佳，我们放弃这部作品的写作好么？"

"为什么？"佳佳把嗓音拖得老长，对夏长阳时冷时热的情绪捉摸不透，只能反复告诉他坚强点，不要放弃。

夏长阳蹲在地上一动不动，看到眼前的佳佳像金庸武侠小说中的白发魔女，从阴森森的那个黑洞钻到他的跟前，使他的毛发全都竖了起来，说："佳佳，我怕……"

异常的夏长阳，令佳佳也跟着害怕起来。她觉得夏长阳有点疯，尽说一些稀奇古怪的话。她退缩到门口，叫来民警。民警一看，见夏长阳还在抽搐，厉声问："夏长阳，你冷是吗？"

"没、没有。"夏长阳立刻站起来，又若无其事地对佳佳说："你坐，你坐！"

看样子他又恢复了正常。佳佳看出来了，夏长阳是一个真正的小说家，他刚才是想象黑洞里的那具女尸，于是进入了角色和情境。构思作品时，他的眼前和心中没有佳佳和看守所，而是想象着自己的双脚踩在女尸上。

"夏长阳，你刚才害怕什么？"

"刚才我的心掉进了那个冰冷的黑洞。"

佳佳点了点头，夏长阳有才能，这部作品一定要坚持写完，到时不但成为畅销书，还会获奖，被改编成电视剧。接着，佳佳又笑了，从他已发表的作品看，结构都好，就是语言和思想过于陈旧和粗糙，缺乏煽动性和感染力。倘若弥补这个缺憾，他一定是一个非常走红的作家。长阳，补上这一课，再接再厉！佳佳在心里呼唤着。过了一阵，她说："长阳，继续构思，我们用心写好这部作品。不是这部作品，我们能在一起么？"

夏长阳听出弦外音，开玩笑道："我们用心一起写好小说和爱情，佳佳，行吗？"

佳佳笑了。

探视的时间到了，民警在催。佳佳妩媚地看了夏长阳一眼，心疼地说："长阳，下一章不要你构思，我与贝贝、水水一起构思，三个臭皮匠顶上你这个诸葛亮。"

夏长阳点燃一支烟，对佳佳说："构思严谨了，思绪连贯了，没有缝和洞，故事的脉络不差毫厘，就是生活的真故事。"

这部作品已完成的六十万字，出彩的正是他奇巧的构思。只要按照生活的轨迹和人们习惯的思绪，再狡猾的罪犯都会被揪出来。作为办案民警来说，不但要有侦查的技巧，还要有作家头脑。有许多警员从侦探小说和电视剧中学到不少侦破学中没有的东西。

佳佳问夏长阳："下一章写谁？"

夏长阳慢条斯理地回答道："下一章该写写你自己了！"

"为什么？"

"按照这个故事的逻辑发展，你应该是主谋和凶手！"

佳佳惊讶于夏长阳为她设的奇妙圈套，她告诉夏长阳这一章她要自己构思。她知道该怎么构思怎么写，汉语的文法早已授权作家任意地使用语言、形象和比喻。主谋和凶手只是一个人物形象。佳佳庆幸自己这一章不要夏长阳构思，欣慰自己的高明。

天气越来越热，海水在退去，不少小礁石露出了脸，由于长时间被海水包容，颜色却极其乌黑。现在多日的太阳照晒过去，又渐渐地变白，给游客的感觉是大海越来越浅，没那么深邃和神秘了。对佳佳来说，大海的深浅并不重要，潮退潮涨这很正常，她期盼的是能一眼看到海底，那才好呀，可是不能。为了这一章的构思，她已经是第二天坐在海边这块浮出水面的礁石上，苦思冥想，还想不出谁是这一章的主人公。夏长阳嘱托写她自己，可她不想把自己推上浪尖，率先亮牌，这是文法之大忌。自己的出场，要留在作品的高潮，要让读者始料不及。她在脑海搜索出作品中的一个个人物，其中一个人物在她眼前定格，那就是梁从汉。

梁从汉的儿子在国外读书，每年学费八万美金。钱从哪里来？有人猜测，有人怀疑，甚至有人出高价请私人侦探跟踪。他开着公家的宝马，多次在星级宾馆开房，或打牌赌博，或玩弄女人。赌博时手气好，一晚赢上十来万；心情不好手气坏时，输上十来万也不懊恼；烦恼时叫上两个小姐销魂一夜。他为方虹、佳佳、王秘书与旷荣争风吃醋过，尤其是宁静的出现，他先下手为强，赢得了初识宁静的机会，并且严严实实地不向旷荣通气，等旷荣见到宁静已经半月过去，旷荣一直怀疑梁从汉是否先下了手。梁从汉与旷荣说话很随便，说我搞过的女人不忍心送给你呀，你应该相信我梁从汉的为人。说实话，梁从汉没有占到宁静的便宜，也无从下手，宁静没有给他机会。可旷荣还是半信半疑，为验证梁从汉的忠诚程度，旷荣两次通知林生要宁静去他那里，结果宁静没有去。等他亲自去红苹果文化公司检查工作准备与宁静接触时，宁静先天夜里又被人绑架了，竹篮打水一场空。宁静在这个节骨眼上遭绑架，旷荣认为是梁从汉干的。这不仅旷荣一个人认为，林生和方虹及山西妹子都有同感。

方虹承认宁静是她挤出公司的，至于绑架宁静，她却矢口否认，在贝贝的构思中，嫁祸给方虹的就是梁从汉。你说是她，她说是你，到底是谁？这么多天来，这个疑问就像一个幽灵令滨海警方不安。旷荣、梁从汉与方虹三人各自都分析过，旷荣说梁从汉想玩她不会绑架她到泰国，梁从汉说方虹挤走她目的非常明了，阻止她当党支部书记，享受副经理待遇，男人玩她，正中她的下怀，不可能绑架她出国。到底是什么原因、什么人绑架她去泰国的？

经过那么多日子的构思，佳佳一直没有写清凶手是谁，也不可能写清是谁，但她认定这个人十分聪明和睿智。事到如今，这个人在这部作品里一直逍遥法外，这不仅仅是憎恨宁静而已，还潜伏着一个更大的阴谋。根据宁静和王秘书在泰国的历险，有个细节只是轻描淡写地点击了一下，没有引起读者的注意，那就是中国美丽的姑娘被绑架到泰国，为美国一个科学家研究的课题而进行的与猩猩交配的实验，这才是最大的阴谋。幸运的是宁静、王秘书与中国其他姑娘免于一劫，顺利地被解救回国。如果不是毒品的拖延，那后果不堪设想。

佳佳重复这个细节，就是为这个人的出现埋下伏笔。

故事还是回到梁从汉。就在佳佳构思他的相关故事的那一刻，旷荣从省城粤州医院正好给梁从汉挂过一个电话，要他千方百计想办法安排方虹与梁副书记接触的机会，拉梁副书记下台，搅浑这池水。同时，要他去找检察长收回林生批捕令，放林生出来。在他眼里，保林生等于保护自己。

梁从汉懂得旷荣这个安排的意思，当他正准备去操作时，专案组已经进入他的办公室。他并没有想到这么快就会落到专案组手里，觉得自己的末日到了，一切都来不及了。

梁从汉被抓了，他开始悔恨，恨方虹带来这些罪恶，可他不敢出卖方虹，有许多把柄在方虹手上。闭口不说可能还有机会。他回想起方虹身材的高挑、苗条，面容俏丽，一头红头发，还有她那张美丽而又狡猾的脸。他承认他和老旷两个男人都不如她，潮州的女人总比潮州男人厉害。方虹原来的那个男人不是一个例子吗？而此时此刻的方虹，却正要去幽会她原来那个曾经破产而会吹笛子的丈夫，根本没把旷、梁二人放在心上。

临去之前，她摸了摸肚里的孩子。如果让丈夫知道，丈夫绝对无法接受。肚皮一天天膨胀，谁是孩子的父亲，连自己也弄不清楚，反正不是林生那矮子种。她瞧不上林生，也瞧不上梁副书记，因为他们都矮。她瞧上林生那把总经理椅子，因此才栽赃诬告了他。

方虹心里极度矛盾。她想打掉肚里孩子，又怕旷荣不认账，反咬她一口；不打掉嘛，又怕社会上闲言碎语说她怀上私生子。她左右为难时，旷小东交待了走私毒品的犯罪事实，供出团伙头目代号黑蜘蛛，说采用传销联络方式，发展下线，不能透露上线姓名，一旦泄露，不是自杀就是被组织灭口,所以保密程度极高。目前滨海已经发展了一百多号人,推销毒品一百多斤。谁发展成员多,谁就能晋级。级别很多,有蜘蛛元帅、蜘蛛大将、蜘蛛上将、蜘蛛中将、蜘蛛少将、蜘蛛大校、蜘蛛上校、蜘蛛中校、蜘蛛少校、蜘蛛志愿兵等十个级别。警方问他认识一位名叫夏长阳的作家么?他说认识,关在看守所里。问他夏长阳是不是团伙头目,他摇摇头说夏长阳是个憨憨儿哪像做这桩生意的人。你认识你们的头目么?不能认识,如果认识你就没命了,不敢打听,这是黑蜘蛛铁打的规矩。你认识你的上级么?旷小东眨了眨眼,没有立刻回答。警方问你不想回答?旷小东抬起头,说你们不要凶好么?这不叫凶,这叫审问。审问时嗓音当然要高,因为你是犯罪嫌疑人,不凶一点,滨海的社会能稳定吗?你怎么去贩毒?我不知道是贩毒,只知道是传销,如果是贩毒,我会去干么?旷小东反问警方时,还得意地抬起了头。警方说能捞那么多钱怎么不去?再说又有一个当大官的父亲,在滨海这个地方谁能把你怎么样?你们别挖苦我,不是那个臭女人,我能栽倒在你们手里?旷小东由昂头到摇头到低头,承认自己输了,并且输得很惨。

审讯人员见旷小东很傲慢,又一次地大吼起来:"旷小东,你别装着没有事!你与你父亲的事我们全部掌握,只是想从你嘴里说出来,也算你坦白交代,给你减刑的一个机会,你别执迷不悟!"

"我爸怎么啦!"

"哼,别说你爸,你爸也被那个臭女人给卖了。"

"哪个臭女人?"

"你别装蒜,我们一清二楚,说出来丢人。"

"我不怕丑。事到如今还怕什么,你们说吧!"

警方没有将他与他父亲共同玩弄一个女人的事说出来,因为省纪委正在调查他父亲有关包养二奶及诈骗受贿的事。他父亲虽在省城粤州医院治病，却有两个二十四小时的陪护，都是纪检部门的干部。一旦情况属实，立刻批捕。关于他与儿子共同玩弄一个女人的事，他父亲心里明白，可旷小东还不清楚。方虹是一只母老虎，罪大恶极。从一些材料里看出，方虹实在是精明，这回一下拉了几个官员下水。警方说谁遇上或结识她，就像遇上一颗克星，在自家门上顶了块石头，一开门就被击中脑壳。

旷小东耐心地等着警员开口，警员没有开口，旷小东忽然发话了："你们不说我也知道，那个女人就是方虹！"

时过多年的今天，旷小东终于发现父亲阻止他与方虹结婚的秘密。

"旷小东这是你说的呀，现在我们问你的上级是谁？"

"我的上级是蜘蛛大校，联络暗号叫雀雀。"

"你见过他么？"

"没有。"

"你们怎么联络？"

"我们在网上联系，用的全是暗号，是黑话。"

雀雀，一个代号，一个网名。警方立刻回忆出在与宁静的对话中，王秘书插嘴说过雀雀的名字。在泰国时，那个代替文文的黑蜘蛛团伙告诉黑哥，说雀雀在催我们赶快回滨海。当时宁静没在意，王秘书却记在了心头。雀雀是谁？难道他是滨海黑蜘蛛头目？

警方审讯旷小东尚未结束，就接到电话说冒充吴上尉和文文的两个人被人用毒针杀害在禁闭室。审问旷小东的两个公安急匆匆地赶回局里，得知是有人去探视时趁机将他们杀害，顿生出一团疑窦：禁闭室的岗哨怎么会让他们进去？凶手又是谁？

就在这个故事在现实生活中自然发展的时候，陈秋冬觉得事件手法荒诞，有断层之感。他打电话给佳佳，要她到咖啡馆来，说现在写到侦破的关键时刻，不让擅长写侦破小说的夏长阳构思，恐怕这本书没有卖点。佳佳说夏长阳要我写自己，按照案情延伸，滨海黑蜘蛛团伙头目应该是我佳佳，你说我还能照他的构思去写么？假如写了，滨海警方一定怀疑是我，岂不是把我自己推进火坑，与夏长阳一样蹲监狱？由此，我也不敢动笔。

佳姨，这只是一部有关跟踪破案的纪实小说。这个案子很大，我们掌握第一手资料，案子一结束，这本书就要出来，不是有很大的读者市场？这不能不写，佳姨，这是特区，这是市场经济，速度要快。

“你怎么知道要发生这个案子？”

“案子其实先已发生，公安立案时，我得到这个信息，于是组织人马跟踪采访。你不赞你外甥几句脑子聪明，倒还拖后腿，打退堂鼓？”

佳佳无话可说了，陈秋冬要她先看看装饰一新的咖啡馆。陈秋冬说，这咖啡馆是一本颇有学问的书，你再重读一遍，会发现这本书文字是如此的美丽，结构是如此的严谨。千万不要忽略重复的字眼，它重复，是因为它重要。生活都是重复的，重复的生活让很多人重复犯错。女人与一个男人离了婚，她第二次找的还是男人；男人睡了一个女人，他第二次睡的还是女人。一个杀人狂杀了一个人，第二次杀的还是人。为什么要这样做，因为有新鲜感和刺激，冲动和感觉却不一样。我这样的装修，还是一个咖啡馆，还是供那些爱喝咖啡的人聊天玩乐，没有其他目的。但这本书却不一样，先是散落的文字和结构，印刷出来却是一个产品。这个产品客户喜不喜欢，那是你生产力的作用。因此，我们要把它制作成精品，让客户从中得到享受和愉悦。

陈秋冬与佳佳刚进咖啡馆，贝贝垂头丧气地跟来了，忐忑不安地说，水水分析得有道理，我们的构思线索，警方为什么老是知道，老是按照构思的线索去侦查？今天，我的那个警方朋友问，你们为什么不构思线索了？佳佳早知道黑蜘蛛团伙按照这部作品的构思线索在频频作案，也知道警方在按照这部作品的构思线索去破案，但找不到为他们双方提供线索的人是谁，知道这部作品情节的只有我们创作组几个人，难道我们这几个人中间有黑蜘蛛团伙成员？贝贝又说，那个警方朋友要我回忆已写过的故事情节与线索。我回想半天，记不起轮廓，连一些人名都忘了。我说全留在红苹果咖啡馆了。的确，我的记忆是模糊的，让我那个警方朋友失望。贝贝忽然像有重大发现似的，吃惊地睁大着眼睛，好奇地问陈秋冬原来那个咖啡馆哪去了？陈秋冬见他神秘兮兮的，故意逗他说，与你一样，原来的贝贝不见了，出现在眼前的只是失去记忆、说话语无伦次的贝贝。佳佳听贝贝一番话后，心里在想贝贝脑子一定出了问题，受到什么刺激，记忆力减退。她跟陈秋冬眨眨眼，示意不要逗他。贝贝又重复地问，秋冬，你的咖啡馆呢？陈秋冬说这不是咖啡馆是什么？贝贝听罢，大笑起来，说秋冬你别骗人，这不是咖啡馆，是构思线索的地方。佳佳听贝贝这样说话，好像在怀疑陈秋冬和自己欺骗他，立即问他，贝贝你没有离开创作组，你难道不是构思线索的一员？我没有构思过，如果参与过构思我也没有记忆了。那个水水与我一样，有底稿拿去复印重读一遍都恢复不起记忆，储存在电脑里个人的构思都是残缺的，只有你这里储存的才是圆满的。佳佳又问，水水在哪儿？贝贝说，水水不在你们的记忆里，他在你们记忆之外流浪。你们别瞧不起他，一旦他发怒了，不留情面了，有几个人会被他送进监狱。信不信，由你们。在佳佳看来，贝贝真是疯了，满口胡说八道。陈秋冬却较为平静，劝着佳佳："佳姨，他没有疯。如果他能把这种胡说八道说清楚，却正是我策划这部作品的目的！"

佳佳惊疑地看着眼前这两个男人，好像他俩都疯了。将贝贝的胡说八道解释清楚就是写作这部作品的目的，这话说得很是玄乎。贝贝听佳佳说自己是疯子，反驳说我才不疯呢，真正疯了的是你佳佳。佳佳气坏了，想问个究竟，贝贝却往外走了，一边走一边说："等我恢复了记忆,这个案子就结束了,你们不要来打扰我!”

陈秋冬在门口徘徊着,皱着眉头,一个劲地想:贝贝听到了什么?

陈秋冬又转头问佳佳,夏长阳为什么不构思?佳佳说上个星期我去看他,他说要我写自己,在他的构思里,我佳佳是这个案件的元凶,你想我能写么?

陈秋冬轻轻地喔了一声,不再说话。但他的脸上却显得惊慌,有坐立不安的神色。佳佳走时,他嘱咐着:“佳姨,在这部作品没有完稿前,你一定要小心啊!”

离开咖啡馆,佳佳去看望夏长阳,她想上回给他买的一条烟可能会抽完,今天又去买一条三五牌香烟。走进探视室,夏长阳开口就说,佳佳你不敢写你自己。我要你写只是考验罢了,因为从这些构思里看出,我们写作组的人都掉进一个暗藏杀机的陷阱。我告诉你在你的构思里,贝贝神经错乱,水水吸毒成瘾,那个王秘书应该被杀死了。佳佳觉得夏长阳真是料事如神,难道他是真正的黑蜘蛛团伙头目?

夏长阳的话刚说完一分钟,佳佳就接到陈秋冬的电话,说王秘书在回公司上班的路上被人杀害,贝贝一天醉酒被人注上毒针,水水遭人暗算吃了毒品,不到半个月,把自己的积蓄吃光了,在流浪街头,真正的文文和宁静还没有下落。你问问夏长阳,按照他个人的推理,宁静和文文在哪里,林生什么时候出来?

夏长阳说有人在身边构思不准确,你先回去写现实生活发生的故事吧!不过,我做过梦,又梦到我来滨海前在梦里见过的那个白胡子老人,他告诉我男孩宁静消失了,永远不会回来了。佳佳,你这么久都没有听到男孩宁静的消息?佳佳摇摇头,说我们满脑子都是女孩宁静的形象,谁去注意男孩宁静呢?佳佳,你给我留意一下,能找到男孩宁静,我就能出去,好回单位交差。

佳佳点点头,满脸的疑惑。她看一眼夏长阳,又问那我会遭殃么?

你到时会受到牵连,还有,你要提醒陈秋冬别聪明反被聪明误,有人在打他主意了,一定要防止上当!

佳佳嗯嗯嗯地答着。夏长阳说我这预言是很准确的,告诉他千万要小心!但在下一章里,你必须写他,不写他你会受到连累!

佳佳不相信,她转身一溜烟地走了。

佳佳走后,夏长阳从口袋掏出六个铜钱,往床上一抛,见六个铜钱全是翻的,立刻意识到滨海有六个贩毒罪犯,是黑蜘蛛团伙。警方早已摸清底细,时机成熟就抓人,眼下还在盘查这六人之外还有没有落网分子。他抓起铜钱重新抛了一次,拿起笔排列公式一样认真地计算着,一边算一边说:“雨过天晴了,这个案子快结束了!”

其实,夏长阳并不能构思出这些人的凶吉,是他根据侦破学的原理,再加上占卦,能占出这些人近段时间的命运。在锦水占卦,夏长阳是出了名的,给一些人占卦都十分准确,是吉是凶,在卦里一清二楚。但他万万没有想到,在滨海与佳佳一起创作修改《美丽无罪》这部小说却派上了用场,能增添这部小说的神秘色彩。

十六、地下通道

佳佳回到红苹果咖啡馆，见陈秋冬一脸愁容，问你怎么知道王秘书被害的消息？陈秋冬没有正面回答，自言自语地说："王秘书在这个时候不能死，她的死出乎我意料。在这部作品节骨眼上，她是一个故事链，因为她想调进红苹果文化公司，梁从汉收了她不少的钱，没有她的检举和证词，梁从汉这个腐败分子能浮出水面吗？"

"秋冬，这是文学作品，跟梁从汉腐败毫无关系。王秘书遇害，是为了故事情节的向前推进，我们得再安排一个角色。"

陈秋冬站定不动，许久不说话。此时天色晚了，咖啡馆里都开了灯。那两排重新安装的灯笼，如霓虹灯一样，忽儿放光，忽儿熄灭。这灯笼形状像鼓，色彩像圆月。佳佳与陈秋冬就是站在这两排灯笼下谈话，脸上的光影千变万化，看不清彼此的真实面目。十几个苹果小姐穿来穿去地忙碌着，重新开张两天的咖啡馆，经过一场大火焚烧后，没有原来的人声鼎沸了，稀稀落落的几个客人还抱怨着这也不行那也不好，买单时都说收费太高下次谁来。陈秋冬听在耳里记在心里，都怪湘西人那一把大火烧去了财气，烧出了大祸——滨海警方开始怀疑那个苹果小姐是他杀的。

佳佳一眼看见屋外有几个人影游动，其中一人眼熟，好像是警察。由于灯光使她的眼睛发花，没有认出是谁。门外那张熟悉的脸孔一会不见了。佳佳追出去，只有满天的星星和情侣路熠熠生辉的路灯，跳入她的眼睛。一对对恋人在草坪里谈情说爱,海上货轮的航行声传入她的耳朵。陈秋冬走出来,蹑手蹑脚地来到佳佳背后,说:“佳姨,你看什么?”佳佳触电似地猛转身来,拍着自己的胸脯,慌慌张张地说:“你吓死我了,你吓死我了!”陈秋冬嘿嘿笑着,问:“佳姨,你胆子太小了!”

佳佳还在想刚才的情景,陈秋冬说:“佳姨,我知道你看见了便衣警察。走,进屋去!”

陈秋冬给佳佳端上一杯热乎乎的咖啡,说:“佳姨,给你压压惊!”

佳佳感到奇怪,咖啡馆四周怎么有警察巡逻,像在监视陈秋冬。她问:“秋冬,警察好像在监视你,你有什么事瞒着我,说出来让姨给你参谋参谋,该怎么做就怎么做!”

“佳姨,你放心,我没有什么事。”

佳佳不信,第一次用眼睛正视陈秋冬。

陈秋冬安慰着佳佳:“佳姨,我知道你关心我,我没有事。佳姨,你该找个男人,成个家了。那个夏长阳不可靠,千万不要爱上那个废物!”

“他是废物?”佳佳吃惊地问陈秋冬。

“他是个废物,没有生育能力,与他结婚总要生孩子吧!”

“四十岁的人了还生小孩,找个男人过过日子算了,还盼什么?”

“佳姨,你不生孩子也不能找夏长阳!”

“为什么?”佳佳在替夏长阳辩护,看来她是喜欢上夏长阳了。

“佳姨,夏长阳这回恐怕出不来了!”

佳佳越听越不明白,不是陈秋冬要改写这部书,夏长阳什么事都没有。滨海的警方无能,怎么被一部书的构思所摆布?这不是在演戏吗,夏长阳犯什么罪,有什么证据就把他关起来?他没有罪,我知道他是个老实憨厚的人,他能当团伙头目别人能听他指挥么?不能,绝对不可能:“秋冬,他没有事的,能出来的!”

“佳姨,他出不来了,无论如何警方都要给他加个罪名,否则,他们不好交差呀!”

佳佳觉得陈秋冬的想法有点过分,还是坚持夏长阳没有犯罪他会出来的观点,而陈秋冬说他就是没有犯罪警方也要把他定为罪犯。

佳佳听陈秋冬这句话,深深地揣摸出这句话的意味。如今这个社会是这样,官员说你有本事你就有本事,警方说你犯罪你就犯罪,有时还设圈套,让你钻进去,罚一万八千是平常的,没有钱就拘留十天半月。

佳佳点了点头,摆在她眼前的那杯咖啡没有了热气,可她还没有喝就走了。走前,陈秋冬还不放心地说:“佳姨,你不能与夏长阳结婚!”

“秋冬,你不要干预我的私事。你也不小了,等找到宁静,我当月下老人,做一件好事,将你与宁静绣一个鸳鸯蝴蝶来!”

“佳姨,我认识宁静,并且见过几次面。”

“在哪儿见过?”

“在滨海。”

陈秋冬还问:“佳姨,你想见她吗?”

这时,佳佳急切地问:“宁静在哪里?”

陈秋冬看佳佳一副惊喜的样子,嘿嘿笑着,说:“佳姨,我见宁静是毫无根据的事情。我这样说你也相信?”

佳佳点点头,说:“你说的话我都相信。你说见过宁静几次面,我深感不安。如果真是你说的那样,这部作品开始接近尾声了,那真的要写写你了!”

“什么意思?”

“你自己清楚。”

佳佳说完,又瞥见门外有警察身影。她告诉陈秋冬,陈秋冬说这是幻觉,门外根本没有警察。佳佳说你不认为门外有警察就行,反正我是看见了。佳佳说这话的时候,嗓音有点变化。然后,她犹犹豫豫地走了。她一步一回头,陈秋冬没有送她,他觉得今晚佳佳的神色不对,好像有什么事要发生。佳佳最后回头看陈秋冬一眼，是她上的士车拉开车门的那一瞬间，不知是自己眼睛被路灯光线刺模糊还是什么，站在咖啡馆大堂的陈秋冬好像突然全身是血，在地上淌了一大滩，但他还坚强地站着。

这天晚上，佳佳做了梦，梦见陈秋冬是杀人犯，他手持一把锋利的刀朝她走来，狞笑道："佳姨，你不要怕，命中注定你要让我杀死，成为我刀下的第三个鬼！我没有办法，谁叫你是女人，谁叫你比我年纪大！"

佳佳哇哇大叫着，醒来一身汗。她去卫生间冲了一个凉，洗去汗渍，脑海里还是晃着陈秋冬梦中狰狞凶狠的面孔。后来她无法睡着，想到了夏长阳，决计再去看他。

夏长阳的确很老实，从那年笔会上发现他很懂女人心，她才给他一个吻。这个吻不仅夏长阳记住，佳佳也深深地记住。如今想来，夏长阳是个能过日子的男人。

通过这部小说的修改和构思，佳佳对夏长阳产生了好感。在她与很多男人接触中感到，夏长阳这样的男人越来越少了，越来越宝贵了。她起床洗脸，正在化妆时，手机叫了一下。她知道是短信，打开一看：

> 佳佳俏女人，听人说你性渴，用火腿代替，不慎落入体内，你与夏长阳做爱时被带出，夏长阳问你为何物，你说是处女膜。夏长阳大怒骂道：放屁，处女膜还带生产日期！佳佳，你真有此事么？

这是一个陌生电话号码。佳佳气坏了，打电话过去想狠骂对方一顿。电话通了，马上又关了，一连几次都这样。这个流氓，怎么知道我的电话？

这天早晨，佳佳没有吃早饭就去看守所。她想给夏长阳请个律师，没有律师出面，就无法看到夏长阳的案件档案，就无法看到夏长阳的案情记录，公安凭什么关他，这些都要弄清楚。

金色的朝霞放射着灿烂光芒。一路上，她看见灰色的都市笼罩在金色的雾幔里，给人们一种虚幻的感觉。情侣路上只有早晨上班时最忙碌，每天都塞车。佳佳坐在的士里很急，她想将陈秋冬见过宁静的事告诉夏长阳。在平排停着的士的车里，她发现了方虹与她原来的丈夫，方虹没有看见她，佳佳立刻交代司机跟着左边这辆的士。

佳佳跟到银海大厦停止了。方虹挽着原来丈夫的手走进了大厅，她不禁问自己："难道方虹与她丈夫破镜重圆了，他们来银海大厦干什么？"

佳佳理不出任何头绪，调转车头往看守所奔去。

佳佳走进看守所审讯室，夏长阳第一句就问陈秋冬这一章你写了么？佳佳说没有写。不知怎的，夏长阳大发雷霆："你不写他，你就得去当替罪羊，你就成了凶手！"

"不写他不行么？"佳佳轻声地问。

"关键时刻一定写他，否则，大祸将降临到你的头上。佳佳，你要清醒，到时有理说不清！"

佳佳惊愕了，脑子里一片空白，听夏长阳说话如听天方夜谭。接下来，夏长阳说："宁静的失踪一定与金叶大酒店招揽日本代表团去嫖娼的案件有关。"

经夏长阳点拨，佳佳说我马上回去，找陈秋冬商量，将宁静被人抢去做陪客小姐的事实插进去。夏长阳在探视室抽着烟，沉思一阵后，说："我已经构思好，就写陈秋冬参与这一事件，宁静是他抢去的！"

"写陈秋冬抢她不妥吧！"佳佳有些犹豫。

"按你这部作品的基调，陈秋冬不是一个好人。你如果把他写成好人，这部作品的意图会被推翻。"

探视时间原本挺长，从来没人催，今天却有警察催了。佳佳觉得探视夏长阳的时间一次比一次短，看来这部作品离完成不远了，补充的这个官祸案子快要尘埃落定了。但在佳佳的脑海里：有一艘停靠不到岸的船，在海面上摇摇晃晃。

佳佳不明白夏长阳为什么要写陈秋冬，难道陈秋冬背着我佳佳干过犯罪的事情，被夏长阳推断出来？佳佳试探性的地问："你是怎么构思陈秋冬的呢？"

夏长阳说陈秋冬难逃这一劫，不信，你等着看。佳佳又一次摇摇头，一双雪亮的大眼睛瞪得夏长阳的脸不知往哪里摆。

夏长阳说陈秋冬是你外甥，不写他就没有篇幅了，不把他穿插进去，这部作品就没有悬念了。我把构思说出来，你听吧！

宁静和文文是被陈秋冬暗地派人关押到一个神秘的地方去了，那个地方就是地下室。读者读到这里，一定感到荒唐和突然，其实是有原因的。说实话，陈秋冬见过宁静，不过旁人不知道罢了。宁静在滨海接待处那段日子认识了陈秋冬，并且还在情侣南路一起散过步，由于都是湘西人，陈秋冬见她长得漂亮，便向她发出过求爱的信号，但是宁静没有答应，随后陈秋冬便暗中策划了阴谋。

宁静与文文的确蜷缩在一个阴暗潮湿的地下室里，这帮家伙逼着文文与她做爱，可宁静挺坚强，死活不让，不像王秘书为求生与吴上尉做爱。宁静才来改革开放的前沿阵地，开放的气息尚未浸透她的肌肤，再说刚由一个男儿变成女孩，女人的味道还没有活出来，做爱的动作僵硬，文文会怀疑她是假女人。有黑帮成员下到地下室，问文文昨夜完成了任务没有？

文文不好启齿，吞吞吐吐地告诉那个人完成了。随后那个人拉开灯，往床上床下床头床尾看过一遍，说她是处女怎么不见血？文文说没有血。宁静给文文眨眨眼,文文又说她不是处女,是结过婚的女人。她家里有老公,生有一个女儿。那人长着一对鹰眼,高高的鼻尖宛如鹰的嘴巴,翘得老高,发着粗粗的气流声。他指着宁静的鼻尖骂道:“你她妈的不是处女,欺骗我们老板。我去向老板汇报,看怎么处置你!”

文文见那个人气势汹汹的样子,觉得这里面还有一个更大的阴谋。宁静见文文惊恐着,问他背上那道被打的伤口还疼么?文文点点头,说怎么不痛呢?的确很痛,这几天不管是夜晚还是白天,他几乎没有睡觉,有一个想法老是折磨着他:陈秋冬与佳佳为什么要修改这部作品?这个团伙为什么要我检验宁静的贞洁?贞不贞洁与这帮团伙有什么关系?王秘书和吴上尉一定逃出去了,还不知道他们的确切消息。如果他们向警方报告实情,警方怎么还不来抓他们?这地方不在郊外,而在城市中心,就在滨海公安局隔壁。这时公安局的张处长笑着走进地下室,冷冷地说:“宁静,我上次把你当人款待,你不当;这回把你当狗,你心甘情愿了。”宁静不作声,低着头不看他。他走拢来,抓了抓她的下巴,说:“我还以为你是处女,能卖个好价钱。费我好大力气,原来还是假货。假货换不到美钞,换点毒品总可以吧!”

宁静初来接待处上班,是陈秋冬介绍的。她发现有好几个女孩上班几天就消失了,觉得奇怪。问张处长,张处长说这不是你问的,你自已好好上班,不要管闲事。时至今日,她第二次进入魔窟才知道张处长在接待处的掩护下,在干一件罪大恶极的事情。

这地方绝对隐秘,任何人都不会怀疑文文与宁静藏匿在接待处的地下室。地下室有三十米深,全是用水泥和钢筋堆砌而成,是文革时期备战修的防空洞,可容纳上百号人。地下室分几个小洞,都有单独的通道。洞与洞之间没有任何勾连,偶尔听到另一个室内有声音,不知是什么人。宁静白天黑夜地睡,睡足了醒来,问文文你醒了?文文点点头,问你也醒了?但都没有回答,只是点点头,脸上都是焦虑的神情。有时相互安慰,在室内徜徉。头上有车子的震动声,不时掉下几粒土渣。他俩睁大眼睛往头顶看,怕地下室塌陷。几天过后,一张令两人熟悉的脸孔出现在地下室里。文文的眼睛睁大了好几倍,问:“你怎么知道我们在这里?”

那个熟悉的人嘿嘿大笑,手里拿看手机,嘴里叼着一支古巴雪茄,原来每天刮得非常干净的嘴巴上粘着假胡子,问:“你的眼力不错,还认得出我!”那个熟人看看宁静,说:“你跟我走!”随后用手去拉,宁静不让,他“啪”地就是一耳光。毕竟当过男孩,宁静也不示弱,一拳打回去,打中了他的眼睛。他背后的两个打手欲上去给宁静好看,被刚进地下室的张处长制止,接着押着宁静出了地下室。文文看得很清楚,宁静从地下室后门出去,不知被带向何方。宁静走后,文文躺在床上睡着了。没过多久,文文开始做梦了,梦见抓走宁静的那个人白天是人夜里是鬼。此时此刻,他正朝文文走来,还是嘿嘿笑着。文文知道他爱笑,那是装出来的。他问文文宁静是不是人妖,文文不作声。他转向一边,背对着他。文文听见他吸雪茄烟的气息,接着吐出一股辛辣的浓烟。他又问:“文文,你与她做过爱没有?”文文还是不作声,但将脸转了过来。在短短的几分钟里,文文与他相视了许久,没有说话。文文倔强的态度,令他发怒了,对着文文嚎叫着:“你没认出我是谁?”文文说:“你就是变成灰烬我也能认出来!”他又是嘿嘿大笑,说:“你还是没有认出我!”文文急了,想说出他的鬼名,总是张不开嘴,结果被急醒了,说:“是他,是他,就是他!”他往四周一看,乌漆抹黑,刚才是白天,怎么一会儿就到了夜晚?他不知道现在是几时几刻,白天抓走宁静的那一幕还历历在目。他脑海里又想到了夏长阳、贝贝和水水,还有那个佳佳。夏长阳来滨海寻找宁静,连宁静的影子都未看见,自己却失去了自由——被关进了看守所。这个时候的宁静在哪里,是生是死还是未知数。依我看,那个黑洞的女尸是他们所为,夏长阳掉进这个黑洞是他们所为，写作《美丽无罪》这部作品也是他们所为。除了佳佳之外，我们都是受害者。文文不知道王秘书被杀害了，如果知道，他会联想到今夜的宁静性命难保。他想逃出去，报告给滨海警方，救出宁静。如何逃跑？文文在房里踱来踱去，灯的开关在楼上，全由他们控制。他们就是把门打开，文文也走不出地下室。文文摸了摸房门，用力拉了拉，门没有上锁。他蹑手蹑脚地往外摸着，外面黑漆漆伸手不见五指。时虽仲夏，地下室却很清冷。他摸出了几道门，都没有锁，是他们疏忽还是故意让我离开这鬼地方？文文很激动，他想象着逃离虎口的情景，一旦出去，这个震惊全国的黑蜘蛛大案就将告破。半小时后，他看见一丝朦胧之光，认定是后门，欣喜若狂地往有光亮的空间走去，推开门往外一看，又发现回到了关闭自己的那间房。文文一下精神崩溃了，感到一点希望都没有了。

他倒在看不清的床上，眼前看见一团团黑影朝他走来，前后左右都是。有的握着尖刀，有的捏着匕首，有的抓着棍棒，有的拿着绳子，都是一副凶神恶煞的脸。文文恐惧得蜷缩一团，双手抱着自己快要迸出血浆的脑壳，大声地求饶道："我没有坏你们大事，你们不要杀我，我还没有结婚，没有尝到过女人的味道！"

这帮黑影好像都在狞笑，骂道："你与宁静做爱还说没尝过女人的味道，简直是胡说！再说你发现我们的秘密，不杀你，你会坏我们的事！"

文文筛糠般地哆嗦着，嘴唇不停地打着战，他想说什么又说不清楚。其中一个黑影举起尖刀朝他心脏猛刺，他还以为是幻觉，结果刀刺心窝的响声传进他耳里，一股风顺着刀槽钻进了肚子。他用手一摸，真是刀捅了他的心脏，流了一滩血。接着又是第二刀，随后他失去了知觉，没有了幻影，几团黑影从他眼里消失了。紧接着，文文消失了，他的尸体被抬出后门，用麻袋装上，驮上一百斤的岩石，沉入了海底……

文文从人世间永远地消失了，与他分手仅几小时的宁静却不知道文文已经没命了，但她料到自己的生命肯定危在旦夕。这时候，夏长阳十分焦急，叮咛道："佳佳，陈秋冬是个地下通道。这部作品多章构思，都是经过他转达给警方，并说是夏长阳构思的。我很清楚，但我不怕。为了这部作品的成功，我就是把牢底坐穿也心甘情愿了。构思到这里，女宁静必死无疑。看来我是找不到宁静了，文化馆的那份工作也丢了。"

佳佳见夏长阳很疲惫，在看守所门口买来蛋糕和一瓶矿泉水，安慰道："长阳，您不要沮丧，那份工作不重要，重要的是找到宁静，破获这个黑蜘蛛团伙案！"夏长阳紧锁眉头，深情地对佳佳说："佳佳，我们是作家，不是黑蜘蛛团伙的对手。有人在借刀杀人，案子破了，我会被推上被告席！"

"谁在借刀杀人？你在怀疑我？"佳佳迷惑了。

夏长阳喝一口佳佳买的矿泉水，摇摇头，说："不是你，是你的……"

夏长阳留下一句话未说完，佳佳想问是谁，但电话叫了。她拿起一听，是陈秋冬打来的："佳姨，这部作品还修改吗？"他未说完就挂断了电话。佳佳未等夏长阳说完那句话起身走了。这回她走，夏长阳十分冷淡，不像前几次深情地目送她，他自己低着头从探视室走回关闭他多日的小屋，但民警发现他在回小屋的那几步路上不禁潸然落泪，几颗泪珠掉在了地上。在看守所民警的眼里，佳佳与他很好，每回佳佳都给他买东西，并且促膝长谈，佳佳每回走时，他要民警多给两分钟时间，要目送佳佳走出看守所大门才回小屋，这回他却不一样。他的一举一动，引起了看守所民警的注意。夏长阳是一个非常坚强的人，今天掉泪的背后一定有异常的事情对他触动很大。看守所民警将他的反常通知了刑警队。第二天上午,太阳刚浮出海面,夏长阳刚洗漱完毕,小屋的门就打开了,看守所民警叫了一声夏长阳,他还未回过神来,一个阔脸宽肩的刑警队员走进来,劈头盖脸地问:“夏长阳,你笔下的那个文文死在哪里?”

夏长阳懒洋洋地回答:“你们去问陈秋冬吧!”

“夏长阳,你放老实点,别在我们面前玩花招。告诉你,你笔下的那个文文被黑帮绑在哪里,你应该清楚!”

夏长阳耷拉着脑袋,觉得滨海警方破案,光依靠这部《美丽无罪》作品的构思线索去顺藤摸瓜,这很荒诞。他抬起头,看那高大刑警一眼,问:“你们这样破案不觉得好笑吗?我们在写小说,这是虚构,并非现实存在!”

“对,是虚构的线索,但这线索对我们侦破这个案件非常重要。我们是按照你们的线索在一步步缩小侦查范围,主谋与凶手都是按照这线索在作案。”

“主谋与凶手是谁?”

“嘿嘿,这不需我们说出来,你心里最清楚,别装糊涂!”

到底谁糊涂,夏长阳觉得好笑,但又不敢笑出声来。此时,那个高大警察的电话叫了,电话里说在海湾海里被渔民发现一具男尸,经辨认是文文。队长,你赶快回来!

这个刑警是队长。顿时,他的脸绷成了铁板,立刻命令另外两名队员对夏长阳进行审讯:“你们进行突审,他昨天构思作品说文文被绑架遭黑帮杀害,文文昨夜真的被杀害,尸体被抛在了海湾。按照作品里构思地点——凤凰桥尾一出租屋能寻找到凶手留下的痕迹,我现在马上去凤凰桥!”

夏长阳听刑侦队长说完,心里咯噔一下。构思的地点是省某厅在滨海设办的接待处,并不是凤凰桥尾某个出租屋。谁将这个地点改动?

难道是佳佳自作主张？

两名刑警点了点头，将夏长阳带进审讯室。一名刑警拿着一个提包，拉开了拉链，放在桌面上；一名刑警的双眼直看着夏长阳，准备突审。这是一场没有刀枪的战斗，比刀枪战斗更重要。听人说滨海警方从未遇上夏长阳这种具备犯罪心理学与反侦查能力的嫌疑人，他口口声声说是写作，未留下一点有价值的口供，任何人都无法给他定罪，因此只有将案件时间拉长，等寻找到有力证据，才能擒拿主谋和凶手。

刑警从提包里取出一张照片，问："你认识这个人吗？"

夏长阳摇着头，说："我不认识。"

这是吴上尉的照片。他被人绑架至郊外破屋一月之久，后与王秘书一起逃离。他脱险了，王秘书却命归黄泉。

夏长阳马上想到警方拿出第二张照片一定是王秘书。他抢先说，你们不要拿王秘书照片出来，我不认识她，她只是我们作品中的一个人物。不由夏长阳反对，王秘书的照片还是被拿了出来，在夏长阳眼前晃了晃，问："你真的不认识她？"

"不认识她，但在我的笔下她已经死去。"

刑警说："她还活着，没有死。"

"没有死，很好呀！"

其实，王秘书已经死去，她的死与梁从汉有关。在夏长阳的构思里，梁从汉不仅欺凌王秘书，还从王秘书手里骗取过六万多元钱。王秘书打掉过两胎，子宫都刮坏了，无法再怀孕了。她死得惨，梁从汉却幸运，警方从未怀疑是梁从汉干的。夏长阳从作品前些章节的回忆中回过神来，接着又说："如果王秘书没有死，梁从汉会身陷囹圄。"

"她的死与梁董事长有关？"

"这是作品的构思，你们不要瞎猜想！"

负责审讯的刑警又取出一张照片，问："你认识这是谁吗？"

夏长阳不抬头，沉浸在自己的思绪里，想自己不但谙识天文星相，并且精通经史，擅长弈棋、古典诗词和占卦，写小说是参加工作以后的事。他本来有从政的条件，当年的老师如今是高官，还有把他招进城的县委书记和县长，如今都是州里的领导，关系一直不错，倘若他提出要求，他们会为他解决的，可他不愿意，偏要写自己的小说。前些年不去串门，把自己幽闭在像今天看守所这样的小屋里，写了一大堆乱七八糟的手稿，后来被他没有文化的妻子当废纸给卖了，气得他住了半个月医院。这是他的第一部长篇小说，名字叫《无罪释放》，写的是锦水县一个冤案故事，三十多万字，与自己在滨海被囚禁在看守所一样。如果那部手稿尚在，根据滨海发生这个案件作一番修改，同样是一部很好的作品。唉——，真可惜呀！

"夏长阳，你看看这张照片！"

夏长阳还在回想那部手稿的故事，他始终没有抬头，也不想辨认照片上的人。

那个刑警见他不抬头，便抬高了嗓音："夏长阳，你别装聋作哑，抬眼睛看看这张照片！"

夏长阳抬起头，说："我不想抬头。你要我抬头就抬头。"他刚说完话，眼睛像钉子钉在了那张照片上，照片上的人好像有点熟悉。在他印象里，照片上这个人没有红头发，没有红嘴唇，没有金项链，没有深乳沟，不穿女人衣，没有照片上这个人漂亮。他凝视良久，不敢下结论她是谁，世界上不会有那么奇怪的事。刑警问："你认识她么？"

"她不是宁静。脸是宁静的，红嘴唇和胸脯却是别人的。我认识的宁静是个男孩，是我的邻居，我是来寻找他时掉入黑洞的。"

"你再认真看看。"

夏长阳又认真地端详一阵，脱口而出："是我要找的宁静，他怎么变成了女人？"

刑警问："你说她是你要找的宁静么？"

"对对，就是她。她现在哪里？"

"你在找她，我们也在找她。"

"让我想想，她应该在一个废弃的砖屋里。"

"什么方位？"

"凤凰桥一带，在东方。如果去了西方，那她就死了。"

"你怎么确定？"

"我用时辰掐算出来的。"

夏长阳在乡下跟着他父亲学会了占卦。有一回，他叔叔的一头大水牛走失了，两屋人家找了三天三夜都未找到，便请他回去掐算。根据八卦学及一天一夜十二个时辰掐来掐去，最后算定在东方，离家三、四华里路，在别人的牛圈里，今晚七点钟前准能找到牵回家。这天又是夏长阳母亲生日，他等着叔叔牵牛回家。果不其然，当把酒菜搬上桌，放好鞭炮，叔叔真的从山垅里牵着大水牛回家来。在酒筵席上，大家都夸赞夏长阳算得准，可谓是个半仙。那夜，夏长阳很自豪地喝了许多酒，却没有喝醉，兴致一直很好。

"你掐算得准确么？"刑警半信半疑。

"信不信由你！"夏长阳很自信。

刑警带着夏长阳提供的线索回到了公安局，晚上开始对凤凰桥一带地毯式地进行搜查，寻找一个废弃的砖屋。晚上全城灯火辉煌，大街小巷的霓虹灯闪闪烁烁，到处莺歌燕舞，一派平安欢乐的景象。每家每户门前皆挂着灯笼，那个废砖屋如大海中的一根针，找来找去没有找到。只见双层巴士从他们眼前晃过，穿过熟悉的大街、高楼和椰子树。二十二层楼的滨海大厦在层层灯光的指引下显得很高，在这座大楼下哪有废弃的砖屋？刑警们开始怀疑夏长阳掐算的准确性，同时发觉他构思的时间、地点及人物开始混乱，侦查线索在他身上也开始模糊起来。

他的文学构思，未必就是这个案件的线索。前面一些章节提供的时间、地点基本准确，只是抓捕的时间出现差异，但这个废弃的砖屋可能是他随口说的。他们往凤凰桥尾山脚下走去，突然发现山下芦苇深处有一束手电光亮，一闪一闪的，在往海边移动。刑警们感到可疑，立即包抄过去，兵分两路，前后堵截，借助远处城市的灯光，不到十分钟，就将可疑的手电光亮堵在了茅草路中。持手电的人见前后有人拦截，拔腿就跑。跑了二十米，被一丛芦苇绊倒，哎哟一声尚未叹息完，这个可疑人就被四只大手钳子般地抓住，问："你是干什么的?"那人以为碰上黑道人物，惊恐瑟缩着。刑警拿电筒往那人照去，又问："刚才你跑什么?"那人抬头看看，又往山脚芦苇丛里望望，问："你们随便抓人是犯法，是哪个道请自报，别拐弯抹角!"刑警队长走上前，用力抓住那人的手，说："我们是公安局刑警队，你不说出今晚自己为何在这儿，休想走人!"这人神情鬼鬼祟祟，身上穿着的那件白衬衫沾着一些土渣，那双鹰眼盯着刑警们，同时把左手一节手指压在嘴上，尽量控制着发抖的嘴唇，装着什么事都没有发生。

两个刑警逮住他，其他刑警继续往芦苇深处查看。几只手电筒在这偏僻的郊外晃动着，照耀每一个角落。不到半小时，刑警发现一个早年废弃的瓦窑，有一扇铁门关着。他们靠近铁门，取出枪，推上子弹，四只脚猛踢，那扇铁门大开，里面的床上躺着一男一女。那个男人弹跳起来，躲闪到门后，被几位刑警双手反剪，蜷跪倒地，哎哟哎哟地喊着。那个女人的嘴巴塞着毛巾，嗡嗡咙咙地叫着，四肢瘫软，连衣裙被撕破好几块，胸前那两团东西像吊着的两个气球高耸着，比任何女人的乳房都大。刑警为她解开捆绑的绳索，取走塞住嘴巴的毛巾，未等出一口长气，双手抱住胸部失声地大喊大叫着："哎哟，哎哟，我的妈呀，怎么这样痛?”她蜷成一团将头埋在臂弯里,痛苦地嚎叫着:“怎么这样痛?”她又害羞地扯紧被撕破的连衣裙,又说:“我是宁静,你们救救我呀!”刑警移动手电,往她脸上照去,要她抬起头来。她抬起头,泪流满脸地看着刑警,求饶地说:“你们给我一点白粉吃好吗?”她一边说一边抽搐着,无法抑制,双腿跪下:“你们行行好,你们行行好!”刑警们一眼看清是宁静,好端端的一个姑娘竟被折磨成这样子,但他们不知道她乳房疼痛的原因。

夜深人静的时候,宁静在医院的病床上冷静了下来,不再哭泣。开始她晕迷了一阵,清醒过来后,见病床边坐着几个人,连忙将毛巾被蒙着脸。坐在病房里的有林跃、林生和佳佳。这时候,佳佳建议叫夏长阳到医院来辨认是不是他要找的宁静。警方答应,立即驱车去接夏长阳。

宁静听说要接长阳叔叔来医院,脑海里立刻闪烁出自己在锦水县城男孩子的形象,如果让长阳叔叔知道自己变成了女孩子,那是多么难堪呀!立时,她想到逃避,不能见长阳叔叔。她掀开毛巾被,一副痛苦的神情,说:“我要去上厕所!”

佳佳马上意识到她想回避夏长阳,像上次她被从泰国解救回来后,只要提到见夏长阳,就胆战心惊地想回避,显得十分紧张与恐惧。医生答应她上厕所,佳佳说陪她去,结果她又不去了。她看着佳佳,忽然问:“贝贝在哪里?”佳佳告诉她贝贝好些天不去红苹果咖啡馆了,连人影都不见。接着她又问:“陈秋冬是你亲外甥吗?”佳佳点点头,说:“是我亲外甥,他怎么啦?”宁静听佳佳回答后,身子又开始抖动起来,脸如死灰,渐渐地蜷成了一团,哆哆嗦嗦地说:“他说要送我回家,怎么不见他来?”佳佳听她说话语无伦次,缺乏逻辑,推测宁静受到刺激有些微疯了。她悄悄地提醒医生,她的精神遭到伤害,受到强烈刺激,有点紊乱!医生说我们正在观察,对她的乳房进行诊断。不知什么原因使乳房胀得如此之大,痛得如此厉害,不排除是乳癌的可能性。大家正在默思时,夏长阳带着一副囚徒的脸孔进到了宁静的病房,推开门的一刹那,宁静又将毛巾被蒙住了头,双手紧紧地抓着不放。夏长阳走近病床,用手扯了扯毛巾被,他虽然没有揭开,却用微弱的嗓音,肯定地说:“不用我看,她一定是我要找的宁静!”

夏长阳的自信,令警方又一次对他产生了怀疑。警方为进一步确认,走近宁静床边,用力掀开了毛巾被。喜欢多嘴的夏长阳,在旁边自言自语地念:“不需我看,她就是我要找的宁静!”

警方立即录下他的口供,再一次追问:“她是你要找的宁静?”

夏长阳点了点头,说:“不管她变成仙,或化为灰烬,我都认得出!”

警方又问:“你找的宁静到底是男还是女?”

“是个男宁静。”

“这是女宁静呀!”

夏长阳装模作样地又掐算起来,把目光投在五个指头的节巴上,上下各掐算三下,思索一阵后,说:“按照缜密的构思与十二个时辰的时运,不管是男宁静女宁静,他就是我要找的人!”

“你要对你说的话负责!”警方提醒他。

“我找人,当然要负责呀!”

夏长阳的语气十分坚决,但他还不明白警方的意图。倘若这个女宁静是他要找的人,而发生在这个女宁静身上的一系列案情与他的小说情节构思又可谓严丝合缝,则可认定夏长阳是主谋,凶手则另有其人。这个人已经在警方的控制范围与监视之中,他永远逃脱不了。但是还有一个环节没有推断成功,那就是凶手与主谋的链接起因,还有他为什么要报复宁静。至于这个问题,警方曾经问过佳佳,佳佳对于警方的推理持否定态度,说警方认定的凶手和主谋就像是夏长阳的文学构思,有想象成分,并没有确凿的证据。那么,主谋和凶手到底是谁?

蓦地,林跃走近病床,说:“宁静,我是林伯,夏长阳叔叔走了,你让我看看！”

林跃想要她开口，让夏长阳继续辨认，但她还是不说话。一会儿，大约是乳房疼痛，她又一次地用双手紧紧抱着胸部，粗重地呻吟着。医生悄悄对林跃说：“林书记，他的乳房胀得好大，照平常的推断确诊，我们认定是乳癌……”医生说到这里，把声音压得很低，不让宁静听见。夏长阳一听这个宁静乳房很大，他有点失望，但还想再看看。不过他要找的宁静在锦水县是个男性，胸部扁平，就算他做过变性手术，乳房也不会很大。可能是自己推断失误，低声地对警方说：“让我回看守所吧，她不是我要找的宁静！”

“怎么又不是了呢？”

“我要找的那个宁静是个男的，胸部扁平。对啦，差一点我又一次失误。如今的胸部高低并不取决于真正的乳房，显示胸部的丰满可做隆胸手术，或配上乳罩。你们要女医生解开她的衣服看看，做一次鉴定。”

宁静听到夏长阳在说她，越发一阵高过一阵地呻吟起来。阳光穿过窗棂，照射到病床上。空调在一阵阵地吹着冷气，整个病房很凉爽。这是医院常用的长条花纹毛巾被，宁静从头到脚紧裹着，夏长阳看得很仔细，她的胸部绷得老高。她不敢面对大家，隔着毛巾被对医生说：“医生，我不想活了，让我死吧！”从毛巾被传出来的声音有点变调，很暗哑。夏长阳又一口咬定是他。他从小就是一种女人声音，但他不是女的，是个男的。警方暗示医生去打针，她不让打，说等大家离去后再打，于是大家纷纷佯装离开，走出了病房。等她打点滴时，夏长阳与警方同时进入她的病房，她见到的长阳叔叔满脸胡茬和那双凹下去的眼睛，愧疚地说：“长阳叔叔，我对不起你。我知道你来找我，可我不敢见你！”

夏长阳靠近她，许久不说话。他看了一遍又一遍，话到嘴边，经过嘴唇的抖动，没有发出声音来，泪水顺着脸颊流淌着。

一阵过后,他才发出声音:“静伢,你怎么变成女伢了,你怎么有这么大的乳房?你是怎么变的呢?你为什么要变呢?”

“不,长阳叔,我是女人呀!”

“奇怪,你怎么是女人?”

“我本身就是女孩,只怪父母把我当男孩养。我不离开锦水县,像现在这样子怎么去面对父老乡亲?所以我逃出来,回避你长阳叔!”

“静伢,你怎么遇上黑帮了?”夏长阳问。

“我也不知道。长阳叔,你能救我吗?”

夏长阳点点头,说:“我心有余而力不足。你看我这样子!”宁静抽噎着,轻轻地对警方说:“长阳叔是作家,又是好人。他来寻我,是我给他带来这些苦难。他没有罪,你们放他嘛!”

宁静说这话时,眼里噙满了泪花,泪眼矇眬地望着点滴。夏长阳看着她沮丧的神情,十分心酸。他本是一个男伢儿,怎么变成女伢儿?假如她回去,怎么面对众多的乡邻和同学?怎么向她母亲解释?同事和乡邻都会指责他变态。在那样的一个环境里,他母亲能接受这个现实?这太无情了,太残酷了,他母亲经受不住这个沉重的打击,会发疯而死。这个宁静怎么不考虑后果?他摇晃着脑袋,打着哭嗓,对宁静说:“宁静,你这样子能回家么?”

“我也不知道。”宁静随之哭泣起来。

夏长阳见到刑警盯住他,知道能停留在医院的时间不多,便往佳佳那边看去,说:“佳佳,这都是情节,你一定要写下来。这个案子即将水落石出,宁静的变故只是冰山一角,重点是社会,要剖析得淋漓尽致和入木三分,那才有看头!”

“你别说了,回看守所去!”刑警拿着笔录他的口供,请他签字。他看了提笔就签,回头对宁静说:“静伢,滨海不是你我呆的地方。你先回去,你妈在等着你。你回去不要对我老婆说我关在看守所。我是误人……”

“长阳叔，我等你出来一起回去！”

“静伢，我恐怕出不来了！”夏长阳说后转过头去，走出了宁静的病房。

林跃觉得这是一个梦。林生走到了宁静身边，问：“宁静，你外婆叫月月？”

宁静一时没有回答，将眼光投向林跃，点了点头，说：“我的外婆叫月月，我没有见过面，你也认识吗？”

林生点点头，没有吱声。他转身准备与佳佳交谈时，佳佳早不见人影。病房里仅剩下一名刑警与林跃林生两兄弟。三个相视一阵，都严肃地看看宁静。林跃又问：“你的外婆真叫月月？”

宁静对林跃重复问她外婆的事感到意外，睁大眼睛看着他，而林生又问：“你母亲叫冬英么？”

“对呀，我母亲叫冬英！”

“你母亲有文化呀！”

“我母亲虽然读过高中，今天连写个收据都不会了，所学的东西全退还老师了！”

林跃听着林生与宁静的对话，觉得这世界莫名其妙的事太多，他怎么想也想不出头绪。月月是宁静的外婆，是他的未婚妻；冬英是月月的女儿，宁静又是冬英的女儿，而冬英又是林生的初恋情人，这千丝万缕的关系，如今像蜘蛛网一样扯到了一块，是挑破还是继续拉扯？也该有个结局了。但是林生呆呆看着宁静，说：“宁静，你像你妈妈。”

宁静挪了挪身子，吃惊地问：“你认识我妈？”

“认识。”

“难道你是我妈中学的那个恋……”

“没有、没有。”林生的大哥知道这事，林生一口否定冬英是他中学恋人的事实。林跃与刑警交谈几句后，对林生说："挑明了，何必隐瞒？"

刑警越听越糊涂，问林跃："林书记，我听不明白，宁静是你们两兄弟什么人？"

林跃毕竟老了，喜欢怀旧，叹一口气说："这都是'文革'结下的苦果。"

林生很明白，不是那场"文革"，大哥会与宁静外婆月月结婚的，但不会有他中学恋人杨冬英的结果。杨冬英高中毕业后回乡第二年，认识了喊口号喊出名了的那个土画家，后来与那个土画家一起进了城，成了城市户口。不幸的是那个土画家体弱多病，丢下冬英与宁静母女，患咽喉癌死了。不知是因为那个土画家批斗了很多人还是前世造孽，唯一的孩子由男宁静变成了女宁静，如今成了这个样子。

宁静打了点滴镇静了许多，可是还用一只手压着胸部。医生问："乳房还痛？"

宁静没有回答，双目注视着林生的面部。林生默思一阵后，内心不是滋味，面对这个不幸的女孩——杨冬英的女儿，顿生出无限的怜悯。如果不是她外婆与他大哥的那个关系，他很可能与她母亲结为伉俪，不至闹出今天这个可悲的结局。林生不愿难堪的神情让宁静看见，他借故说上卫生间转身出了宁静的病房。守在病房里的刑警按捺不住地对林跃说："林书记，这个案子很复杂，那个作家夏长阳一定是个主谋。宁静第一次出走的时间是他构思的，然后又是按照他构思的时间被绑架的，你说他是犯罪嫌疑人么？"

"不，他不是主谋，他是邻居长阳叔叔！"宁静发疯一般地吼叫着，双手摇着。医生抓住她那只扎着针的手，对刑警说："病人要安静，你们出去研究案情好么？"

"我要长阳叔叔一起回家，我要长阳叔叔一起回家！"宁静还在喊着。

病房里无法安宁。这时候,佳佳从门外进来,抓住宁静的手,劝道:“宁静,不要闹,你长阳叔叔会与你一起回家的!”

“我要回家,我要回家!”

宁静受到了强烈的刺激,有点疯了,大吼大叫好一阵,在佳佳的劝说下才平静下来。那位刑警对佳佳说夏长阳会与宁静一起回家的话引起了他的警觉,用平时在案发现场的敏锐眼睛注视着佳佳。在案情分析会上有人提起她外甥陈秋冬积极配合侦破,为刑侦人员提供有力的证据和线索,其目的是什么?难道是这部作品主笔佳佳要他这样做,在夏长阳构思的基础上转移地点,借刀杀人报复谁?夏长阳与佳佳有矛盾,还是陈秋冬与林生有冤仇?佳佳与夏长阳不可能有矛盾,她在州里他在锦水县,来到滨海都是老乡。夏长阳关在看守所,佳佳经常去看他,常来常往,听说还看出了感情。

病房安静了,佳佳双目紧紧地盯着宁静的胸脯,似乎发现了什么,哀声叹气着,时而摇摇头,时而又望望窗外,脸色十分难看。刑警看出她内心的痛苦,问:“佳佳,作为一个女人,你对宁静这副模样有何感想?”

“做女人难,做漂亮女人更难!”

“既然做女人难,她为什么由男人变成女人?”

佳佳说:“她不是男人,是男人不会有这么大乳房。”

刑警点点头,又问:“你外甥陈秋冬为何出资改《美丽无罪》?”

“这是他自愿的。也许是看我写好这部作品已经三年,无法与读者见面,他觉得作家可悲,出于同情而出资;也许是因金叶大酒店发生中日大事件的内容,使作品有可读性,走向市场的话他自己可以赚一把!”

刑警摇了摇头,说:“陈秋冬出资的原因不可能这么简单。”

“那还有什么原因?”

“等案子结束你会清楚的。”

佳佳不再追问刑警了，脑海里一时闪出陈秋冬说“你想见宁静吗”那句话的情景，好像宁静掌握在他手里，一种洋洋得意的神情全写在他的脸上。最后问他宁静在哪里，他又说是开玩笑。但我写的每一章节，他都要过目细阅，读后对夏长阳的构思称赞不已，并说时间不改，地点要改，因此按照他的要求改动了地点。小说的地点改不改动无所谓，可他坚持要改。随后又对这部作品设置密码，不准外人打开看。密码不能告诉别人，只能你我知道。他反复这般嘱托，自有他的目的。这个陈秋冬，不知他葫芦里装着什么药，难道会与这桩案件有关？

刑警的电话叫了，刑警大队长告诉他密切关注佳佳的行踪，陈秋冬失踪了。刑警猛然一惊，同时也觉得佳佳今天有点反常。她依然坐在宁静身边，用手抚摸着宁静。宁静睡了一阵，见佳佳坐在病床边，说：“佳姐，陈秋冬是你外甥？”

佳佳轻轻地应了一声。紧接着宁静又说：“他是个坏人。”

佳佳见宁静脸上表现很痛苦，问：“你认识他？”

宁静说：“何止认识！”

刑警听宁静认识陈秋冬，急切地追问：“宁静小姐，你怎么认识他？”

“这倒要问佳佳姐的这部作品，这部作品里瞎编我父亲将他母亲逼疯，如今他来报复我！”

佳佳惊讶地睁大眼睛，问：“你胡说什么？”

“我没有胡说，你去问陈秋冬。他可能不在滨海了！”

刑警越听越兴奋，觉得这张网快要收了，便要佳佳离开医院，回到红苹果咖啡馆去。佳佳不肯走，刑警打电话报告给大队长。几分钟后，警车在住院大楼门口停下，跳出两个刑警。佳佳听到刑警上楼的脚步声，心里很明白自己在刑警眼里是什么人。她与夏长阳构思宁静王秘书被绑架到泰国那一章，只是将她们去换取毒品，而陈秋冬却要加上她俩与雄猩猩群居，作为研究人类生物新的科验课题，生一个毛婴，美国政府奖励一千万美元的内容。美国黑社会头目迈克贝与泰国黑社会勾结中国滨海黑蜘蛛团伙，从中国各地绑架姑娘去泰国，如果与雄猩猩交配，每生下一个毛婴，回扣两百万美元。这是一桩美事，滨海黑蜘蛛团伙当然去做，结果宁静成为他们眼中的猎物，幸好中国警方出击迅速，救出了她和王秘书。但是她们后来又遭绑架，身体遭到了严重摧残，逼迫她们跟特定对象做爱，并被注上毒针，致使宁静不像人样。佳佳认为陈秋冬添上这一笔，使作品更加戏剧化，却不知他下笔的真实目的。宁静说："为母亲报仇不至于从我身上开刀，那是父辈的事，那时候我还没有生，我是无辜的。他最大的目的是想赚一笔大钱，用我和王秘书去与雄猩猩……"

佳佳把眼睛瞪得好大，听宁静的一段话，感到匪夷所思。三十岁的外甥陈秋冬南下滨海仅几年时间，怎么会与国际黑帮团伙搭上？她抽腿欲离开宁静的病房，结果被刑警制止，说："佳佳，请你跟我们去公安局，配合我们的工作！"

佳佳懵了，半天不说话也不挪动脚步，一双亮亮的大眼睛直瞪着宁静，觉得宁静像一个魔女，与她有关的人一个个地被她拖下水。佳佳走时，说："宁静，你不是人，你是一个魔女！"

宁静听了，又发疯般地吼道："乳房，你怎么这么痛呀！"她一边吼一边用手按摩着胸部。医生细细地观察着，宁静的胸部越按越大，如两个大冬瓜吊在她的胸脯上。医生觉得奇怪，她从未见过这个现象，于是打电话给主任医生。医院决定成立专家小组，对宁静乳房的膨胀进行专门诊断，研究讨论到底什么原因使她乳房膨胀得如此之大，肤色由白变青。

这时候，根据诊断小组的建议，所有探视人员一律不准进入病房，门口由公安站岗放哨，防止黑蜘蛛团伙破坏现场。林跃、林生即刻离开了医院。一缕阳光努力地爬进了宁静的病房，并照到了她的脸上。她又一次镇静下来，轻轻地啜泣着，低声地呼唤着："我要回家——我要回家——"

诊断小组立即展开工作，有一位专家说在一份西方医学的文献上看到过，女人乳房的无限膨胀会使血管破裂，导致乳房溢血，致人死亡。于是诊断小组立即决定，采取防范措施，阻止乳房血管破裂。等病情稳定后，再作进一步诊断，查找乳房膨胀的原因，对症下药，铲除病魔。

一位刑警走到床头，问："宁静，你知道夏长阳原名叫崔雀雀么？"

宁静没有思索，满口回答说："对，他的本名叫崔雀雀，夏长阳是他的笔名！"

那位刑警不再问了，脱口而出："看他还狡辩什么。"

十七、姨甥恋情

佳佳从医院出来去了公安局,后来又被警方监视。她知道中了陈秋冬的圈套,受到了牵连。夏长阳说自己应该主动写陈秋冬如何设陷阱借刀杀人,如何嫁祸报复等犯罪事实。我为什么不写他?警方对自己的监视,已经说明警方怀疑自己是凶手,加上多次探望夏长阳,警方一定会怀疑夏长阳是主谋。陈秋冬抓住侦破学原理,结合他根据夏长阳构思为警方提供证据线索,使得警方排除了他的嫌疑。因此,夏长阳反复叮嘱要写陈秋冬。佳佳一边走一边问自己:“我为什么不这样做?”

佳佳看着宽阔的海面,在海面上航行的一艘艘巨大货轮,高昂着头,大声地鸣号,大海却无声无息,默默地承受着。佳佳最容易受到外界的感染而冲动,此时她心里又洋溢起浓浓的亲情来。他是我疯子大姐的小孩,从小在外婆家一起长大。那时候秋冬两岁,佳佳十岁,一天三顿饭都是佳佳给喂的,一起上街玩,或买东西,或看电影,并且同住一室一床。晚上睡觉是她给他脱衣服,早上起床是她给他穿衣服,直到佳佳十八岁才与他分开住。年仅十岁的秋冬不愿与她分开,吵着说:“我要与佳姨睡,我要与佳姨睡!”佳佳没有办法,只好又与他睡了半年,直到第二年上大学才离开秋冬。小学二年级的秋冬,便学着写信给佳佳。对秋冬有着深厚感情的佳佳,将秋冬写给她的信一一收藏起来。毕业回家,她又将一摞信藏在书柜里。等他上大学后,她重读他的信,小学时写的信很天真，像童话，初中的信有感情，抄录不少流行歌曲的词。刚上大学的他给她写来一封情真意切的信，信中说她不是姨，是不同姓的姐，是他心中的偶像。如果姨能抗拒世俗，砸碎枷锁，我愿一辈子守候在你身边。姨是什么，姨只是一个代码，不是大山深沟，无法逾越。佳佳读完此信，全身震颤起来，心里暗暗地说：他怎么会这样？他怎么会这样？在佳佳眼里，这是一封求爱信，是一封很肉麻的求爱信，她好好地藏着，没让他外公外婆知道。但佳佳悄悄地给他回了一封很严肃的信，说世界上，尤其在湘西不会容忍这种荒唐的事发生，到时候我们都会身败名裂。固执倔强的秋冬，收到佳姨的信，一连几个晚上没有睡觉，与同学不说不笑，几乎绝望。突然一天，他给佳姨回了信，说佳姨你不答应，我就自杀，不让灵魂回湘西，也不让你们找到尸体。佳佳急得差点丢了魂，连夜坐车上省城去他的学校。在他寝室见到了他，他像小孩一样扑入佳佳的怀抱。佳佳为稳住他的情绪，要他做通外公外婆的工作。在佳佳回家的一个星期，外公收到他的一封信，看了内容后，外公顿时眼冒金星，说这是报应，家里出事了！后来外公住院，他不敢回来看。不久，外公外婆让他死去那个心，速战速决地给佳佳找了一个男人，并瞒着他办了婚事。那年是他大三下半期，陈秋冬正在外地实习，等他毕业回到州里中专学校报到才知道佳姨已经结婚成家，佳姨不再像以前的佳姨了，不给他打电话，也不去学校找他，外公外婆冷落他，他非常的孤独。于是他去锦水县看望还依然居住在海拔一千四百多米高寒山区的疯母亲。他见母亲一个人住在破瓦窑里，头发全白了，禁不住大哭起来："妈——，我是你的儿子，你不认得我了？"

"我没有儿子，你是那个喊口号的坏家伙！"

陈秋冬两岁送到外婆家后，先后多次去看望他的疯母亲。疯母亲一直不认他这个儿子，将他认作是喊口号的那个人，那个人不是别人，就是宁静的父亲——土画家，前两年患癌去世。陈秋冬每次去时，他母亲总是穿着一件乡邻送给她的用穷乡布制作的衣裤和冬夏共用的解放鞋。他给母亲买衣服和糖果,都被母亲甩出窑门,并推他下山去。陈秋冬又一次地呼喊:“妈——,我是你的儿呀!”

母亲的眼里满是血丝,鼓着眼睛盯着他,好像他是仇人。盯了一阵,她回窑里取出一把刀,骂道:“刀砍的,你再不走,我就砍死你!”

围观的乡邻立即上去取下刀,劝道:“他是你儿子,哪里有娘不认儿的!”

母亲摇摇头,用手捋了捋白发,说:“我没有儿子,没有男人。走,快走!”

其实,陈秋冬的母亲很聪明,下放的第二年起,连续五年评为先进知青,组织上安排她回城工作。谁料被村里一个老实厚道的男青年追求,由于控制不住自己的感情,与那个男青年热恋作了爱,生下了孽崽——陈秋冬。事后,那个青年遭到批斗,在戴高帽游乡打锣的数天里,被宁静父亲喊口号吓跑了,抛下她与儿子远走他乡,至今没有回来。他走后,宁静父亲又强奸了她,结果她疯了。

陈秋冬最后一次看母亲回来,途中去了锦水县文化馆,找到了宁静的父亲,宁静父亲一直向他道歉,说在“文革”中做的很多事是迫不得已,请原谅。陈秋冬没有说什么,当问清他家只有一个男孩时,他悄悄地走了。如果有个女孩,他会公开报复,像当年土画家强奸他母亲一样。回到州里不久,他见佳姨与丈夫闹得不可开交,心里暗暗高兴。别人给他介绍对象,他说一辈子不找老婆。一晃两年过去,他认识了州长的女儿,结果遭到州长老婆的反对,一气之下与佳姨南下滨海。佳佳在红苹果公司与林生那一段友好的情谊,陈秋冬常常看不顺眼,并扬言要报复林生,谁料方虹挤走佳佳,他心里的那块石头落下了地,说佳姨你当自由撰稿人,我挣钱养你,怕什么,凭我的能耐不会找不到钱的。为避免与陈秋冬接触,佳佳自己偷偷地租下房子,不告诉陈秋冬。陈秋冬多次追问,佳佳总是说与一个女朋友同住。佳佳大多时间关着电话,陈秋冬难见她一面,慢慢的生疏开来。当陈秋冬开办红苹果咖啡馆后,佳佳去过几次,在一次喝咖啡谈话中得知佳佳创作长篇小说《美丽无罪》无法出版时,陈秋冬拍着胸脯,说:"佳姨,你把小说给我看,我出资给你出版,算是我的报答。我是你拉扯大的,滴水之恩,当涌泉相报!"

佳佳在自己出租屋停留了个把钟头,就径直往红苹果咖啡馆走去。路上行人很多,她没有坐车,她想把自己孤独的心情融入到人群中去,可是身后跟着刑警。此时,她的脑海里不停地闪烁着陈秋冬的影子。听说他失踪了,去了什么地方?咖啡馆谁管?佳佳走路很快,不到半小时就到了咖啡馆。她举目四顾,苹果脸蛋的员工依然在做着生意,在接待四方客人,好像陈秋冬依然在咖啡馆,任何事没有发生。总台服务员见佳佳进来,笑呵呵地迎上去:"老总,你终于来了,我们全体员工等你两天了!"

佳佳以为不是叫她,自顾自地往写作室走去。总台服务员追上来,又叫:"老总,全体员工等着你开会哩!"

"谁是老总?"佳佳不明白地问。

"你呀———作家老总!"

"你别嘲笑我呀,陈秋冬是你们的老总!"

"不,他已经走了,他把这个咖啡馆交给你了!"

"他到哪里去了?"

"他说到一个很远的地方去,任何人都无法知道。"总台服务员说完,立刻记起陈秋冬留了一封信给她。佳佳接过信,进到写作室,关上门,百感交集地读了起来。

亲爱的佳佳:

我从小并非把你当姨,在我心目中,你是我的初恋情人。我死死地追求你,你却死死地回避我。从小至今,你一直没有回答我,你到底爱不爱我?前些年有外公外婆干预,你没有勇气走出那一步,可我什么都不怕。我一直对我朋友说我的爱人是个作家,大我八岁,有个好听的名字:佳佳。我曾经为你疯狂,很多天不吃不喝。在滨海这些年,我以为时机到了,想娶你为妻,你却说不可能。在湘西的那桩婚事是个悲剧,姨只是一个代码,难道就不能相爱?可你却非常地传统,姨的身份成为了一道障碍,任我怎么努力都没法打动你的心。我要你修改《美丽无罪》这部作品的目的是想与你多接触,谁料你还是铁石心肠。因此,在我的心底深深地埋下了怨恨,有朝一日,我要报复你——强奸你,但你始终没有给我机会。事到如今,你应该清楚,方虹是你的情敌,林生是你的对手,我都替你报复了,当你重写完《美丽无罪》这部作品时,你也被我报复了,你会有夏长阳的下场。报复归报复,我还是爱着你的。当我带着爱你的那颗心远离滨海时,我依然将这个咖啡馆作为爱的礼物送给你,请你不要拒收,用一颗真诚的心接纳它。咖啡馆是我的躯体,只要你每天在我躯体上滚爬,我就心满意足了。佳佳,我的爱人!

爱你的秋冬

佳佳读着读着,心里极其疼痛,仿佛有千针在扎。这个秋冬怎么以这种方式表达对我的爱?佳佳终于为秋冬流下了泪水,这辈子不能结婚,我们也同样天天爱着,如果有来世再结婚。可你为什么要逃离?蓦地,佳佳想到秋冬一定去看他母亲了。他母亲就是爱着那个男人不愿回城,就是因世俗的捆绑,导致发疯;他就是因为佳佳的传统,拒绝他的求爱,才导致他畸形变态。这对母子为什么都不能如愿以偿?佳佳想到这里,不知为什么突然爆发出一种强烈的爱情,感到自己必须找到他。于是当机立断坐车回锦水县。

在火车上，佳佳收到了陈秋冬的短信：

一朵云能飘多久，一阵雨能下多久，一朵花能开多久，一脸笑能笑多久？我看没有多久！

佳佳回电话过去，电话已关机。

第二天下午四时，佳佳到达锦水县文化馆。走到楼下，文化馆内乱糟糟，都在议论："宁静没有回来，他母亲又被人杀害，真是作孽！"

佳佳马上意识到这是陈秋冬所为。她走进县文化馆到离开仅仅一刻钟，没有被人发觉。她在县汽车站登上一辆开往西晃大山的汽车，她是第一个上车的，可选择最后一排座位，免得让乘客注意到她。在她上车后不久，有两个男乘客瞥了她一眼，在前面坐下不再往后看她。一路上，只见行人和车辆若无其事地来来往往，车上也没有人谈论县文化馆有人被谋杀的事情，说明人们并不知道两天前发生过一桩杀人案。去西晃山的路，佳佳有一点记忆，前些年去看过大姐，其中又同林生回过锦水县，去过西晃山林场。那里山清水秀，泉水潺潺，是一个避暑的好地方，但离她大姐居住的地方还有十里之远。那回她没有向林生提起疯姐。路上坑洼很多，车子颠颠簸簸不好走，两个多小时才到山脚下，然后坐三轮车上山。佳佳下车了，两个男乘客也下车了，佳佳判断这两个男乘客不是监视她的公安，是附近一带的人。三轮车停了，前面不远处是她大姐居住的破瓦窑，身后的两个乘客突然跟上来，但她没有注意。她走进瓦窑一看，陈秋冬果然在这里。凭着作家的想象与推理，她发现自己成为了夏长阳，猜测竟如此准确。在这个案件里，如果不是陈秋冬改动地点，一切按照夏长阳事先构思好的地点去擒拿凶手，这个案子早破了，但是构思与现实毕竟有出入，警方并不能认定夏长阳是主谋。现在佳佳所做的一切,都是为了转移警方的视线,让警方真真切切地从现实的角度出发,排除夏长阳的嫌疑,抓获凶手和主谋,重塑滨海警方的形象。

陈秋冬站在瓦窑门口,把他母亲堵在窑里,大声地喊道:“佳佳,你不是姨,你是我的爱人。如果你同意,就当着我母亲的面宣誓结婚!”

佳佳为稳住他的情绪,说:“我就是冲着你的那封信来的!”

陈秋冬激动地对母亲说:“妈——我的爱人看你来了!”

佳佳走近瓦窑门前,见疯大姐在往门外张望,一看是小妹佳佳,很理智地说:“冬儿,你疯了,那是你小姨呀——”

时间已近黄昏,虽然天空明亮,山里却很快黑了下来,破旧的瓦窑里打开了电灯。陈秋冬来他母亲这里已经两天了,如果不是佳佳,警方很难追踪到他。这是一座很牢固结实的瓦窑,七十年代这个村就靠这座窑给社员年终分红。它烧出了许许多多的砖瓦,周围的树木杂柴被它烧光了,如今山上的树木是八十年代后封山培育起来的。瓦窑顶上有个洞,洞上盖着透明的玻璃,一束光亮从洞口射进来。窑里四周发出一层层的黑瓷光,墙壁经他母亲多年的擦抹,十分的光洁,衣服贴上都没有灰尘。母亲固然疯,但很爱干净,屋子颇似陕北的窑洞。窑外是一大片菜地,全是他母亲种的,无污染。有青瓜,黄瓜,西红柿,胡瓜,辣椒,长豆角,茄子,一派田园风味。从这些看来,他母亲没有疯,那为什么不回城?

佳佳越想越糊涂了,她听疯大姐嘴里说她是秋冬的小姨,就不敢走进那扇窑门,站在门口不动。突然,身后有个人钻出来,抓住她的衣角,低声地说:“我们是滨海警方,他有枪么?”

佳佳失魂落魄地往后退走几步,吓得踉跄几步倒在了地上。陈秋冬见她摔倒了,从窑里飞跑出来去扶她。当秋冬弯腰扶她时,两个警察迅猛地抓住了秋冬的手,一下套上了手铐,并出示逮捕证:“陈秋冬,你被捕了,跟我们下山去!"

佳佳半天回不过神来,滨海警方如同天兵一样出现在她眼前。陈秋冬耷拉着脑袋,对佳佳说:"佳佳,你是一个魔女!"

滨海警方带着陈秋冬往山下走去,佳佳却走进了瓦窑,见到多年不见的大姐,心如刀割,泪如泉涌。大姐问:"我的冬儿哪去了?"佳佳立刻意识到大姐还不知道秋冬被公安抓去,借口说:"他下山买东西去了!"

大姐:"小妹,你哭什么?"

佳佳:"我看到你就想哭。"

大姐:"我生活得很好呀,那个男人每月给我汇钱来。"

佳佳:"他在什么地方?"

大姐:"他很聪明,多年来在外面练书法,练出了成绩,小有名气,在北京举办过书展,得到中央领导的接见。"

"叫什么名字?"

"他不让我告诉家乡人,家乡用的名字早已不存在了,现在是广东户口。"

佳佳见大姐口气这般神秘,感到她没有疯,与正常人一样。那个男人虽然出走二十多年,可大姐还在挂念着他,对那个男人的情况了如指掌。问她那个男人在什么地方,她说他藏在她心中。佳佳问那个男人还是单身吗?她说他没有找女人。佳佳问她是真疯还是假疯,她说我自己觉得没有疯,你们认为我疯就疯吧!佳佳问那个男人会回来么?她说回不回来不在乎,在乎的是他有没有把我忘记。佳佳越来越觉得大姐思维非常清晰,那她为什么装疯卖傻?佳佳说大姐你是装疯吧,你是为那个男人装疯吧?大姐傻着眼睛看着佳佳,两颗泪珠齐刷刷地从眼角上流淌下来,打着哭嗓,深情地说:"只有小妹你认为我是装疯,你是火眼金睛。爸妈虽然死了,我却一直责怪他们。他们认为我是疯子,临终前还说不要通知我去奔丧。陈秋冬是我与那个男人的爱情结晶，在这乡里，都说他是野崽，让我承受不了才装疯，只好送秋冬回娘家。他长大了，他也认为母亲是疯子，也很少来看我……”

“这回陈秋冬来看你说什么?”佳佳打断她的话，欲从中了解一些东西。

“他说他为我报了仇，你不要疯了，你去滨海和我爱人佳佳生活在一起。我说佳佳是你姨，他说你是他爱人。我问佳佳来了没有，他说没有来，谁知你来了。佳佳你疯了，你怎么做他的爱人？他买东西怎么还不回来?”

“我没有做他的爱人，这是他一厢情愿!”

“看来我儿子才是真正的疯子。”

佳佳对大姐多年的误会感到内疚，其实大姐没有疯，只要多给她一点亲情和关怀，她绝对不会装疯。陈秋冬也一样，如果有母亲的哺育，他绝对不会孤独，不会犯罪。大姐的那个男人不是乡邻的谩骂嘲笑，也绝对不会离开大姐，而是会共同养育陈秋冬。

过一会儿，大姐去窑外摘蔬菜，并抓来一只鸡。她忙乎着，与佳佳不说一句话。一个小时后，饭菜都熟了，并炖上了那只鸡。吃饭时，她不停地念道：“儿啊，你怎么还不回来吃饭?”对陈秋冬被警方抓去的事，佳佳隐瞒着，没有告诉大姐。整整一个晚上，大姐没有睡觉，一个劲儿地呼唤着：“儿啊，你怎么不回来了呢?”

佳佳整夜无语，泪水就在黑夜里刷刷地流着，直到离开那座破窑。

佳佳回到滨海的第二天，陈秋冬就对自己的罪行供认不讳了。接着方虹、张处长落网，不几天，旷荣、梁从汉一同关进了看守所，等待司法机关重新调查和处理。逃遁在泰国的黑哥，由国际刑警组织押回滨海。美国警方捣毁了迈克贝黑社会团伙，三名被绑架的小姐即将由中国驻美使馆人员陪护回滨海。山西妹子受到牵连,也接受了调查,但对夏长阳的构思犯罪,滨海警方在刑事犯罪的条款中始终没有找到相应的一条。

一张抓捕主谋与凶手的大网已经撒开,范围逐渐缩小,夏长阳拭目以待。

时间过去半个月,滨海恢复了往日的平静。佳佳躲在出租屋不出门,将最近这个案件所发生的事一一写进了这部长篇小说的结尾里。案子既然破了,滨海警方为何还监视她?谁是主谋和凶手?到这个时候应该有眉目了,难道依然认定是夏长阳?难道夏长阳与陈秋冬有冤仇?来滨海寻找宁静不如说是来找陈秋冬麻烦?说是讲述这个案件故事不如说是在表现这个案件故事。陈秋冬是发现这个案件的人,如果证据确凿,那夏长阳就是这个案件的制造者。如果这个猜测成立,那夏长阳的确老谋深算(会占卦),很多人不是他的对手(包括滨海警方),何况年纪轻轻的陈秋冬。时间与智慧可以将黑帮团伙捣毁,也可以使这部作品丰满。无限的想象和深思,使佳佳的脸上露出了笑容。

佳佳精心打扮一番后,想去看守所,看夏长阳有没有新想法,如果真是她所想象的那样,他们之间的友谊就显得极端虚伪,没有林生坦诚。在她走出门时,她又改变主意先去了趟红苹果文化公司。在公司门口的花圃里巡视了一圈,在阳光的普照下,蜘蛛网里显现了葡萄红色彩,蜘蛛伸展着翅膀,张张羽翼仿佛渗进了葡萄酒,有点耀眼。蜘蛛网没有破,反而越来越结实,在花卉的衬托下十分好看。假如她是诗人,她会立即张开幻想的翅膀,吟诵出一首动人心魄的好诗来。可是自己是个遭受过伤害的细腻女人,凡遇什么事都习惯非常理性地思考,没有了朝气蓬勃,没有了诗情画意,故而此时她也不为蛛网的美丽所动,非常冷漠地走进了红苹果文化公司。在门口她看到一块长牌:中共红苹果文化传播有限公司党支部委员会。她丝毫不惊愕,觉得很正常。她一眼看见林生依然坐在红得非常刺眼的总经理办公室里,脸色没有以前那么傲慢,神色没有以前那么昂扬,看到佳佳,冷冷地说:“你来了,坐吧!”

“你哥哥呢?”

“他去市里了,你找他有事?”

“没有。宁静怎么安排?”

“宁静的病还没好,等病好后再说。”

“你知道夏长阳的事怎么处理吗?”

“听哥哥说没有什么事,只是要最后核实他的原名‘雀雀’,与黑蜘蛛团伙头目代号之间的关系。”

“你没事了吧?”

“我没有事,已经查清是方虹诬告。”

“没事就好,但愿我们都平安。”

“这是一场梦。”

“对,对,这是一场噩梦!”

佳佳与林生正在认真坦诚地交谈时,一个农村妇女走进了公司,她问宁静在么,听口音是湘西的,林生立刻站起身,走出办公室,问:“你是宁静什么人?”

“我是他邻居阿姨。他母亲遇害身亡,听你们滨海公安说他在你们公司上班。”

佳佳听清楚了,这个妇女是夏长阳妻子,是宁静的邻居阿姨。杀害宁静母亲的凶手不是别人,就是畸形成长的陈秋冬。

接着这个妇女又骂:“雀雀那条剁脑壳的,帮忙寻找宁静来滨海半年了,没有一点音讯,这回我来找他!”

夏长阳妻子将脸转向林生,问:“听你口气,你知道宁静下落?”

林生点点头,要她坐下,并给她倒上一杯水,说:“宁静是我们公司的，但现在不在。”

“噢，我清楚了，那么说我一下就找到了宁静。雀雀那条剁脑壳的找了半年没有找到，他有什么本事！”

佳佳听夏长阳妻子说话，觉得很幽默，转过身笑着。她又问：“你这姑娘笑什么，难道他骗我？”

“你有本事一下找到了宁静，我恭贺你！”

“我找到宁静是想告诉他母亲被人杀害了。”

佳佳回想夏长阳当初来滨海也说过这样的话，不管是男宁静女宁静，就是夏长阳要找的这个宁静。至于男宁静变为女宁静，这是宁静的隐私，谁都没有干预的权力。她坐了一会，决计去看守所，她想将他妻子来滨海的事告诉他。临走前，佳佳悄悄地告诉林生夏长阳真名叫雀雀，夏长阳是他的笔名。林生一听是雀雀，马上意识到夏长阳这回恐怕出不了看守所，回不了锦水县，不能与妻子团聚了。佳佳问：这个名字就这么严重？林生说滨海黑蜘蛛集团的主谋，在网上用“雀雀”网名作案，陈秋冬说手机上经常收到“雀雀”的指令，但警方还在查一个叫“国门”的网名。照现在看来，“国门”与“雀雀”就是滨海黑蜘蛛团伙头目。

佳佳没有说话，转身走了。下午的阳光有点热度，走出红苹果公司大门，脸上就出了匝匝汗，穿着黑色连衣裙的身体开始粘巴起来。她招手叫来一辆的士，忙叫的哥开空调，朝看守所飞速而去。

夏长阳还关在那间屋里。他仍然在读一些杂乱的书籍，其中发表有贝贝、文文、水水瞎编的爱情故事杂志：《知音》、《女友》、《爱情婚姻家庭》、《幸福》、《人生与伴侣》等等。有的杂志边角折皱巴了，他还在看，可见他的无聊。他没有以前那么热情，脸上冷冰冰的，见佳佳坐在接待室，低声地说：“你来干什么？”

“我将我的构思与你商榷一下，听听你的意见！”

“我不构思！构思犯罪！”

“我恭喜你构思的那几个人都抓了。”

“哪些人？”

“张处长、方虹、旷小东、旷荣、梁从汉，还有那个山西妹子。陈秋冬去了一趟锦水县，杀死了宁静的母亲。”

佳佳说到这里，很悲伤痛苦地说道：“这世界变得太离谱了，动不动就杀人。杨冬英本是一个很苦的人，令人同情都来不及，陈秋冬太没有良心了，太没有人性了，他是一个畸形变态的男人。”

“事到如今，案子结束了，真相大白了，你怎么还不为我去申辩：构思无罪，将我释放出去？”

佳佳有难言的苦衷，内心极度矛盾。她觉得现实生活中的陈秋冬已经走火入魔，不像以前的陈秋冬，他为什么对宁静母亲如此愤恨？佳佳一双大大的眼睛不敢面对夏长阳，而是往窗外看去，好像在想着什么……

夏长阳又回到他的想象之中，像在构思，又像在回忆。

在家乡锦水县的许多案件中，夏长阳觉得没有像滨海这个案件这样复杂的。自己的小说构思，竟成了凶手作案的依据。按说发现这个罪行，我们为什么不用构思去阻止这桩罪行？你佳佳为了这本大书顺利与读者见面，任凶手疯狂地去杀人？夏长阳暗暗地想着，眼睛却十分灵泛的审视着佳佳诡秘的神色，但他没有说出口。佳佳见夏长阳用怀疑的目光看她，心里立刻明白夏长阳也开始对她不信任了，他一定怀疑自己与陈秋冬创作修改这部作品是个圈套，使他掉入陷阱。佳佳没有直接问他，说：“老夏，我要为你请律师！”夏长阳没有感到惊喜，用麻木的神情看着佳佳，做出抽烟的姿势，冷冰冰地问：“你包里有烟么？”

佳佳这回没有给他买烟。夏长阳知道她在烦恼时偶尔也抽一支女士香烟，吐着烟雾，一副玩世不恭的样子。夏长阳问过之后，佳佳没有回答，好像没有听见，满脸狐疑。她在想什么？夏长阳暗暗猜测着，她一定在想林生就这样无罪了吗？按照原作《美丽无罪》的基调，林生是一个有罪的人，可经夏长阳的构思摆布，折腾过一个月的林生又轻松地回到了公司，重操总经理大权。本想在这部作品里，按照佳佳最初的想法将林生置于死地，可没想到陈秋冬却进了禁闭室。时至今日，我才知道他出资修改《美丽无罪》的阴谋。他当时一定想这部作品是一把刀，杀死谁都不会想到是他，刑警怀疑夏长阳，这正是陈秋冬的本意，让陈秋冬逍遥了一阵。嫁祸于人，是古今中外的一个常用手段，而陈秋冬在这个传统的手段里当了第三者，巧妙了许多。他想得天衣无缝，谁料现在侦破学与时俱进，高明的罪犯较量不过高明的警察，在宁静与王秘书从泰国解救回滨海后又一次失踪，警方早已怀疑到了他。死者父亲在咖啡馆所烧的那把火，把陈秋冬烧得心肝俱碎，往后所做的一切几乎不经思考，才将自己暴露无遗，于是夏长阳的构思开始写他，写佳佳。但是机灵的佳佳明白夏长阳似乎发现了什么，在上一回探望夏长阳时，拒绝了夏长阳的构思，而去写警方寻找宁静的真实过程，将故事拐了个弯。

佳佳思索至此，夏长阳喝下一口水，接过她思索的话题，说："故事拐弯拉长好，厚重些，不写陈秋冬的畸形历程，直接说他是主谋，没有说服力。当然还要将陈秋冬送进监狱！"夏长阳是按照作品的构思才写陈秋冬与佳佳，对他俩本人并无恶意，然而佳佳却将话题引开，问："林生出来了，老夏，你知道么？"

夏长阳："他是出来了，等方虹、陈秋冬与梁从汉、旷荣等人进去后，他最后还是要进去的！"

佳佳："为什么？"

夏长阳:“难道他没有问题?”

佳佳不再说话,那双嘴唇像密封的酒瓶紧紧地闭着。她想《美丽无罪》这本书在这个案件中竟成为一名杀手,一名隐形的杀手。这部作品是一个案件的链,侦破者与被侦破者都使用这个链后,案件必然复杂,美丽是无罪的,可《美丽无罪》这本书却有罪了,不是有这堆文字和张三李四王二麻子这堆人物,不是有构思线索和生动场面描写,那么这个案件就不会发生了。

佳佳的脸上冒出了汗,她觉得很热,自然地用手掌扇着风,夏长阳呆呆地看着她,见她的脸上被汗水浸洗着,显得水灵,皮肤亮了许多,他觉得这个女人不寻常,越活越年轻,问:“佳佳,你怎么喜欢出汗?”

佳佳像没听见一样,没有回答,两眼望着窗外。夏长阳拍拍她的肩膀,问:“你在想什么?”

佳佳触电一般转过脸来,显得有些慌张,不假思索地问:“你想干什么?”

“我想请你帮忙为我请辩护律师。”

佳佳点点头,说:“对对,我应该为你请律师。”

佳佳慌慌张张回答后,有点坐立不安了。她起身欲走,夏长阳问:“你要走了?”

“对,我要走了。我为你请律师,等于为这本书请律师。否则,这本书出版不了。”

夏长阳:“你不是为我请律师,主要是为了《美丽无罪》而辩护。”

佳佳听夏长阳这么一说,感到夏长阳很敏捷,她不再说什么,真的走了。在走的这一刻,她眼神很特别,像有一股神秘之光,让夏长阳捉摸不透。这个时候夏长阳幻想出一个披头散发的泼妇,手持一把刀,在风雨中追赶一个男人,疯狂地追喊着:“我要杀死你,我要杀死你——”

这一幻想，使夏长阳的脸上也冒出了汗，当他的目光去追赶佳佳时，佳佳已经走出了看守所，刚才她离去的姿势和背影没有给夏长阳留下记忆，脑海里依然装着的是一个疯女人杀人的场景。

十八、出乎意料

佳佳忘记告诉夏长阳妻子来滨海找他的事，夏长阳对外面发生的情况一无所知，眼前更觉得孤独与可怕。他不敢回想前面的构思，他也回想不起来，脑子里一片空白。他凝思良久，只是模糊地记起自己因构思被关进了看守所，刚才佳佳说为自己请辩护律师，等于为《美丽无罪》辩护，可见在她的眼里，自己的分量轻于这本书。原因何在，夏长阳的思路渐渐清晰了，他多疑地认为佳佳想借他这柄刀杀她仇视的人，而自己则躲过一劫。他突然又想起他自己不是刀，是替佳佳在磨刀，磨好了刀再去杀人。这柄被自己磨得锋利的刀就是《美丽无罪》这本书，它是凶手，杀死了苹果女、王秘书、文文及宁静的母亲杨冬英。

夏长阳一想起这本书杀害了那么多人，心里开始恐惧了，倘若再构思下去，岂不是搬起石头砸自己的脚，自己也会被这本书杀害。阳光照进了夏长阳阴森潮湿的小房间，这时他的眼睛好像亮了许多，看见锈迹斑斑的铁丝上在脱落锈粉，在一个不起眼的角落里有个小小的蜘蛛网，两只小蜘蛛盘踞不动，没有一点生气。夏长阳想外面世界那么大，这两只蜘蛛为什么选择看守所屙丝筑巢？他被关进来数月，怎么今天才发现？夏长阳觉得这两只蜘蛛像佳佳与陈秋冬，日日夜夜地在监视着他，他所有的构思全被当作他俩借刀杀人的把柄，而自己傻乎乎地还在构思。佳佳对自己的友好和爱情都是假的，借用自己当刽子手才是真。这手段似乎很高明，但又很低劣，我不再构思不就完事了么？

夏长阳正迷想时，看守所民警打开了禁锢的门，开口就问：“夏长阳，你的原名叫崔雀雀么？”

“对，我叫崔雀雀。”

“那你怎么又叫夏长阳？”

“这是我笔名，写作用的笔名。”

“你会上网么？”

“我不会上网，只会下河撒网捕鱼。”

“你贩过毒么？”

“我哪里会贩毒？”

“你做过人贩子么？”

“我老婆不会生小孩，你说我还能当人贩子么？”

“夏长阳，你别天上一句，地上一句，老老实实地配合我们办案。”

“还算我是老实人，假若换一个人，你们早就下不了台。”

“为什么？”

“还为什么，你们凭我的构思就抓人，在刑事案例中，古今中外都没有！”

办案民警觉得有道理，不再问他了。他们走时，夏长阳在口供材料上按下手印，他记不清这是第几次了，殷红的印泥，仿佛死人的血，深深地渗透在指纹里。

办案民警走后不久，四周一片寂静，如一团死水，在强烈炎热的阳光下，吹来的风有些臭味。他的脑海突然想到这看守所某一角落死有老鼠，或鸡，或蛇，或人。想到了人与臭味，他立刻将自己比作一具尸体，一具能发臭的活尸体。每天关在看守所里，动弹不得，不就是一具尸体么？滨海司法部门真荒唐，如果像他们这样办案，全中国不知有多少冤假错案？他越想越恐惧，越想越担心。这时候禁锢的门又被打开了，传话说有人来探视，又是谁？他拖着沉重的双腿朝探视室走去。瞬间，他不敢相信自己的眼睛，以为看错人不敢叫。走拢去仔细一看，面对窗外的她，他惊诧起来，低声地问："你怎么来滨海了？"

探视的人不是别人，是他的老婆。他老婆四十多岁，身材微胖，皮肤却白皙。几个月不见面，她有些变化，脸上光亮了许多，头发虽然被海风吹得有些凌乱，但被染黄了，睫毛比以前粗了，衣服比以前时尚了许多。夏长阳看着老婆脸上的变化，不敢面对，将头低下，轻声地问："你怎么知道我在这个地方？"

"只要我想找你，你就是变成魔鬼，我也能把你找到。"

"我是被冤枉的，不久会出来的。我一出来就回家去，你先回去吧！"

夏长阳刚说完话，他老婆哇地一声嚎啕大哭起来，头不停地往墙上撞。站在门口的民警见大势不好，慌张地叫来女民警抓住她的头，劝她冷静。但她无法冷静，面对丈夫被关的情景，大声地吼道："他是作家，杀鸡都不敢，他敢杀人？"

"阿姨，你要冷静，有话慢慢说！"女民警劝着。

夏长阳面对老婆，不再把头抬起来，只是低声地说："你不要吵，问题很快要解决的！"

"对，案件已接近尾声。阿姨，你还是回家去！"年轻的女民警劝着她。

夏长阳有点不耐烦，但转念一想，她没有文化，对滨海又不熟悉，她怎么能回锦水县？这时，他对民警说："请你们给她买车票送她上车，要不她会走丢的！"女民警点头，说要她坐晚上的车回去。老婆听要她回去，脸色大变，高声大叫着："我不回去，我要找宁静算账！"

夏长阳听老婆要找宁静，吃惊地看着老婆，问："你到哪里去找？"

"我找到了！"夏长阳老婆很自信，很兴奋："亏你找了半年，连人影都不见，反把自己弄进了公安局！"

其实,夏长阳早已见到了宁静,他知道宁静还在滨海,只是想不通宁静是个男孩怎么变成女孩了。

“她在哪里,你见到她了?”

“她在红苹果公司。”

“谁告诉你的?”

“林生老总。”

“你见到他了?”

“对,他的小车在门口等,吃住都给我安排好了。”

夏长阳不再问话,满脑子的疙瘩猛地长出来,浑身不舒服,觉得老婆半年不见变出众了,走到任何地方也不胆怯了,好像走了不少城市,见多识广了。她初来滨海,怎么一下遇上了林生?

探视时间到了,民警在催着。夏长阳问:“你一个人敢回家吗?”

她迟疑一阵,道:“敢回家。”

“你会买票坐车么?”

“会——!”他老婆有点不耐烦了,拖了长腔。

一阵过后,他老婆站在门口,说:“那我走了,出来后你回到哪个屋里去!”

“你不在家?”

“自从宁静母亲被杀死后,我不敢住了,很害怕。”

“你住哪里?”

“等你回去再告诉你。”

夏长阳似乎意识到了什么,心里忽地跳动了一下,一脸的无奈。他抬头望着老婆离开的背影,仿佛感到她并不肥胖,只不过是骨架挺大。她口口声声说裁缝告诉她身材适中,三围得体,不胖不瘦,是个标准身材,只是自己穿的衣服不合身。今天看来,背影的确很好看,笔直直的。难道是买到了一件合体的衣服?多少年来,她穿的衣服都是她自己买的，在穿衣镜前，她自己反复试穿，问夏长阳好不好看，夏长阳总是不冷不热地回答可以，没有用心帮她看，因此买回来的衣服没有一套合身，不是偏大就是颜色式样不好看，显得老气。

夏长阳想到这里，老婆又转身回来，要求与夏长阳再说一句话。女民警尚未关门，对她说："你快说吧！"

女民警站在她旁边，她迟迟不说，意思是要女民警回避。女民警往后挪了挪，催道："你说吧！"

夏长阳看着老婆那张神秘的面孔，猜不出她要说什么。她先是皮笑肉不笑，嘴唇动了再动，还是没有说出一句话。女民警把脸对着窗外，装作不听的样子。夏长阳老婆扭捏了许久，不敢启齿，在女民警不注意时，她低声的说："雀雀，你快出来，我等你离婚——！"

这太出人意料了！夏长阳不会想到老婆先向自己提出离婚。他一时傻了眼，正要问她原因，她转身走了。女民警上锁时，朝夏长阳笑了笑，也许她听到了，也许只是礼节性地笑笑，没有其他含义。夏长阳眼睛像蒙上一层灰尘，闭得紧紧的，他感到老婆在羞辱自己，许多朋友见自己老婆没有文化，里里外外的事都靠自己去做，每回见面都说该把老婆休了，免得到老后悔。可我总是珍惜二十多年的感情，向别人解释：家犬养久了都舍不得丢，何况还是人，还是一个女人。于是在极度痛苦烦恼中熬过了一年又一年，在朋友之间从不谈她。但俗话说最毒妇人心。在自己误入圈套，不幸当犯罪嫌疑人时，自己的原配妻子竟要离婚，真是出乎意料。

夏长阳感到非常惊讶，在这个晴朗的天气里，这间住了半年的屋子竟如此的阴暗，难道是对面那堵高墙投下的阴影？他坐在靠窗的床上，呆呆地看着窗子边上放着剩下的早餐。那是一个瓷碗，是看守所食堂给的，他已经用了半年多。每顿饭都是这个碗，但每顿饭都没有吃完。在屋子里没有了自由，没有人说话，如果不是佳佳和贝贝常来探视与构思小说，半年或一年过后，自己都会有语言障碍，会变成哑巴，吞吞吐吐地说不清一句话。

今天晚上，对夏长阳而言，像被公安初捕关押的那晚一样彻夜未眠。

昨天夜里，夏长阳一定有故事。没有故事，今天清晨，滨海市公安八处不会开车接他走了。刑警来时，说话声和走路声都很大，打开他的门，咣当一声响，夏长阳还没醒来。喊他起床时，他的脸青一块紫一块，刑警问这是谁干的，看守所民警有些茫然，摇着头说不知道。将夏长阳推上车，夏长阳还睡着。当警车开出看守所，驶上大道时，夏长阳醒了，睁开眼睛，看到了半年多没有见到的太阳。看守所虽有阳光，那只是光线和影子，而没有真实的太阳。他看太阳只一刹那，那强烈的光芒刺得他将眼皮重新合上，一时适应不了这四射的光芒，刑警拍着他肩膀，喊他醒来，他说我早已醒来。睁不睁开眼睛无关紧要，关键是你们带我去哪里？刑警问你还构思么？他说构思害我差点失去生命，你们还让我构思？构思是你的权利，但你不知道有人利用你的构思在作案杀人。我的构思又不是作案工具，能杀人么？别人把你的构思当作作案工具，你就是制做作案工具的人，你说我们有理由关你么？

夏长阳听后，觉得不对劲，苦思冥想着。在刑警眼里，我的构思就是作案工具。是刀是锤是绳子是剪刀是手枪是子弹，这些都可做作案工具，不知有多少罪犯持这作案工具杀死多少人，为什么不去抓捕制造这工具的人？这什么推理，什么逻辑，什么侦破手段，在夏长阳的眼里这一切都是荒诞的。他不再言语，闭目养神，觉得刑警们的推理和逻辑站不住脚。他有些后悔，应该早叫佳佳为他请律师，结束这一团混乱的思维和混乱的生活。前天佳佳答应请律师，今天应该落实了吧。照刑警们的推理与我的构思，佳佳是一个神秘人物，难道这里面有欺诈？不可能，相信自己的眼睛和感觉。她没有那么卑鄙和虚情假意，因为她自己被别人欺骗过，才导致婚姻的失败。她说后悔去红苹果文化公司，后悔结识林生和文化出版战线的几位巨头。我说有后悔存在，就有罪恶存在。按这个哲理去推断，《美丽无罪》这部作品里潜藏有罪恶。佳佳说后悔不该修改这部作品，那么她已经知道这部作品的罪恶了，她为什么不告诉我？那么这部作品到底写了些什么？由于营养不足，夏长阳的精力有些不济了，记忆力也在逐渐衰退，构思了什么，他已经回忆不起来了，更不知道罪恶在哪里！

车子进入市中心，太阳已经当顶了，强烈的光芒照在了夏长阳的头顶上，他的眼睛，开始在慢慢适应，就像初进看守所一样。他努力地睁着眼睛，看着眼前的三位刑警，问："以文学构思作为作案工具杀人，这在全国还是头一例吧！"

刑警一脸的苦相，不耐烦地说："正因为你那个卵构思，害得我们够呛！"

夏长阳不清楚外面所发生的一切。直到现在，他只知道抓捕关押他的原因只有两个：怀疑黑洞里那具女尸与红苹果公司宁静的失踪是他干的。往后发生了什么，他一直被蒙在鼓里，就连佳佳也不跟他说。这些天里，陈秋冬被公安局抓捕归案，是公安按照他的构思线索逮捕陈秋冬的。佳佳探望他时，告诉夏长阳陈秋冬是一个好人，他活得很好，红苹果咖啡馆重新开张后，生意好得不得了。

佳佳隐瞒了陈秋冬沦为罪犯的实情。

夏长阳被带进刑警队，当看到佳佳戴着手铐坐在那里，他被惊呆了。阳光挤进了窗内，照在佳佳那副锃亮的手铐上。他问佳佳怎么也戴手铐？

刑警告诉他，通过调查取证，佳佳是主谋，是黑蜘蛛团伙头目——雀雀。你无罪释放，今天可以回家。佳佳一直在看着夏长阳，眨了好几次眼睛，并说你夏长阳不能白坐半年铁窗，请了律师为你申辩，讨个说法，中国的公安没有实据随便关押公民达半年之久！我是主谋和凶手，对于夏长阳关押之事，总应有个结果吧！政治待遇和精神损失怎么赔偿，这是律师将要与你们交涉的事！夏长阳，我是爱你的！

这简直是天方夜谭，夏长阳如雷轰顶。突如其来的变故，仿佛又带来新的故事。夏长阳激动起来，语无伦次地说："佳佳不是雀雀，我的名字叫雀雀，所有的罪恶让我来承担。你们应该释放的不是我，是佳佳！"

一阵乱吼，激怒了刑警，将夏长阳推出刑警队。他不知道往哪里走，只是在大街上盲目乱窜，一边走一边思索佳佳的那一段话：夏长阳，我是爱你的！

十九、再做男人

夏长阳是第二天回到红苹果咖啡馆的。走进咖啡馆,总台服务员热情地迎上来,叫着他:“夏总,你今天上班,我们为你洗尘!”

夏长阳摇身一变,竟成了夏总。他觉得红苹果咖啡馆小姐十分滑稽,便不理睬,只顾上楼。当他走进半年未进过的创作室,苹果小姐端来了菜,拿来了高级香烟,一个劲地说:“夏总,你慢用!”

“我叫夏长阳,不叫夏总!”

“夏总,这是你的咖啡馆!”

“什么?”

总台服务员取来一封信递给夏长阳,说是佳佳写给你的。夏长阳打开了,是电脑打出的字,非常的工整。

夏长阳,我最亲爱的作家:你好!

这半年来,你在滨海受苦了,我感到内疚。案子的真相全在《美丽无罪》里,陈秋冬是我的外甥,他对人很好。开始修改《美丽无罪》并无恶意,是想一炮走红。几年里,他与我经常接触,并频频向我表达爱意,还扬言要强奸我。在没来滨海前,他多次向我求爱,你说姨甥能结婚么?在没有办法的情况下,我将宁静的父亲破坏他母亲与那个农民的爱情的陈年往事告诉了他,是想转移他的视线,利用他报复的心理,将漂亮的宁静撮合为他的爱人。大概是宁静的矜持和固执，使他不爱她，反而更加疯狂地追我这位大他八岁的姨。出于无奈，在我掌握他的一些犯罪行为后，在构思时将这些添写进去，于是刑警利用这条线索对他进行布控。他回到锦水县文化馆杀死了宁静的母亲，刑警一路追击，在他去看望他母亲时，将他逮住。通过审问，他供认不讳，并承认杀死过两人：一是黑洞的那具碎尸（公司员工），二是宁静的母亲。我不置他死地，他扬言就要杀我。你构思的线索都是经他之手，在网上用“国门”网名故意发给警方，宣称要作案杀人。作案时按照通报的内容真实地去作案，于是警方追查构思人，把你给抓了，成了犯罪嫌疑人，关押半年之久。

夏长阳，为了你，这回我自愿投案自首，宣称我是“雀雀”，是黑蜘蛛团伙头目，分担你的不幸。陈秋冬被抓后，红苹果咖啡馆交给我负责管理，现在我交给你，算是我的一份爱心和补偿，请你管理好。陈秋冬回不来了，只要你为我请律师，我的结局与你一样，也会无罪释放！

爱你的佳佳

读罢这封信，夏长阳没有理由不为佳佳请律师，没有理由不管理这个红苹果咖啡馆，没有理由不去完成《美丽无罪》的结局。他喝完一杯咖啡，随手拿起当天的《滨海晚报》，在显著的位置上，一条巨大的新闻标题，让他惊讶了半天：黑蜘蛛大案成功告破，团伙头目佳佳被抓捕归案，团伙成员旷小东、张处长、方虹、山西妹子和陈秋冬被一网打尽。

夏长阳看完这则消息，他的记忆慢慢在恢复。于是向苹果小姐打听贝贝和水水的下落，他脑海又开始回忆起在自己的构思中，贝贝被注毒针而疯，水水染上毒瘾。这帮湘西作家，一个个都逃脱不了黑蜘蛛团伙的追杀与陷害，这是为什么？创作有什么错，构思有什么罪，这根源是什么，引起夏长阳深深的思索。

楼下咖啡馆来了很多客人。平日的客人不多，今天却人声鼎沸。苹果小姐报告说今天来了几十个客人，其中一个是红苹果文化公司大牌顾问林跃。夏长阳得知后，欲下楼去见见，打听一下宁静住院的情况。

夏长阳下了楼，苹果小姐介绍说这是老板，许多客人把目光对准了他。有人问陈老板哪去了，苹果小姐不好意思地回答，他被公安抓去了。有人抢话说你们小姐瞎说，一刻钟前他还在咖啡馆。又有人说一刻钟之前，我与他还一起抽过烟，他说准备与他姨佳佳作家结婚，创造一个奇迹！

夏长阳面对这些若有其事的谎话，当场予以纠正，说你们看看今天的《滨海晚报》就知道了。夏长阳就是这么一个直肠子人，这样会影响生意，别人为红苹果咖啡馆遮掩，他却……苹果小姐直愣着，看来这个夏老板也不会经营，这个咖啡馆迟早会关门。

林跃在不远处的一个卡桌坐着，旁边还有一个小伙子，长得非常英俊，颇像男孩宁静。林跃在与那青年说话，看起来十分亲密。夏长阳走过去，先喊一声老乡，再伸手过去，可林跃没有理睬。林跃与夏长阳在医院只见过一面，当时他是犯罪嫌疑人，林跃没有认真看他，对他印象不深。夏长阳又叫了一声，旁边的青年拍着林跃的肩膀，说："外公，有人叫你！"

林跃回过头来，苹果小姐立即介绍："这是我们的老板，作家夏长阳！"

林跃愣了，那个青年傻了。半天过后，林跃才回过神来，问："你无罪释放了？"

夏长阳点点头，回答道："昨天出来的！"

那个青年低下头，闷着不做声。林跃问夏长阳："你不认识他？"

夏长阳摇摇头，说："听他叫你外公，应该是你外孙！"

"对对，是我外孙！"林跃说后，叹下一口气："我对不住他呀，没有保护好他，让他受苦了！"

"他叫什么名字？"

"他是宁静呀！"

夏长阳听说他是宁静，无法把他与在锦水县文化馆宿舍二楼那个天真活泼的小伙子联系起来。那时的宁静天真无邪，帮他妈妈做事特别认真，极其听话，极其温顺。他本有一个完整的家，可他父亲前几年因患癌去世，母亲杨冬英有文化，半个月前不幸被陈秋冬杀害。不是因为他变成女孩，不会有今天这个结局。

夏长阳一阵定神，引起宁静的关注，问："长阳叔，你在想什么？"

"我在想你为什么要变成女孩？"

"我不是女孩，我一直是男孩呀！"

"静伢，你妈妈托我来找你，却引来杀身之祸，使我蹲狱半年，你外公林跃书记知道。"

林跃一边喝着咖啡，一边点着头，插话说："你是为红苹果文化公司那个女宁静当了半年犯罪嫌疑人。"

"你不是我作品里的那个女宁静？"

宁静摇摇头，答道："不是，我在滨海机场当保安，什么红苹果，连听都没有听说过。"

夏长阳纳闷许久，猛然抬起头，说："静伢，我终于找到你了，我们回家吧！"

"对，我们一起回家！"

此时，夏长阳的脑海里又浮现出陈秋冬杀害宁静母亲杨冬英的情景，他恍恍惚惚，喃喃地说："你妈遇害了，你知道么？"

宁静看一眼外公林跃，问："外公，你知道我妈遇害么？"

林跃摇摇头，说：“不知道。”

宁静：“长阳叔，我真的不知道！”

长阳：“你不是那个女宁静变回来的吗？”

宁静：“长阳叔，我什么时候变成过女孩？”

长阳觉得奇怪，连连说：“怪了，怪了！”他说过之后，又苦思冥想：那个女宁静哪去了？长长的头发，明亮的眸子，深深的酒窝，动情的脸蛋，高耸的乳房，这一切在眼前宁静的身上不复存在，难道另有一个女宁静？那天在医院见到的那个女宁静明明就是他，可他又变回来了。

夏长阳想了半天想不出一点头绪，问林跃：“医院那个女宁静呢？”

“那个女宁静不见了。”

“是不是在公安局？”

“公安局也在找她。”

天下之大，无奇不有。有一样的脸型，一样的嗓子，一样的身段，一样的酒窝，却不是一样的性别。这世界变数太大，不知什么是真什么是假。

夏长阳有点着急，自己虽是无罪释放，关押半年之久的事总得有个说法，佳佳为我请的律师已经在展开调查取证。律师想找宁静提供证词，可宁静一直在回避。今天遇见了，可她却又变成了一个男宁静，不承认是红苹果文化公司的那个女宁静。夏长阳说：“为你长阳叔，为你死去的母亲，你应该变成女孩，出面作证，惩罚那些杀人魔鬼！”

“长阳叔，你说什么，我听不明白。”宁静有些焦急烦躁。

林跃好像明白了一些，说：“你要宁静出面作证，要滨海公安对你的政治待遇及精神损失作些赔偿，这个样子有效果么？”

“只要他变成女孩，一定有效果，佳佳也会无罪释放！”夏长阳的口气十分坚定。

林跃笑了笑，夏长阳有点不服气，又说：“只要法律和美丽能给我正名，就能让佳佳无罪释放！”

宁静疑惑万分，问：“佳佳是谁？”

“你不认识佳佳？”

“佳佳、方虹、山西妹子、王秘书和你都是美丽女孩，最后成为了罪犯和牺牲品！”

“美丽能惹祸么？”林跃问。

夏长阳点点头，说：“美丽本来无罪，可它富有诱惑力，不但能招惹罪恶，又能掩盖罪恶。如果宁静不以女孩面孔出面作证，佳佳有可能被美丽置于死地。”

“有这么严重？”

“美丽是救世主，只有美丽女孩宁静能救我和佳佳了。”

正谈得兴起时，红苹果咖啡馆门口溜进两个人。一个是高个子，一个是矮子，踉踉跄跄地走着，像醉汉一样。林跃不认识这两人。夏长阳一眼看出，高个子是贝贝，矮个子是水水，他们没有初识时那样活泼。难道真地被注射毒针和染上毒瘾，使他们变得疯疯癫癫了？这只是构思，如果构思能使他们这样，佳佳修改的这部《美丽无罪》就是注毒针，就是毒品。夏长阳迎上去，他们不认识夏长阳了，将头偏向一边，四处张望，看样子在寻找什么人。夏长阳告诉他们自己是夏长阳。他们把白眼亮出来，瞟一眼，问：“什么夏长阳，关我卵事！”

夏长阳抓住贝贝的手，指着宁静问：“贝贝，你还认识他么？”

贝贝摇着头，一个劲儿地往楼上走，不理睬宁静。林跃拉住宁静的手，问：“你怎么结识这些疯子的？”

宁静没有回答，偷偷地想他们原来并不疯，是因我而疯，我为什么非要变成女孩？

夏长阳在努力地回忆当初讨论《美丽无罪》修改方案的气氛，这部小说原本要用第一人称，其叙述要从容，后又怕佳佳一个人摘取果实，通篇改用第三人称，分别进行构思叙述。开始修改进行得很顺畅，充分发挥语言特长，谁料引起各种各样的矛盾来，渐渐地从虚构走向残酷的现实——夏长阳被关押，文文遇害，贝贝遭毒针，水水染毒瘾，佳佳成主犯，陈秋冬杀人。这些作家今后本会写出好小说的，就因为这部作品给毁了，只有夏长阳还坚强地构思着。夏长阳又将作品目录浏览一遍，在这一章里，不仅这些作家出场，旷荣两父子、张处长两父子和梁从汉、方虹、山西妹子等人都应出场。林跃与林生两兄弟是红方，陈秋冬与张处长、方虹是黑方，红黑较量，不是一件轻松的事。

夏长阳对贝贝说："那人就是我要找的宁静！"

贝贝嘿嘿一笑，直往创作室走，嘴巴不停地念着佳佳的名字。水水没有笑，死板着脸，问："陈老板呢？"

跟随他俩的苹果小姐，口口声声说："这里没有陈老板，只有夏老板。"这两个苹果小姐是陈秋冬出事后佳佳招来的，不认识陈老板，见这两个疯子疯狂地往二楼蹿，吓得惊慌失措，夏长阳却安慰着苹果小姐："没事，没事！"

贝贝与水水走进创作室，见室内无人，才开始恢复正常思绪，用手指着夏长阳，嘿嘿两声，问："你是夏长阳？"

夏长阳点点头，指着宁静："贝贝，他是宁静！"

贝贝摇头否认，说："他不是宁静，宁静是个女的！"

夏长阳："他是我要找的宁静！"

"不，他不是我们要的宁静！"

一阵僵持。关于宁静的故事又有了新发展，至于男女宁静，又回归到当初的故事中去。要找到结果，只有重新燃起创作之火，从《美丽无罪》中挣脱出来，从现实中找到答案。

贝贝有些清醒了，困惑地问："那个女宁静哪去了？"

"她就在你眼前。"夏长阳固执地说。

贝贝与水水又被弄糊涂了，任夏长阳怎么解释，他俩都无法相信。于是他想《美丽无罪》不是一部小说，而是一座迷宫。迷宫里充满着魔法，残酷的魔法，制作这些魔法的人早被魔法所魔住，魔得死去活来，魔得不认识自己了。为什么要这样做，他们自己也说不明白，只有到《美丽无罪》中去认识自己。

贝贝还是不相信这位男孩就是《美丽无罪》中的宁静，在他心目中，那个漂亮的宁静早已消失。他说只要找到佳佳，就能找到宁静，宁静是佳佳一手炮制和安排的。他问佳佳哪去了？夏长阳说佳佳关在看守所里。要想找到小说中的宁静，我们必须共同努力。

水水说佳佳是魔女，公安不关她才怪哩！

贝贝笑了，笑得不够自然，带有浓浓的苦味。但宁静平静得像个魔鬼一样，对所发生的一切毫无感触，连贝贝都不认识了，虽然当初他俩是好朋友。宁静怎么变成这样子！

夏长阳一口咬定眼前这个宁静就是《美丽无罪》中的女宁静，宁静摇着头，死不承认，他说他是锦水县文化馆二楼与夏长阳作家做邻居的那个可爱的小伙子，夏长阳说你是《美丽无罪》中的女孩宁静，你的确被绑架到泰国，与你同去的王秘书回国后被人杀害，还有创作组的文文。在作品中，文文与你做过爱，你是男孩子，文文怎么与你做爱？长阳叔，我不是你作品中那个女孩，我是现实生活中的男宁静！

宁静的矢口否认，令夏长阳有些失望。他与宁静争执半天，林跃却不插言，低着头喝咖啡。夏长阳又说，宁静不但在作品中做过女孩，在滨海现实生活中也做过女孩。正因为美丽，才遭来诸多横祸。方虹的嫉妒，林生的爱慕，梁从汉的狡诈，旷荣的淫逸，陈秋冬的变态，张处长的阴谋，一幕幕在夏长阳眼前浮现。他希望宁静是一剂润滑油，将阻碍《美丽无罪》回忆的生锈的齿轮润滑起来，接起转动的链，重新把《美丽无罪》中的故事和情节像放电影一样在脑海中重新放一遍。他觉得奇怪,在陈秋冬与佳佳未入狱前,构思的情节与现实吻合一致,现在任他怎么努力,故事情节与现实却是断裂的,脱离的,无法弥合的。

这是怎么一回事?从整个作品看来,宁静一直是主人公,一直是个漂亮的女孩,怎么又变成男孩?下午的阳光强烈地照在红苹果咖啡馆窗户玻璃上,楼上楼下传来非常悠扬的轻音乐,诱导客人安静喝着咖啡,谈论着滨海黑蜘蛛团伙作案的故事,谈论着咖啡馆老板陈秋冬参与贩毒的故事,还有美丽的女孩宁静……

林跃见身边男孩宁静坐立不安,终于问话了:"你到底是男孩还是女孩?"

宁静:"我一直是男孩,在滨海机场当保安。"

林跃:"当初在银海大酒店梦幻厅陪我和小梁跳舞的,那个女宁静又是谁?"

宁静摇着头。夏长阳很清楚地记得,《美丽无罪》小说中的男宁静变女宁静的过程记录得清清楚楚,不可能是虚幻的,他为构思这部作品真实地关在看守所半年。作品中出现的人和事还清楚地印在脑海中,创作组成员不可能在虚幻的世界里生活这么久,他们所做的一切不可能不存在。

夏长阳皱着眉头回想了半天,连珠炮似地责问着宁静,宁静全部予以否认,并且说我是男孩干嘛去变成女孩?做个男孩多好,有许多阳光女孩可以追恋,变女孩干嘛,那些变性的男人简直是变态!

夏长阳糊涂了,林跃也糊涂了。林跃问:"老夏,你们作家有自己的虚幻世界么?"

"构思的时候才有,但都来自于现实生活!"

"这就怪了,我见到的宁静是个女孩,怎么摇身一变又变成男孩?"林跃又看了宁静一眼,仿佛眼前的他是个怪物,目光久久凝定不动。

"外公,我不是女孩。"

这简直是一个谜！难道是创作组这帮作家有魔法，将滨海警方带进(包括自己)了虚幻世界，与在现实生活中一样地破案和生活着。他摇着头，不停地念着："不可能，不可能！"

夏长阳见林跃迷惑，问："林书记，你是怎么找到这个宁静的呢？"

"女孩宁静从医院出来之前，我给她送过钥匙，并要她随时去我家里。眼前她的病一天天地好起来，我心里很高兴，关照她，算是我对她外婆的赎罪。可是想不到回到家里的竟是一个男孩宁静。"

宁静见外公林跃与长阳叔谈起他的病，有些不好意思，回避走开，在咖啡馆门口徘徊着。此时，贝贝与水水从楼上创作室下来，正欲离开，夏长阳走上来，留他们喝杯咖啡，辨析一下宁静的情况。宁静成女孩时，与贝贝相遇后一度成为好朋友，差点恋爱，今天她变成男孩，两人极其陌生，互不打招呼。夏长阳介绍说这是宁静，贝贝没有一点反应，低头往门外走去。夏长阳一把拉住贝贝的衣角，说，佳佳关在看守所里，你们去看看她么？水水说，看她干什么，罪有应得！夏长阳听水水这样说，感到惊诧。沉默了一阵后，他又问："《美丽无罪》还没写完，你们还想继续写么？"

水水问："老夏，你还想蹲监狱？"

夏长阳听出了由头，觉得水水的话中有话，好像自己进监狱与《美丽无罪》有关，与佳佳有关，完全是佳佳所害。他们虽然有些疯，但对自己是出于同情，看来他们对创作《美丽无罪》失去了信心。这部作品中途夭折，陈秋冬负有不可推卸的责任。贝贝看宁静一眼，脑海里仿佛又有了记忆，激动地说，陈秋冬目的不是出版这部小说，而是借《美丽无罪》为幌子，在做一桩大生意，将宁静和王秘书卖给美国黑帮团伙，去与猩猩交配繁殖，赚上一千万美元。在做这桩恶毒生意的过程中，为了隐蔽自己，想出了一个绝妙的掩体——创作《美丽无罪》。创作的开始，就是犯罪的开始，佳佳则一直蒙在鼓里。谁料牵出一大批人，有的还家破人亡……贝贝越说越激动，简直有些失控。水水拍拍贝贝肩膀喊他走，说："离开这个是非之地，免遭祸殃！"水水一边说一边推着贝贝走，好像他有一鼓怒火在胸中燃烧。贝贝一边走一边看着宁静，走出不到十米，又折回咖啡馆门口，对着宁静就是一耳光，骂着："狗日的婊子，妖精，害得我们好苦！"夏长阳被突如其来的状况惊呆了，冷静的林跃见这个留着长发的男人打宁静，心里立刻想到是宁静变女变男引发的风波，连忙上去制止："他是男是女，这是他的自由，不由你们施加暴力，那是犯法的！"贝贝见林跃书记挡在中间，又骂："你以为你是谁，退下来有卵用，谁怕你！"话刚说完，一拳头砸向林跃头部，林跃晃动几下，倒下地去。宁静见外公被打，发出一阵女音的尖叫，咖啡馆大厅喝咖啡的人都涌出门口，大家在电视上见到的滨海市委这位老书记躺在地上一动不动，预料动手打人的这个年轻人惹大祸了，于是将目光投向贝贝，觉得这个年轻人打老人不对，应该报警。忽然，宁静从腰上抽出一把匕首，亮晃晃的，像是才买不久。他举过头顶挥舞着，一步步地走向贝贝，周围的人推推搡搡让出一条路，立刻鸦雀无声。贝贝见势不好，拉着水水使劲往情侣南路跑去。他一边跑一边叫着宁静的名字："宁静，宁静，我是贝贝，你不认识我了？"

宁静一个劲儿地追着贝贝，水水一个劲儿地劝着宁静："宁静，他是贝贝！"

宁静在阳光的照射下，眼睛很红，那把匕首也很亮。如果没有警察阻止，一个大案又要发生。夏长阳被吓呆了，但脑子里又想起了《美丽无罪》这部小说，暗暗庆幸又有新的故事了，这个故事不再牵连自己了。宁静快要追上时，一阵警笛声传来，警车嘎啦一下紧急刹在宁静与贝贝之间。警察抓住宁静衣角，问："你怎么行凶？"

宁静不说话，旁人说是那个年轻人打伤老书记林跃他去追。那他怎么有匕首？旁人摇摇头，没有回答，然后带着警察来到咖啡馆门口。

林跃被夏长阳扶起，躺在办公室沙发上。一阵阵的呻吟，让宁静的火气无法消退，手中那把明亮的匕首还紧紧握着，双眼死死瞪着贝贝和水水，不是他俩打倒林跃，一向温顺的宁静不会动刀。夏长阳走上去，说："宁静，你什么时候有刀了？"

"就是前两天买的，作为防身用。"

警察被刚才那阵搞糊涂了，忘记缴获宁静的刀，听夏长阳提示，才把目光移到匕首上来。看完匕首，又看宁静，问："你叫什么名字？什么地方人，干什么工作？"

问完之后，警察又对夏长阳产生兴趣，问："你叫什么名字，什么地方人，干什么工作？"

夏长阳没有回答自己姓名，指着宁静说："他叫宁静，湘西人，在滨海机场当保安。"

"你也叫宁静？他妈的，红苹果文化公司的那个女宁静弄得我们滨海警方半年不得安宁。文化宣传出版几大巨头为她的美丽争风吃醋，制造了几起杀人案件，先后落网。尤其是那个夏长阳构思一部《美丽无罪》的小说，将案件搅得一潭浑水，令我们警方头疼！"警察说完，立即从宁静手里夺过匕首，对贝贝、水水吼道："你们三个人跟我们走一趟，说清打架原因！"

警察正要推着他们走时，林跃捂着脑壳从楼上下来，喊道："慢点！"

警察寻声望去，见到林跃书记，问："林书记，你怎么在这里？"

夏长阳张罗一阵喝咖啡的客人后，见林跃下楼来，慌忙迎上去，对着警察说："他就是被打的客人，你们认识？"

"你叫什么名字？"警察方才问过，夏长阳没有回答。

"我叫夏长阳，是一位作家。"

两位警察木愣着，半天说不出话。贝贝和水水看警察呆如木鸡，转身溜走了。等他们回过神来,贝贝和水水早已不见踪影。面对林跃书记被打,两位警察说我们去将两个打人的家伙追回来。林跃笑了笑,说:"就是挨了一拳头,没有大事。他们认识我,不认识谁无缘无故打我?只要我外孙平安就行。算啦,一场误会!"

不知什么原因,两位警察还呆呆地看着夏长阳。临走时,他们问:"夏长阳,你怎么出来的?"

"无罪释放!"

两位警察默思一阵,想不出来夏长阳无罪释放的理由,感到匪夷所思地离开了红苹果咖啡馆。然而,夏长阳暗暗地笑了,笑这个故事又激起了他的创作热情,将佳佳没有写完的故事写完,让贝贝和水水疯去。

二十、美丽逃亡

释放夏长阳是情理之中的事，可要无罪释放佳佳，夏长阳将自己关在咖啡馆创作室好些天，也想不出正当的法律理由。在《美丽无罪》的大部分内容里，佳佳是个门外人物，那些阴谋和凶杀与她无关。警方逮捕她的唯一证据就是一个网名——雀雀。她在审问材料上盖手印承认是雀雀，警方就将她逮捕，似乎有些牵强附会，站不住脚。如果仅此一项证据，佳佳也会像夏长阳一样无罪释放。夏长阳想，佳佳可能还有其他罪恶。夏长阳想不出好的结局，一天他去找林跃征求意见。

来到林跃住处一喊，邻居说两天前林书记就走了，说是回老家湖南湘西了。夏长阳一听，心里又激动了一番。他带着宁静回锦水，正是《美丽无罪》这部作品结尾的一个环节，也许通过这个环节，能找到更好的结局，有正当法律理由让佳佳无罪释放，但关键人物还是宁静能出面作证，从自己死里逃生的经历中提供最有力的证据：某某是主谋和凶手。倘若以男孩宁静形象出面，证据再充分，理由再扎实，仍然没有效力的。要做通他承认当过女孩宁静的工作，关键人物只有林跃，因为他是宁静的外公，可是他又回锦水县了。这时候，一个陌生人来到夏长阳眼前。夏长阳不认识这个人，只见他头发梳得光溜溜，穿着一件长袖衫，肚皮壮壮鼓鼓，一双贼眼直往小洋楼张望，也像在找林跃，十分的诡秘。不远处停有一辆黑色小车，在作品中出现过。小车里有脑袋晃动，从只能透一点风的车窗传出声音来，跟那人嘀咕着什么。夏长阳隐隐约约听到有人说林跃是老领导，搞他会出大事，还不如搞林生。宁静已经变成男孩，没有权利出面作证了。有人见夏长阳往这边张望，随即关上了车窗，往下说什么他听不见了。夏长阳吓出一身冷汗，转身往邻居家后院走去。他一边走一边想，这个人物像是这部作品中出现背有手枪的神秘人物，与方虹关系很好。难道他是黑帮团伙头目？难道他想除掉林跃和林生两兄弟？

夏长阳越想越可怕。此时的天空变得灰暗起来，大海的远方乌云滚滚，不时闪着电光，一场暴风雨正在酝酿。他急急地往咖啡馆赶，把听到看到的这个消息尽快报告给林生，以防林生被黑帮袭击。滨海虽有一帮湘西人，目前已作鸟兽散，夏长阳认识的只有林生，林跃和宁静已回老家，佳佳还在看守所里。假如这个神秘人物要暗杀林跃两兄弟，在《美丽无罪》作品中算是最后一件血腥罪行。夏长阳不是构思，是他亲眼看见亲耳听到的真实事情，他决意去阻止，不能再死人了，如果再死人，这部作品出版后，读者会感到每一页文字中都渗透着鲜血，有一股强烈的血腥味直扑鼻孔，使人恶心。

这天夜里，夏长阳没有睡意，脑海里一直想着让女孩宁静出面作证的事情，同时根据一个星期的所见所闻，又自然地想到了这部作品的结尾，心里设计着林跃兄弟躲过滨海黑蜘蛛团伙残余追杀的情节。假如构思还能引起警方的注意，利用反侦探学的原理，使警方积极进入作品之中，表面是侦破，其实在暗地里保护林跃两兄弟，同时也让林跃尽快做通宁静出面作证的思想工作，以一个漂亮女孩的形象出现在法庭证人席上，佳佳无罪的证据才能更加充分，更加确凿，更加有力。

夏长阳翻来覆去地想来想去，觉得要想使宁静出面作证，使林跃两兄弟生命安全，只有自己铤而走险。不行，自己好不容易才无罪释放，怎又自投罗网？香烟抽去一包了，他还没有想出满意的方案。当他洗完脸准备再睡一会时，脑海中奇迹般地冒出一个人来，就是那个在这部作品里露脸很少的背短枪的神秘人物。只有通过他，才能使自己的构思线索有价值，引起滨海警方的注意，将滨海黑蜘蛛团伙一网打尽，尽快擒拿元凶与主谋，还滨海一个安宁，还自己一身清白，还作家一个尊严，尽快让《美丽无罪》出版。

怎么与他联系？夏长阳又点燃一支烟，拉开窗帘，望着夜里下过一场大雨灿蓝蓝的滨海天空，还有淌着绿汁的香蕉和椰子树，令人豁然开朗，思绪联翩。今天是星期六，在情侣南路行走的男男女女特别多，有的坐在石椅上，面对苍茫的大海依偎着，显得格外温馨，相互间好像都没有说话，也许平时节奏太快，嘈杂喧闹甚多，盼望休息日的安静。红苹果咖啡馆虽在郊外，离闹市区远，但气氛并不平静，尤其在写《美丽无罪》的日子里。夏长阳想起《美丽无罪》，好像立刻被那群美丽得像罂粟花一样的女孩所包围。她们仿佛一朵朵奔腾激越的浪花，搅得滨海不平静，不安宁。那个魔鬼似的宁静，现在虽成为男孩，但在这部作品中却是一朵红色罂粟花，硕大而美丽，张扬而芳香；佳佳虽是中年女性，却有着成熟的美，是一朵白色罂粟花；方虹、山西妹子与王秘书是紫色罂粟花，这些花有的含苞待放，有的刚刚盛开，有的已经开得十分艳丽，有的被黑蜂黄蜂抓咬过，留下一丝疤痕。大地有花卉才美丽，人类有女人才幸福，将女人比作花卉一点不为过。女人在男人眼里是美酒是咖啡是甜蜜是天使是魔鬼，有这些才有挑逗性的诱惑。女人为征服男人而活着，为取悦男人而打扮，为创造世界而妩媚，为时代进步而献身。她们的美丽如火之焰，灯之光，金之亮，没有这些，美丽不会有罪，宁静不会变成男孩，方虹不会犯罪，山西妹子不会以身相许，王秘书不会遭人杀害，苹果小姐不会碎尸黑洞，佳佳不会成为嫌疑犯，红苹果公司与红苹果咖啡馆这两个美人窝不会成为魔窟，大家平等相待，和谐共事，平安地过着日子有多好呀！夏长阳正想着，咖啡馆大厅里来了几个不认识的人,浓眉大眼,目光里满是凶光,在往四处寻找着什么。服务台那个漂亮苹果女孩被他们团团围住。苹果女孩摇着头不说话,一个长着狰狞面孔的人恶狠狠地瞪着苹果女孩,高声地问:“你们的夏总呢?”苹果小姐摇着头不说话,像哑巴一样。

旁边几个苹果女孩十分惊恐,像遇上了一伙强盗。其中一个苹果女孩准备上楼去叫夏长阳,服务台苹果小姐机灵地眨着眼睛不让去,她意识到今天会发生什么事。从早上夏长阳进咖啡馆起,这个苹果小姐观察到他脸上复杂的神色,心想夏总一定有什么重大事情隐藏在心底。她曾上楼两次向他汇报工作,夏长阳不开门,也不答应,一个人闷在经理室,但她不知道这是夏长阳在苦思冥想《美丽无罪》的结局。

“你说不说话!”那个十分狰狞的人又在吼道。

“夏总今天没有来。”那个正要上楼的苹果女孩替服务台女孩回答了,紧接着,服务台苹果女孩也随声附和着:“对对,他没有来!”

“他在干什么?”

“在写小说吧!”

“他还有心情写小说。”那人不屑一顾,冷冷地笑了一阵。看得出来,那人是来寻仇的。他眼睛里横着血丝,满脸坚硬的横肉。服务台女孩还看见那人的拳头握得铁紧,像练过武术的,几个手指的关节上凸现出老茧,想象得出他在练武时捶打沙袋的情景。服务台瞄过那人几眼后,心里立刻想到这人找夏长阳干什么,夏长阳一定有什么事情隐瞒着,原来的陈秋冬老板也是这样。难道苹果咖啡馆是一个惹事生非的地方,是一个藏匿罪恶的地方?陈秋冬被抓去了,佳佳被抓去了,刚释放出来的老夏难道又要被抓去?他们到底犯了什么罪?凭着她的记忆,自从两个苹果女孩被诱骗去金叶大酒店陪日本客人事件发生后,苹果咖啡馆就不安宁了,陈秋冬老板不安心做生意了,整天在外忙碌着,她曾劝说陈老板安安心心地卖咖啡,否则早晚会出事。陈老板一副玩世不恭的样子,嘿嘿笑两声了事。当时她想离开咖啡馆另找事情做,但转念一想老板对她不薄,关键时刻离去,太不讲感情与良心,枉在世上做人。陈老板被抓去的那天早晨,阳光明媚,风和日丽,海上的微风透过香蕉园轻拂而来。他身穿一件金利来衬衣,结着领带,刚刚喝完一杯没有加糖的咖啡,他说很苦涩。他说他做了一个梦,梦见与小姨佳佳做爱,十分快乐。佳佳小姨穿好衣服,伸出拇指夸赞他很会做,很有艺术感,也很有力量,在他身上有一股不可抗拒的魅力。他在梦中自豪地说,小姨,你嫁给我吧!小姨笑了笑,说丑死人了,你赶快穿好衣服!等他穿好衣服转身一看,小姨佳佳不见了。于是他立刻追出门去,追出很长一段路,还是不见小姨佳佳美丽的身影,结果他哭了……哭过之后他醒了,摸摸身边什么都没有,看到的是服务台苹果女孩站在眼前,手里捧着一杯热气腾腾的咖啡,轻声地说:"陈老板,你喝咖啡!"

陈秋冬想起梦中与小姨做爱的事,性欲猛地膨胀起来。苹果女孩刚把咖啡摆在床头柜上,他一把抱住她,如一头雄狮三下五除二地将这个苹果女孩的衣服剥得精光,凭着梦中与小姨佳佳做爱的记忆,占有了她,这个苹果女孩感到格外兴奋,许久不想穿衣服,还渴望他再来一次,让她再幸福一次。当她穿好衣服,走出他房间时,楼下来了两个公安,说找陈秋冬有点事。陈老板还没下完楼梯,两个公安跨步上去,在楼梯口上就将他擒住铐上了。

服务台苹果女孩吓呆了,要问的话都没有问出声来,始终咽在喉管里。很多天过去,她还不知道陈秋冬犯下什么罪,也没有人详细跟她说过。不过他被抓那天,她把贞操给了他,在做完爱之后,他将梦里与小姨佳佳做爱的事说给她听,最后他说他为美丽而犯罪值得。英雄花前死,做鬼也风流。难道他是为美丽而锒铛入狱?那佳佳又是为什么?当他走出咖啡馆时,回头对这个苹果女孩笑了笑,说了一句耐人寻味的话:"你在我心中永远都美丽。刚才的那个情景,使我后悔不该犯罪。

美丽四处有，何必拈花惹草？你好好经管咖啡馆，好人自有好报！”

服务台苹果女孩一直在努力地回忆陈秋冬被公安抓去的那个情景，他的神情看上去很知足。假若今天抓夏长阳，夏长阳没有那样的好事等着他做，抓走时一定很痛苦，痛苦的样子一定很难看。苹果女孩陷于回忆沉思之中，并且还流露出笑意来。

“你笑什么？”那个凶神恶煞样子的人又问。

“我笑什么，关你什么事！”

“告诉你们夏老板，他与我们过不去，我们要他从地球上消失！”

在场的苹果女孩吃惊不小，都用恐惧的目光盯着那几个人走出咖啡馆门。他们走出不远，服务台苹果女孩慌慌张张地上楼去，使劲地捶着经理室门，喊道：“夏老板，有人找你寻仇，你出来看看，他们刚走！”

夏长阳掀开窗帘，只见那几个人一步一回头地往咖啡馆看着。他们寻我什么仇？我没有任何预感，也没察觉到什么。我来滨海只是寻找男孩宁静，这是符合情理的事，然后是小说创作，因《美丽无罪》蹲狱半年，这是极其荒唐的事，怎么可能还有更荒唐的事发生。除去这些，还有什么事可以让我得罪这帮人？夏长阳永远忘不了那天晚上掉入黑洞的可怕情景，自从掉入黑洞后，接二连三的坏事发生在自己身上，令人百思不得其解。夏长阳看他们的背影与模糊的脸，觉得像昨天在林跃小洋楼前出现的人物，他们找林跃两兄弟寻仇，又找我干什么？

夏长阳下楼来，咖啡馆陆陆续续来了一些客人。服务台苹果女孩将刚才那几个人来寻仇的过程叙说了一遍，但不够详细，也不够惊险，并没有引起夏长阳的高度注意，他一边走一边听，毫不在意。他脑子里想到的是马上去红苹果文化公司找到林生，要他注意安全，告诉他有人要暗杀他。夏长阳行色匆匆地走出咖啡馆，坐上的士，朝红苹果文化公司奔去。

当他走到红苹果文化公司前，发现花圃里一片狼藉，平时见到的那个红蜘蛛网不复存在，那些花卉东倒西歪，写字楼里空空如也，只有两个公安把守着大门，告诉他刚才这里发生了一起血腥大案，五六个花一样的女孩与几个蒙面大汉搏斗好一阵，死去两个女孩，伤了三个，已经送往医院。林生老板在外出差没有回来，警方已经封锁现场，不许任何人进去。有警察问，你是夏长阳吧，你来这里干什么？夏长阳被眼前的惨景吓得说不出话来。接着，他把红苹果咖啡馆两个小时前有人找他寻仇的事报告给两个公安。两个公安机警地反问道："那你怎么不报案?"

"我想先来告诉林生，谁料林生出差在外躲过一劫。"

夏长阳报告完这事情，一个公安马上报告给刑侦支队。刑侦支队长作出指示，抽调六名便衣警察把守红苹果咖啡馆，并要夏长阳通知苹果女孩们不要上街，注意去咖啡馆的行踪可疑的人，有情况马上报告。

太阳在一时一时地升高，青青的草地上蒸腾着雨水的潮气。夏长阳急得如热锅上的蚂蚁，催着的士赶往咖啡馆。当他赶到时，红苹果咖啡馆的苹果女孩却像人间蒸发一样都不见了，喝咖啡的人仍然在喝咖啡，没人注意到服务员在不在场，仍然在聊天，在谈情说爱。夏长阳惊恐地将楼上楼下都找遍，不见一个苹果小姐。看看大厅，任何一个地方都没有被动过，连一个咖啡杯都不少，原封不动地摆在那里，井井有条，无一丝抢劫的迹象。夏长阳觉得很奇怪，八个苹果小姐半个小时内全失踪了！他拨通服务总台苹果小姐电话，电话已关机，拨另外一个苹果小姐电话，同样是关机。此时此刻，夏长阳感到，红苹果咖啡馆出大事了，该到关门的时候了！小姐失踪一定是刚才那帮人所为，难道这帮人是黑蜘蛛团伙?

六名便衣警察很快赶到咖啡馆，夏长阳立刻迎出门去，将苹果小姐全部失踪的事报告给他们，他们随即报告了刑警队。六名便衣警察得到命令,马上封锁现场,疏导咖啡馆的客人赶快离开。那些客人一边走一边说:“这里没有发生什么事呀!”

夏长阳木呆了,客人走去好远,他才想到跑上去要他们买单,可遭到那群客人的辱骂:“狗日的,真扫兴,还要人买单!”

夏长阳灰溜溜地回到咖啡馆,坐在一张茶桌前抽着闷烟。好端端的咖啡馆,不到半年时间竟被烧了一回,陈秋冬与佳佳又落入法网,如今人去楼空,难道是《美丽无罪》这部作品惹的祸?小说创作有这么大魔力么?夏长阳摇了摇头,不相信《美丽无罪》这么玄乎,不相信佳佳改写这部作品能报复人,不相信滨海公安真按照我的构思线索去侦察破案,说《美丽无罪》惹祸,那是极其荒谬的。

夏长阳一连抽去三支烟。一阵阵烟雾熏得他的眼睛直冒泪水,不停地用衣袖揩着,揩得他的眼圈红润润,像五溪大湘西的蛊婆。一连三天过去,夏长阳都是这样地抽烟,抽得心里乱糟糟,始终构思不出《美丽无罪》的结尾,始终想着佳佳还在看守所里,而忽略了那个背短枪的神秘人物。但是滨海警方又把他给盯上了,怀疑他唆使那群湘西苹果小姐携款逃离,然后回家分配。这怀疑有道理,若是抢劫,一定有抢劫的迹象,然而通过现场分析,一点痕迹都没有,并且还有人喝咖啡,没有受到任何惊动,八个苹果小姐瞬间消失得无影无踪,一定是有组织有预谋的行动。警方不让他出咖啡馆,没有明说怀疑他,但他心里在想:警方是不是又怀疑上自己了,自己又成为嫌疑犯了?

夏长阳见警方时时跟踪他,按捺不住了,问:“你们监视我,难道我又是嫌疑犯?”

警方说:“怎么你还不继续作案?”

“我作什么案?”

“不作案,我们跟着你不是吃饭没事干?”

“你怀疑我什么?”

“这群苹果小姐的消失一定与你有关！”

夏长阳惊呆了，这倒霉的事偏偏又被自己碰上了，滨海警方为什么偏偏怀疑自己？《美丽无罪》这部作品真是充满着阴谋，真是一个很深很深的陷阱，夏长阳掉进去，已经走不出来了。他说：“你们警方真是瞎了眼！”

“老夏，你这样作案，是对警方的报复！”

“我作什么案？这群苹果小姐的失踪与我无关！”

“但愿与你无关！”警方有点不耐烦。

夏长阳沉默了，他感觉仿佛又回到了看守所，回到了《美丽无罪》的构思中去。他回到现实中来的这几天，作品中的方虹、王秘书、文文、旷小东、梁从汉、旷荣、张处长、山西妹子、陈秋冬及黑洞那具女尸等的人物个性与形象慢慢地消失，越来越模糊，甚至连性别都不清晰了，眼前正在认识新的人。他对现实中的朋友说作品中的人与事都是不真实的，不地道的，我要好好面对现实，好好生活，好好创作，不再去写侦探小说，可是滨海警方又逼着自己去构思去创作，又回到《美丽无罪》中去，又恢复了这些人物原来的嘴脸。但他无法读到佳佳及创作组创作《美丽无罪》的美丽文字，脑海里尽是一些乱七八糟的人物与拐弯抹角的思路。按传统的结构法，这群苹果小姐害怕他回到咖啡馆后会给她们自己引来杀身之祸，在夏长阳去红苹果文化公司的半个小时里，她们丢弃这份安逸的工作，选择了逃亡，丧魂落魄的逃亡。夏长阳面对眼前的警察，表现得很平静，不再有掉入黑洞的那种恐惧，将目光往咖啡馆四周冷漠地看一遍，恍惚中看到咖啡馆里还有人喝咖啡，苹果小姐依然有序地忙碌着，有的煮着咖啡，有的在添加咖啡，有的与客人谈笑着，有的彬彬有礼地引导客人落座……

“夏长阳，你在想什么？”蓦地，警方一声发问，将夏长阳从构思中唤了回来，他惊诧地睁大了眼睛。这时候，贝贝与水水疯疯癫癫地进到咖啡馆，大声地说："老夏，别待在这里了，这群苹果小姐是我叫她们走的，我们一起回湘西吧！"

顿时，警方用冷峻的目光注视着贝贝与水水，听他们语无伦次的谈话，就像这次侦破黑蜘蛛团伙大案一样的混乱，问："她们到哪里去了？"

"都回湘西了，你们到湘西去找吧！"

"她们是湘西什么地方人？"

"服务总台抽屉里有她们的花名册，花名册里有详细地址！"

警方打开抽屉，傻眼了，觉得又错怪了夏长阳。存折、银行卡及花名册全在抽屉里。苹果小姐并非携款而逃，而是害怕黑蜘蛛团伙卷土重来，怕美丽惹祸，怕宁静的悲惨结局重现。

夏长阳看警方脸上神情有些变化，仿佛自己胜利了，露出了笑容，脱口而出地说："黑蜘蛛团伙基本一网打尽，但其头目还在滨海，就是《美丽无罪》作品很少露脸的那个背短枪的神秘人物！"

红苹果咖啡馆那群苹果小姐的确逃离了咖啡馆，是贝贝和水水喊她们逃走的。贝贝和水水重新回到咖啡馆，是奉林生大哥林跃的意思来救夏长阳，并且还说给他买了火车票，今晚一起回湘西，离开这个伤心的地方——滨海。可始料未及的是，滨海警方因夏长阳脱口而出的那句话又被留下了，重新关进了看守所。警方认为夏长阳是黑蜘蛛团伙作案的制造者与策划者，他所提供背短枪的神秘人物，正是警方这些天来严密监控的对象，过不了几天，会将他擒拿归案。

夏长阳被抓走的时候，对贝贝说："你们先回去吧，我等着佳佳一起回去！"

由此看来，夏长阳已经迷上了佳佳，贝贝摇摇头，说："那你耐心地等着她吧！"

夏长阳点点头,说:"我一定等她!"

贝贝离开夏长阳时,疯子一般地念着:

古有梁祝蝶双飞,今生遇你何为悲;白蛇升天许仙随,感动天地永不悔;七七见好鹊桥会,千古传情世人追!

夏长阳临上车时,像受到了刺激,对贝贝高声念道:

日升日落需要一天,月缺月圆需要一月;
春去秋来需要一年,记挂朋友需要一生。

他念完后,朝贝贝和水水挥了挥手,说:"你们一路走好!"

二十一、无罪释放

夏长阳又住进了看守所那个小屋，像疯子一样，嘴上不停地念着：

秋已至，天已凉，鸿雁下夕阳。红花谢，绿林黄，莫忘添衣裳。恨惆怅，抱阳光，天籁语铿锵。桂花茂，菊散香，徐风携苍凉！

看守所民警来给他送饭，问："你怎么又进来了？"

夏长阳连看都不看一眼，又自言自语地念着：

风无定，云无常。人生如浮萍，聚散愁肚肠。人生苦短，历经千险，蓦然一回首，花落满怀，香盈胸腔。花开花落，有惊也有慌。地老天荒，泪洒罂粟亡。

夏长阳疯里疯气地读完这首词，白眼斜视着那个给他送饭的民警，脑海里竟出现一片罂粟花，有红紫白等各种颜色，圆形的果子上流着白浆，那一片片叶子蓝得极其好看，花开得非常艳丽，惹人注目。走进罂粟花地，仿佛置身于香料中，芬芳的味道爬满全身，直入心脾，精神为之振奋，好像到达另一世界，眼花缭乱，飘飘然起来，他的脸色也随之变幻不断，一时白一时红一时紫。在他的幻觉里，这是一个美丽的世界，他感到特别幸福与快乐。这是谁给他创造的世界，是谁给他制造的幻觉，他心里十分明白，是《美丽无罪》这部书，没有这部书，就没有这片美丽罂粟地。夏长阳笑了，笑得很甜。在离开那片罂粟地时，他有点依依不舍，还想多看几眼，多品尝一下罂粟花的味儿，像不愿放弃《美丽无罪》的写作一样。他的双目看着罂粟花不放，在民警的眼里，夏长阳疯了，患上了痴呆症。他的构思不会再清晰了，警方抓住他只会拖延侦破时间，延长他的痛苦，加速他的疯癫，使侦查工作陷入一片混乱。如果还按照他的线索去破案，那现实的真正凶手将逍遥法外。

夏长阳由于看见了罂粟花，兴奋了一个晚上，看所守民警给他送的晚饭也忘了吃，直到第二天早上他才从幻觉中走来，并对看守所民警说，在关押宁静的芦苇深处那座废弃的瓦窑背后，陈秋冬与张处长等罪犯在那里种植有一片罂粟，开满了花，无比鲜艳美丽，你们不妨去欣赏欣赏。

“夏长阳，你疯了！”

“我不疯，你们才疯哩！”

“夏长阳，知道又关你干什么？”

“就因构思推出那个神秘人物。”

“是构思吗？”

“当然是构思，但我是抄袭生活！”

夏长阳对答完话，又想起了那片罂粟地，民警认为他已经疯了，其实他没有疯，还在继续构思着《美丽无罪》。

鲜花，或雅或艳，总栽在盆里；月亮，或圆或缺，总挂在天上；情谊，或远或近，总握在手上；朋友，或分或别，总记在心上。

看守所民警听着夏长阳疯一般地念着，气愤地走了。刚走不远，林跃带着一个花枝招展的美女进到了看守所。夏长阳从窗外望去，那个美女就是女宁静。他们不是回湘西了吗？

看守所民警见林跃到来，马上迎上去，一会儿林跃与女宁静一起进到了探视室。

窗外满地是阳光，那个假山周围种养的菊花，一瓣瓣地张开着，格外地好看。虽然看不见天空，看阳光满地灿烂，想必天空一定是极其湛蓝，万里无云，夏长阳的心也随之开朗起来。

“长阳叔，我和外公看你来了。”一阵清脆尖利的声音，使夏长阳喜出望外。一会儿，一个真正的女宁静来到他眼前。

在与宁静的相视中，宁静落泪了，说：“长阳叔，我对不起你，让你受苦了！”

“你是我构思中的女宁静么？”

“是——！”宁静拖长着嗓音，有点要哭了。

“夏长阳，我和宁静没有回湘西，这几天到公安局提供证词与证据，并将红苹果咖啡馆的苹果小姐转移到一个安全地方。”

“老乡，是你转移的？她们现在在哪里？”

“她们回到了红苹果咖啡馆，重新正常营业。”

“她们有生命危险么？”

“没有了。乌云已经散去，阳光冲破乌云出来了，你不觉得今天是个好天气吗？”

夏长阳点点头，一时记起他与佳佳的创作一事，问：“我和佳佳什么时候出去？”

“写作无罪，构思无罪，今天你就可以出去！”

这时候，夏长阳觉得外面（尤其是这几天）发生过许多事情，像一个国家政变一样。以某种方式来讲，他和佳佳已经是另外两个人，两个自由人了。《美丽无罪》的幻觉已经被现实生活所淹没，现实藐视着幻觉，夏长阳感到《美丽无罪》中的每个人物，每个情节，每个细节，每个词语都很苍白,没有现实生活中那么合情合理。他庆幸自己虚惊一场,是女宁静救了自己,又是她害了自己。美丽无罪,面对曾经的残酷现实,《美丽无罪》的故事不得不忠于现实,不得不忠于个人对现实的记忆。寻找男宁静,本是一件平淡无奇的事情,谁料他竟变成女人,成为美女,官员们的插手,导致故事的复杂化,使自己体验到半年的铁窗生活,也感受到滨海警方破案的荒诞思路。如今想来,《美丽无罪》这本书有点荒诞,凶手作案荒诞,滨海警方破案也荒诞,按照我的构思线索去侦破,这对全国来说是第一例,案子破了,还给中国警方提了一个醒——破案思路和手段也要与时俱进。

蓦地,佳佳朝他走来,见到林跃与女宁静,说:“在老夏和我的构思中,都想到只有你们才能救我们出去!”

夏长阳点了点头,高声地朗诵着自己填的一首词:

> 找找庄子,调好心态。回忆人生得失,游离凡尘外,喝一壶老酒,交一些知己,冷眼看世间百态,哈哈大笑,仰天长啸!

看守所民警打开门,告诉他:“没有事了,你与佳佳作家可以出去了!”

夏长阳笑了笑,问:“我们没有罪了?”

“无罪释放。”

“案子结束了?”

“结束了。”

夏长阳面对佳佳,说:“案子结束了,我们故事还没有结束,在我看来,又有了开始!”

“不会吧!一切该结束了!”

按说这个故事应该结束了,可检察院正在按程序起诉这帮人,公安机关为作最后的调查取证,将梁从汉、张处长、旷小东、陈秋冬、方虹等人带到那片罂粟地,调查是谁种植的,也许这是故事结束的地方。夏长阳的想象中只有罂粟花没有罂粟果,而他们却只有罂粟果,没有语言,只有形体。他们站在罂粟地里,看这片盛开的罂粟花,心中激荡万分,都说这花太美了,太好看了。

这是夏长阳与佳佳构思的结局,为什么与现实总是不谋而合?这是思想与行动的结果,不必怀疑,要想发现这个秘密,就得重新去回忆构思《美丽无罪》的日日夜夜,去经历那些凶暴、恐惧、残杀和非常痛苦的故事。

这帮犯罪嫌疑人看过那片罂粟花,果真承认是他们种植的。美丽罂粟花,使他们蜕变。蜕变的过程是痛苦的,是生与死的抉择,是梦幻与现实的斗争。

他们回到了看守所,每个人都在等待自己的结果。然而,夏长阳向佳佳要《美丽无罪》的文稿看,佳佳说,全在滨海公安的案件档案里。

夏长阳越听越糊涂,想了很多天还想不开。于是他想与宁静一起回湘西锦水,宁静答应他过两天就回去。在走的那天,夏长阳还是郁郁寡欢地不多说话,火车票买好了,晚上八时上车。上车前,夏长阳给宁静打过两次电话,她没有接,第三次接了,声音很不情愿。夏长阳问她到底回不回锦水,去不去看看你母亲的坟,她说回去,但我还是以男孩宁静的面孔回去。夏长阳说,你是个女人,往后还要嫁人,男孩子嫁给谁?说到这儿,宁静没有回答,最后放下了电话。

夏长阳在火车站见到宁静是女孩装束,心里很高兴。回到锦水,他必须给邻居说清楚,说宁静变成女孩的痛苦历程,邻居们不会骂她是妖精,会理解的。快上车时,宁静在往四处张望,当一列北上的火车开动的时候,她往站台飞奔过去,爬上了车。夏长阳被她突如其来的行为惊呆了,一个劲儿地叫着:“宁静——你坐错了车!”

这时候，一位老人朝那列火车追去，像林跃又不像林跃。

夏长阳拼命地喊着喊着，北上的火车消失在茫茫的黑夜中……

夏长阳一个人回到候车室，心里暗暗地说：我再也不去找她了。她变成女人后没有勇气回锦水，但总有一天她会回锦水的，会以女人的面孔回锦水，那时她会明白，没什么可逃避的，现实就是这样！追赶宁静的那位老人是谁？不是林跃还有谁？夏长阳推测着。

夏长阳坐上了西去的列车，回忆起在滨海因创作构思《美丽无罪》两次被关进看守所的情景及两个红苹果公司的搅和，如煮一锅苹果粥，叽叽咕咕，粘粘糊糊，内心很不是滋味，越想越恨。

最后谁也无法料到，老实巴交的夏长阳在回锦水县不几天就杀人作案，真正地犯罪了。他为什么要杀人？谁也说不清，只有在《美丽无罪》这部作品中寻找答案。

半年后，佳佳得到消息，宁静回到了锦水县，回到了那间挂满黑色堂霉的老屋，没有人居住的老屋。宁静真是可怜，年纪轻轻就没有了父母，年纪轻轻就经历了不幸的遭遇。父亲因在文革喊口号喊坏了喉管，早几年患上咽喉癌去世了，可怜的母亲又被陈秋冬杀害了，寻找她的夏长阳叔叔又作案杀人被判死刑，她没有亲人了，再也没人牵挂她了。她由男孩变成了女孩，变成了美丽的女孩，这本来是一件美丽的事。美丽原本无罪，可她在美丽的嬗变过程中，美丽倒成了罪恶，使她失去了亲人；美丽不但害了宁静，也害了《美丽无罪》创作组。滨海黑帮团伙虽然被摧毁，《美丽无罪》这部巨著虽然火爆上市，但文文不在了，贝贝和水水疯了，夏长阳不久会被枪毙，而自己至今还没有找到美丽的爱……

佳佳想到这里，不停扇动的睫毛上，挂满了酸楚的泪水。当宁静告诉她夏长阳即将被执行枪决的消息后，她的脑海里就一直闪现着夏长阳憨直可爱的乡下人形象，好几天来忧心忡忡地思念着夏长阳，思念着夏长阳给她的那个值得一辈子回味的吻。他曾开玩笑地说过：佳佳，我曾经给你一个吻，如果你不喜欢我，你就把那个吻还给我。夏长阳傻傻的样子，真是可爱。吻就是喜欢，不喜欢哪有吻？

夏长阳执行枪决的那天，佳佳来到了锦水县。当她赶到锦水时，枪决刚刚完毕，夏长阳躺在县城不远的锦水河滩上。河岸上的柳树又红了，与林生当年红海洋时代发现的红柳一样。红柳树上的几只乌鸦叫过几声后，见有人来却远远地飞过河去了，远远地看着。

人群虽然早已散尽，可夏长阳的尸体旁还站着一个男孩。佳佳急急地跑过去，没有认真地打量这个男孩，也没有与这个男孩打招呼，而是打着哭嗓对夏长阳说：老夏，你是好人，我来晚了，是我害了你，要你帮忙写《美丽无罪》。

佳佳姐，不是你害他，是我害了他。长阳叔，我对不起你！

佳佳回头一看，站在背后的男孩不是别人，正是夏长阳去滨海要找的那个男孩宁静。

佳佳顿觉奇怪，在《美丽无罪》这部作品中出现的宁静，是一个美丽的女孩，今天怎么又变成了男孩？佳佳开始很同情女孩宁静，当她看到女孩宁静又变成男孩时，火气一下冒了出来，问：你到底是妖魔还是鬼怪？你到底是男还是女？

佳佳姐，我是宁静！

你是女孩宁静，怎么又变成男孩宁静了呢？

我本是男孩宁静，只因自己发育不全，二十多岁还是女孩身段女孩声音，再说我母亲也希望我是女孩，好去广东打工赚钱还清父亲治病的银行贷款，就是这个原因，我才男扮女装去了滨海，想不到招来这么多祸事……

佳佳不想听宁静的解释，一个劲儿地哭着：老夏，你被魔鬼缠身了，要不你怎么去杀人呢？老夏，我今天不是来还你的吻，而是来送你一个吻，因为我喜欢你！

佳佳说罢，俯下身去，在夏长阳苍白的脸上轻轻地吻着，含着泪水说：老夏，你一路走好！这时候，锦水河滩上没有人声，只有河水在轻轻流淌，像被什么堵塞发着哽咽的声音，与佳佳的哭泣声一样，不是那么地顺畅，不是那么地通达，又像一锅煮坏了的苹果粥，在河滩的周围弥漫着酸馊的怪味道，令人难受。

佳佳回想宁静在滨海的美丽诱人，从内心里特别恨宁静，恨宁静变女孩，惹很多男人为她争风吃醋，恨她害很多官员落马，害死很多条人命。在佳佳眼里，宁静是妖魔鬼怪，是害人精，任宁静怎么呼唤，她也不理睬，低着头一步步地往城里走去。

宁静依然守着夏长阳，他想长阳叔不离开锦水，不到滨海去找他，不会发生眼前的这一幕。

宁静悔恨万分，想着父母的死去，想着长阳叔的家破人亡，他的心全碎了，一串串泪水直往地上滚落。没过多久，河滩那头来了几个收尸的中年男人，他们脸上都写满了悲愤，写满了异样。佳佳想，那一定是夏长阳老家的人，按照乡俗夏长阳要魂归故里。

那几个中年男人看到佳佳，把目光投向这个美丽女人的同时，也投向了宁静。他们知道这都是美丽惹的祸，是因美丽煮下了这锅苹果粥。

飞过河的乌鸦见佳佳走了，又飞回来了，在夏长阳尸体背后的红柳树上哇哇哇地大叫着。刚走进大街的佳佳，被一阵乱七八糟的声音所吸引，像是魔鬼的魔咒。她仔细一看，不是别人，是贝贝和水水这对疯子学着魔鬼的声音，卷着舌头在不停地唱着：

青苹果，红苹果，
冷水泡苹果，
泡成了苹果粥……

削苹果，榨苹果，
开水冲苹果，
冲成了苹果汁……

歪苹果，烂苹果，
稀饭煮苹果，
煮成了苹果粥……

佳佳看到贝贝和水水这对疯子，摇了摇头，快步地朝他们走去。

2007年10月初稿
2009年6月修改
2010年6月修正

图书在版编目（CIP）数据

魔咒苹果粥/夏长阳著.-上海：上海文艺出版社.2011.6
ISBN 978-7-5321-4173-9
Ⅰ.①魔… Ⅱ.①夏… Ⅲ.①长篇小说-中国-当代
Ⅳ.I247.5
中国版本图书馆 CIP 数据核字（2011）第 108687 号

责任编辑：于　晨　方　铁
封面设计：周志武

魔咒苹果粥
夏长阳 著
上海文艺出版社出版、发行
上海绍兴路 74 号
新华书店经销　苏州文艺印刷厂印刷
开本 890×1240　1/32　印张 13　插页 2　字数 319,000
2011 年 6 月第 1 版　2011 年 6 月第 1 次印刷
ISBN 978-7-5321-4173-9/I・3218　　定价：29.00 元

告读者　如发现本书有质量问题请与印刷厂质量科联系
T：0512-66063782